Hans-Werner Honert

IRRWISCH

ROMAN

Faber & Faber

Der Abend hatte sich über Toronto gesenkt und ein leichter Wind wehte vom Ontariosee durch die Stadt. Ein Mann um die Vierzig, der mit seiner Nickelbrille wie ein in die Jahre gekommener Student aussah, joggte die John Street entlang. Eine Frage kreiste in seinem Kopf und ließ ihn nicht los: »Wie geht es Maria?« Lange hatte er nichts von ihr gehört. Als er am Roger's Center kurz verschnaufte, lag gerade mal ein Kilometer von der Front Street hinter ihm, wo er seit einigen Jahren für einen Fernsehsender arbeitete. Adolph atmete tief durch, seine Kondition war auch schon mal besser. Zwei Tage nach jenem Abend, an dem sie die Premiere des von ihm produzierten Dokumentarfilmes *Maria und der Patriot* gefeiert hatten, war er wieder in die Laufschuhe gestiegen. Er lief, um zu vergessen.

Rechts neben ihm erstreckte sich das Sportcenter, in dem nur ein spärliches Licht brannte. Er überquerte die leeren Parkplätze. Der kalte Wind wehte ihm ins Gesicht. Er erreichte die Harbourfront und ließ sich auf einem Betonklotz nieder. Neben ihm klatschten die kurzen Wellen des Sees an die Sportboote. Das Geräusch der Wellen wurde lauter, je mehr sich sein Atem beruhigte.

Plötzlich waren die Bilder wieder da, die er vergessen wollte. Er sah Marias aufgerissene Augen und er hörte ihre verzweifelte Frage: »Ist er tot?« Er sah, wie Jacks Vater vor seinem Sohn kniete, seinen Kopf immer wieder hin und her wiegte und wie die Blutlache, die unter Jacks Körper hervorquoll, immer größer wurde. Er spürte den harten Stoß des Rettungssanitäters, der sich den Weg zum leblosen Körper bahnte, und ihn straucheln ließ. Und er sah Jacks tote Augen, die ihn anstarrten, als er vor ihm hinstürzte.

Adolph sprang auf. Weit draußen über dem See blinkte ein Licht. Die Wolken hingen tief. Damals war er auch aufgesprungen und der schreienden Maria in die Arme gelaufen. Sie hatte seine Hand weggeschlagen. In diesem Moment hatte er bemerkt, dass Jacks Blut daran klebte.

»Du musst laufen, laufen, laufen«, hämmerte es in seinem Kopf. »Ich muss die Bilder loswerden.« Als er die Straße querte, wurde er beinahe von einem Jeep erfasst. Wie angewurzelt blieb er stehen, sah dem laut hupenden Wagen hinterher.

In dieser Sekunde wurde ihm schlagartig bewusst, dass er, mitten auf der Straße, genau dort stand, wo man den ausgebrannten Audi gefunden hatte, aus dem nachweislich die tödlichen Schüsse auf Jack abgegeben worden waren. Ein dunkler Fleck auf dem Asphalt erinnerte daran. Wieder stand er hier, dabei hatte er sich fest vorgenommen, diesen Ort zu meiden. Doch irgendetwas in seinem Unterbewusstsein schien das zu ignorieren. Er lehnte sich an eine Hauswand und zitterte. Der Besitzer des Audis hatte den Diebstahl erst am nächsten Morgen gemeldet. Er konnte mit den Vorfällen nicht in Zusammenhang gebracht werden. Im *Toronto Star* stand:

»Unbekannte erschossen am gestrigen späten Abend einen amerikanischen Filmemacher vor dem Gourmet-Restaurant ›Georg‹ in dem er mit seiner Partnerin die Ausstrahlung seines Filmes ›Maria und der Patriot‹ gefeiert hatte. Der Produzent des Films, Adolph S., behauptet, es sei nicht auszuschließen, dass der Mord mit der Ausstrahlung des Filmes zusammenhänge.«

»Was habe ich falsch gemacht?«, hämmerte es in Adolphs Gehirn.

»Geht es Ihnen nicht gut?« Vor Adolph stand ein großgewachsener junger Mann und sah ihn fragend an. Einige Schritte hinter dem Riesen beobachtete ihn ängstlich eine junge Frau. Adolph sah sie verwirrt an.

»Lass ihn in Ruhe«, rief die Frau.

»Er sieht nicht gut aus.«

»Ist das unser Problem?«

»Ich finde schon. Wenn man helfen kann, muss man helfen.«

Die junge Frau drehte sich weg und lief davon. Adolph löste sich von der Wand, an der er zusammengesunken gelehnt hatte.

»Es ist gut. Ich will nicht Ihren Familienfrieden stören.«

Sein Gegenüber lachte.

»Das machen Sie nicht.«

»Alles gut. Danke!«, antwortete Adolph und lief weiter. Schweißgebadet kam er in der Front Street an. Um den Studiokomplex herum herrschte noch reger Betrieb. Im kleinen Park an der Ecke verschnaufte er einige Augenblicke. Die Lichter des Fernsehturms, der über ihm in den schwarzen Himmel ragte, strahlten wie ein Raumschiff, das zur Landung ansetzt.

»Was haben wir übersehen?«, stieß er schwer atmend hervor. Eine Passantin drehte sich überrascht zu ihm um. Er schüttelte mit einem gequälten Lächeln den Kopf. Die Unbekannte ging weiter, ohne ihn noch einmal eines Blickes zu würdigen. Müde setzte er sich auf eine der Bänke, legte die Arme über die Lehne und streckte sich. Als ein Mann sich neben ihn setzte, zuckte er erschrocken zusammen. Er zog seine Arme vorsichtig zurück und musterte ihn. Der Mann trug einen Trenchcoat und eine Schiebermütze. Das Gesicht des Mannes war im Dunkeln. Adolph änderte seine Position, rückte seine Nickelbrille zurecht.

»Sie kennen mich nicht. Ich aber kenne Sie und Ihre Filme. Nennen Sie mich Sörenson.«

Der Mann, der neben ihm saß, hatte nur ein halbes Gesicht. Die linke Gesichtshälfte war eine einzige Narbe. Das linke Auge fehlte.

»Betriebsunfall.«

Die rechte Gesichtshälfte schien zu schmunzeln.

»Worum geht es?«, Adolphs Stimme klang abweisend.

»›Maria und der Patriot‹ ist ein mutiger Film. Wollen Sie den Mord an einem der Macher auf sich beruhen lassen?«

»Was geht Sie das an?«

»Sie sind der Produzent.«

»Und Sie, wer sind Sie?«

Ohne auf die Frage einzugehen, fuhr der Mann fort. »Ich wäre Ihnen sehr verbunden, wenn Sie mir mit der Telefonnummer von Maria Schwimmer weiterhelfen könnten.«

Tief in den kanadischen Wäldern saß Jacks Mutter Veronika auf der alten Bank vor dem Blockhaus am Mississagagon Lake, in dem sie mit Jacks Vater wohnte und wartete auf Maria, die noch ein abendliches Bad nahm. Maria sah sie schon vom Wasser aus und ahnte, was auf sie zukommen würde. Die Kälte des Sees war in ihren Körper gekrochen und nahm ihr die Luft. Zitternd stieg sie ans Ufer und lief zur Bank, auf der ihr Handtuch lag.

»Hätte unser Jack dich nicht getroffen, würde er heute noch leben.«

Mit diesen Worten empfing die alte Frau sie.

Ohne ihr zu antworten, trocknete Maria sich ab.

»Nun liegt der Leichnam meines einzigen Sohnes in einem Kühlfach des Polizeipräsidiums von Toronto.«

Maria wandte sich von ihr ab und starrte scheinbar wie gebannt in die untergehende Sonne, die hinter den Bäumen verschwand.

»Mein Mann hat dich hier aufgenommen, ohne mich zu fragen.«

Maria machte Anstalten, ins Haus zu gehen.

»Setz dich!«

Sie spürte plötzlich den festen Griff der alten Frau an ihrem rechten Handgelenk.

»Setz dich!«, wiederholte Jacks Mutter in einem Ton, der keinen Widerspruch duldete.

Maria gehorchte.

»Warum bringst du dein Kind um?«

Mit dieser Frage hatte Maria nicht gerechnet. Das erste Mal schaute sie Jacks Mutter in die Augen und wollte aufstehen. Doch Veronika hielt sie fest.

Mit ihrer freien Hand kramte sie aus der Tasche ihrer Strickjacke eine kleine Dose. Maria erkannte sofort, was sie in der Hand hielt. *Chininsulfat* stand auf einem Zettel, der auf der Dose klebte.

»Erzähle mir jetzt nicht, du hättest Wadenkrämpfe oder Malaria.«

»Was weißt du?«, stieß Maria hervor und schüttelte mit aller Kraft die Hand, die sie festhielt, ab. Mit einem leisen Stöhnen erhob sich Jacks Mutter.

»Du kannst nicht für dein Kind entscheiden.« Veronika machte einen Schritt in Richtung Haus, verharrte und wandte sich dann noch einmal um.

»Mein Sohn hat dich geliebt.«

Wie von der Tarantel gestochen sprang Maria plötzlich auf und schrie: »Er hat mich betrogen, mich hintergangen, mich verkauft, verraten ...«

Ein tiefes Schluchzen verschluckte ihre Worte. Die Alte nahm sie unvermittelt in ihre Arme und Maria ließ es geschehen. So standen sie, Maria von einem Weinkrampf geschüttelt, Veronika, die sie fest in ihren Armen hielt, und sanft durch das nasse Haar strich. Plötzlich fühlte sie, wie Marias Arme sie umklammerten und sie sich beruhigte. Ein Lichtschein traf die beiden Frauen in der Dunkelheit. In der offenen Tür des Blockhauses stand Jacks Vater. Als er die beiden Frauen bemerkte, schloss er die Tür wieder.

»Hast du mit deinem Vater darüber gesprochen?«, hörte Maria Veronika fragen.

»Worüber?«

Sie löste sich aus Marias Umarmung und sah sie überrascht an.

»Er weiß nicht, dass Jack tot ist und du schwanger?«

»Er weiß natürlich von Jacks Tod, nicht aber von der Schwangerschaft.«

Maria lehnte sich an die Bohlen des Blockhauses und spürte noch die Wärme der Herbstsonne.

»Jacks Mörder morden ein zweites Mal, wenn du dein Kind umbringst.«

»Das ist doch absoluter Bullshit! Was soll ein Kind auf dieser verfuckten Welt?«, stieß Maria hervor, ging zurück zur Bank und setzte sich wieder. Die alte Frau spürte, dass alles gesagt war und ging ins Haus. Unzählige Sterne spiegelten sich im tief schwarzen Wasser des Sees. Ein Streifen des Lichts, das aus dem Fenster neben der Tür drang, fiel auf die kleine Dose mit der Aufschrift *Chininsulfat,* die neben Maria auf der Bank lag.

Jacks Vater deckte den Tisch, die Mutter stand am Herd und brühte Tee auf, als Maria hereinkam. Sie ließ sich an der Stirnseite des Tisches nieder. Schweigend stellte der Vater Teller und Tasse vor ihr ab und legte das Besteck daneben. Seine Frau goss Tee ein. Dann setzten die beiden sich rechts und links neben sie. Das Schweigen am Tisch war erdrückend. Veronika sah ihren Mann auffordernd an. Es dauerte einige Augenblicke, bevor er zu sprechen begann.

»Wir haben uns aus der, *verfuckten* Welt, wie du sagst, hierher in die Wälder Kanadas zurückgezogen. Zuvor hatten wir in einem kleinen Haus am Rande von Detroit gewohnt. Ich verdiente mein Geld als Kapitän eines Containerschiffes, mit dem ich Autos den Sankt-Lorenz-Seeweg hinauf zum Atlantik schipperte. Von dort wurden sie in die ganze Welt verschifft. Diese Welt habe ich nie zu Gesicht bekommen. Veronika trug die Post aus und alles war in Ordnung, bis unsere Stadt verdaut war und die Autoproduktion in Detroit völlig zusammenbrach. Es gab nicht einmal mehr Nachbarn, denen die Post ausgetragen werden konnte. Unsere ganze Hoffnung und unsere Freude war unser Sohn. Er war ein guter Junge, schaffte es bis aufs College, auf dem die Kinder der Elite unseres Landes ihre Karrieren vorbereiteten. Man gab ihm das Geld dafür, das wir nicht aufbringen konnten. Er gehörte zu den Besten seines Jahrganges. Wir waren verdammt stolz. Er heiratete in eine der reichsten Familien von Houston ein und dann kamst Du.«

Logan räusperte sich. Das erste Mal während der Rede hob Veronika den Kopf, sah ihn an, nickte kaum merklich und begann zu sprechen, ohne Maria anzuschauen.

»Jetzt ist er tot. Das Einzige was wir noch von ihm haben, trägst du in dir.«

Die betretene Stille, die plötzlich wieder herrschte, wurde nur vom plötzlich einsetzenden Regen unterbrochen, der an die Fensterscheiben prasselte.

Maria hatte ihre Hände ineinander verkrampft. Ihre Finger waren gerötet. Es fiel ihr schwer, nicht die Beherrschung zu verlieren. Sie begann leise, kaum hörbar, zu sprechen.

»Ich saß im Central Park an jenem Platz, auf dem ich mit meiner Mutter oft gesessen hatte, als sie noch lebte. Das war der einzige Ort in New York, an dem ich mich nach ihrem Tod noch zuhause fühlte. Eines Tages sprach mich ein fremder Mann an. Ich kann mich nicht erinnern, worüber Jack mit mir sprach. Wir sahen uns fortan öfter. Ich wusste damals nicht, dass er den Auftrag bekommen hatte, mich anzusprechen. Einen Auftrag von jenem Mann, der ihm das Studium finanziert hatte.«

Sie konnte nicht weitersprechen, atmete kurz ein und aus und unterdrückte den aufkommenden Weinkrampf.

»Deshalb bringst du dein Kind um?«

Logan sah seine Frau vorwurfsvoll an.

»Warum unterbrichst du sie?«

Jacks Mutter reagierte nicht auf ihren Mann und fuhr fort.

»Ich sage dir, warum du es umbringen willst. Weil du feige bist und Angst davor hast, dass dein Kind dich eines Tages fragen könnte: Wer hat meinen Vater umgebracht? Du versteckst dich hier bei uns und tust nichts, um den Mord am Vater deines Kindes aufzuklären. Stattdessen willst du das Kind auch noch töten.«

Maria wich sämtliche Farbe aus dem Gesicht, sie war bleich wie Kreide. Nur nicht wieder losheulen, dachte sie, und lief die Treppe zu ihrem Zimmer hinauf. Die beiden Alten ließ sie hilflos zurück. Draußen peitschte der Regen immer heftiger.

»Veronika, was machst du mit dem Mädchen? Wo soll sie denn hin? Sie ist mit ihrem Schmerz zu uns gekommen und du gießt noch Öl ins Feuer.« Logan schaute seine Frau vorwurfsvoll an.

»Und wer kümmert sich um meinen Schmerz?«

Adolph fand nach der mysteriösen Begegnung im Park nicht in den Schlaf.

»Wollen Sie den Mord auf sich beruhen lassen?« - die Frage des Mannes mit dem entstellten Gesicht saß ihm wie eine Kralle im Genick. Er musste Maria informieren. Sie war zu Jacks Eltern gefahren, um abzuschalten und zur Ruhe zu kommen. Das wusste er. Es half nichts – die Sache hatte jetzt Priorität. Kurz zog er in Erwägung, sie anzurufen. Den Gedanken verwarf er jedoch schnell wieder. Das war kein Thema fürs Telefon. Er sagte alle Termine ab und machte sich auf den Weg zum Mississagagon Lake. Fünfzig Kilometer nach Toronto setzte ein sintflutartiger Regen ein. Die Scheibenwischer seines klapprigen Citroëns gaben nach geraumer Zeit ihren Geist auf. Es blieb ihm nichts anderes übrig, als rechts ran zu fahren. Trucks fuhren vorbei und überschütteten sein kleines Auto mit Wassermassen. Er fühlte sich wie in einem U-Boot. Immer wieder sah er das fragende Auge des so merkwürdig entstellten Mannes vor sich. Wer war dieser Mann? Was hatte er vor? Was wollte er von Maria? – Natürlich hatte er Marias Kontakte nicht preisgegeben. Die Aufforderung, Sörenson möge ihm seine

Telefonnummer für Maria geben, hatte der mysteriöse Mann abgelehnt. Er habe seine Gründe. Auch was er von Maria wolle, war ihm nicht zu entlocken. Erbost war Adolph mit den Worten: »Dann lassen Sie mich in Ruhe!« aufgestanden. Als er einige Schritte gegangen war, hörte er Sörenson rufen: »Ich melde mich wieder. Reden Sie mit ihr!«

Erst nach Verlassen des kleinen Parks hatte Adolph sich noch einmal umgewandt. Die Bank, auf der sie gesessen hatten, war leer.

Der kleine Citroën schaukelte leicht, wenn der Wasserschwall der vorüberfahrenden Trucks sich an ihm brachen. Die schlaflose Nacht, die er hinter sich hatte, forderte ihren Tribut. Adolph schlief ein. In dieser Sintflut bemerkte niemand das kleine Auto, das im Nirgendwo am Straßenrand stand.

Maria war erst eingeschlafen, als der Morgen graute. Das Peitschen des Regens an die Fensterscheibe hatte die Unruhe in ihr verstärkt. Sie hörte, wie Jacks Eltern flüsterten, als sie an ihrer Tür vorbeigingen, verstand aber kein Wort.

Stunden später erwachte sie, weil ihr die Sonne direkt in die Augen schien. Sie stand auf, um den Vorhang zu schließen. Im Garten sah sie die Eltern arbeiten. Der heftige nächtliche Regen hatte ihn in einen See verwandelt. Die beiden Alten mühten sich, Gräben zu ziehen, damit das Wasser abfließen konnte. Die Sonne war gleißend weiß, sie drang durch einen Wolkenschleier, der die Hälfte des Himmels bedeckte und dann in strahlendes Blau überging. Nebelbänke lagen am Ufer des Sees. Maria suchte nach ihren Sachen, die im Zimmer verstreut herumlagen, zog sich an und ging hinaus.

Mit einem zurückhaltenden »Guten Morgen« begrüßte sie die Eltern. Sie erwiderten den Gruß und arbeiteten wie selbstverständlich weiter. Maria begann, heruntergerissene Zweige, die überall herumlagen, zu einem Haufen zusammenzutragen. Nach einer Weile rief sie ihnen zu: »Konntet ihr bei diesem Regen schlafen?«

»Das war kein Regen, das war die Sintflut«, antwortete Jacks Vater und arbeitete weiter. Um den Gesprächsfaden nicht wieder abreißen zu lassen, machte sie einige Schritte auf ihn zu und fragte: »Eines habe ich nicht begriffen, was meintest du gestern Abend mit deiner Bemerkung, als die Stadt verdaut war'?« Logan richtete sich auf und stützte mit seiner Linken den Rücken.

»Die Industrie hatte die Stadt aufgesogen und dann ausgespuckt, als kein Geld mehr zu verdienen war.«

»Und was war das mal für eine Stadt«, setzte Veronika hinzu und fuhr fort:

»Hast du schon gefrühstückt? Ich habe dir Porridge warm gestellt?«

Jacks Vater wendete sich wieder der Arbeit zu, und seine Frau tat es ihm gleich. Maria war ihnen dankbar, dass sie mit ihr den Tag so begannen, als sei der gestrige Abend vergessen.

Gegen Mittag hatten sie den Garten wieder trockengelegt. Veronika sammelte die wenigen Kartoffeln zusammen, die von den Wassermassen nicht in den See gespült worden waren und schimpfte vor sich hin.

»Seit August sage ich, dass die Kartoffeln geerntet werden müssen.«

Sie ging zum Haus: »Ich kümmere mich erstmal ums Mittagessen!«

Der Alte winkte seiner Frau resigniert hinterher und rief: »Tut mir leid!«, dann wendete er sich verschmitzt lächelnd an Maria:

»Willst du den besten Seemannswitz hören, den ich kenne?«

»Wenn es sein muss«, antwortete sie erleichtert.

»Also«, begann er, »ein Ehepaar auf hoher See in ihrer Yacht. Sturm, so wie heute Nacht. Sie fällt von Bord und schreit: ›Mausi, den Ring, Mausi, den Ring!‹ Er wirft ihr seinen Ehering nach und sagt: ›Stimmt, den brauch ich ja jetzt nicht mehr.‹«

Kaum hatten sie sich erschöpft an den Mittagstisch gesetzt, ertönte lautes Hupen. Vor dem Haus stieg Adolph aus seinem klapprigen Citroën. Maria ließ ihren Löffel fallen und lief ihm entgegen. Die Unruhe der letzten Nacht ergriff schlagartig wieder Besitz von ihr. Adolph war doch nicht nur aus Spaß 300 Kilometer bei diesem Mistwetter gefahren.

»Was machst du denn hier?«, rief sie ihm schon von der Tür aus zu.

»Guten Tag, Maria.« Adolph gab ihr einen Kuss auf die Wange.

»Lass mich doch erstmal reinkommen. Die Fahrt war ein Albtraum und ich sterbe vor Hunger.«

Nach dem Essen sahen alle am Tisch Adolph erwartungsvoll an.

»Es gibt nicht viel zu erzählen, vielleicht ist es auch Blödsinn, dass ich euch hier beunruhige, aber ich hatte gestern Abend eine Begegnung der dritten Art.«

»Was heißt das?«, unterbrach Jacks Vater ihn. Adolph zuckte mit den Schultern.

»Ich war joggen und hatte mich anschließend völlig fertig auf einer Bank im kleinen Park vor unserem Studio niedergelassen. Da saß plötzlich ein sehr merkwürdiger Mann neben mir. Er war völlig entstellt, hatte quasi nur eine Gesichtshälfte. Keine Ahnung, wie der dahingekommen war. Er wollte dich sprechen, Maria.«

»Mich? Warum?«

»Ich habe ihm natürlich nicht gesagt, wo du bist und ihm auch nicht deine Telefonnummer gegeben, die er unbedingt haben wollte.«

»Ich verstehe nur Bahnhof. Er muss doch gesagt haben, was er will.«

Veronika sah Adolph verständnislos an.

»Mit Maria reden. Er tat sehr geheimnisvoll. Mich hat er nur gefragt, ob ich den Mord an Jack auf sich beruhen lassen wolle. Schließlich sei ich der Produzent des Filmes. Ich weiß wirklich nicht, was der will und wer er ist. Immerhin hat er seinen Namen genannt. Er hieße Sörenson, hat er behauptet. Ich hatte allerdings den Eindruck, da will mich jemand verarschen.«

»Und?«

Adolph sah Maria überrascht an.

»Was und?«

»Was hast du ihm geantwortet?«

»Ich bin aufgestanden und gegangen.«

Maria wollte ihren Ohren nicht trauen.

»Du bist gegangen?«

Ungläubig schüttelte sie den Kopf.

»Ja.«

Er zuckte mit den Schultern und sah hilfesuchend in die Runde.

»Das ist jetzt nicht dein Ernst«, unterbrach Veronika die Stille, die plötzlich entstanden war.

»Scheinbar doch«, setzte Jacks Vater hinzu.

»Wenn er ernsthaft etwas will, etwas zu sagen hat, hätte er sich bei meiner Sekretärin anmelden können. Hat er aber nicht«, warf Adolph gereizt in die Runde. Veronika lehnte sich lachend zurück: »Das ist dein Ernst. Glaube ich unbesehen. So bist du.«

Wortlos erhob sich Jacks Vater und begann das Geschirr abzuräumen.

»Hattest du deine Psychopharmaka geschluckt?«

Marias Worte ließen ihn aufhorchen. Er hielt inne und sah Adolph fragend an. Der zuckte hilflos mit den Schultern.

»Hast du sie genommen oder nicht?«, hakte Maria nach.

»Ich werde sonst die Bilder nicht los. Wie Jack da lag ...«

»Hör auf! Es geht nicht um dich. Hier ...«

»Sei nicht ungerecht, Maria«, unterbrach Jacks Vater sie leise und setzte sich neben sie. Sie sah ihn an und schwieg.

Ratlos saßen die vier am halb abgeräumten Mittagstisch. Wer war dieser Mann und was wollte er von Maria? Es war offensichtlich nicht der Film, für den er sich interessierte. Darin waren sie sich einig. Ging es ihm um den Mord an Jack? Was hatte dieser Mann damit zu tun? Maria ärgerte sich über Adolph. Der hatte ihn einfach gehen lassen. Einfach so.

»Er wird sich melden«, versuchte Adolph sich zu entschuldigen. Jacks Vater erhob sich wieder und räumte den Tisch weiter ab. »Wir müssen warten. Wenn er etwas will, wird er Maria auch finden.«

»Es ist offensichtlich an der Zeit. Ich fahre zurück nach New York.«

Maria erhob sich vom Tisch und ging ohne die anderen eines Blickes zu würdigen hinaus in den Garten.

Als Maria vor dem Stapel Umzugskisten in ihrer New Yorker Wohnung stand, hing das schwarze Kleid immer noch ordentlich auf dem Bügel am Schrank. Jacks Frau hatte ihr damals mitgeteilt, dass sie zu seinem Begräbnis in Houston nicht erwünscht sei. Die

Frau hatte das Theaterstück mitgespielt, das Jacks Chef Maier inszeniert hatte. Als Jack das erste Mal gestorben war, hatte sich Maria nach Deutschland aufgemacht, um den Film zu Ende zu bringen, den sie mit ihm begonnen hatte. Maria starrte das schwarze Kleid an. Viele Monate war das nun schon her.

Nach einer Weile gab sie sich einen Ruck und ging zum Küchentisch, auf dem die vielen ungeöffneten Briefe lagen, die der Portier in einer alten Kiste verwahrt hatte, als ihr Briefkasten übergequollen war. Maria stand unschlüssig davor. Sie holte aus dem Schrank ein Glas, füllte es über der Küchenspüle mit Wasser und trank. Das Wasser schmeckte schal. Erst jetzt bemerkte sie den Staub, der alle Möbel bedeckte. Sie öffnete die Balkontür und sog die frische kalte Luft in ihre Lungen. Der Lärm der Stadt war ohrenbetäubend. »Lieber kuschlig warm und staubig, als dieser Lärm und diese Kälte«, entschied sie und schloss die Balkontür. Den Rest des Tages machte sie ihre Wohnung sauber. Als sie in der Badewanne lag, fühlte sie sich angekommen. Lange stand sie vor dem Spiegel. »Die Zeit steht nicht still«, ging es ihr wieder durch den Kopf. Sie entdeckte die erste graue Strähne ihn ihrem dunklen, schulterlangen Haar. Zwei Fältchen hatten sich unter ihre großen Augen gelegt. Ihr Schlüsselbein trat kantig unter dem Hals hervor. Sie hatte in den letzten Monaten stark abgenommen. Das betonte die Wölbung ihres Bauches. Sie strich sanft darüber und fragte sich, ob da wohl ein Junge oder ein Mädchen heranwüchse und was ihr lieber wäre.

In den Umzugskisten suchte sie nach ihren Wintersachen und musste feststellen, dass sie die Kisten beim Staubwischen offenbar vergessen hatte. Aber erstaunlicherweise waren nicht alle Kisten von einer gleichmäßigen Staubschicht bedeckt. Es sah so aus, als seien einige Kisten in ihrer Abwesenheit geöffnet worden. Die Sachen darin waren durchwühlt. Jemand musste in ihrer Wohnung gewesen sein. Das heitere Gefühl, das in ihr aufgekommen war, war mit einem Schlag vorbei. Unruhe erfasste sie. Sie fuhr mit dem Lift hinunter zum Portier und erfuhr auf Nachfrage, dass es vor zwei Monaten über ihrer Wohnung einen Wasserschaden gegeben hätte. Er war mit dem Klempner in der Wohnung gewesen, um festzustellen, ob auch ihre Wohnung in Mitleidenschaft gezogen worden wäre. Sie nahm das schweigend zur Kenntnis. Auf dem Weg zum Fahrstuhl rief der Portier ihr noch nach: »Wann kann ich Herrn Brown wieder begrüßen?« Maria tat so, als hätte sie die Frage nicht gehört und war dankbar, dass sich in diesem Moment der Fahrstuhl öffnete und sie verschwinden konnte.

Zurück in ihrer Wohnung, trat sie nachdenklich ans Fenster. Der kleine Park gegenüber war in ein kaltes Herbstlicht getaucht. Unter den kahlen Bäumen sah sie nur wenige Menschen, die ohne Eile den Wegen folgten. Die Einsamkeit, die dieses Bild ausstrahlte, wollte von ihr Besitz ergreifen. Sie wendete sich ab und ging zum Kühlschrank, der gähnend leer war. Sie entschloss sich, wenigstens ein paar Lebensmittel einkaufen zu gehen. Als sich die Fahrstuhltür vor ihr öffnete, stand eine unbekannte Frau vor ihr, die sie neugierig anblickte. Erschrocken drehte Maria sich um und lief schnell zurück in ihre Wohnung. Das Gefühl der Einsamkeit war einer unbestimmten Angst gewichen. Auf keinen Fall würde sie heute das Haus noch einmal verlassen. Im Internet suchte Maria nach einem Restaurant mit Lieferservice in ihrer Nähe. »Spice Symphony« mit asiatischen, indischen und italienischen Menüs schien das Richtige zu sein. Sie gab die Bestellung auf und lief dann unruhig durch die Wohnung und überlegte, was als Nächstes zu tun wäre. Mit einem energischen Griff riss sie das Trauerkleid vom Bügel und warf es in den leeren Mülleimer. Dann setzte sie sich wieder vor den Laptop und suchte im Netz nach Sicherheitsfirmen. Eine Anzeige weckte ihr Interesse. In der Bronx bot eine Firma Sicherheit in allen Fragen an. Sie musste schmunzeln. Eine Sicherheitsfirma in der Bronx, dem ehemals ärmsten Viertel New Yorks mit der höchsten Kriminalität? Ihre verstorbene Tante hatte sie mehrfach gewarnt, diesen Stadtteil zu betreten. Aber neugierig, wie sie als Dreizehnjährige war, hatte sie sich von ihrem Haus in Greenwich Village zu einer Erkundungstour auf den Weg gemacht. In der Bronx pfiffen ihr keine Kugeln um die Ohren, wie die Tante prophezeit hatte. Sie wurde auch nicht ausgeraubt. Das Einzige, woran sie sich heute erinnerte, waren die vielen Müllautos, die an ihr vorbei donnerten, und an den kleinen Jungen, der am Straßenrand auf einem Hocker gesessen und ein Bild gemalt hatte. Auf dem Bild war das Haus gegenüber zu sehen gewesen. Es war ein gewöhnliches, eher etwas schäbiges Haus. Besonders daran war nur eine rote Rose in einer Vase, die in einem der Fenster stand.

Der Junge hatte sich zu ihr umgedreht und gefragt: »Willst du es kaufen?«

»Die Rose steht doch gar nicht da«, hatte sie ihm geantwortet.

»Ich sehe sie aber«, lachte er.

Zwei Dollar hatte sie ihm gegeben und das Bild mit nach Hause genommen. Als die Tante erfuhr, wo sie es gekauft hatte, zerriss sie es. Wahrscheinlich konnte sie sich nur deshalb an diesen Ausflug in die Bronx erinnern.

Maria rief die Sicherheitsfirma an und verabredete einen Termin am nächsten Morgen. Kaum hatte sie aufgelegt, klingelte das Telefon und der Pförtner meldete den Lieferservice. Auf einmal spürte sie auch ihren Hunger wieder. Sie genoss die Mahlzeit und auch wenn sie sich müde und zerschlagen fühlte, sah sie im Anschluss die Post durch, die der Pförtner für sie aufbewahrt hatte. Die meisten Briefe wanderten in den Müll, es war die übliche Werbung. Briefe, die ihr wichtig erschienen, legte sie auf einen Stapel. Es waren nicht viele.

Am nächsten Morgen weckte sie das Telefon. Im ersten Moment begriff Maria nicht, warum der große Tisch vor der Wohnungstür stand. Am Rande der Tischplatte war eine Vase so platziert, dass sie bei einer Bewegung des Tisches herabstürzen würde. Unerbittlich klingelte das Telefon, langsam kamen die Erinnerungen wieder. Als sie abhob, meldete sich der Pförtner und teilte ihr mit, der Mitarbeiter einer Sicherheitsfirma stehe unten, sie hätten einen Termin vereinbart. Wenige Minuten später erschien ein gutaussehender Mann vor ihrer Tür. Er lächelte, als er bemerkte, wie sie ihren Bademantel bis zum Hals schloss.

»Entschuldigung, ich habe verschlafen.«

Er nickte nur und drängelte sich mit seinem kleinen Koffer an ihr vorbei in die Wohnung. Sie trat erschrocken zur Seite, um auszuweichen. Es kam zu einer fast unmerklichen Berührung der Arme, die sie aber durchaus registrierte. Maria bat den Mann, Platz zu nehmen. Er erklärte ihr das Konzept für eine Alarmanlage, die für ihre Wohnung genau die richtige sei. Dabei musterte er sie interessiert.

»Wollen sie sich nicht die Wohnung genauer anschauen?«, fragte sie.

»Ich kenne den Grundriss«, antwortete er. »Im zwölften Stock habe ich so eine Anlage schon eingebaut.«

Er breitete ein Blatt Papier vor ihr aus, auf dem der Grundriss ihrer Wohnung zu sehen war. Skizzierte dann, während er weiterredete, verschiedene Zeichen in den Grundriss, die Maria nicht deuten konnte.

»Das System meldet telefonisch, wenn jemand unberechtigter Weise Ihre Wohnung betritt. Sie können auf dem Display Ihres Handys verfolgen, was geschieht.«

Als er mit den Eintragungen fertig war, nahm sie ihm den Rotstift aus der Hand und malte eine Rose auf das Blatt.

»Top! Das machen wir so. Dazu bauen Sie mir noch eine doppelte Verrieglung in die Tür.«

Er grinste sie vieldeutig an und entgegnete: »Leben Sie in Scheidung?«

Maria ging darauf nicht ein: »Ich brauch das alles sofort.«

Wieder grinste er: »Leider erst nächste Woche. Wir könnten uns aber heute Abend treffen.«

»Sie haben mich missverstanden. Mir geht es nur um eine Alarmanlage.«

»Schade«, entgegnete er süffisant, »mein Terminkalender ist aber voll.«

Maria wollte schon aufbrausen, doch sie entschied anders und flehte devot:

»Wenn ich Sie ganz herzlich bitte.«

Er schüttelte den Kopf und packte mit einem Schulterzucken seine Utensilien zusammen. »Wann nächste Woche?«

»Ich würde auch mehr bezahlen.«

»Das wird teuer.«

»Wie teuer?«

Er blickte versonnen.

»Was sollte das mit der Rose?«

Die Frage irritierte Maria einen Moment. Dann erzählte sie von dem Jungen, der in der Bronx am Straßenrand gesessen und das Bild mit der Rose gemalt hatte.

»Ich kenne den Typen«, sagte er plötzlich und sah sie an wie eine alte Bekannte.

»Die Rose war sein Markenzeichen.«

»Sie kennen ihn?«, fragte Maria überrascht.

Er hob abwehrend die Hände.

»Ich kannte ihn aus Kindertagen. Er heißt William und hat Karriere gemacht. Ein Bild von ihm kostet heute verdammt viel Geld. Haben Sie es noch?«

»Nein, meine Tante hat es zerrissen.«

Er griff nach seinem Koffer und machte Anstalten zu gehen. An der Tür drehte er sich noch einmal um.

»Schade für Sie. Ich bin morgen gegen neun Uhr bei Ihnen. Ist das ok?«

»Sehr ok«, sie ging auf ihn zu und reichte ihm die Hand. Der Mann ergriff sie, sie spürte seinen festen Griff und unterdrückte einen Schmerzlaut. Bevor die Tür sich hinter ihm schloss, wendete er sich noch einmal um: »Der Preis bleibt der gleiche. Nichts für ungut.«

Verblüfft über die überraschende Wendung des Gesprächs, holte sie aus dem Kühlschrank die Reste ihres Abendessens. Dann machte sie sich auf den Weg zu ihrer Frauenärztin nach Greenwich Village.

Frau Dr. Aronowitz war in einem Alter, in dem andere schon in Pension gegangen waren. Die korpulente Frau Doktor freute sich, als sie Maria in ihrem Warteraum sitzen sah, nahm sie zur Verwunderung der anderen wartenden Frauen in ihre Arme und gleich mit in den Behandlungsraum, obwohl sie noch längst nicht an der Reihe gewesen wäre.

»So Mariechen, jetzt erzähle mal, wie es dir geht?«

Mit einem Seufzer ließ sie sich auf ihren breiten Stuhl fallen und fuhr fort: »Hast du schon einen Mann gefunden oder lebst du immer noch allein in eurem alten Hexenhaus? Setz dich.«

Maria, die erwartungsvoll stehen geblieben war, nahm auf dem Stuhl vor dem Schreibtisch Platz.

»Das Haus habe ich verkauft.«

»Damit wäre deine Tante, meine liebe alte Freundin, bestimmt nicht einverstanden gewesen.«

Sie lachte heiter und sah Maria mit ihren lebenslustigen Augen verschmitzt an.

»Hast du richtig gemacht. Was willst du alleine mit dem alten Kasten. Du hättest viel reinstecken müssen. Und wie heißt der Glückliche, bei dem du jetzt wohnst?«

»Der ist tot.«

»Das tut mir sehr leid! Was ist passiert?«

Maria schaute zu Boden.

»Eine lange Geschichte.«

Die Ärztin streckte Maria ihre Hand entgegen.

»Armes Mädchen. Eure Familie ist wahrlich nicht mit Glück gesegnet. Wenn du darüber reden möchtest?

»Weiß nicht«, antwortete Maria.

Die Ärztin wechselte zu einem sachlichen Ton:

»Was führt dich zu mir?«

»Ich bin schwanger.«

»Das auch noch«, stieß die alte Frau hervor und lehnte sich traurig zurück.

»Und nun soll ich Hilfe leisten?«

Maria war verblüfft, wie schnell der Gesichtsausdruck von Frau Dr. Aronowitz sich verändert hatte.

»Nein Frau Doktor, Sie irren sich. Ich will nur wissen, wie es ihm geht.«

Von einem Augenblick zum anderen kehrte das heitere Leuchten in die Augen der alten Frau zurück.

»Wenigstens eine gute Nachricht. Schade, dass deine Mutter und deine Tante das nicht mehr erleben können.«

Und sie lachte wieder ihr fröhliches Lachen.

»Dann wollen wir mal schauen.«

Maria zögerte und Angst ergriff sie. Was, wenn das Kind von ihrem Abtreibungsversuch Schaden genommen hatte?

»Kommst du?«, hörte sie Frau Doktor aus dem Nebenraum rufen. Mit einem Ruck erhob sie sich und ging zu ihr.

»Darf ich einen Schluck Wasser haben?«

Verständnisvoll reichte die alte Frau Maria das Wasser.

»Welcher Monat?«

»Ich glaube dritter.«

»Das Schwindelgefühl verschwindet mehr und mehr.«

Auf dem Bildschirm des Ultraschallgerätes war der Embryo schon gut zu sehen.

»Alles dran. Magen ist zu sehen, Niere und sieh mal hier, wie das Herz schlägt. Du bist schon über den dritten Monat hinaus«, verkündete sie heiter. Erst jetzt bemerkte sie, dass Maria Tränen über die Wangen flossen.

»Ach nee Mädchen, freu dich doch. Es ist alles in Ordnung. Ich kann dir nur noch nicht sagen, ob es ein Mädchen oder ein Junge wird. Einen Schniedelwutz habe ich noch nicht entdecken können.«

Maria versuchte zu lachen, doch der Versuch misslang. Stattdessen erschütterte ein heftiger Weinkrampf ihren ganzen Körper. Die alte Frau setzte sich neben sie und streichelte ihre Hand.

»Ich habe jetzt leider noch die Praxis voll, mein Mädchen. Ich mache uns heute ein schönes Essen und du kommst zum Abendbrot. Was hältst du davon? Bleib hier liegen, bis du dich beruhigt hast. Ich muss weitermachen.«

Sie strich Maria noch einmal über den Kopf, reichte ihr eine große Rolle Zellstoff und ließ sie allein. Es vergingen Minuten, bis sie sich aufrichtete. Dann schrieb sie auf ein Blatt, das sie auf dem Schreibtisch fand, einige Zeilen für Frau Dr. Aronowitz.

Liebe Frau Doktor,
ich bin Ihnen sehr dankbar für Ihr Verständnis und Ihre Hilfe. Ich habe mich über die Wärme gefreut, mit der Sie mich in Ihre Arme geschlossen haben. Das tat gut. Leider kann ich in den nächsten drei Tagen keine Einladung annehmen. Zu Hause wächst mir die Unordnung über den Kopf. Viele Umzugskisten stehen noch unberührt herum. Ich will und ich muss es mir unbedingt wohnlich machen. Bitte haben Sie dafür Verständnis. Ich rufe Sie an.
Herzlichst, Ihre Maria

»Da bist du nun wirklich tot. Und doch bist du bei mir, und das Leben geht weiter. Wie weiter?« Sie redete laut mit Jack und nahm die Leute nicht wahr, die ihr verwundert nachschauten. Plötzlich stand sie vor dem Haus, in dem sie groß geworden war. Frisch aufpoliert sah das Haus Maria an. Das Rot der Backsteinfassade leuchtete heller als früher und die ehemals dunkle Tür strahlte weiß, wie auch die Fenster. Zwei Kinder, ein Junge und ein Mädchen, stiegen die kleine Treppe hinauf und wurden von einer jungen Frau empfangen, die sie fröhlich einließ. Offensichtlich kamen die Kinder gerade aus der Schule. Wie gebannt schaute Maria auf diese Szene. Hier war einmal ihr Zuhause gewesen.

»Flenne nicht rum. Du bist nicht im Kino«, hörte sie sich sagen, hielt ein Taxi an, und fuhr in Richtung Central Park in ihre Wohnung.

Den Rest des Tages verbrachte sie damit, die Umzugskisten zu leeren und die Sachen in den Schränken zu verstauen. In einer der Kisten fand sie einen schwarzen Lammfellmantel. Als sie ihn heraushob, fiel ein I-Pad zu Boden. Sie hob es auf. *Liebe Maria, was auch geschieht, das I-Pad gehört Dir. Lege den Finger des Glückes darauf. Ich liebe Dich, Dein Jack,* stand auf der Rückseite der schwarzen Hülle in goldener Schrift geschrieben. Es war Jacks Handschrift. Maria legte es in eine Schublade des Kleiderschrankes und strich versonnen über den Lammfellmantel. Ihr war eiskalt gewesen, als Jack sie vor über einem Jahr vom Sender nach Hause gebracht hatte. Am nächsten Abend schenkte er ihr diesen Mantel. Als im Central Park die Lichter angingen, waren ihre Kisten ausgeräumt. Es blieben nur noch die übrig, die scheinbar durchwühlt worden waren, die Kisten mit Jacks Sachen. An diesem Tag blieben sie unberührt.

Lange vor dem Weckerklingeln erwachte Maria. Sie stand auf, nahm die Vase vom großen Tisch, der die Wohnungstür versperrte und schob ihn beiseite. Dann machte sie sich Eier im Glas, frühstückte ausgiebig und suchte im Internet, was eine Schwangere im vierten Monat zu beachten habe.

Der junge Mann von der Sicherheitsfirma erschien pünktlich um neun Uhr und installierte die Alarmanlage. Anschließend montierte er eine doppelte Verrieglung an ihrer Wohnungstür. Er redete kaum und gab sich zurückhaltend und höflich. Über Nacht schien er ein Anderer geworden zu sein. Als er gegen Mittag fertig wurde, unterschrieb sie die Rechnung und er gab ihr die Farbkopie einer Zeichnung. Eine kleine rote Rose stand vor einer grauen Ruine.

»Ich habe nur ein Bild von ihm. Die Kopie ist für Sie.«
Bevor er Maria verließ, gab er ihr noch seine Visitenkarte.
»Wenn Sie Hilfe brauchen.«

Jener junge Mann saß zwei Stunden später in der 45sten Etage in der Fifth Avenue auf dem Sessel einer Sitzgruppe und schob ein silbernes Tablett beiseite, auf dem drei Kristallgläser standen. Dann klappte er einen Laptop auf, stellte ihn auf den freigewordenen Platz und wandte sich an den älteren Herrn, der hinter einem schweren Eichenschreibtisch saß.

»Darf ich mir einen Schluck nehmen?«

Der Mann im maßgeschneiderten Anzug trug eine Krawatte mit einer Brillant-Spange, die nicht zu übersehen war. Er erhob sich und stellte sich hinter ihn. Sein »Bitte« klang wie ein Befehl. Der junge Mann schaltete seinen Laptop ein.

»Bitte trink, Jeff. Wasser haben wir genug.«

»Ich hatte Sie missverstanden,« entgegnete dieser.

»Du hast jetzt auf ihren Wunsch eine Alarmanlage eingebaut. Eine geniale Idee.«

»Ich blamiere mich nicht noch einmal.«

»Mit dem Wasserschaden konnte keiner rechnen.«

»Danke für das Verständnis, Herr Maier.«

Als Jeff sich Wasser in eines der Kristallgläser goss, erschien auf dem Monitor des Laptops ein Bild vom Eingangsbereich der Wohnung von Maria. Während er trank, tippte er auf eine der Tasten seines Computers, das Bild auf dem Monitor wechselte und man sah das Schlafzimmer, die Küche und das Bad.

»Das wird ein Spaß, Jeff.«

»WLAN macht es möglich.«

Maier klopfte ihm auf die Schulter, ging zu seinem Schreibtisch und zündete sich eine Zigarre an. Jeff lehnte sich im Sessel zurück, trank das Glas leer und konnte seinen Blick nicht vom Monitor wenden. Irgendwo musste Maria doch auftauchen. Maier griff zum Telefon: »Machen Sie einen Termin mit der Schwimmer.«

Das Handy klingelte genau in dem Moment, als Maria die Wohnung betrat. Lächelnd warf sie einen Blick auf die Kopie der

Zeichnung mit der roten Rose, die neben dem Telefon lag, hob ab und sagte nur: »Hallo.«

»Spreche ich mit Maria Schwimmer?« Die Stimme am anderen Ende der Leitung kam Maria bekannt vor.

»Ja, mit wem spreche ich?«

»Das ist aber schön, dass ich Sie erreiche. Sie sprechen mit dem Büro von Herrn Maier, der ist Ihnen noch ein Begriff?«

Maria lief ein Schauer über den Rücken. Sie schwieg.

»Hallo, sind Sie noch dran?«

Nach einem kurzen Zögern antwortete Maria: »Bin ich, was verschafft mir das Vergnügen?«

Ihre Stimme klang abweisend.

»Störe ich?«

»Nein, nein, reden Sie.«

»Mein Chef bat mich, mit Ihnen einen Termin zu vereinbaren.«

Die Einladung überraschte Maria.

»Weshalb?«

»Hat er mir nicht gesagt. Er meinte nur, Sie wüssten schon.«

»Da weiß er mehr als ich.«

Nach einem kurzen Zögern setzte sie hinzu: »Wann ist es Ihm recht?«

»Er fliegt übermorgen nach Berlin. Wenn Sie morgen Vormittag Zeit hätten.«

»Das ließe sich einrichten.«

»Zehn Uhr, ginge das?«

»Wo?«

»Hier im Büro. Sie waren mit Jack Brown einige Male hier.«

»Ich erinnere mich.«

»Also dann, bis morgen.«

»Bis morgen«, antwortete Maria und spürte ihr Herz heftig schlagen. Erschöpft ließsie sich in den Sessel fallen. Mit allem hatte sie gerechnet, nur nicht mit diesem Anruf. Was wollte Maier von ihr? Der Mann, der Jack umbringen ließ, davon war sie überzeugt. Warum sollte sie mit ihm reden? Woher wusste er, dass sie zurück in New York war? Warum hatte sie zugesagt? In ihrer Wohnung hielt sie es nicht mehr aus. Sie griff nach ihrem Mantel und verließ das Haus. Eine Runde durch den Central Park würde ihr jetzt guttun. Die Menschen, die an ihr vorbeigingen, nahm sie nicht wahr. Sie setzte sich auf eine Bank, starrte auf den Turtle Point, der vor ihr lag, und bemerkte plötzlich, dass sie auf genau der Bank am Teich saß, auf der sie früher mit ihrer Mutter oft gesessen hatte. Hinter dem Teich erhob sich das *American Museum of Natural History*. Dort waren die ausgestopften Tiere ausgestellt, für die sie sich als Kind so interessiert hatte. Auch nach dem Unfalltod ihrer Mutter war sie noch oft hier gewesen, wenn sie sich nach Ruhe gesehnt hatte. Hier hatte Jack sie das erste Mal angesprochen. Sie hing ihren Gedanken nach, als sich ein Jogger ungefragt neben sie setzte. Offenbar hatte sich sein Schnürsenkel gelöst. Nachdem er seinen Schuh gebunden hatte, erhob er sich schnell wieder und sagte, ohne Maria eines Blickes zu würdigen: »Wenn Sie Herrn Sörenson sprechen möchten, kommen Sie morgen Punkt 18 Uhr zur Pen Station Madison Square Garden. Treffpunkt: Eingangsbereich große Abfahrtsanzeige. Er wird Sie finden.« Noch bevor Maria ihm ins Gesicht schauen konnte, lief er in hohem Tempo davon. Sie sah ihm erschrocken nach, als sei ihr eben der Heilige Geist persönlich erschienen. Wo eben noch der Mann gesessen hatte, lag ein Brief ohne Absender. Nur »Maria« stand darauf. Zögernd öffnete sie ihn.

Liebe Maria Schwimmer,
Ihr Film »Maria und der Patriot« ist beeindruckend, aber gleichzeitig inkonsequent. Daran lag es aber nicht, dass der Film in Deutschland kaum bemerkt wurde. Unsere deutschen Landsleute vergessen lieber und haben keine Lust, sich tiefgründiger mit ihrer Vergangenheit zu beschäftigen. Warum auch, das ändert ja nichts und es geht ihnen, pauschal gesagt, gut. Damit das so bleibt, schützen die Medien sie vor extremer Aufregung. Für den internationalen Markt war Ihr Film zu harmlos. Ich rate Ihnen aber trotzdem, machen Sie einen zweiten Film. Es sollte doch eine Reihe werden, wenn ich es richtig verstanden habe. Warum rate ich Ihnen dazu? Die Deutsche Einheit war letztendlich ein Geschäft. Der Mann, der die DDR-Wirtschaft privatisieren sollte, glaubte an die Vernunft der Menschen. Das war blauäugig, deshalb musste er sterben. Der Chef der Deutschen Bank, Alfred Herrhausen, wurde ebenfalls ermordet, weil auch er an die

Vernunft glaubte. Ihr Freund Jack glaubte an die Liebe und das war noch verrückter. Menschlichkeit verträgt sich nicht mit Macht und Profit. Die großen Geschäfte finden im Dunkeln statt. Ihr Film ist wie eine Kerze, in deren Licht man die im Dunkel Handelnden ahnen kann. Ich gratuliere Ihnen. Sie haben einige Wenige erschreckt. Das ist ein großes Verdienst. Respekt. Sie kennen mich nicht. Aber ich weiß einiges über Sie, wie Sie sicher bemerkt haben. Wollen Sie an die Sache ran? Ich kann Ihnen helfen, denn ich habe Informationen und Beweismaterial.

PS: Lassen Sie die Finger von Maier. Der ehemalige Chef von Jack ist Ihnen überlegen. Übergeben Sie diesen Brief nicht der Polizei, die wird keine DNA-Spuren oder anderes finden. Sie machen sich nur lächerlich, wie in Toronto. Irgendwann landen Sie dann tatsächlich in der Nervenheilanstalt. Das wäre schade.

Unterschrieben war der Brief mit »Sörenson«. Dem Brief lag ein Foto bei. Sie sah sich und Jack auf genau der Bank sitzen, auf der sie gerade saß. Es dauerte einige Augenblicke, ehe Maria begriff, was ihr soeben widerfahren war. Dieser Sörenson war auch der Grund ihrer erneuten Rückkehr nach New York gewesen. Erst drei Tage waren vergangen, dass Maria in ihre Wohnung in New York zurückgekehrt war und es bemühten sich bereits zwei Männer um sie, deren Intentionen ganz offensichtlich unterschiedlicher nicht sein konnten.

»Was bin ich doch für eine gute Partie!«, murmelte sie vor sich hin und brach in hysterisches Gelächter aus. Erschrocken war eine ältere Frau vor der Bank stehen geblieben und starrte sie an.

»Wen würden Sie auswählen, einen in die Jahre gekommenen Mörder oder einen Alten mit einem entstellten Gesicht?«, fragte Maria die Frau und Tränen liefen ihr über das Gesicht.

»Bleiben Sie ganz ruhig sitzen. Ich hole Hilfe!«, sagte die Frau und lief davon. Die erschrockene Stimme ließ Maria wieder zu sich kommen. Sie steckte den Brief in ihre Tasche, hob das zerknüllte Foto vom Boden auf und verließ in entgegengesetzter Richtung den Central Park.

Der nächste Morgen begann für Maria mit einem Schrecken. Als sie die Wohnung verlassen wollte, schlug die Alarmanlage ohrenbetäubend an. Auf dem Display ihres Telefons sah sie sich selbst in der Wohnungstür stehen. Am Abend zuvor hatte sie die Anlage erstmals angestellt und offenbar vergessen, sie wieder zu deaktivieren. Erleichtert verließ sie die Wohnung.

Im Vorzimmer von Maiers Büro im fünfundvierzigsten Stock wurde Maria von dessen Sekretärin mit einem freundlichen Lächeln empfangen und direkt ins Allerheiligste begleitet. Als sie eintrat, erhob sich Maier hinter seinem schweren Eichenschreibtisch, ging ihr entgegen und reichte ihr mit versteinerter Miene die Hand.

»Schön, dass Sie sich die Zeit nehmen. Darf ich Ihnen etwas anbieten?«

Maria verneinte und die Sekretärin verließ den Raum.

»Reden wir nicht um die Sache herum. Ich weiß, dass Sie glauben, ich hätte Jack Brown umbringen lassen. Das ist Ihr gutes Recht, aber falsch. In Ihrem Film gehen Sie nicht freundlich mit mir um. Ich habe erwogen, eine Verleumdungsklage einzureichen, aber Abstand davon genommen. Sie haben mich ausgenutzt und die Hunderttausend, die ich Ihnen für den Film gab, gegen mich verwandt. Das ist nicht fair. Jetzt hetzen Sie mir noch die kanadische Polizei auf den Hals, das ist zudem auch noch schizophren. Ich kann Ihnen, wenn Sie das wünschen, einen guten Psychiater empfehlen. Aber nicht deshalb habe ich Sie um diesen Termin gebeten. Sie suchen nach dem Mörder Ihres Freundes. Das verstehe ich, und ich kann Ihnen helfen. Er legte drei Zeitungsauschnitte auf den kleinen Tisch, an dem Maria saß. Sie schaute ihn fragend an.

»*Toronto Star, Toronto Sun* und *New York Post* berichten über den Mord an Jack. Lesen Sie.« Maria griff nach den Zeitungsausschnitten. Maier steckte sich eine Zigarre an und nahm hinter seinem Schreibtisch Platz. Dabei ließ er sie nicht aus den Augen. Er zog genüsslich an der Zigarre und wartete. Maria hob den Kopf und sah ihn fragend an. Maier zuckte mit den Schultern.

»Tja mein Mädchen, so kann man sich irren. Hätte ich auch nicht gedacht, dass er mich zweimal hintergeht. Ist ein dickes Ding.«

»Jack war in Geldwäsche-Geschäfte verstrickt?«, fragte Maria ungläubig.

Wieder zuckte Maier mit den Schultern.

»So schreiben es die Zeitungen. Das Fatale ist, die Kontakte zu den Banken hat er von mir.«

»Ich glaube das nicht.«

»Ist auch kaum zu glauben«, entgegnete Maier ihr, lehnte sich zurück und fuhr fort: »Offensichtlich hat er es übertrieben und ist zwischen die Räder gekommen.«

»Was soll das heißen?«

»Wenn man in dieser Branche jemanden hintergeht, gibt es keine Gnade.«

Maria schob die Zeitungsausschnitte in die Mitte des Tisches und schüttelte den Kopf.

»Die Zeitungen schreiben viel. Gibt es dafür Beweise?«

»Die Polizei ermittelt.«

»Jack hat Sie doch auch hintergangen.«

Maria lächelte ihn provozierend an. Maier ließ sich nicht aus der Ruhe bringen.

»Aus Liebe. Das kann ich verzeihen. Jedenfalls hängt der Mord nicht mit dem Film zusammen, wenn Sie mich auch gern als Mörder vor Gericht stellen würden.«

Maier zuckte das dritte Mal mit den Schultern.

»Tut mir leid.«

Das provozierende Lächeln verschwand aus Marias Gesicht. Ihr Ton wurde sachlich.

»Was wollen Sie von mir?«

»Ich habe Ihnen einhunderttausend Dollar für Ihren Film gegeben. Mein Irrtum war, dass ich glaubte, es interessiere sich jemand für den Mord an diesem Rohwedder. Selbst den Deutschen geht der Patriot, wie Sie ihn nennen, am Arsch vorbei. Ihr kanadischer Produzent sagte mir, der Verkauf läuft schleppend. Der Film ist ein Flop. Übrigens, Jack muss auf seinem Konto verdammt viel Geld liegen haben. Wissen Sie davon?«

»Nein«, antwortete Maria kalt.

»Ich glaube Ihnen. Um das Ganze abzuschließen, wir haben damals keinen Vertrag gemacht. Ich wollte, dass Sie schnellstens die USA verlassen und mit dem Film beschäftigt sind. Außerdem wollte ich, dass Jack Sie vergisst und zur Vernunft kommt. Ich schreibe die Einhunderttausend ab. Das wollte ich Ihnen sagen.«

Maier legte seine Zigarre in einen großen Aschenbecher, der auf dem Schreibtisch stand und erhob sich.

Maria fixierte ihn und entgegnete zynisch: »Das wollten Sie mir sagen?«

»Ja!«

Er kam auf Maria zu und streckte ihr seine Rechte zum Abschied hin. Nach kurzem Zögern erhob sie sich und nahm die Hand, die ihr Maier hinhielt. Doch der ließ sie nicht wieder los.

»Eine Bitte habe ich noch. Im Besitz von Jack waren Unterlagen, die mir gehören. Es handelt sich um Einzahlungsbelege und Quittungen und so weiter. Es ist wichtig, dass ich sie zurückbekomme. Haben Sie mich verstanden?«

Maria nickte und er ließ ihre Hand los. An der Tür blieb Maria noch einmal stehen, kam zurück und nahm die Zeitungsausschnitte an sich.

Kaum hatte Maria das Büro verlassen, stand Maiers Sekretärin in der Tür.

»Und?«, fragte er. Die große Frau mittleren Alters lächelte.

»Ich habe für heute Abend im *Ai Fiori* einen Tisch bestellt.«

Maier glaubte sich verhört zu haben.

»Was haben Sie?«

»Was ich habe? Ich habe heute dreißigjähriges Dienstjubiläum.«

Verblüfft ließ sich Maier in seinen Schreibtischsessel fallen und schien nachzudenken. Die Sekretärin lehnte sich an den Türrahmen und wartete.

Maier musterte sie und dachte bei sich: »Warum hat der liebe Gott ihr ein so großes Gebiss verpasst. Sie ist doch gar nicht so hässlich.«

»Es tut sehr gut, wenn Sie mich so anschauen. In der letzten Zeit hatte ich das Gefühl, Sie merken gar nicht mehr, dass ich noch da bin.«

»Silvia, jetzt übertreiben Sie. Ich erinnere mich noch genau an den Oktobertag 1985 als Sie das erste Mal in meiner Tür standen.«

Sie lächelte ihn an.

»Was treibt Sie zur Agency? Das haben Sie mich damals gefragt und ich habe geantwortet: Ich wollte schon immer zum Geheimdienst.«

»Stimmt«, bestätigte Maier und setzte hinzu: »Und ich habe nachgefragt: Warum? Ihre Antwort war: Weil ich zu hässlich bin, um Abenteuer mit reichen Männern zu haben.«

Wieder lächelte sie kokett.

»Sie haben Humor. Das hat mich überzeugt.« Er holte aus seinem Schreibtisch eine Whiskyflasche und zwei Gläser.

»Und?«, fragte er wieder.

»Sie meinen ›Abenteuer‹? Die hatten wir doch gemeinsam genug. Oder?«

Sie ging zum Schreibtisch, stellte die Whiskyflasche und die Gläser wieder hinein. Ihr Chef sah sie verblüfft an.

»Richard, Sie müssen akzeptieren, dass das heute mein Tag ist und wir beginnen mit Champagner, heute Abend im *Ai Fiori.*«

»Silvia, ich lade Sie ein.«

»Ich lade Sie ein!«, widersprach die Sekretärin und betonte dabei jedes Wort. »Bis nachher im Restaurant!« Sie verließ sein Büro.

Als die Tür hinter ihr ins Schloss gefallen war, goss sich Maier schmunzelnd einen Whisky ein.

Silvia war einundzwanzig Jahre alt und er dreiundvierzig, als er ihr das erste Mal begegnet war. Sein Ziehvater bei der Agency hatte sie irgendwo ausgegraben. Walters, der alte Haudegen, war damals eigentlich schon im Ruhestand und im vertrauten Kreis war man überrascht, dass George Bush sen. ihn flehentlich bitten würde, noch einmal einen Job zu erledigen. Er schickte den General der Agency als Botschafter nach Bonn, um die deutsche Einigung zu managen. Maier war sich nicht sicher gewesen, ob der Alte ihm mit Silvia eine Laus in den Pelz gesetzt hatte. Die Aufträge, die er für den Botschafter erledigen musste, waren hoch brisant und er wusste, der General vertraute nur sich selbst. Da sie aber ein besonderes Verhältnis verband, verwarf er diesen Gedanken damals schnell. Er hatte, wie sein Ziehvater, eine Jesuitenschule besucht. Nicht wie jener in England, sondern in Boston, wo sein streng katholischer Vater eine erfolgreiche Anwaltskanzlei betrieb. Maier beendete das Boston College als Anwalt, trat aber nicht in die Fußstapfen des ungeliebten Vaters, sondern floh zur Army und wurde Offizier. Hier traf er auf Walters, mit dem ihn bis zu dessen Tod eine Seelenverwandtschaft verband. Sein leiblicher Vater war eifersüchtig auf diesen väterlichen Freund. Er unterstellte seinem Sohn sogar, er sei homosexuell. Immer wieder hatte er erfolglos versucht, ihn zu verheiraten. Die Sehnsucht des Alten nach Enkeln sollte nie in Erfüllung gehen.

Ein Krankenwagen, der auf der 5th Avenue mit Geheul an ihr vorbeiraste, riss Maria aus ihren Gedanken. Sie wandte sich zu dem Hochhaus um, aus dem sie gerade gekommen war.

»Für wie dumm hält dieser Maier mich? Das wird er bereuen!«

Gegen 14.00 Uhr war sie wieder in ihrer Wohnung. Es blieben noch vier Stunden bis zu ihrem nächsten Date. Erschöpft legte sich Maria auf das Sofa und schlief sofort ein. Nach kaum einer halben Stunde klingelte das Telefon. Völlig verschlafen hob sie ab. Am anderen Ende der Leitung war ihr Vater. Er schien sehr aufgeregt und seine Worte überstürzten sich. Hatte sie richtig verstanden? Er habe in Windhoek eingecheckt und lande morgen früh 8.40 Uhr Ortszeit auf dem Kennedy Airport. Maria war mit einem Schlage hellwach. Jacks Mutter hätte ihn angerufen und über alles in Kenntnis gesetzt. Er wisse Bescheid. Maria war von dieser Nachricht alles andere als begeistert, hatte aber nicht die Kraft, ein längeres Gespräch zu führen. Ihn von diesem Unterfangen abzuhalten, war ohnehin sinnlos. Also versicherte sie ihm, pünktlich am kommenden Morgen am Flughafen zu sein und ihn abzuholen. Völlig entnervt legte sie auf.

Maiers Sekretärin Silvia hatte im Sternerestaurant *Ai Fiori* in der 5th Avenue einen Tisch etwas abseits am Fenster reserviert und ein Menü zusammengestellt, das ihm beweisen sollte, wie genau sie ihren Chef kannte. Unentschlossen stand sie vor dem Kleiderschrank. Heute wollte sie alles geben, um ihm zu gefallen. Sie probierte ein Kleid nach dem anderen an und verwarf ihre Wahl umgehend wieder. Silvia hatte den Blick in den Spiegel noch nie gemocht, empfand sie sich doch als viel zu grobschlächtig und unattraktiv. Daran konnte auch der schön geschwungene Mund nichts ändern. Alle Versuche, sich in teuren, eleganten Sachen zu verstecken, schienen zum Scheitern verurteilt. Sie öffnete eine Flasche Champagner. Nach dem dritten Glas wurde sie zuversichtlicher. »Er vertraut mir, das ist doch viel wichtiger als alle diese Äußerlichkeiten«, dachte sie und entschied sich für ein hochgeschlossenes schwarzes Kleid. Nur ihren Mund betonte sie mit einem kräftigen Rot.

Maier kam als Erster ins Restaurant und nahm an dem reservierten Tisch am Fenster Platz. Augenblicke später stand ein frisch gezapftes Bier vor ihm. »Sie kennt mich eben«, stellte er zufrieden fest. Als Silvia mit suchendem Blick durch die Tür trat, hätte er um ein Haar Mitleid mit ihr gehabt. Er wusste um ihre Selbstzweifel.

Mit einem Lächeln stand er auf und zog den Stuhl ihm gegenüber zurück. Dass sie schon getrunken hatte, nahm er sofort wahr. Auch sie lächelte ihn an und bestellte ein stilles Wasser. Als Vorspeise wurde Kaviar mit Champagner serviert. Maier prostete ihr zu.

»Auf uns! Meine Güte, wir kennen uns nun schon so lange. Wissen Sie eigentlich, dass ich damals angenommen hatte, der Alte hätte Sie zu mir geschickt, um mich zu kontrollieren.«

»Denkbar«, antwortete sie mit einem provozierenden Lächeln. »General Walters war ein enger Freund meines Vaters, und als der aus Vietnam nicht zurückkam, hat er sich rührend um mich gekümmert. Er war wohl damals der Meinung, ich würde gut zu Ihnen passen.«

»Und?«

Sie nippte an ihrem Champagner und entgegnete: »Die Frage müssen Sie sich selbst beantworten.«

»Er hatte recht.«

»Der General ist nun schon einige Jahre tot. Darf ich Ihnen mal was sagen?«

Sie sah ihn fragend an.

»Immer zu.«

Als wolle sie sich Mut antrinken, nahm Silvia noch einen beherzten Schluck aus dem Champagnerglas und schaute Maier dann bedeutungsvoll an.

»In Ihnen lebt der alte Walters fort. Sein Leitspruch war: *Die Welt darf nicht im Chaos versinken.* Er hat immer gesagt: *Amerika hat die heilige Pflicht, Die Werte zu erhalten, die uns groß gemacht haben, gegen Kommunismus, Egoismus und rote Diktaturen. In diesem Kampf darf man auf nichts und niemanden Rücksicht nehmen.*

Und das ist doch auch Ihre Devise! Ich weiß, dass es Ihnen sehr schwergefallen ist, Jack zu bestrafen. Aber er hat den Tod verdient. Glauben Sie mir, Sie haben richtig gehandelt. Deshalb passe ich zu Ihnen und ...«

Das australische Lamm unterbrach Silvias pathetische Rede. Der Kellner stellte die Teller mit Schwung vor ihnen ab. Ein Zweiter stand mit einer geöffneten Rotweinflasche hinter Maier und sah dessen Sekretärin fragend an. Die wies auf ihren Chef und er goss ihm einen Schluck ein.

»Ich habe mir gedacht, ein guter *La Rioja Alta 904* passt zum Lamm.« Ihre Stimme klang dienstbeflissen und nichts erinnerte mehr an den pathetischen Ton, der soeben ihre kurze Rede geprägt hatte.

Maier nahm einen Schluck und nickte zur Bestätigung dem Kellner zu, der daraufhin schweigend die Rotweingläser füllte. Mit einer kurzen Verneigung verschwanden die beiden Kellner.

»Eine gute Wahl. Dann wollen wir mal.«

Maier griff zu Messer und Gabel und begann zu essen. Silvia beobachtete ihn erwartungsvoll. Als er ihren Blick bemerkte, sagte er: »Sie passen zu mir. Das zeigt das Menü und ihre patriotische Haltung.«

Einen Augenblick zweifelte Silvia an den Worten ihres Chefs. »Patriotisch« schien ihr aus seinem Munde zynisch zu klingen. Doch er ließ ihr keine Zeit, darüber nachzudenken.

»Wissen Sie, Silvia, als Ende der achtziger Jahre Präsident Reagan einen ehemaligen FBI Chef zum Direktor der Agency machte, einen gesetzestreuen Pedanten, der alle unsere verdeckten Operationen aufklären sollte, dachte ich, unsere Zusammenarbeit hat ihr Ende gefunden.«

»Wirklich?«

Sie sah ihn zweifelnd an.

»Der Alte hatte beschlossen, dass einige von uns die CIA verlassen und als private Geschäftsleute für seine Ziele weiterarbeiten sollten.«

»Das war die genialste Idee«, fiel die Sekretärin ihrem Chef euphorisch ins Wort. Der brach in ein lautes Gelächter aus und verschluckte sich fast.

»Da waren Sie mir einige Schritte voraus!«

Zufrieden lehnte sie sich zurück und wischte sich mit ihrer Serviette über die Lippen. Sie erhob ihr Glas: »Darauf trinken wir!«

Maier tat es ihr gleich und sie fuhr fort: »Kein Kongress, keine linken Senatoren konnten uns mehr in die Karten schauen. Sie hatten einfach nicht das Recht dazu.«

Als Maier das Glas abgesetzt hatte und sein Besteck wieder in seinen Händen hielt, sagte er lachend: »Er war wirklich genial. Nicht nur sieben Sprachen beherrschte er akzentfrei, nein, er hat Sie zu mir geschickt.«

Als Abschluss gab es Crema di Cioccolato mit Lemon Sorbet. Silvia hatte jede seiner Regungen beobachtet und war glücklich – auch der Abschluss des Menüs war geglückt. Maier schaute ihr tief und ein bisschen zu lange in die Augen. Bevor es peinlich wurde, begann er zu sprechen: »Silvia, wir sind uns sehr nahe, ohne uns je nahe gewesen zu sein. Diese Nähe ist für mich das Wichtigste in meinem Leben. Danke.«

Leicht errötend wendete sie sich ab und schnäuzte sich in ihr Taschentuch. Sie war froh, als in diesem Moment der Portwein serviert wurde, den der Chef immer am Ende seines Dinners orderte. Um dem Ganzen eine unverfängliche Wendung zu geben, brachte sie das Gespräch noch einmal auf die morgendliche Begegnung mit Maria und stellte abschließend sachlich fest: »Diese Frau ist für mich unberechenbar.«

Maria fuhr mit der Metro zur Pen Station und betrat die Eingangshalle mit der großen Anzeigetafel. Hier herrschte reges Treiben und sie fragte sich, wie der mysteriöse Sörenson sie hier finden wolle. Es war fünf Minuten vor 18 Uhr. In diesem Moment fasste jemand an ihre linke Schulter, sagte: »Folg mir« und ging weiter. Er trug einen blauen Jogginganzug. In dem Gedränge fiel es Maria schwer, ihn nicht aus den Augen zu verlieren. Sie verließen den Bahnhof und gingen die 33rd Street entlang. Auch hier drängten sich die Menschen. An einer Unterführung verlor sie den Mann aus den Augen. Doch nur Augenblicke später tippte er sie wieder an die Schulter und zischte: »Passen auf!« Maria glaubte, den jungen Mann erkannt zu haben, der ihr im Central Park den Brief übergeben hatte. Er bewegte sich schnell durch das Passanten-Getümmel auf der Straße. Maria konnte ihm kaum folgen. Als sie an die Ecke 9th Avenue kamen, öffnete sich plötzlich eine Autotür und Maria wurde in den Wagen gezogen. Der junge Mann war wie vom Erdboden verschluckt. Alles ging so schnell, dass an Gegenwehr nicht zu denken war. Der Wagen setzte sich rasant in Bewegung. Neben ihr auf dem Rücksitz saß ein Mann.

»Gut, dass Sie sich entschieden haben. Ich dachte schon, der alte Ganove Maier hätte Ihnen einen Floh ins Ohr gesetzt. Ihr Handy bitte.«

Maria zögerte und sah ihn fragend an.

»Herr Sörenson?«

»Geben Sie schon her. Es ist besser für uns beide.«

Sie legte ihr Handy in die Rechte des Mannes, die er ihr hinhielt. Er reichte das Telefon nach vorn zu der jungen Frau am Steuer, die es schweigend in eine Metallkassette legte. Maria konnte ihr Gesicht nur zum Teil im Rückspiegel sehen.

Sörenson nickte zufrieden.

»Jetzt kann Sie keiner mehr orten.«

Maria war aufgebracht.

»Was soll das ganze Theater?«

Er steckte sich eine Zigarette an. Im Schein des Feuerzeugs sah sie seine zerschundene Gesichtshälfte und die linke leere Augenhöhle.

»Wenn Sie mein Rauchen stört, mach ich sie aus.«

»Das wäre schön.«

Er öffnete die Scheibe, warf die Zigarette nach draußen und wandte sich ihr zu.

»Das ganze Theater, wie Sie es nennen, ist zu Ihrem Schutz.«

Maria versuchte zu lachen.

»Vor wem wollen Sie mich beschützen?«

»Vor denen, die Ihren Freund umgebracht haben«, antwortete Sörenson.

»Und wer soll das Ihrer Meinung nach sein?«

Maria sah in das Auge, das dem Mann geblieben war.

»Jene, die mich umbringen wollten und dabei zum Krüppel gemacht haben.«

Auf der intakten Gesichtshälfte glaubte Maria ein Schmunzeln zu entdecken.

»Das klingt alles sehr kryptisch.«

»Man sollte uns nicht zusammen sehen, wenn wir Erfolg haben wollen.«

»Was heißt Erfolg?«

Sörenson schien nachzudenken.

Maria verlor langsam die Geduld.

»Nochmal: Was heißt Erfolg und für wen arbeiten Sie?«

»Für mich«, antwortete er ruhig.

»War das schon so, als Sie Jack und mich im Central Park fotografierten?«

»Ich erzähle Ihnen gern meine Geschichte.«

»Lassen Sie mich raten. Sie haben für Maier gearbeitet.«

»Das war nicht schwer.«

»Jack hat in meiner Doku alles erzählt. Er hat Maier bloßgestellt. Das war sein Verhängnis. Aber warum wollte man Sie umbringen?«.

»Er hat nicht alles erzählt.«

Wieder schien es Maria so, als ob die noch intakte Gesichtshälfte des Mannes schmunzelte.

»Was haben Sie mit Geldwäsche-Geschäften zu tun?«

»Ich habe vieles in meinem Leben gemacht, aber Geldwäsche? Dazu fällt mir nun wirklich nichts ein«, antwortete Sörenson.

»Das soll ich Ihnen glauben?«

»Wie kommen Sie darauf?«

Maria antwortete sichtlich aufgebracht:

»Lesen Sie keine Zeitung? In Kanada und hier wird in der Presse verbreitet, der Mord an Jack hätte etwas damit zu tun.«

»Mit Geld vielleicht aber nicht mit Geldwäsche. Das können Sie mir glauben.«

»Wie soll ich Ihnen glauben, wenn ich Sie nicht kenne?«

»Das lässt sich ändern, Sie müssen mir nur ein bisschen Zeit schenken und zuhören.«

Der Mann, der sich Sörenson nannte, lehnte sich zurück und begann zu erzählen:

»Ich wurde am 11. August 1950 als Franz Borm in Eythra bei Leipzig geboren. Das war ein tausendjähriges Dorf, das der Braunkohle zum Opfer fiel. Mein Vater, Walter Borm, kam als Flüchtling nach dem Zweiten Weltkrieg dorthin«, fügte er hinzu. »Er war gelernter Schmied. Sein Handwerk hatte er beim Schmiedemeister Otto Wohlgemuth in der Schmiede von Coadjuthen gelernt.«

Hier unterbrach Sörenson seine Erzählung: »Ist das zu ausführlich?«

»Ich habe nicht drei Tage Zeit – aber fahren sie fort«, antwortete Maria, aus der die Anspannung ein wenig gewichen war.

»Ok. Mein Vater war Mitglied der Flieger HJ, wurde 1944 zur Luftwaffe eingezogen und als Jagdflieger ausgebildet. Zum Einsatz kam er nicht mehr, aber in Kriegsgefangenschaft. Kurz vor der russischen Grenze sprang er vom Güterzug und konnte fliehen.«

Maria sah aus dem Fenster und registrierte, dass sie in Richtung Kennedy Airport

fuhren.

»Wollen Sie mich ausfliegen?«

»Vielleicht wäre das das Beste«, antwortete ihr die Frau hinter dem Steuer.

»Sie können ja sprechen«, entgegnete Maria.

»Das kann sie und Sie sollten sie nicht reizen. Ihre Hilfe werden Sie noch brauchen«, mischte sich Sörenson ein. »Übrigens heißt sie Katja, unter Freunden Katinka.«

Maria ignorierte seine Bemerkung.

»Also Ihr Vater sprang vom Zug.«

Im Rückspiegel bemerkte Maria, dass sie von Katja beobachtet wurde.

»Er muss Ihnen das nicht erzählen, wenn Sie es nicht interessiert.«

Sörenson sprach ruhig weiter: »Das Glück meines Vaters war, dass er wie sechzehn aussah. So konnte er sich bis nach Sachsen durchschlagen. Meine Mutter lernte er in Eythra kennen. Dort hatte man ihm eine Unterkunft zugewiesen. Anstellung fand er in der Gießerei ›Max Heller‹ in Bösdorf, einem Nachbarort.«

Es schien so, als bereitete es ihm Vergnügen, Maria die Geschichte in allen Einzelheiten zu erzählen.

»Horst komm zum Punkt. Siehst Du nicht, dass sie sich langweilt«, unterbrach ihn Katja in scharfem Ton.

»Woher wollen Sie wissen, dass ich mich langweile?«

Ihre Blicke trafen sich nur kurz. Doch Maria hatte die Gereiztheit in den Augen der Frau vor ihr sofort bemerkt.

Auf ihre Frage bekam sie keine Antwort und der Mann neben ihr fuhr lächelnd fort: »Meine Eltern wohnten in einem großen Haus am Mühlgraben, das den Großeltern gehörte. Die Großmutter führte das Regiment und das blieb auch so, als der Großvater als gebrochener Mann aus der russischen Kriegsgefangenschaft zurückgekehrt war. Ich kam als Erstgeborener zur Welt. Nach fünf Jahren folgte mir Heiner. Wir beide gingen in die Oberschule von Eythra. Ich war ein begeisterter Bandoneon-Spieler. Siggi Gundlach, ein Mitglied des Bandoneon-Klubs Eythra, war mein Lehrer. Wissen Sie, was ein Bandoneon ist?«, wandte er sich unvermittelt an Maria.

»Sie werden es mir vorspielen.«

»Ich werde mir eins besorgen, wenn es Ihr Vertrauen in mich stärkt.«

»Wenn ich wüsste, was Sie mit diesem Theater bezwecken, wären wir einen Schritt weiter«, entgegnete sie leicht genervt.

»Geduld ist das Wichtigste, wenn Sie Erfolg haben wollen.«

Er atmete tief ein und sein Auge sah Maria taxierend an, dann sprach er weiter.

»Ich absolvierte nach dem Abitur einen achtzehnmonatigen Wehrdienst bei den Grenztruppen der DDR. Während meiner Dienstzeit kontaktierte mich ein Unteroffizier, der Einschätzungen von Soldaten erstellte. Mir war anfangs nicht klar, dass es sich hierbei um den ersten Kontakt zur Staatssicherheit, dem Geheimdienst der DDR, handelte. Vor meiner Dienstzeit hatte ich die Aufnahmeprüfung an der DHfK Leipzig bestanden. Das war eine Hochschule für Sport. Ich träumte von einer Trainerkarriere. Während meines Studiums in Leipzig festigte sich der Kontakt zur Staatssicherheit. Ich wurde ein HIM, Hauptamtlicher inoffizieller Mitarbeiter, und absolvierte ein sogenanntes Rahmenausbildungsprogramm der AGM/S. So hieß die Arbeitsgruppe des Ministers für Sonderfragen. Diese Abteilung war für Terror- und Sabotageeinsätze gegründet worden.«

Im Rückspiegel trafen sich wieder die Blicke der beiden Frauen. Maria versuchte aus dem Blickfeld des Rückspiegels zu rücken, doch Katja drehte den Spiegel so, dass sie sich sehen konnten. Maria registrierte ihr Lächeln.

»Während der Handball-Weltmeisterschaft der Männer 1986, die in der Schweiz stattfand, setzte ich mich im Auftrage des Ministeriums in die BRD ab. Ich ließ mich als Handballtrainer in Nürnberg nieder. Für die Staatssicherheit war ich im Stadt- und Landkreis Landsberg/Lech, Augsburg, München und Nürnberg aktiv. Ich war dort für sogenannte Kampfaufgaben vorgesehen. Von 1986 bis 1990 hatte ich zwei Einsätze zur Liquidierung von Zielpersonen. Einmal handelte es sich um eine Frau, die ich als feindliche Agentin enttarnte und die mir gefährlich geworden war. Es blieb mir nichts anderes übrig. Ich habe sie erschossen und entsorgt.« Maria lief es kalt den Rücken runter. Wie ungerührt dieser Mann von Morden sprach, die er offensichtlich selbst begangen hatte.

»Können Sie bitte eine Pause machen?« Sie fuhr die Scheibe herunter, holte tief Luft und musste an Jack denken. Katja reichte ihr schweigend eine Wasserflasche, die sie dankend annahm.

»Ich erzähle wie ein Automat. Entschuldigung.«

Nachdem sie beinahe die ganze Flasche geleert hatte, fuhr Maria das Fenster wieder hoch und lehnte sich zurück.

»Ich bin bereit. Sie haben also eine Frau umgebracht.«

»Die mich verraten wollte«, ergänzte er. »Ein zweiter Verräter stammte aus den eigenen Reihen. Den haben wir in der Nähe von Nürnberg durch einen Autounfall liquidiert. Dafür bekam ich einen Orden.«

Sörenson lachte gequält.

»Nach den Ereignissen von 1989-90 in Deutschland setzte ich mich nach Spanien ab. Ein Zufall enttarnte mich. Ich nutzte einen Pass, der auf die Identität eines existierenden BRD-Bürgers für mich ausgestellt worden war. Mit diesem Pass mietete ich in Madrid einen Leihwagen. Mit dem Wagen kam es zu einem unbedeutenden Unfall. Die Versicherung schickte die Rechnungsunterlagen der echten Person nach Deutschland und der Mann ging zur Polizei, die daraufhin Nachforschungen anstellte.«

»Und damit waren Sie aufgeflogen«, stellte Maria mit falschem Bedauern fest und registrierte den giftigen Blick im Rückspiegel.

»Ich wurde in Spanien verhaftet und nach Deutschland überstellt. Der BND übernahm meinen Fall und kam dem Auslieferungsantrag der USA nach, die geltend machte, dass meine Aktivitäten gegen amerikanische Staatsbürger gerichtet waren.

Und so kam es, dass ich mich zwischen der Giftspritze in einem amerikanischen Gefängnis oder der Tätigkeit für Maier entscheiden konnte.«

Er machte eine Pause und Maria konstatierte: »Sie heißen nicht Sörenson, eigentlich heißen sie Franz Borm und Katja nennt sie Horst.«

»Ein Name fehlt. Bayard.«

Erstarrt sah Maria ihn an und fragte leise: »Sie sind Bayard?«

»Richtig und eigentlich bin ich tot.«

»Und warum nicht wirklich?«

»Weil ich Glück hatte.«

»Sie wollten mich und Jack in Namibia umbringen.«

»Lassen«, ergänzte er. »Das wollte mein Chef und ich habe versagt.«

Seine sachliche Feststellung irritierte Maria. Mit Mühe gelang es ihr, ihrer Stimme wieder Festigkeit zu geben.

»Beim zweiten Mal haben Sie nicht versagt.«

Er schnäuzte sich, steckte das Taschentuch weg und drehte sich zu ihr.

»Als Jack starb, waren Freunde dabei, mich wieder zusammenzuflicken. Gern stelle ich ihnen die OP-Berichte zur Verfügung.«

Maria versuchte zu lächeln.

»Warum schreiben Sie keinen Roman? Leider bin ich keine Verlegerin. Ich kann Ihnen nicht helfen. Die Story ist gut. Oder denken Sie an einen Film?«, sagte Maria zynisch. Wieder trafen sich die Blicke der Frauen im Rückspiegel. Er klopfte Katja auf die Schulter, befahl: »Zurück!« Dann wandte er sich wieder Maria zu.

»Das ist mein Leben.«

»Sie haben für die Kommunisten gemordet und auch für uns. Wie vereinbaren Sie das mit ihrem Gewissen?«

Sörenson brach in schallendes Gelächter aus. Das Lachen entstellte sein Gesicht vollends zur Fratze. In diesem Moment wendete Katja plötzlich und ohne Ankündigung den Wagen. Von einem entgegenkommenden Truck bekam sie ein lautes, aggressives Hupen zur Antwort. Maria wurde gegen Sörenson geschleudert. Dieser fuhr, als sei nichts gewesen, mit seinen Ausführungen fort.

»An den Kommunismus habe ich geglaubt und meinen neuen Herren habe ich gedient, um nicht vor die Hunde zu gehen.« Er wischte sich über sein feuchtes, verbliebenes Auge. Maria legte unvermittelt ihre Hand auf seinen Arm.

»Letzte Frage. Was haben Sie in Jacks Umzugskisten in meiner Wohnung gesucht?«

Verblüfft sah er sie an: »Wann wurde bei Ihnen eingebrochen?«

»Keine Ahnung«, antwortete Maria. »Ich habe jetzt eine Alarmanlage installieren lassen.«

»Wann und von wem?«

»Warum wollen Sie das wissen?«

»Jack wurde nicht wegen des Filmes umgebracht. Ich bin mir ziemlich sicher, dass Ihre Wohnung verwanzt wurde.«

»Ich höre«, forderte Maria ihn auf.

»Zuerst überlegen Sie bitte, ob Sie mit einem Mann wie mir, einem Mann mit einer solchen Biografie, zusammenarbeiten wollen.«

Aus der Soundanlage kam plötzlich Musik, die osteuropäisch klang.

»Das ist ein Bandoneum!«, erklärte Katja und Maria sah im Spiegel, wie sie lächelte.

Sie stoppte den Wagen vor einem Drugstore. »Morgen treffen wir uns um 18.00 Uhr hier wieder. Überschlafen Sie es.«

Bevor Maria ausstieg, wandte sich Sörenson noch einmal an sie: »Maria, bitte keine Spielchen.«

Katja sah ihr nach, bis sie aus ihrem Blickfeld verschwunden war und ordnete sich dann zügig wieder in den abendlichen Verkehr ein.

»Was war das jetzt? Sie muss glauben, du bist senil. Wohlgemuth in der Schmiede von Coadjuthen, Max Heller in Bösdorf und der ganze Salmon. Was sollte das? Noch detaillierter ging es wohl nicht?«

Sörenson zündete sich eine Zigarette an und blies den Rauch langsam aus.

»Ich werde erst in einigen Monaten siebzig. Senil meinst du?«

»Für die wird hängen bleiben, dass du ein kaltblütiger Mörder bist. Das tut mir weh, weil es nicht wahr ist.«

Der Alte strich Katja liebevoll über die Schulter.

»Wir brauchen sie. Und sie muss von mir und Niemand anderem erfahren, mit wem sie es zu tun hat. In epischer oder wie du sagst, ›seniler‹ Breite, damit eben nicht nur der kaltblütige Mörder bei ihr hängen bleibt.«

Hilflos und verloren wälzte sich Maria in ihrem Bett und fand keinen Schlaf. Die Nacht wollte nicht vergehen. Sich wiederholende Gedanken ließen ihr keine Ruhe. Und immer wieder kamen neue hinzu. Geldwäsche? Was hatte Jack mit Geldwäsche zu tun? Gebetsmühlenartig fragte sie sich: »Wem kann ich vertrauen?« Sie fand keine Antwort. Schweißgebadet stand sie auf, rieb sich mit einem Handtuch trocken und streifte einen neuen Schlafanzug über. Ihr Blick blieb an dem Stapel ungeöffneter Briefe hängen. Sie begann sie zu öffnen und hoffte, auf andere Gedanken zu kommen. Der Notar informierte sie in mehreren Briefen über die Abwicklung des Verkaufs ihres Hauses und den Kauf der neuen Wohnung. Es lagen Rechnungen bei, die sie ihm elektronisch schon aus Deutschland überwiesen hatte. Maria zögerte, als sie einen Brief in den Händen hielt, der an Jack gerichtet war. Absender war Evelyn Winter »National Board of Review«. Sie kannte die Frau nicht, wusste aber, dass der National Bord of Review einer der wichtigsten Filmverbände der USA war. Sie öffnete den Brief und las.

Lieber Jack!
Du hast mich überrascht. Euer Dokumentarfilm »Maria und der Patriot« ist eine verdammt mutige Arbeit. Man hat ihn bei uns wahrgenommen. Dass Du bereit bist, so die Hosen herunter zu lassen, Respekt! Ich habe aber immer geahnt, dass Du mehr bist als der »Wasserholer« Deines Chefs. Was sagt der denn zu dem Film?

Hat er Dich rausgeschmissen? Du siehst, wir haben Gesprächsbedarf. Außerdem würde ich Dir gern mal wieder in die Augen schauen. Und Maria möchte ich natürlich auch gern kennenlernen.
In alter Freundschaft
Evelyn

Maria sah sich den Poststempel an. Der Brief wurde einen Tag nach der Sendung ihres Filmes aufgegeben. Sie las den Brief noch einmal und spürte plötzlich ein starkes Ziehen im Unterleib. Schon gegen sechs Uhr rief sie Frau Dr. Aronowitz an, die eine knappe Stunde später bei ihr war und sie untersuchte. Die Ärztin gab ihr etwas zur Beruhigung und bat sie, am Nachmittag in ihre Praxis zu kommen. Kurz nach neun Uhr hielt Marias Taxi am Kennedy Airport.

Ihr Vater stürzte auf sie zu und umarmte sie heftig. Dann trat der braungebrannte kräftige Mann mit den kurzgeschnittenen Haaren, dem man sein Alter nicht ansah, zurück und sah erschrocken auf ihren Bauch.

»Entschuldige bitte meinen Überschwang.«

Maria lächelte gequält.

»Alles gut. Wie war der Flug?«

»Sie hätten mich beinahe nicht reingelassen.«

Sie sah ihn fragend an.

»Ich hatte mal eine red notice.«

»Was?«

»Komm, das müssen wir nicht hier bereden.«

Er nahm seinen Koffer, hakte Maria unter und verließ mit ihr den Flughafen.

Eine red notice hatte er bekommen, weil Interpol ihn nach dem Mord an Detlev Karsten Rohwedder, dem damaligen Chef der

DDR-Treuhand, zur Fahndung ausgeschrieben hatte. Er war dessen Bodyguard gewesen. Aus Angst, man würde ihm den Mord unterschieben, war er damals untergetaucht. Klaus Schwimmer, hatte vor der deutschen Einigung bei der Polizei der DDR gedient.

»Das müsste doch längst aus den Akten gestrichen worden sein.«

»Ist es auch«, bestätigte Marias Vater.

»Sie wollten nur wissen, warum ich in die USA einreise.«

»Und was hast du gesagt?«

»Ich besuche meine Tochter.«

»Stimmt doch.«

»Nachdem ich ihnen deine Adresse, deinen Namen und das Geburtsdatum genannt habe, dauerte es eine Weile und dann sagte der Beamte genau das.

»Was?«

Maria sah ihn neugierig an.

»Stimmt doch.«

Maria und Klaus mussten lachen und sie gab ihm fröhlich einen Kuss auf die Wange. Dann stiegen sie in ein Taxi. Vor Marias Haus hielt der Wagen und sie bat ihren Vater, sitzen zu bleiben. Beim Pförtner gab sie nur rasch seinen Koffer ab und weiter ging die Fahrt in Richtung Traverse Road. Marias Vater war etwas verwundert, schwieg aber und wartete, dass Maria das Wort ergriff. Ungewöhnlich warm schien die Sonne an diesem Herbsttag. Unterhalb des Belvedere Castle verließen sie das Taxi und spazierten zum Teich. Die wenigen Spaziergänger im Central Park beachteten das Paar nicht. Klaus folgte seiner Tochter schweigend, bis sie anfing, über die Erlebnisse der letzten Tage zu sprechen. Immer wieder, wenn er eine Frage stellen wollte, hob sie den Zeigefinger ihrer rechten Hand und legte ihn auf ihre Lippen. Dann hielt sie auf einmal inne und sah ihn an.

»Sag mir, was ich tun soll!«

Er hatte zwar geahnt, dass sie das alles erzählte, um ihm genau diese Frage zu stellen, aber eine Antwort hatte er nicht. Er nahm sie in seine Arme und strich ihr über den Rücken.

»Sag mir zuerst, warum wir hier um diesen See laufen mussten.«

»Ich glaube, meine Wohnung ist verwanzt.«

»Wer sollte so etwas tun?«

Sie zuckte hilflos mit den Schultern.

»Ich weiß es nicht. Hilf mir.«

Klaus ging langsam weiter. Er ahnte, dass er der Einzige war, dem sie absolut vertraute. Das tat ihm gut. Aber wie sollte er ihr helfen? Maria folgte ihrem Vater, der leise zu sprechen begann.

»Die erste Frage, die wir beantworten müssen, ist aus meiner Sicht: Warum bist du für diese Leute von Interesse? Mit dem Film hat es wahrscheinlich nichts zu tun. Was ist es aber dann? Maier will sein Geld nicht zurückhaben. Was ihn aber offenbar interessiert, sind Quittungen oder Ähnliches, wie du sagst. Hast du Jacks Sachen danach durchsucht?«

»Was soll ich finden?«, fragte Maria gereizt.

»Ich habe keine Ahnung«, musste ihr Vater eingestehen.

»Ich auch nicht.«

Maria zuckte mit den Schultern

»Reden dürfen wir in deiner Wohnung darüber nicht.«

»Das hätte ich jetzt nicht gedacht.«

Maria lächelte ihren Vater verschmitzt an. Der musste lachen.

»Ja, ich weiß, du bist schon groß.«

»Bin ich. Vielleicht kann uns dieser Sörenson helfen.«

Das Lächeln verschwand aus dem Gesicht ihres Vaters.

»Wer ist das eigentlich? Was will der von dir?«

»Du wirst es nicht glauben. Er ist ein Ostdeutscher.«

Was Maria ihrem Vater erzählte, brachte ihn aus der Fassung und es gelang ihm nur schwer, sich zu beherrschen.

»Hat der uns nicht seine Leute in Afrika auf den Hals geschickt? Der hat meinen alten Freund Ben auf dem Gewissen!«

»Das hat er. Beruhige dich. Es war Bens Endscheidung. Er wollte dir und mir helfen. Ich hätte den Film nicht machen können, wenn er uns nicht vor diesen Leuten geschützt hätte. Und du müsstest dich ohne den Film immer noch in Namibia vor der Welt verstecken.«

»Das ist wahr«, bestätigte er und war überrascht, wie sachlich Maria die Situation bewertete.

»Maria, du meinst, dem Stasimann kannst du trauen?«

»Ich bin unsicher. Hast du eine andere Idee?«

»Er hat dir gesagt, wer er ist. Er hat sich in deine Hände begeben. Du kannst zu Maier gehen und ihn ans Messer liefern. Er ist ein großes Risiko eingegangen, weil er dir offensichtlich traut.«

»Oder mich braucht.«

»So wie du ihn.«

Es begann zu nieseln. Graublaue Wolken hatten sich vor die Sonne geschoben. Als sie das Haus betraten, war aus dem Nieselregen ein heftiger Herbstregen geworden. Der Pförtner kam ihnen schon mit dem Koffer entgegen und bedauerte in einem Wortschwall, der in seiner Intensität dem Regen in nichts nachstand, dass sie so nass geworden seien.

»So begrüßt New York ihren Vater. Ich entschuldige mich dafür und hoffe, dass Sie die Entschuldigung annehmen.«

Bemüht lächelnd griff Klaus nach seinem Koffer. »Das nehme ich gern an«, antwortete er und verschwand mit Maria im Fahrstuhl.

Nachdem sie Marias Wohnung betreten hatten, herrschte beklemmendes Schweigen, das schließlich von Klaus unterbrochen wurde.

»Das ist sehr nobel. Einen Pförtner haben wir in Namibia nicht. Dafür ist unser Regen viel wärmer als der hiesige. Und bei uns sind wenigstens Blätter an den Bäumen. Nicht so karg und trostlos wie hier. Ich will dir nicht zu nahetreten.«

»Stopp!«, rief Maria. »Was erzählst du für einen Quatsch.«

Kaum hatte sie das ausgesprochen, begriff sie, was ihr Vater tat. Sie sah ihn an, biss sich auf die Unterlippe.

»Ich freu mich einfach, dass ich bei dir bin!« Er folgte Maria, die ihn durch ihre Wohnung führte. Sie wies ihm einen Platz für seine Sachen zu. Beide gaben sich Mühe, ihr Gespräch nicht versiegen zu lassen. Nachdem Klaus sich eingerichtet hatte, planten sie das Abendessen. Maria schlug vor, in ein Restaurant in der Nähe zu gehen. Schließlich war es ihr erster gemeinsamer Abend in New York und das Angebot ihres Kühlschrankes sah bescheiden aus. Es war 17.30 Uhr. Klaus wusste sofort, was Maria vorhatte und widersprach.

»Ich bin um die halbe Welt geflogen und habe keine Lust, noch einmal aus dem Haus zu gehen. Kannst du das verstehen?«

Es klang überzeugend.

»Er ist ein Profi«, dachte Maria und entgegnete ihm genauso professionell: »Ich habe aber den Wunsch, dich einzuladen. Das ist der erste Wunsch, den du mir hier in New York erfüllen kannst. Die Freude willst du mir nicht machen? So geht das nicht. Du bist gekommen, um an meiner Seite zu stehen und bei der ersten kleinen Herausforderung willst du kneifen?«

Einige Minuten später gingen sie mit zwei Schirmen bewaffnet in den Herbstregen hinaus.

»Wir waren gut, oder?«

Maria strahlte ihren Vater an. Der gab ihr unvermittelt einen Kuss auf die Wange und antwortete: »Wir waren Spitze!«

Am dunklen Himmel war kein Stern zu sehen und auch das Licht des Mondes drang nicht durch die schwarzen Wolken, die tief über New York hingen. Punkt 18.00 Uhr stand Maria unter ihrem Schirm an der Stelle am Drugstore auf der 8th Avenue, wo sie am Abend zuvor aus dem Wagen gestiegen war. Augenblicke später hielt jener Wagen neben ihr und die hintere Tür öffnete sich einladend. Das Innere des Wagens lag im Dunkeln. Maria schloss ihren Schirm und machte Anstalten einzusteigen. In diesem Moment umfasste sie ein Mann von hinten, schob sie von der Tür weg und stieg statt ihrer in den Wagen. Die Tür schlug zu. Wie gebannt starrte Maria auf das schwarze Auto, auf das der Regen prasselte. Sie hatte den Mann erkannt. Es war ihr Vater. Hilflos stand sie im Regen. Sie war zu keiner Reaktion fähig. Was im Auto geschah, konnte sie nicht sehen.

Plötzlich fuhr der Wagen los. Maria stand wie gelähmt und sah ihm nach. Als sie spürte, wie der Regen ihr in den Kragen lief, kam sie wieder zu sich. Sie öffnete den Schirm und ging in jenes italienische Restaurant, in dem ihr Vater eigentlich auf sie warten sollte.

Die Pizzeria war mäßig besucht. Sie legte ab und bestellte Spaghetti mit Fleischbällchen.

»Wein wie immer?«, fragte der junge Kellner. Maria nickte.

»Geht es Ihnen nicht gut?«

Er sah sie mitfühlend an. Ihr Make-up war vom Regen verwaschen. Der Lidstrich hatte eine schwarze Spur in ihrem Gesicht hinterlassen.

»Doch, doch.«

Maria erhob sich, griff nach ihrer Handtasche und ging wortlos auf die Toilette. Als der Kellner den Wein auf den Tisch stellte, war Marias Platz immer noch verwaist. Besorgt ging er in Richtung der Toiletten. In diesem Moment kam Maria ihm entgegen. Sie hatte ihr Make-up aufgefrischt, wie er erleichtert feststellte.

»Sie waren schon lange nicht mehr hier. Wie geht es Ihrem netten Freund?«

Mit Jack war sie während ihres Umzugs einige Male hier essen gewesen. Der Kellner zog ihr zuvorkommend den Stuhl zurück.

»Mir geht es wirklich gut«, sagte sie abweisend und setzte sich. Sie griff nach dem Rotweinglas und trank. Der Kellner verstand, dass sie allein sein wollte und ging. Als sie gedankenversunken den zweiten Schluck nahm, hielt sie plötzlich inne.

»Entschuldige.«

Zärtlich strich sie über die Wölbung ihres Bauches. Dann sah sie zum Kellner, der sie beobachtete, und versuchte zu lächeln. Er erwiderte ihr Lächeln, dann wandte er sich ab und ließ sie in Ruhe.

Den Entschluss, Marias Platz einzunehmen, hatte ihr Vater gefasst, als sie sich von ihm vor der Pizzeria verabschiedet hatte. Er war ihr gefolgt, ohne dass sie es bemerkt hatte. Dann war alles sehr schnell gegangen. Was er als erstes wahrgenommen hatte, als er im Auto saß, war ein Pistolenlauf, der auf ihn gerichtet war.

»Das ist ja eine Überraschung, Genosse Oberleutnant Schwimmer. Er wird uns nichts tun. Katja fahr los«, sagte der Mann der neben Klaus saß. Es war Sörenson. Die Frau hinter dem Steuer senkte die Pistole, verstaute sie und fuhr los.

»Genosse Borm, bis zu welchem Dienstgrad haben Sie es denn zu Zeiten des realexistierenden Sozialismus geschafft?«

Gelassen wendete sich Marias Vater dem Mann mit dem halben Gesicht zu.

»Major«, antwortete der trocken und fuhr fort: »Ich nehme an, Ihre Tochter ist von Ihrem Vorgehen genauso überrascht wie ich.«

Marias Vater schwieg.

»Und was soll das jetzt?«, fragte Sörenson scharf, als sei er der Vorgesetzte von Marias Vater. Der antwortete mit ruhiger Stimme.

»Ich habe einige Fragen an Sie.«

»Eigentlich wollte ich ja mit Ihrer Tochter essen gehen«, bekam Klaus zur Antwort.

»Eine gute Idee. Ich habe auch noch nicht gegessen.«

In der Pizzeria stellte der Kellner schweigend einen Teller Spaghetti vor Maria auf den Tisch, griff nach dem leeren Rotweinglas und sah sie fragend an.

»Ein stilles Wasser.«

Der Kellner nickte und verschwand. Sie sah auf den gefüllten Teller. Beim Anblick der Spaghetti wurde ihr übel. Sie überwand ihren Widerwillen und begann zu essen. Der Kellner stellte mit elegantem Schwung das Wasser vor ihr ab und blieb stehen.

»Stimmt etwas mit dem Essen nicht?«

»Mir geht's heute nicht so gut.«

»Vielleicht eine Hühnersuppe?«, fragte er mitfühlend.

»Versuchen wir es.«

»Als meine Schwester schwanger war, ist ihr die Suppe sehr gut bekommen.«

Überrascht sah ihn Maria an.

»Ich sehe sowas. Machen Sie sich keine Sorgen, er wird schon noch kommen«, sagte er, griff nach dem Teller, verschwand in der Küche und war schon wenige Minuten später mit einer Schale duftender Hühnerbrühe wieder bei ihr.

Langsam löffelte sie die Suppe, der Kellner lächelte zufrieden und wandte sich wieder seinen anderen Gästen zu.

Voller Unruhe dachte sie an ihren Vater. »Wie lange soll ich hier auf ihn warten? Wird er überhaupt zurückkommen?« fragte sie sich.

»Besser?«, fragte der Kellner, als Maria aufgegessen hatte.

»Ich zahle«, antwortete sie.

Der Regen hatte aufgehört. Der Kellner brachte ihr den Schirm, den sie im Restaurant vergessen hatte, hinterher.

»Darf ich Ihnen ein Taxi bestellen?«

Maria schüttelte den Kopf.

»Ich gehe heute zu Fuß, vielleicht wird mir dann besser.«

»Frische Luft hilft immer. Ich wünsche Ihnen alles Gute. Bis bald.« Jack erwähnte er nicht mehr.

Spät in der Nacht kam ihr Vater nach Hause. Maria fiel es schwer, nicht zu schreien: »Wie kannst du das tun? Warum bringst du mich und mein Kind in diese Gefahr? Was bist du für ein Egozentriker! Meine Mutter hatte recht, dich zu verlassen!«

Sie hatte kein Auge zugemacht und unzählige Male diese Worte in ihren Gedanken wiederholt. Doch sie sagte nur: »Ich hoffe, du hast dich gut amüsiert.«

Er entschuldigte sich. Es schien, als sei er angetrunken. Klaus behauptete, es täte ihm leid, dass sie sich solche Sorgen gemacht habe. Aber sein Tischnachbar habe so viele Fragen gehabt. Der hätte als Soldat in Deutschland gedient. Das Gespräch sei sehr interessant gewesen. Vielleicht habe er sogar einen neuen Freund gefunden, teilte er ihr mit. Ein Bier hätten sie vielleicht zu viel getrunken, stellte er zum Abschluss lachend fest. Aber alles sei ok. Maria verstand und sagte nichts mehr.

Am nächsten Morgen wechselten sie kaum ein Wort. Er bot ihr an, sie zu Frau Dr. Aronowitz zu begleiten. Als sie vor dem Haus standen und auf das Taxi warteten, sagte er vorwurfsvoll: »Wir können uns nicht so benehmen. Wir müssen normal miteinander reden.«

»Maier wird verstehen, sollte er mitgehört haben, dass ich sauer bin, wenn mein Vater mich allein lässt, um sich mit einem Unbekannten zu betrinken.«

»Wir halten dieses Theater nicht durch. Horst schlägt vor, dass wir einen Defekt unseres Routers vortäuschen sollten. Er würde uns für die Reparatur einen Fachmann schicken.«

»Ihr duzt euch schon?«

»Maria, du bist in Gefahr, begreife das.«

»Sagt Horst?«

»Mehr als das«, antwortete ihr Vater.

Das Taxi fuhr vor und sie beendeten ihr Gespräch.

Die Stimmung zwischen den beiden blieb an diesem Tage angespannt.

Frau Dr. Aronowitz freute sich ehrlich, dass Maria ihr ihren Vater vorstellte. Sie gab ihm den Rat, er solle auf seine Tochter achten, sie brauche jetzt Ruhe. Stress sei für den Embryo gefährlich.

In einem kleinen, fast leeren Café erzählte ihr der Vater ausführlich von der Begegnung mit Sörenson. Der sei zwar ein Mörder, aber ein umgänglicher Mensch. Solche Stasitypen hätte er gekannt. Überheblich seien die meisten gewesen und hätten tatsächlich geglaubt, die Hüter des Grals zu sein. Polizisten seien für diese Leute nur bessere Türsteher gewesen. Am Schluss wären sie aber alle gemeinsam die Angeschissenen gewesen. Vielleicht würde sie das verbinden, behauptete ihr Vater.

»Mit dem verbindet dich etwas?«, fragte Maria ungläubig.

»Die Geschichte verbindet uns.«

»Was für eine Geschichte?«

»Wir sind in einem Land groß geworden und wir haben diesem Land gedient.«

»Wenn du das so siehst, hat er dieses Land verraten.«

»Er hat seinen Arsch gerettet. Ich wollte auch nicht für dieses Land sterben.«

Maria sah ihn nachdenklich an und sagte: »Diese Begegnung hätte anders ausgehen können.«

»Ist sie aber nicht.«

»Warum bist du nach Amerika gekommen?«

Klaus lächelte sie an und zuckte mit den Schultern.

»Vielleicht weil du meine Tochter bist und ich dich nicht noch einmal verlieren will.«

»Ich kann mich nicht daran erinnern, wie es war, als Mutter dich verließ.«

»Sie hat dich auf den Arm genommen und gesagt: ›Das wars!‹«

»Was war es?«

»Der Staat, dem ich diente, war am Zusammenbrechen. Sie war überzeugt, dass es in Deutschland keine Zukunft mehr für dich und für sie gibt.«

»Habt ihr euch nicht geliebt?«

»Ich glaube wohl. Aber Liebe kann verloren gehen.«

»Wegen der sogenannten friedlichen Revolution? Den Begriff habe ich gelernt. Ist doch komisch, oder?«

»Du bist mir damals verloren gegangen. Das hat verdammt weh getan.«

Bevor sie das Café verließen, kam Klaus noch einmal auf Sörenson zu sprechen.

»Er hat Interesse daran, Maier zu schaden und er kann dir daher sicher helfen, den Mord an Jack aufzuklären. Was Sörenson, Bayard oder Borm, wie auch immer er sich nennt, allerdings besonders interessiert, ist das Geld, das Jack angeblich Beiseite geschafft hat. Er sucht nach Hinweisen auf ein Konto, und diese Hinweise vermutet er, sind in Jacks Sachen zu finden.«

»Was für Geld?«, fragte Maria.

»Das habe ich ihn auch gefragt.«

»Und?«

Klaus hob bedauernd seine Schultern und antwortete: »Er ist überzeugt, dass Jack wegen des verschwundenen Geldes umgebracht worden ist.«

Die Kellnerin stand plötzlich an ihrem Tisch.

»Darf es noch etwas sein?«

»Machen Sie die Rechnung fertig«, forderte Maria sie auf und ihr Vater musterte die Frau misstrauisch.

»Meinst du, sie hat uns zugehört?« Maria sah ihren Vater zweifelnd an.

Klaus lächelte. »Man wird langsam schizophren. Schrecklich, wenn wir allen und jedem misstrauen. Wir müssen die Unterlagen finden, erst dann wissen wir, woran wir sind.«

Beide folgten dem Rat von Sörenson, provozierten in der Wohnung einen Kurzschluss und legten so den WLAN-Anschluss lahm. Danach rief Klaus die Nummer an, die ihm Sörenson gegeben hatte. Maria informierte den Pförtner, dass sie einen Fachmann bestellt hätte, der sich ihre Elektrik ansehen sollte. Der erschien eine Stunde später. Maria erkannte ihn sofort, obwohl er jetzt einen Bart und eine Nickelbrille trug. Es war der hochgewachsene Jogger, den sie im Central Park getroffen und der sie zu Sörenson geführt hatte.

Misstrauisch sah ihm Marias Vater über die Schulter, als er sich schweigend mit verschiedenen Geräten in der Wohnung zu schaffen machte. Plötzlich hielt der Mann inne und warf ihm einen genervten Blick zu.

»Haben Sie nichts zu tun?«

Klaus sah ihn verständnislos an.

»Nutzen Sie die Zeit. Durchsuchen Sie die Hinterlassenschaft von Jack. Jetzt beobachtet Sie niemand. Mein Vater behauptet, es muss Hinweise auf Konten oder Ähnliches geben.«

Überrascht sah Maria ihn an: »Ihr Vater?«

»Mein Vater«, bestätigte er, »wir sind ein kleines, erfolgreiches Familienunternehmen.« Er grinste.

»Haben Sie auch einen Namen?«, fragte Maria spitz.

»Im Zweifel denselben wie mein Vater.« Wieder grinste der Mann.

»Auf wen haben wir uns da eingelassen.«

»Auf Profis«, bekam sie zur Antwort.

Maria wandte sich ihrem Vater zu: »Jacks Sachen stehen am Ende des Korridors, komm.« Der folgte ihr widerspruchslos und sie begannen, die Kisten auszuräumen. Jedes Stück nahmen sie in die Hand, prüften den Inhalt der Taschen. Nach geraumer Zeit kam der junge Mann zu ihnen in den Flur:

Wie weit sind Sie?«

»Keine Unterlagen, gar nichts.«

»Fehlanzeige«, bestätigte Klaus die Aussage seiner Tochter.

»Dann packen Sie den ganzen Krempel wieder ordentlich zusammen. Übrigens ist es, wie mein Vater vermutet hat. Über Ihren WLAN-Anschluss läuft nicht nur die Alarmanlage. Vier Kameras mit Mikrofonen sind installiert worden. Ich kann Ihnen das alles ausschalten. Das Problem ist nur, dass diejenigen, die Sie beobachten, dann sofort wissen, dass Sie ihnen auf die Schliche gekommen sind.«

»Was schlagen Sie vor?«, fragte Klaus.

»Sie haben doch bestimmt eine Rechnung bekommen.«

Klaus verstand nicht gleich, was er meinte und sah seine Tochter an. Maria war blass geworden.

»Erstmal will ich wissen, wo hier in meiner Wohnung Kameras installiert sind. Mir wird ganz schlecht bei dem Gedanken!«

»Das verstehe ich!« – der junge Mann sah sie vielsagend an: »In jedem Raum.«

»In jedem Raum? Das heißt, auch im Bad?« Maria war fassungslos.

»Ja, auch im Bad.«

»Ich glaube es nicht, diese Schweine! Was machen wir denn jetzt?«

»Auf jeden Fall die Nerven behalten«, mischte sich Klaus ein.

»Genau! Und deshalb nochmal zurück zur Rechnung – haben Sie eine?« Maria sah den Mann völlig entnervt an, suchte dann aber kurz in ihren Unterlagen und gab ihm die Rechnung für ihre Alarmanlage. Er nahm sie wortlos.

»Wozu brauchen Sie die?«

Der Bärtige schaute sie vielsagend an. »Können Sie sich das nicht an ihren fünf Fingern abzählen?«

Sie nickte.

»Kann ich. Dieser Typ führt uns zu seinem Auftraggeber.«

»Vielleicht. Aber ich glaub nicht, dass die so blöd sind.«

»Das Ganze ist doch eine verquere Scheiße«, mischte sich Marias Vater wieder ein.

»Haben Sie keine schauspielerischen Fähigkeiten? Nutzen Sie die!«

»Was soll ich nutzen?«

Klaus sah erst ihn und dann Maria fragend an. Die hatte sich erstaunlich schnell wieder gefasst und antwortete lächelnd:

»Ich ahne, was er meint. Wir haben die Chance, denen etwas vorzuspielen. Sie auf falsche Fährten zu locken. Wir können ihnen Fake News unterjubeln, sie manipulieren.«

Klaus konnte nicht glauben, was ihm da vorgeschlagen wurde.

»Das ist nicht Ihr Ernst?«

Der junge Mann schob seine Nickelbrille auf die Stirn und grinste breit.

»Ich bin überzeugt, Sie schaffen das. Wenn ich jetzt gehe, schalte ich das ganze System wieder ein.«

»Das halten wir nicht durch«, widersprach Marias Vater.

»Wenn ich richtig informiert bin, sucht Maria den Mörder von Jack. Dafür müssen Sie etwas tun.«

Er packte seine Sachen zusammen, zeigte den beiden, wo genau die Kameras und Mikros installiert waren und erklärte, was sie tun sollen, wenn er die Wohnung verlassen hat. Maria reichte ihm die Hand: »Wir werden es schaffen. Mein Vater ist stark.«

Als er gegangen war, schaltete sie die Sicherungen wieder ein und schlug Klaus vor, im *Food Emporium* einkaufen zu gehen, um endlich den Kühlschrank aufzufüllen.

Im Supermarkt herrschte Hochbetrieb. Als erstes steuerten sie die Salattheke an, füllten Schalen mit verschiedenen Salaten und Brathähnchen. Klaus wunderte sich über den plötzlichen Heißhunger seiner Tochter. Sie sagte nur: »Ich muss die Wut runterschlucken!«

Sie machte ihm klar, dass auch sie auf dieses Spiel nicht die geringste Lust habe.

»Was hältst du davon, mit mir nach Namibia zukommen?«

Maria schwieg.

»Raus aus diesem Schmutz und der Verlogenheit, ein neues Leben in einer glücklichen Familie, wäre das nicht eine Zukunft für dich?«

»Bist du deshalb gekommen?« Sie machte eine Pause.

»Hast du nicht vom Weglaufen genug? Hat es dich glücklich gemacht?«, fragte sie ihn gereizt.

Auf diese Fragen antwortete ihr Vater nicht. Sie füllten ihren Einkaufskorb und drängelten sich schweigend in die lange Schlange an der Kasse.

Zuhause suchte Maria den Brief der New Yorker Filmemacherin und verabredete sich mit ihr.

Nicht weit vom Washington Square Garden betrat Maria am nächsten Vormittag einen roten Backsteinbau. Im vierten Stock wurde sie von einer korpulenten älteren Frau, deren kleiner Kopf nicht zu ihrem Körper passte, herzlich begrüßt. Das fröhliche Lachen der Frau ließ Maria die Laune der Natur sofort vergessen.

»Sie sind Evelyn?«

»Höchst persönlich, kommen Sie rein Frau Schwimmer.«

Maria betrat eine Wohnung, die stilvoll eingerichtet war, in der aber eine unsägliche Unordnung herrschte.

»Wasser mit oder ohne, Tee, Kaffee?«

»Einen schwarzen Tee vielleicht.«

»Assam?«

»Gern.«

Evelyn verschwand lachend in der Küche. Maria betrachtete sich die vielen alten gerahmten Fotos an den Wänden.

»Die Fotos sind von meinem Großvater. Der hat für den deutschen Bauhausarchitekten Gropius gearbeitet. Nehmen Sie den Stuhl am Fenster. Die Mappe legen Sie einfach auf den Schreibtisch«, hörte Maria die Frau aus der Küche rufen. Sie schaute sich um. Auf dem Schreibtisch war kein Platz für die Mappe. Evelyn stand plötzlich in der Tür.

»Entschuldigen Sie, ich habe Ihnen noch gar nicht mein Mitgefühl ausgedrückt. Ich freu mich so, dass Sie hier sind. Jack war ein lieber Junge. Es tut mir in der Seele weh.« Aus der Küche war das hohe Pfeifen des Teekessels zu hören.

Stürmisch trat sie auf Maria zu und umarmte sie so heftig, dass diese fast das Gleichgewicht verlor. Als die korpulente Frau Maria frei gab, hatte sie Tränen in ihren schönen blauen Augen.

»Der Tee ...«

Sie verschwand wieder in der Küche. Das aufdringliche Pfeifen des Kessels verstummte und Maria hörte, wie sie sich schnäuzte.

Beim Teetrinken erzählte ihr Evelyn von Jack. Er sei zu naiv gewesen für diese Welt. Er hätte sich auf den Teufel eingelassen und hätte geglaubt, er sei ihm gewachsen.

»Ich habe ihn gewarnt, immer wieder gewarnt.«

»Er hat sich in mich verliebt. Das war sein Verhängnis«, kam es sarkastisch aus Maria heraus.

Evelyn beruhigte sie. Schuld trage sie an diesem Verhängnis ganz bestimmt nicht.

»Es ist aber nicht zu Ende«, entgegnete Maria.

»Was?«

Evelyn sah sie fragend an.

»Maier macht weiter.«

»Es wird wohl nie zu Ende sein. Vielleicht kannst du einen Teufel besiegen. Die wachsen aber nach. So ist unsere Welt. Mephisto gehört dazu. Bleiben wir beim Du?«, fragte sie unvermittelt.

»Was soll ich tun, Evelyn?«

»Weiter machen.«

Das laute, herzliche Lachen erschrak Maria.

Evelyn erzählte, dass sie versucht habe, den Film *Maria und der Patriot* in New York zu zeigen. Die Rechte daran hätte der kanadische Sender jedoch an einen amerikanischen Händler verkauft und der ließe nicht mit sich reden.

»Willst du wissen, wer hinter der Firma steckt?«

»Maier«, antwortete Maria trocken.

»Gratuliere!«

»Das war ja nicht so schwer.«

»Richtig. Aber viel wichtiger - er nimmt dich ernst.«

»Und was habe ich davon?«

»Das entscheidest du.«

Evelyn sah sie ernst an.

»Maier ist eine Schlüsselfigur für den Geheimdienst im Mediengeschäft. Er ist mit seinem Netzwerk in der Lage, Falschmeldungen so zu platzieren, so dass sie weltweit verbreitet werden.«

»Und Jack war sein Handlanger«, stellte Maria in Gedanken versunken fest.

»Er wollte so nicht mehr leben. Das weiß ich. Das war vor deiner Zeit«, entgegnete Evelyn und setzte hinzu:

»Die Idee, eine Filmreihe über politische Morde in Europa zu drehen, wurde in diesem Raum geboren.«

»Ohne die Idee würde er noch leben.«

»Und du wärst ihm nicht begegnet. Wir drehen uns im Kreis«, antwortete ihr Evelyn.

Maria nickte und schwieg.

»Maria, ihr habt gemeinsam diesen Film gedreht, daraus sollte eine Reihe werden. Dieses komplexe Geflecht um Maier ist schwer zu durchdringen. Du kannst aber ihre Taten öffentlich machen.«

Evelyns Worte klangen wie eine Aufforderung. Sie fragte Maria, ob ihr Jack nichts von einem zweiten Mord erzählte, den das Netzwerk 1988 in Deutschland begangen hätte. Es sei der Mord am Chef der Deutschen Bank, Alfred Herrhausen.

»Heute kommst du an Akten ran und an noch lebende Personen, du hast eine Chance, die Wahrheit herauszufinden, bevor dieser alte Knochen stirbt.« Sie schmunzelte und Maria konnte sich dem Strahlen in Evelyns Augen nicht entziehen.

»Er hat mir davon erzählt. Wir wollten gemeinsam die Reihe machen.«

»Willst du es immer noch?«

»Ja! Ich will denjenigen an den Pranger stellen, der den Vater meines Kindes umgebracht hat!«

Evelyn stand auf, suchte in ihrer Unordnung etwas und drückte Maria dann einen Schuhkarton in die Hand.

»Das ist meine Recherche zum Fall Herrhausen.«

Maria stellte den Karton vor sich auf den Tisch.

»Was willst du dafür haben?«

»Nichts. Ich will nur eines, dass Jacks Tod nicht umsonst war.«

Und wieder erfüllte ihr herzliches Lachen den Raum. Abrupt brach es ab und Evelyn sah sie durchdringend an.

»Versprich mir eines, wenn du Hilfe brauchst, nicht weiterkommst, fragst du mich zuerst. Ich helfe dir. Du musst dieses Angebot annehmen. Das ist mein Preis«,

sagte Evelyn zum Abschied.

Als Maria auf die Straße trat, hatte sich New York verändert. Eine dünne weiße Schneedecke bedeckte den Washington Square Garden. Sie fröstelte und erinnerte sich an einen dicken Lammfellmantel, den ihr Jack irgendwann geschenkt hatte. Der müsste in einer der Kisten liegen, die noch nicht ausgeräumt waren.

Sie fand den Mantel und erinnerte sie sich an das I-Pad, auf das Jack mit goldener Schrift geschrieben hatte: *Liebe Maria, was auch geschieht, das I-Pad gehört Dir. Lege den Finger des Glückes darauf. Ich liebe Dich, Dein Jack.* Sie holte es aus der Schublade. Die Batterie war natürlich leer. Ihre Suche nach einem passenden Ladekabel blieb erfolglos. Sie musste sich beeilen, denn ihr Vater wartete am Empire State Building auf sie. Sie zog den warmen Mantel über, in diesem Moment klingelte ihr Telefon. Adolph war am Apparat. Er begrüßte sie herzlich. Ganz offensichtlich freute er sich, ihre Stimme zu hören. Bevor er weiter zu Wort kommen konnte, bombardierte Maria ihn mit Fragen. Ja, er wisse von Jacks Idee, einen

Film über den Mord an Alfred Herrhausen zu drehen. Leider habe er noch keine Zusage seines Senders für dieses Projekt. Es läge noch auf dem Tisch des Programmdirektors und der hätte bislang keine Entscheidung getroffen. Das könne dauern. Die Berichterstattung der Zeitungen über die Hintergründe von Jacks Tod hätte seine Chefs verunsichert. Er persönlich glaube kein Wort. Jack kann nichts mit Geldwäsche zu tun gehabt haben. Das sei völlig absurd, wiederholte er mehrmals. Auf Marias Nachfrage, was die Polizei zu diesem Thema gesagt hätte, musste er ihr mitteilen, dass sie über die laufenden Ermittlungen nichts rausgeben würden. Sie hingegen hatte Neuigkeiten für Adolph, die ihm die Sprache verschlugen: Sein Sender hatte die Rechte ihres Filmes an einen Händler in den USA verkauft, der ihn unter Verschluss hielt. Diese Information war tatsächlich an Adolph vorbei gegangen. Marias Verdacht, Maier stecke dahinter, wollte er allerdings nicht teilen. Maria erzählte ihm ausführlich von den Ereignissen der letzten Tage und fragte dann: Warum rufst du an?«

»Ich wollte nur deine Stimme hören«, antwortete er.

»Ich muss los, mein Vater wartet auf mich. Bis später.«

Sie legte auf, packte das I-Pad in ihre Tasche und verließ die Wohnung.

Nach dem Telefonat bat Adolph sofort um einen Termin bei seinem Programmdirektor. Es sei dringend. Er wartete in dessen Vorzimmer in der obersten Etage am Fenster, schaute auf den kleinen Park weit unter ihm, in dem er Sörenson das erste Mal begegnet war.

Was Maria über ihn erzählt hatte, klang für Adolph wie eine Räuberpistole. Ein ehemaliger Stasimann im Dienst von Maier, der für die CIA arbeitet. Das würde ihm niemand glauben.

»Na junger Freund, wie kann ich Ihnen helfen?«

Die Worte des Programmdirektors rissen ihn aus seinen Gedanken. Er folgte ihm in dessen Büro.

»Ich habe gehört, unser Film ›Maria und der Patriot‹ wurde in die USA verkauft?«, begann Adolph, nachdem er in einem bequemen Sessel Platz genommen hatte.

»Wurde er«, antwortete sein Gegenüber und fragte: »Ja und?«

Die Frage brachte Adolph in Bedrängnis. Sollte er dem Mann erzählen, was er von Maria gerade erfahren hatte. Der würde ihn auslachen.

»Ich habe eine Information aus New York. Dort bemüht sich der National Bord of Review erfolglos um die Ausstrahlungsrechte.«

Der Programmdirektor sah ihn fragend an: »Ja und weiter?«

»Ich würde denen gern helfen.«

»Ich habe nichts dagegen und auch nichts gegen eine Dienstreise nach New York, wenn Sie das wissen wollten.« Er lächelte Adolph an.

»Steckt diese zauberhafte Maria dahinter, die ich zu dieser ...«, er machte eine kurze Pause und fuhr dann fort: »... leider unsäglichen Premiere kennenlernen durfte?«

»Sie ist die Vermittlerin.«

»Der Film ist mit allen Rechten verkauft. Wir sind ganz glücklich darüber, dass wir so nicht mit diesen Geldwäschevorwürfen in Verbindung gebracht werden können.«

Der Direktor erhob sich und streckte Adolph seine Rechte hin. Er nahm sie wortlos, nickte und verließ den Raum. Adolph fühlte sich wie ein Verräter. Zurück in seinem Büro, zog er sich, wie jeden Abend, zum Joggen um.

Marias Vater hatte keine Lust gehabt, zuhause auf Maria zu warten. Er hatte sich entschlossen etwas nachzuholen, was er vor vielen Jahren versäumt hatte. Nur einmal war er bisher in New York gewesen, als Bodyguard von Rohwedder. Sein Chef hatte damals eine längere Veranstaltung an der Wallstreet und hatte ihm empfohlen, sich in der freien Zeit das Empire State Building anzusehen. Dieser Freitag war Klaus in Erinnerung geblieben. Der Empfehlung seines Chefs war er nicht gefolgt, stattdessen war er nach Greenwich Village gefahren, um Maria zu besuchen. Dort wohnte sie mit ihrer Mutter im Haus einer Tante. Obwohl er seinen Besuch angekündigt hatte, war niemand zu Hause gewesen. Vergebens hatte er drei Stunden auf sie gewartet.

Nun stand er oben auf der Aussichtsplattform des Empire State in der 102. Etage. Der Schneeregen peitschte an die großen Scheiben. Die Stadt unter ihm verschwamm in einem matschigen Grau.

Versonnen stand er da, dachte an Maria und verspürte so etwas wie Glück. Diesmal war er in diese Stadt gekommen, um ihr zu helfen und sie hatte die Hilfe angenommen. Das Klingeln des Telefons riss ihn aus seinen Gedanken. Maria entschuldigte sich. Sie sei schon zuhause und hätte keine Lust, bei dem Sauwetter noch einmal auf die Straße zu gehen. »Lass uns unseren Spaziergang verschieben«, antwortete er. Sie bat ihn, ihr auf dem Nachhauseweg ein Ladekabel für ein I-Pad zu kaufen, was er tat.

Schweigend las er Jacks kryptische Zeilen auf der Hülle des Pads und schloss das Ladekabel an. Maria war im Bad verschwunden und ließ die Wanne ein. Scheinbar ungewollt fiel ihr die Flasche Badeschaum ins Wasser und als sie in die Wanne stieg, floss der Schaum, in dem sie verschwand, schon über den Wannenrand. Sie musste lachen und dachte: »Ich habe doch eine gute Figur. Die kann man zeigen.«

Nach einer Stunde verließ sie heiter das Bad und sah ihren Vater betrübt in der Küche sitzen. Er schaute auf und fluchte: »Ich bin so blöd, so dämlich. Die scheiß Elektronik.« Erst jetzt bemerkte sie, dass vor ihm auf dem Küchentisch das I-Pad lag.

»Was ist los?«

»Was los ist? Ich bin ein Vollidiot.«

Er sprang auf, klappte das Pad zu und ließ Maria nicht zu Wort kommen.

»Alles wird gut. Ich kläre das. Mach dir keine Sorgen.«

Er zog sich an und lief zur Tür. Maria lief ihm im Bademantel hinterher.

»Was wird gut?«

»Du schenkst mir das alte I-Pad mit deinen Fotos und ich schrotte es. Sorry, Maria! Ich habe dreimal versucht, das Programm zu öffnen. Jetzt geht gar nichts mehr. Mach dir keine Sorgen. Ich kriege es wieder hin.« Schon war er durch die Wohnungstür, stand am Fahrstuhl. Maria blieb im Bademantel verwirrt in der Wohnungstür stehen.

»Hast du noch alle! Komm rein!«, rief sie.

»Ich habe es verbockt und ich bringe es wieder in Ordnung. Wir treffen uns in der Pizzeria. Du weißt schon. Ich lade dich ein.

Verstehst du. Ich lade dich ein. Sagen wir in zwei Stunden.« Der Fahrstuhl öffnet sich und er verschwand. So durchgedreht hatte Maria ihren Vater noch nie erlebt.

Zwei Stunden später traf sie ihn in der Pizzeria, in der sie auf ihn gewartet hatte, als er statt ihrer in das Auto von Sörenson gestiegen war. Sie setzte sich neben ihn. Er fragte trocken: »War ich überzeugend?« und schob Maria das I-Pad über den Tisch. Bevor sie etwas sagen konnte, stand der Kellner neben ihnen.

»Was darf ich Ihnen bringen? Wieder eine Suppe? Die Küche schließt bald.«

»Eine Rhabarberschorle würde mir heute reichen.«

Der Kellner lächelte, sah ihren Vater vieldeutig an und fragte: »Der Herr noch ein Bier?«

»Gern«, antwortete Klaus und der Kellner verschwand wieder.

»Was sollte das Theater?«, wandte sich Maria an ihren Vater. Der schüttelte ernst den Kopf und sagte gereizt: »Du kannst denen doch nicht dieses I-Pad unter die Nase reiben.«

Maria begriff sofort, was er meinte und nickte schuldbewusst. Er trank den Rest seines Bieres aus und schwieg.

»Papa, mach jetzt daraus kein Drama. Ja, das war unbedacht und du hast alles richtig gemacht.«

»Darum geht es nicht. Das Ganze hier ist kein Spaß.«

»Man kann auch übertreiben!«

Beide schwiegen, als der Kellner die Schorle und das Bier auf den Tisch stellte.

»Darf ich Ihnen meinen Vater vorstellen?« Der Kellner nickte Klaus freundlich zu: »Sie sind nicht von hier?«

»Woran machen Sie das fest?«, bekam er von Klaus zur Antwort.

»Berufsgeheimnis.«

»Da bin ich aber neugierig.«

»In Ihrem Fall ist es sehr einfach. Ihr Englisch klingt sehr deutsch.«

»Hätte ich aber selber draufkommen können.«

Der Kellner lachte und steckte Marias Vater mit dem Lachen an.

»Herzlich willkommen in New York. Sie haben eine wunderbare Tochter.«

Maria hob ihr Glas Rhabarberschorle, prostete dem Kellner, dann ihrem Vater wortlos zu. Der erwiderte die Geste mit seinem Bierglas und der Kellner ließ sie wieder allein.

Nachdem er einen Schluck genommen hatte, klappte Klaus das I-Pad auf und schob es Maria hin.

»Lege den Finger des Glückes auf die Home Taste«, zitierte er Jacks kryptischen Text. Sie sah ihn fragend an.

»Rechte Hand, Ringfinger.«

Maria zuckte mit den Schultern und tat es. Auf dem Monitor erschien ein Foto. Jack hält Maria im Arm.

»Maria erinnerst du dich? Das war in Swakopmund. Ich hatte Jack zwei Stunden vorher noch für einen Gangster gehalten und ihm eins auf die Nase gegeben. Sieht man auf dem Foto gar nicht.«

Klaus sah schmunzelnd seine Tochter an.

»Ich hatte keine Chance, euch einander vorzustellen«, antwortete sie mit einem Hauch von einem Lächeln, zog das Pad noch näher an sich heran und schob mit dem Finger den Cursor zu einem der beiden Ordner auf dem Display, unter dem zwei Großbuchstaben standen: DB. Der Ordner öffnete sich, die Kennung der Deutschen Bank erschien. Maria wurde aufgefordert die Nummer der Filiale, die Kontonummer, das Unterkonto und einen fünfstelligen PIN einzugeben. Sie sah ihren Vater fragend an. Der schien auch ratlos zu sein. Maria schloss den Ordner wieder und öffnete den zweiten, der mit den beiden Großbuchstaben SN gekennzeichnet war. Es erschien das Willkommensbild einer Bank, die sich Standardbank Namibia nannte.

»Das ist meine Bank«, stieß ihr Vater überrascht hervor.

Hier forderte man sie auf, auszuwählen, welche Art von Login sie wünsche.

Wieder trafen sich die ratlosen Blicke von Klaus und Maria und sie schloss den Ordner.

In der Morgendämmerung des nächsten Tages fuhren sie im Wagen von Sörenson durch New York. Katja hielt vor einem unscheinbaren, mehrstöckigen, grauen Gebäude, vor dessen Fassade ein Gerüst stand. Über dem Eingang hing ein maroder Neonschriftzug »Queens Hotel«. Auf dem kleinen Parkplatz hatte man einen Bauwagen abgestellt. Daneben parkte ein Fordkombi mit der Aufschrift »Elektroinstallation Williams«. Diesmal ohne Nickelbrille und Bart, stieg der Jogger aus dem Kombi, nickte Katja zu und sagte nur: »Sauber.« Sie betraten das Hotel. Überall lag Bauschutt herum.

»Entschuldige, aber wir haben kein anderes Hotel gefunden, in dem man sich ungestört treffen kann.«

»Dafür ist es bestimmt preiswert«, antwortete Maria und folgte Katja, die sie in ein geräumiges Zimmer im ersten Stock führte. Hier schien jemand sauber gemacht zu haben. Neben einem Doppelbett standen drei schäbige Sessel um einen flachen Couchtisch. Am Schreibtisch, den Ankömmlingen zugewandt, saß Sörenson und spielte auf einem Instrument, das wie ein Akkordeon aussah und sang dazu. Zur Überraschung von Maria hatte der entstellte Mann eine weiche, wohlklingende Stimme.

»Monoton klingt des Glöckleins Geläute
Und der Staub zieht die Straße entlang
Und in der Ferne klingt traurig ins Weite
Meines Fuhrmanns verträumter Gesang.
So viel Sehnsucht ist in dem Liede
So viel Schmerz in vertrautem Gesang,
Dass mein Herz, das schon trübe und müde
Leise mitschwingt vertraut mit dem Klang.
Und ich muss ferner Nächte gedenken
In der Heimat im Feld und im Wald
Und die Augen vor Tränen sich senken,
Während leise das Lied dann verhallt.«

Berührt von der melancholischen Melodie, hatte sich Maria in ihrem Lammfellmantel auf einen der Sessel gesetzt. Klaus war in der Tür stehen geblieben. Während Sörenson sang, verschwand Katja im Nebenraum. Als der letzte Ton verklungen war, wandte er sich an die beiden: »Das ist ein Bandonium und für euch habe ich das schönste russische Volkslied gesungen. Und?«

»Dachte ich mir, dass es ein russisches Lied war«, entgegnete Klaus trocken.

Sörenson fixierte mit seinem einzigen Auge Maria und wiederholte seine Frage:

»Und?«

Sie begriff nicht gleich, was er wollte.

»Vertraust du mir?«

»Ach so, Bandonium, verstehe.«

»Sie haben mir noch nicht geantwortet«, hakte er nach.

»Wissen Sie ...«

Sörenson unterbrach Maria: »Lassen wir das. Was wollen Sie von mir wissen? Was ist Ihnen so wichtig, dass Sie mich sofort sprechen müssen?«

In diesem Moment kam Katja mit einem Tablett aus dem Nebenraum, auf dem vier kleine gefüllte Gläser standen.

»Herzlich willkommen. Lassen wir die Förmlichkeiten und trinken darauf einen guten alten Wodka.« Klaus griff als Erster nach einem Glas. Maria zögerte.

»Wir sind dazu verdammt, an einem Strang zu ziehen, wenn wir etwas erreichen wollen.« Katja trat nahe an Maria heran und hielt ihr das Tablett hin. Die Frauen sahen sich in die Augen: »Ja, er ist ein Mörder, ein Verräter, das alles können Sie ihm vorwerfen. Aber er ist mein Vater und er kann Ihnen helfen.«

Maria griff wortlos zu einem der drei verbliebenen Gläser und trank es in einem Zuge leer. Die Tochter von Sörenson lächelte: »Prost hättest Sie wenigstens sagen können.«

»Also, pojechali, wie unsere ehemaligen russischen Waffenbrüder sagen.«

Mit diesen Worten hob Klaus sein Glas. Katja und ihr Vater nickten und taten es ihm gleich.

Ob es der Wodka war, sein Gesang zum Bandoniumspiel oder ihrE Neugier, wusste Maria nicht. In diesem Moment fiel jedoch ihr Entschluss, sich auf diesen Mann einzulassen. Sie legte ihren Mantel ab und öffnete ihr I-Pad, während Katja die leeren Gläser in den Nebenraum trug.

»Herr Sörenson, was ist das für Geld?«

Er setzte sich neben sie, zog das Pad zu sich heran. Nachdem Sörenson einen Blick auf den Bildschirm geworfen hatte, sprang er auf. Ausgelassen schlug er Klaus auf die Schulter.

»Ich habe es gewusst. Ich habe es gewusst«, wiederholte er fröhlich und setzte sich wieder.

»Gratuliere. Melden Sie sich an und schließen Sie die Identifikation ab.«

Auffordernd schob er das I-Pad zu Maria.

»Was ist das für Geld?«, wiederholte sie scharf. Ruhig packte er sein Bandonium ein. Maria wartete auf eine Antwort.

»Ich wette, das sind die zwanzig Millionen, die Maier abhandengekommen sind.«

»Dafür musste Jack sterben?«

»Ja – und mich hat er mit reingerissen, ohne mir ein Sterbenswörtchen zu sagen.«

»Das sind alles Rätsel, die ich nicht verstehe.«

»Dafür haben Sie mich. Die Hälfte gehört mir und ich helfe Ihnen.«

Marias Vater trat an den Schreibtisch und fragte: »Wer muss als nächster dafür sterben?«

»Niemand. Dafür wird mein Vater sorgen.«

Katja stand in der Tür zum Nebenraum und lächelte. Maria sah sie an und schüttelte heftig den Kopf: »Sie haben mich nicht verstanden. Woher kommt dieses Geld?«

»Was halten Sie von meinem Vorschlag?«

Er lehnte sich zurück und fixierte Maria mit seinem verbliebenen Auge.

»Zehn Millionen für jeden.«

Maria schwieg und schloss das I-Pad. Er registrierte es und wollte etwas sagen, doch seine Tochter kam ihm zuvor.

»Wir hatten Unkosten. Die Beerdigung meines Vaters war nicht billig.«

Sörenson musste lachen.

»Es war nicht die Beerdigung, es waren die Operationen, die viel Geld gekostet haben.«

»Weshalb wollte man Sie ermorden?«

»Gute Frage, Genosse Schwimmer.«

»Lassen Sie den Quatsch«, entgegnete Klaus und sah gereizt seine Tochter an. Die hob beruhigend ihre Hand und wiederholte die Frage: »Weshalb?«

»Lassen Sie uns etwas essen. Sie haben doch bestimmt noch nicht gefrühstückt«, antwortete Sörenson. Er erhob sich und ging in den

Nebenraum. Der Raum war eine Art Wohnküche, in deren Mitte ein großer Tisch stand, der reichlich gedeckt war.

»Sie wollen den Grund wissen?«

Mit dieser Frage nahm er am Tisch Platz und wies mit einer Geste auf die Speisen.

»Bedienen Sie sich. Meine Tochter hat sich große Mühe gegeben.« Er lächelte Katja an, die Kaffee in die Tassen goss.

»Haben Sie auch Tee im Angebot?«, fragte Maria, legte das I-Pad auf den Tisch, setzte sich Sörenson gegenüber und schob ihrem Vater den Stuhl, der neben ihr stand, einladend hin. Nach einem Zögern setzte auch er sich.

»Das ist eine lange Geschichte. Fass dich bitte kurz«, forderte Katja ihren Vater auf.

»Lass sie mich erzählen und kümmere du dich um den Tee,« entgegnete er und begann.

Dass Jack unter der Leitung von Maier mit einem Netzwerk Fake-News in aller Welt platziert hatte, wusste Maria schon, dass er aber zusammen mit ihrem Gegenüber in Maiers Geldgeschäfte verwickelt gewesen sein sollte, überraschte sie. Sörenson erklärte ihr den Zusammenhang. Maiers Firma sei eine reine Privatfirma, die für den CIA unterhalb des Radars der Kontrolle durch den Kongress arbeite. Geldbeschaffung sei Maiers Hauptgeschäft, Geld für die verdeckten Operationen des CIA. Mit diesem Geld wurde Weltpolitik gemacht, Präsidenten wurden ermordet und Präsidenten wurden gemacht. Wie ein Krake stecke er seine Finger in alle schmutzigen Geldtöpfe dieser Welt. So wie seine Vorgänger es taten, um das schmutzige Geschäft am Laufen zu halten.

Marias Vater räusperte sich gereizt. »Ja und was hat das alles mit Jack zu tun?«

»Jack und ich arbeiteten als Geldkuriere für Maier«, erhielt er zur Antwort. Zum Beispiel hätten sie Teile der Beute aus den erfolgreichen Kriegen im Irak, Libyen und anderswo nach Hongkong gebracht, wo es in den legalen Geldverkehr der Hongkong & Shanghai Banking Corporation integriert worden sei und für verdeckte Operationen der Agency bereitstehen würde.

»Und da kam plötzlich die Liebe ins Spiel und Jack drehte durch«, schloss Sörenson seine Ausführung ab.

»Ich will das Geld nicht und ich nehme es nicht!«, entgegnete Maria. »Dann nehmen es sich die anderen und machen ihre dreckigen Deals damit.« Er lächelte Maria an.

»Denken Sie an Ihr ungeborenes Kind. Es braucht eine gute Ausbildung, es will die Welt sehen.«

Maria verlor die Beherrschung und schrie: »Ich mache keine Geschäfte mit einem Mörder, um mein Kind großzuziehen.«

»Ich glaube, wir machen eine Denkpause und sprechen später weiter«, sagte Katja ruhig und goss Maria Tee ein.

»Katja, Sie sind seine Tochter. Wie können Sie mit so einem Vater leben?«

»Die Frage habe ich mir auch gestellt, als meine Mutter uns erzählte, was er getan hat.«

»Gemordet hat er«, entgegnete Maria kalt.

»Ja, das hat er. Er hat aber auch unsere Mutter aus dem Sumpf gezogen und sie vor dem sicheren Tod bewahrt. Sie hat als illegale Prostituierte ihr Geld verdient und wollte raus aus dem Milieu. Mein Bruder war drei Jahre alt, als sie mit mir schwanger wurde. Der Zufall wollte es, dass Horst in ihrem Bett landete. Warum auch immer, er half ihr und er kümmerte sich um uns wie ein Vater.«

Ein schwerer Schlag auf den Küchentisch ließ die Anwesenden aufschrecken. Ein Kaffeelöffel fiel zu Boden und alle starrten Sörenson an.

»Genug. Katja, es ist genug. Du musst mich nicht verteidigen.« Mühsam stand er auf, drehte den anderen seinen Rücken zu und starrte aus dem Fenster. Es herrschte Stille im Raum. Marias Vater erhob sich und ging zu ihm.

»Wir haben alle unser Schicksal. Haben Dinge getan, die schwer zu verstehen sind, für die, die in einer anderen Zeit leben. Sie sind wie schwere Steine, die man am besten in einen tiefen See wirft.« Sörenson drehte sich ihm zu und klopfte ihm auf die Schulter: »Lass gut sein.« Dann setzte er sich wieder Maria gegenüber an den Frühstückstisch, griff nach einem verbliebenen Croissant und biss hinein. Maria sah, dass sein Auge feucht war.

»Kommen wir auf das zurück, weshalb wir hier sind. Maier ist uns, wie er es meistens war, einen Schritt voraus. Er hat das Thema Geldwäsche mit Jack in Verbindung gebracht und in den Medien platziert. Wenn er jetzt beweisen kann, dass du im Besitz von Millionen bist, sitzt du in der Falle. Hast du Jack wegen der Millionen ermorden lassen?«

»Das ist doch völlig absurd!«, stieß Maria hervor.

Sörenson lachte. »Die Lüge muss so groß sein, so absurd, dass alle glauben, es kann keine Lüge sein. Ich sehe schon die Schlagzeilen in der bunten Presse. Und du, hast du Beweise, dass es nicht so ist? Das Geld liegt auf Konten, die deinen Namen tragen in Banken rund um die Welt.«

Maria schluckte, suchte nach einer Antwort. Er fuhr fort:

»Es spielt keine Rolle, ob du das Geld willst oder nicht willst, es ist dein Geld. Und irgendwann wird er dahinterkommen. Wir müssen schneller sein.«

Klaus lehnte immer noch am Fenster, als er fragte: »Was meinen Sie mit schneller?«

»Maier weiß noch nicht, dass Maria auf die Konten zugreifen kann.«

»Und wie weiter?«

»Sie muss sich anmelden und identifizieren, dann werden wir wissen, was zu tun ist«, antwortete er schulterzuckend auf die Frage von Klaus.

»Kann ich aber nicht!«

»Was kannst du nicht?«

Sie lächelte Sörenson an und antwortete: »Auf die Konten zugreifen. Oder haben Sie die PINs und die anderen Informationen. Ich habe sie nicht.«

Dem alten Mann schien es die Sprache verschlagen zu haben.

»Bitte Maria, jetzt keine Spielchen«, forderte Katja sie auf.

Und auch jedes Wort betonend wiederholte sie: »Ich habe sie nicht.«

Klaus stieß hörbar die Luft aus seinen Lungen: »Sie sagt die Wahrheit.«

Sörenson lehnte sich zurück und sagte in die entstandene Stille hinein:

»Jack muss sie irgendwo hinterlegt haben. Wozu sonst das Theater mit dem I-Pad? Das ergibt keinen Sinn.«

»Da haben Sie recht«, bestätigte Klaus.

»Rufen Sie uns bitte ein Taxi«, sagte Maria unvermittelt und erhob sich abrupt. Alle sahen sie überrascht an. Sie griff nach dem I-Pad.

»Ich habe Schmerzen im Unterleib. Bitte.«

»Meine Tochter bringt euch«, entgegnete Sörenson nach kurzem Zögern im Befehlston und sah Maria ernst an. Die sah zu Katja.

»Schluss jetzt mit dem Theater. Sie fährt uns«, mischte Klaus sich ein und Maria folgte ihnen. In der Tür drehte sie sich noch einmal um: »Warum duzen Sie mich eigentlich?«

»Hab ich das?« Sörenson grinste: »Hast du was dagegen?« Sie zögerte einen Augenblick und schloss dann, ohne ein weiteres Wort zu verlieren, hinter sich die Tür.

Dreimal hatte sich Silvia den Zusammenschnitt der Überwachungskameras in Marias Wohnung angeschaut. Danach hatte sie sich ihre Lippen geschminkt und den Lidstrich nachgezogen. Zufrieden war sie nicht. Aber die Zeit der Videokonferenz mit ihrem Chef war herangerückt.

»Hallo Silvia. Grüße aus London. Du siehst gut aus.«

Sie war sich unsicher, ob Maier sich wieder über sie lustig machte und überging seine Bemerkung.

»Wie ist das Wetter in London?«, fragte sie.

Sie sah wie er schmunzelte.

»Schmuddelwetter. Was gibt es Neues?«

»Ich habe mir angeschaut, was in Marias Wohnung in den letzten Tagen passiert ist.«

»Und?«

»Ihr Vater wohnt jetzt bei ihr. Er behauptet, er sei wegen der Schwangerschaft gekommen und will sie überzeugen, mit ihm nach Namibia zu gehen.«

»Geht sie?«

»Im Gegenteil. Sie hatte Kontakt mit dieser Filmemacherin, dieser unförmigen, dicken Evelyn, an der Jack schon einen Narren gefressen hatte. Die hat ihr offensichtlich ins Ohr gesetzt, einen Film über den Mord an dem deutschen Banker zu drehen. Das geht doch wieder gegen Sie, Chef.«

Er ging darauf nicht ein.

»Gibt es Hinweise zum Geld?«

»Sie will nicht glauben, dass Jack in Geldwäschegeschäfte verwickelt gewesen ist. Sonst ist Geld kein Thema.«

»Macht Augen und Ohren auf. Der kleinste Hinweis ist von Interesse. Sie selber wird wahrscheinlich gar nicht merken, auf was sie da gestoßen ist.«

»Mir kam so ein Gedanke. Wenn die nun weiß, dass wir sie überwachen.«

Maier lachte: »Ich weiß, du kannst das Mädchen nicht leiden, aber das sollte dich nicht blind machen. Wie soll sie darauf kommen?«

»Ihre Alarmanlage war wegen eines Stromausfalles für einige Stunden defekt.«

»Ja und?«

»Ich habe da so ein Gefühl. Wenn ...«

Maier unterbrach sie: »Wenn etwas Auffälliges passieren sollte, meldest du dich und wir beschließen einen Schlachtplan. Übrigens, dieser violette Lippenstift steht dir nicht. Bis bald.«

Maier verschwand vom Bildschirm. Silvia ging zur Toilette und rubbelte sich mit Toilettenpapier die Farbe von ihren Lippen. Dann rief sie den Pförtner des Hauses, in dem Maria wohnte, an und erkundigte sich nach dem Stromausfall. Sie hatte mit dem Mann eine Vereinbarung. Für ein kleines Salär beobachtete er Maria und ihr Umfeld. Von ihm erfuhr sie, dass ein ihm unbekannter Fachmann den Schaden behoben hätte. Diese Auskunft nährte Silvias Misstrauen. Sie behielt das aber für sich. Ihr Chef würde sich sowieso nur über sie lustig machen. Offensichtlich hatte er an dieser Maria einen Narren gefressen. Das schmerzte sie.

»Es ist ein Junge.«

Maria starrte auf den Bildschirm. Frau Dr. Aronowitz lächelte und wischte mit Zellstoff Marias Bauch trocken.

»Wenn du willst, dass er das Licht der Welt erblickt, dann prüfe deinen Lebenswandel. Du hast getrunken?«

»Einen Wodka.«

Die Ärztin schüttelte den Kopf. »Einer zu viel. Wie oft?«

»Ich kann mich nicht erinnern.«

Sie sah Maria zweifelnd an. »Sag die Wahrheit.«

»Es ist die Wahrheit«, entgegnete Maria gereizt. »Die Wahrheit, die Wahrheit! Was ist das? Kann mir das jemand sagen?«

»In dir wächst ein kleiner Mensch und du hast für ihn die Verantwortung. Das ist die Wahrheit.«

»Ich habe die Verantwortung. Sein Vater wurde umgebracht. Der Junge wird fragen, wer das getan hat und warum.«

»Ich kenne deine Geschichte nicht. Ich weiß nur eines, er muss erstmal gesund zur Welt kommen. Das ist jetzt wichtig. Was dir fehlt ist Ruhe. Du machst einen völlig gestressten Eindruck. Was ist los? Ist dein Vater wieder abgereist?«

»Er wartet unten.«

Frau Aronowitz setzte sich an ihren Schreibtisch und schrieb etwas auf.

»Maria, ich bin Ärztin, keine Polizistin, keine Richterin, kein Weltverbesserer. Ich helfe Menschen gesund zu werden oder zu bleiben. Ich diene dem Leben auf meine Weise. Zu mehr bin ich nicht im Stande.« Sie reichte ihr ein Rezept.

»Das ist ein leichtes Beruhigungsmittel, es schadet dem Kind nicht.« Sie erhob sich und nahm Maria in ihre Arme.

»Kind, Alkohol wird nichts lösen.«

Maria sah sie an. Sie war nicht im Stande über das zu reden, was sie umtrieb. Sagte nur nach einigen Augenblicken: »Danke.« und verließ die Praxis. Der sorgenvolle Blick von Frau Dr. Aronowitz begleitete Maria, bis die Tür hinter ihr zugefallen war.

Zu Hause angekommen, legte sie sich erschöpft aufs Bett. Auf dem Weg in ihre Wohnung hatte sie mit Klaus kein Wort gewechselt.

Als das Telefon klingelte, schreckte Maria auf. Sie hatte fast zehn Stunden geschlafen. Benommen griff sie nach dem Handy. Evelyn rief ihr fröhlich ins Ohr, dass sie sofort reden müssten. Sie hätte mit ihrem Anwalt gesprochen und es gäbe Möglichkeiten. Das sei aber kein Gespräch fürs Telefon. Auf dem Küchentisch fand Maria einen Zettel von ihrem Vater. Er müsse sich mal die Füße vertreten und bei der Gelegenheit würde er einige Besorgungen erledigen. Sie trank noch rasch einen Kaffee und machte sich ohne gefrühstückt zu haben auf den Weg.

Mit ihrem unvergleichlichen Lachen schloss Evelyn Maria in ihre Arme. Die war überrascht, weniger über die Herzlichkeit, mit der sie empfangen wurde, als vielmehr über Evelyns Outfit. Sie trug ein extravagantes blaues Kleid, das mit Blumen übersät war.

»Ich hatte heute Morgen einen Termin bei meinem Anwalt«, erklärte Evelyn ihr.

»Du siehst gut aus.«

»Danke«, antwortete sie trocken. »Wichtiger aber ist: er kann uns helfen.«

Der Anwalt war ein alter Freund. Sie hatte mit ihm über Marias Film gesprochen, dessen Aufführung von Maier blockiert wurde.

»Er braucht eine Kopie des Vertrages, den die Kanadier mit der New Yorker Firma geschlossen haben.«

»Das wird kein Problem sein.«

»Na dann. Er macht uns einen guten Preis, keine Angst.«

»Ich habe keine Angst«, entgegnete ihr Maria. »Ich habe ein anderes Problem.«

Sie erzählte von dem Verdacht, dass Jack in Geldwäschegeschäfte verwickelt gewesen sei.

»Davon weiß ich nichts und ich kannte ihn sehr gut. Da will dich jemand reinlegen.«

Evelyn sah sie fragend an. Sie konnte und wollte nicht glauben, dass Jack in solche Geschäfte verwickelt gewesen sei. Dass Maier der Verwalter von schmutzigen Geldern für die verdeckten Operationen des Geheimdienstes war, leuchtete ihr sofort ein. Schon bei den Recherchen des Mordes an dem Chef der Deutschen Bank 1988 hatte sie sich die Frage gestellt, wovon und von wem diese aufwendige Operation bezahlt worden war.

»Und Jack hat dir nie etwas von schmutzigen Geldern erzählt?«

Maria schüttelte den Kopf: »Nie.«

Die Worte Evelyns brachten Maria dazu, doch von Sörenson und dem Geld zu erzählen, obgleich sie sich fest vorgenommen hatte, darüber nicht mit ihr zu reden. Evelyn hörte schweigend zu und schwieg auch weiter, als Maria schon längst geendet hatte. Die Stille unterbrach das Pfeifen des Teekessels, den die Hausherrin wieder auf den Herd gesetzt hatte. Sie goss Maria Tee nach und sagte leise: »Schwere Entscheidung.«

Maria saß wie ein Häufchen Unglück in sich versunken am Tisch und rührte den Tee nicht an. Nach einigen Augenblicken fragte Evelyn: »Was sagt Dein Vater dazu?«

»Ich kann zu Hause nicht offen mit ihm darüber reden.«

»Er muss doch eine Meinung dazu haben.«

Was Maria ihr erzählte, verblüffte sie.

»Vier Kameras?«

»Das bin ich ihm wert. Vier sind das Mindeste für eine gute Studioproduktion.«

Evelyn brach in schallendes Gelächter aus und steckte Maria damit an. Als sie sich wieder beruhigt hatten, bat Maria um Evelyns Telefon und rief Adolph in Toronto an. Er versprach, ihr eine Kopie des Vertrages zu schicken, bat sie aber, darüber Stillschweigen zu wahren.

»Hältst du mich für blöd?«, fragte sie brüskiert und Adolph entschuldigte sich.

Kaum hatte Maria aufgelegt, nahm Evelyn ihren Gesprächsfaden wieder auf.

»Warum macht sich der Maier diese Mühe? Vier Kameras, mein Gott.«

»Er will an das Geld. Offensichtlich hat Jack ihn reingelegt.«

»Das musste er. Das war er sich schuldig. Oder besser gesagt, dir schuldig.«

»Er ist mir gar nichts schuldig gewesen.«

»Er hat dich geliebt und verraten.«

Dieser Widerspruch schien absurd zu sein, so absurd wie die Lösung. Aber was sollte sie jetzt tun? Auch Evelyn wusste darauf keine Antwort.

»Geh in dich und berede das mit eurem Ungeborenen.« Nachdenklich sah Maria sie an: »Warum tust du das alles?«

»Was tu ich?«

»Du hast an Jacks Seite gestanden. Du hast ihn beraten. Jetzt willst du mir helfen. Warum?«

»Ich muss das tun. Schließlich braucht man in der Welt einen eigenen Standpunkt.«

Diese Antwort genügte Maria nicht und Evelyn versuchte es ihr zu erklären:

»Das mit dem Standpunkt ist eine verquere Sache. Es klingt so, als hätte ich auf alle Fragen eine Antwort gefunden. Das ist leider nicht der Fall. Die Verlogenheit, die mir täglich begegnet, die vielen Masken hinter denen sich die Gier nach Geld und Macht verbirgt, machen unsere schöne Welt hässlich. Aber ich liebe das Schöne. Klingt natürlich völlig dämlich, wenn du die Unordnung siehst, in der ich hier lebe. In dieser Unordnung stecken aber Instrumente, mit denen ich die Schönheit verteidige. Manchmal glaube ich, ich habe dafür einen Weg gefunden und dann stehe ich plötzlich wieder vor einer Wand, muss umkehren und mich am Kreuzweg für eine andere Richtung entscheiden. Aber mich treibt etwas an, für das, woran ich glaube, weiter zu gehen. Das ist mein Standpunkt.« Evelyn lachte auf die ihr eigene, so ansteckende und herzliche Art. Dann sah sie Maria mit strahlenden Augen an.

»Du bist ein raffiniertes Luder. Gehst du nackt in die Badewanne?«

»Das gönne ich ihnen. Kostet aber Kraft. Mein Vater hat mich überrascht. Er ist ein guter Schauspieler.«

»Wie heißt das Stück, das ihr spielt?« Maria antwortete nach einer kurzen Pause: »Wir sind auf dem Weg.« Sie musste lachen. Danach drehte sich das Gespräch der beiden ungleichen Frauen nur noch um den neuen Film. Maria verließ mit heiterem Gemüt die Wohnung, an ihrem Handgelenk ein Beutel, in dem der Schuhkarton mit dem Recherchematerial über den Mord an Herrhausen war.

Als Maria ihre Wohnung betrat, musste sie sich beherrschen. Am liebsten hätte sie Jacks Notizen sofort gelesen. Doch das hätte für ihre Beobachter ein Hinweis sein können, welche Bedeutung die Schriftstücke im Schuhkarton für sie haben. Den Gefallen wollte sie ihnen nicht tun. Sie packte zuerst das mitgebrachte Obst in Schalen, stellte den kleinen Blumenstrauß in eine Vase mit Wasser und schob ganz nebenbei den Schuhkarton in das Regal neben ihrem Schreibtisch. Dann machte sie sich einen Kaffee und öffnete ihren Computer. Als der hochgefahren war und sie ihre Mails gecheckt hatte, griff sie nach dem Karton und begann zu lesen. Jacks Handschrift erkannte sie sofort. Sie wehrte sich gegen die

Traurigkeit, die versuchte, Besitz von ihr zu ergreifen. Auf der ersten Seite der Recherchen hatte er vermerkt:

Herrhausen war ein Quereinsteiger. Er war Chef der Deutschen Bank ab 1970.

Am 30. November 1989 wurde er mit einer Bombe ermordet. Im Bekennerschreiben der RAF heißt es: »Durch die Geschichte der Deutschen Bank zieht sich eine Blutspur zweier Weltkriege und millionenfache Ausbeutung und in dieser Kontinuität regierte Herrhausen.« Als Zielperson der RAF ist er aber nicht vorstellbar. Er war 59 Jahre alt, zu jung, um Naziverbrechen begangen zu haben und er war kein Beispiel für die gierige Bankenelite. Er war eher ein Kritiker des Finanzsystems. Das unmoralische Handeln der Banken machte er öffentlich. Auf der Tagung des Internationalen Währungsfonds 1987 kam ihm die Idee für einen Schuldenerlass der Dritten Welt als Gegenleistung für Reformen. Das brachte seine Kollegen aus der Fassung. Kollegen aus den USA hielten ihn für verrückt.

Hier endete die Seite. Sie lehnte sich nachdenklich zurück und erinnerte sich, wie es ihnen bei ihrem Film über Rohwedder gelungen war, die These von der Täterschaft der RAF in Frage zu stellen. Ihr wurde klar, dass dies auch bei ihrem neuen Projekt der erste Schritt sein sollte. Sie griff zur nächsten Seite und las weiter:

Am 20. September 2007 um 22.45 Uhr interviewt im Zweiten Deutschen Fernsehen Maybrit Illner den Chef der Deutschen Bank, Josef Ackermann, einen Nachfolger Herrhausens, der ihn sehr schätzte. Illner: »Sie sind Chef des internationalen Bankenverbandes. Hätten sie eine solche Forderung nach Entschuldung nicht einfach an all ihre Kollegen stellen können, die sauber aus der Krise herausgegangen sind?« Ackermann: »Es wäre mir genauso gegangen wie Herrhausen.« In Klammer stand der Hinweis: »DVD 1«.

Sie kramte im Karton und fand sie unter den vier DVDs, die darin lagen. Die nächste Seite hatte Jack offensichtlich in den Computer getippt und dann ausgedruckt.

Herrhausen hatte seine Idee einfach verwirklicht ohne das Einverständnis des Vorstandes und schrieb Geschichte. Die Deutsche Bank wollte als Erste auf Rückzahlungen von Krediten verzichten. Die RAF kann es nicht gewesen sein! Die Art der Bombe kann zum Täter führen. Recherche notwendig!

Die letzten beiden Sätze hatte Jack handschriftlich rot an den Rand der Seite geschrieben. Und wieder lauerte die Traurigkeit, als sie seine markante Handschrift sah. Sie versuchte sie zu vertreiben und sagte laut: »Warum hast du mich nicht in alles eingeweiht? Vielleicht wäre dann manches anders gekommen.«

»Was wäre anders gekommen?«

Erschrocken drehte sie sich zu ihrem Vater um, der mit zwei Einkaufstüten in der Tür stand. Sie wischte sich über ihre feuchten Augen und fragte: »Verstehst du etwas von Bomben?« Erschrocken sah ihr Vater zu einer der Kameras: »Was soll der Quatsch.« Er deutete mit seiner Rechten in die Richtung.

»Es geht um meinen Film.«

Sie betonte den Satz so, dass ihr Vater sofort verstand, welchen Fehler er gemacht hatte.

»Mag sein, aber dort oben hängt ein Spinnweben Netz. Wann hast du das letzte Mal Staub gewischt?«

»Mach es weg.«

Maria wendete sich wieder dem Schuhkarton zu und ihr Vater stellte die Beutel ab, holte aus dem Korridor einen Besen, mit dem er an der Zimmerdecke herumfuchtelte.

Silvia triumphierte, als sie Maier, der aus London zurückgekehrt war, diese Szene präsentierte.

»Sie wissen es.«

Maier sah sie gereizt an: »Ja. Und was sagt uns das?«

»Dass sie diese Maria unterschätzen.«

»Offensichtlich liegen die Millionen in Südafrika«, entgegnete er lachend, verzog sich ohne weitere Worte zu verlieren hinter seinen Schreibtisch und bestellte einen grünen Tee. Seine Sekretärin wandte sich in der Tür um. Mit stechendem Blick fixierte sie ihn. Unvermittelt schlug er auf die Schreibtischplatte.

»Herr Gott, ich habe es begriffen. Sie wissen es. Wer war dieser Typ, der angeblich ihr WLAN in Ordnung gebracht hat?«

Sie zuckte mit den Schultern.

»Das solltest du aber wissen!«, schrie er.

Silvia schloss zufrieden die Tür hinter sich. Er hatte sie geduzt. Er war also sauer. Die Reise ihres geliebten Chefs nach London war offensichtlich erfolglos gewesen.

Natürlich hatte Maier mit Südafrika nur geblufft. Ihm war klar, dass auch Silvia das wusste. Sein alter Freund in der Bankenzentrale der Hongkong Shanghai Banking Corporation hatte nicht mehr viel zu sagen. Er konnte ihm nicht helfen herauszufinden, auf welches Konto der 7 500 Niederlassungen in über 80 Ländern und Gebieten in Europa, im asiatisch-pazifischen Raum, in Amerika, im Nahen Osten oder in Afrika Jack die Millionen eingezahlt hatte.

Maier wurde aus seinen Gedanken gerissen, als Silvia schweigend den Raum betrat, ein Tablett mit Tee und eine Akte auf den Schreibtisch legte und wieder verschwand. Vor ihm lag die Reiseabrechnung von Jack.

»Sie ist unersetzbar«, dachte er, »doch die Reiseabrechnung wird mir nicht weiterhelfen.« Maier dachte darüber nach, wann das väterliche Verhältnis zu seinem Zögling sich so verschlechtert hatte, dass dieser sein Vertrauen missbrauchte. Damals wollte er Jack noch vor sich selbst schützen und vielleicht sogar dessen Ehe retten. Den fingierten tödlichen Unfall hatten seine Leute perfekt inszeniert und Maria war darauf reingefallen. Sie hatte tatsächlich geglaubt, Jack sei tot. Und sie hatte gelitten. Damals konnte er ihr sogar einreden, sie müsse Jacks Vermächtnis erfüllen und den Film fertig stellen, den sie mit ihm vorbereitet hatte. Sie machte sich auf, ihren unbekannten Vater zu suchen und fand ihn. Alles lief wie am Schnürchen. Nur Jack lief aus dem Ruder und tauchte bei seinen Eltern in Kanada unter. Toronto hat eine HSBC Bank, ging es ihm durch den Kopf. Die Millionen waren allerdings später verschwunden.

»War er zu dem Zeitpunkt in Berlin? War er in Kapstadt?«

Maier hatte damals nicht im Entferntesten in Betracht gezogen, dass Jack mit seinem Wissen in der Lage war, Geld von einem geheimen Konto zu einem anderen zu transferieren. Doch Jack hatte das System mit aufgebaut. Die Aufgabe hatte darin bestanden, Geldflüsse für verdeckte Operationen des Geheimdienstes nicht nachvollziehbar zu strukturieren.

»Das ist uns gelungen. Sehr, sehr gut gelungen«, stieß Maier mit einem sehr bösen Lachen hervor. Aus dem Schreibtisch nahm er eine Flasche Whisky und trank direkt daraus. In diesem Moment erschien seine Sekretärin in der Tür und hielt überrascht inne.

»So schlimm?«

»Schlimmer«, antwortete er und nahm einen zweiten Schluck aus der Flasche. Silvia kam zum Schreibtisch und nahm ihm mit einem energischen Griff die Flasche aus der Hand: »Das ist keine Lösung.«

»Es gibt keine Lösung.«

Sie griff nach dem Flaschenverschluss. Er ließ es geschehen und lehnte sich müde zurück. Sie verschloss die Flasche und sah ihn mitfühlend an.

»Sie haben bisher immer eine Lösung gefunden. Zumindest haben Sie noch nie Whisky aus der Flasche getrunken.«

»Rufen Sie den Rat ein.«

»Sie wollen es denen sagen?«

»Sie werden mich nicht fallen lassen. Ich weiß zu viel.«

»Jack wusste auch zu viel.«

Sie ging zur Tür und sagte in einem Ton, der keinen Widerspruch duldete: »Ich werde niemanden einberufen und sie lassen sich etwas einfallen.«

Mit der Whiskyflasche unterm Arm verließ sie das Büro.

Die Bombe sei die Lösung, davon war Jack überzeugt gewesen. Maria blickte zu ihrem Vater, der die Unterlagen aus dem Schuhkarton mit Interesse las.

»Was ist das Besondere an einem Hohlladungsgeschoss?«

Auf die Frage ging er nicht ein. »Interessant ist, dass mit dem gleichen Geschoss eine Woche vor dem Mord an Herrhausen der libanesische Präsident in Beirut umgebracht worden war.«

»Ja, aber was ist das für ein Ding?«

»Darum geht es nicht. Jack suchte ein Motiv, das hinter beiden Morden steckt.«

»Du weißt es nicht.«

»Verstehst du nicht? Er suchte ein und nicht zwei Motive.«

Maria stützte ihren Kopf auf beide Hände und sah Klaus skeptisch an.

»Hohlladungsgeschosse wurden schon im Zweiten Weltkrieg eingesetzt. In der Granate trifft die Kraft der Explosion auf eine halbrunde Kupferplatte, verformt sie zu einem Metallstrahl, der sich durch die Panzerung frisst. Verstanden?«

»Was ist daran so kompliziert?«

Klaus musste lachen.

»Was gibt's da zu lachen?«, fragte Maria gereizt.

»Der Einsatz der Bombe war komplex. Sie nutzten zu ihrer Auslösung eine Lichtschranke. Herrhausen hatte eine Fensterkurbel in die gepanzerte Autotür einbauen lassen, hinter der er saß, um die Panzerglasscheibe öffnen können. Er wollte einfach nur ab und an frische Luft atmen. Genau diese Kurbel war aber die Schwachstelle der Panzerung. Und genau dort schlug die Ladung ein. Das Fahrzeug fuhr. Es ging um zehntel Sekunden. Und die Täter müssen von der Schwachstelle gewusst haben und so weiter und so weiter.« Marias Vater hatte sich in Rage geredet.

»Wow!«, stieß Maria hervor, »Ich habe dich unterschätzt.«

»Nee, ich habe meinen Beruf gelernt und nicht so eine große Klappe wie du.«

»Ok. Und was ist nun das eine Motiv?«

»Keine Ahnung«, sagte er und lächelte wieder. »Das war Jacks Vermutung. Mehr weiß ich auch nicht.«

»Zumindest hat er uns einen Weg gewiesen und den sollten wir jetzt gehen. Kommst du mit?«, lächelte sie versöhnlich zurück.

Er schwieg nachdenklich und erhob sich mit einem Räuspern.

»Ich bin wegen deines ungeborenen Kindes hier, nicht wegen eines Filmes und schon gar nicht wegen Geld. Was ist dir wichtig, Maria?«

In Marias Ohren klang die Frage wie ein Vorwurf. Erregt wollte sie ihrem Vater antworten, doch sie biss sich auf die Unterlippe und fragte leise: »Was glaubst du?«

»Ich weiß es wirklich nicht.«

Die Antwort war für Maria wie ein Schlag in die Magengrube. In den letzten Tagen hatte sie mehr und mehr den Eindruck gewonnen, ihr Vater verstand sie. Doch bevor sie auf den Schmerz reagierte, schoss ein Gedanke in ihren Kopf: »Jedes Wort, das sie aussprachen, bekam auch Maier zu hören« und aufgesetzt arrogant wandte sie sich an ihren Vater: »Der Film ist mir wichtig. Vielleicht ist das eine Art von Überheblichkeit, kann auch Eitelkeit sein. Ja, ich fühle mich als Filmemacherin gut. Ich hoffe, wir kriegen es hin, den Film über die Suche nach dir, Vater, der Filmelite New Yorks zu präsentieren. Das bringt zwar kein Geld, aber vielleicht nimmt man mich wahr.«

An dieser Stelle unterbrach sie ihren Redeschwall und lachte ihren Vater an. Sie merkte an seiner Reaktion, dass er begriffen hatte, welchen Lapsus er schon wieder begangen hat.

»Geld kann ich schon gebrauchen«, fuhr sie fort. »Das Geld für unser kleines Häuschen in Greenwich Village ging zur Hälfte für die Wohnung hier drauf. Die Hunderttausend, die mir Maier gab, hat der Film aufgefressen. Das Geld vom kanadischen Fernsehsender war überschaubar. Um dich zu beruhigen, es ist noch Geld für den neuen Film da und dann müssen wir halt weitersehen. Wenn es ganz schlimm kommt, verkaufe ich die Wohnung und ziehe mit meinem Kind zu euch nach Namibia. Dafür wird's wohl reichen.«

»Ich würde die arme Filmemacherin gern zu einem bescheidenen Mittagessen und einem Glas Wein einladen.«

»Mittagessen ja, Wein nein.«

Sie gingen zu ihrem Italiener im Central Park. Maria schwieg und machte Klaus keine Vorwürfe. Die machte er sich selbst zur Genüge und das spürte sie. Schon zum zweiten Mal war er aus seiner Rolle gefallen. Maria war klar, dass sie ihr Spiel nicht ewig durchhalten konnten. Es gab nur einen Ausweg – sie musste mit ihrem Film beginnen und raus aus der Wohnung. Und wieder war es ihr Vater, der sie an ihr ungeborenes Kind erinnerte.

»Soll ich wie eine Glucke auf dem Ei sitzen und warten bis es schlüpft?«, fragte sie ihn gereizt.

»Du bist Mitte dreißig und ich glaube, viele Eier wirst du nicht mehr legen«, entgegnete er ihr mit ruhiger Stimme. Das Gespräch der beiden wurde durch das Bremsen eines Pkws unterbrochen, der neben ihnen zum Stehen kam.

Wenige Minuten nachdem Silvia ihrem Chef die Whiskyflasche aus der Hand genommen hatte, war Maier wortlos gegangen. In einem solchen Zustand hatte sie ihn noch nie erlebt. Er stand für Souveränität und klare Entscheidungen. In ihren Augen war Maier den anderen immer überlegen, immer einen Schritt voraus gewesen. Was war geschehen? Die verschwundenen zwanzig Millionen konnten nicht der Grund für sein merkwürdiges Verhalten sein. Schon vor Wochen hatte sie Veränderungen an ihm wahrgenommen. Alles begann, als es Probleme mit der Schweizer Firma Crypto AG gab, an der er Anteilseigner war. Man produzierte dort Verschlüsselungsmaschinen, die in alle Welt gewinnbringend verkauft wurden. Zusammen mit Jack und Bayard war er regelmäßig in der Schweiz gewesen, um »nach dem Rechten zu sehen«, wie er immer gesagt hatte.

»Jack wurde erschossen, Bayard und seine Leute kamen bei einem Autounfall ums Leben. Seine sterblichen Überreste konnten nicht eindeutig identifiziert werden.«, ging es Silvia durch den Kopf. »Was, wenn Bayard noch lebte?« Diese Vorstellung machte sie mehr als unruhig. Maier hatte sie angewiesen, den Rat einzuberufen – fünf Männer, die sie noch nie gesehen hatte. Sie kannte nur ihre Namen und ihre Telefonnummern. Wenn sie deren Nummern anrief, meldeten sich keine Vorzimmerdamen, die Herrschaften waren höchstpersönlich am Apparat. Wo sie sich trafen, blieb Maiers Geheimnis. In den letzten Wochen hatte es ungewöhnlich viele solcher Treffen gegeben. Was sollte sie jetzt tun? Er hatte seine Anweisung nicht noch einmal wiederholt, als sie ihm widersprochen hatte. Silvia konnte sich nicht erinnern, jemals das Gefühl gehabt zu haben, es stehe etwas zwischen ihnen. Doch dieses Gefühl beschlich sie jetzt. Sie musste wissen, was es mit dieser Schweizer Fabrik auf sich hatte.

Und so tat sie etwas, was bis zu diesem Tage unvorstellbar gewesen wäre: sie ging an das Allerheiligste ihres Chefs, seinen

Privattresor, und öffnete diesen. Den Schlüssel hatte er ihr vor geraumer Zeit ausgehändigt, nachdem er ihn einige Male verlegt hatte. Silvia musste sich überwinden, den Schlüssel ins Schloss zu stecken. Noch nie hatte sie allein diese schwere Tür geöffnet. Es fühlte sich an wie Verrat. Doch ihre Neugier war stärker. Im Hauptfach fand sie Informationen, die ihr bereits bekannt waren. Anfang der siebziger Jahre hatte ihr Chef die Schweizer Firma zusammen mit einem deutschen Partner im Auftrag der Agency erworben. Das sei der beste Deal seines Lebens gewesen, hatte er sich oft vor ihr gebrüstet. Nach seinem Wechsel vom CIA in die Privatwirtschaft behielt er seine Anteile an der Schweizer Firma und wurde Dienstleister der Agency. Sein deutscher Partner tat das Gleiche für den deutschen Geheimdienst. Die Gewinne stiegen. Die Crypto AG lieferte Verschlüsslungsmaschinen an über 100 Regierungen in aller Welt. Silvia wusste, dass die Wundermaschine CX52 hieß und sie wusste auch, dass die Direktoren der Firma von der Siemens AG in Deutschland kamen. Ihre Lebensläufe hatte sie mit großem Interesse gelesen. Maier war stolz darauf gewesen, mit welcher deutschen Ingenieurs-Elite er zusammenarbeitete. Doch irgendetwas an der Sache war faul. Nur was? Innerhalb des großen Tresors gab es noch ein Fach, dass durch einen extra Zahlencode gesichert war. Diesen Code kannte sie nicht. In diesem Moment wurde Silvia klar, was sie schon immer geahnt hatte: Maier hatte Geheimnisse vor ihr. Die Enttäuschung war schmerzhafter, als sie es sich eingestehen wollte.

Am Steuer des Wagens, der neben Maria und ihrem Vater hielt, saß Katja. Ohne lange zu zögern, stieg Maria ein. Klaus schien unschlüssig und Katja registrierte mit einem Lächeln, wie überrumpelt er sich offenbar vorkam.

»Mein Vater hat Sehnsucht nach euch«, begrüßte sie die beiden.

»Das beruht auf Gegenseitigkeit«, entgegnete Maria. Klaus räusperte sich und schwieg.

»Ich glaube, seine Vermutung ist richtig. Uns bleibt nicht viel Zeit.«

Katja sah Maria über den Rückspiegel an und nickte zustimmend.

»In meiner Wohnung wird es immer ungemütlicher«, ergänzte Maria, sah dabei ihren Vater an, der den Vorwurf ohne Reaktion ertrug.

Katja fuhr mit ihnen nach Oyster Bay Cove, einer kleinen Ansiedlung am Nordatlantik. Maria kannte die Gegend, die an diesem Tag im warmen Nachmittagslicht lag. Mit einem Schulfreund hatte sie hier einmal ziemlich viel Zeit verbracht. Hier, an der rauen Atlantik-Küste, gab es verborgene Plätze für die geheimen Spiele, die nicht für die Erwachsenen bestimmt waren. Ihre Erinnerungen brachten sie zum Schmunzeln.

»Warum lächelst du?«, fragte Katja. »Ich kenne die Gegend hier gut. Erste Liebesspiele mit einem Schulfreund.« Sie sah kurz zu ihrem Vater, der in sich gekehrt neben ihr saß und offensichtlich nicht zuhörte.

»Hier gibt es viele geheimnisvolle Winkel«, rief Katja von vorn. »Als wir hierherzogen, war ich leider schon zu alt für solche Spiele.«

»Was für Spiele?«, fragte Marias Vater plötzlich. Die beiden jungen Frauen prusteten los wie zwei pubertierende Schulmädchen. Klaus fühlte sich überflüssig. Am Eingang des Youngs Memorial Friedhofes stoppte Katja den Wagen und wendete sich zu Klaus um: »Mein Vater wartet hier auf Sie. Uns will er nicht dabeihaben.« Nach einem Blickwechsel mit seiner Tochter stieg Klaus aus.

»Immer geradeaus die Treppen den Hügel hinauf, da werden Sie ihn sehen.«

Er nickte Katja zu und schloss die Wagentür. Maria sah ihrem Vater nach.

»Das verstehe ich jetzt nicht.«

Katja zuckte nur mit den Schultern: »Ein Gespräch unter Männern, hat mein Vater gesagt. Nicht nur wir haben unsere Geheimnisse.« Sie lachte und sah im Rückspiegel, dass Maria keine Miene verzog. Ihre Blicke trafen sich und Maria fragte: »Dein Vater will eine Entscheidung?«

»Er meint die Zeit wird knapp.«

»Ihn interessiert das Geld.«

»Stimmt, und du willst deinen Film machen.«

»Das stimmt auch.«

»Das schließt sich doch nicht aus.«

Maria reagierte auf Katjas Bemerkung nicht.

»Ich habe dein Erstlingswerk gesehen.«

»Du?«, fragte Maria ungläubig.

»Ja ich. Mein Vater hat mir den Film empfohlen. Schließlich ging es ja auch um ihn.«

Maria beugte sich neugierig nach vorn. »Und, was hat er gesagt?«

»Weißt du, warum dein Film mir gefallen hat? Er war nahe an der Wahrheit dran und der Vater deines Kindes war verdammt mutig.«

Schweigend lehnte sich Maria zurück und sagte leise drei Worte: »Er war mutig.« Katja konnte sie nicht hören. Sie bog in einen Seitenweg ein, an dem versteckt hinter einem Holzzaun ein idyllisches Backsteinhaus stand. Zwei weiße dorische Säulen begrenzten die Eingangstür.

»Wir sind da.«

Maria blieb im Wagen sitzen. Erst als Katja die Hintertür mit den Worten öffnete: »Herzlich willkommen. Hier empfangen wir sonst niemanden. Ihr seid unsere ersten Gäste«, gab sie sich einen Ruck und stieg aus.

Klaus folgte dem leicht ansteigenden Weg, der von herabgefallenen Blättern der kahlgewordenen Bäume bedeckt war. Die Abendsonne färbte sie zu einem goldbraunen Teppich. Wiesenstücke säumten den Weg, auf denen graue Grabsteine standen. Etwas abseits sah er Sörenson unter einem der alten Bäume stehen. Als er an ihn herantrat, sagte dieser versonnen: »Leben und Tod sind Teile desselben großen Abenteuers. Das sind Worte Theodore Roosevelts, der einige Schritte weiter hier begraben liegt. Meine Frau wollte unbedingt in seiner Nähe sein. Jeder hat eben seinen Vogel. Bei Nacht und Nebel habe ich ihre Urne hier unter dem Baum begraben. Was tut man nicht alles aus Liebe.«

Sörenson lächelte.

»Bis dass der Tod euch scheidet. Aber manchmal reicht es nicht solange«, entgegnete Klaus.

»Mag sein«, bekam er zur Antwort. Langsam ging er unter den kahlen Bäumen den Hügel hinauf und redete weiter, ohne auf Klaus zu achten. Der folgte seinen Schritten und hörte schweigend zu.

»Eine Weisheit von ihm musst du noch über dich ergehen lassen: Behalte die Sterne im Auge und halte die Füße auf dem Boden.« Sie erreichten den Kamm des Hügels. Dort blieben sie stehen und starrten auf die glitzernden Wellen des Atlantiks, den man von hier oben sehen konnte. Ohne sich Klaus zuzuwenden fragte er: »Bist du mit deinem Leben zufrieden?« Er erhielt keine Antwort und fuhr fort: »Als du Offizier der Deutschen Volkspolizei wurdest, hast du doch bestimmt nicht davon geträumt, den Verkehr zu regeln.« Die Worte klangen zynisch. Nach einer kurzen Pause fragte Klaus: »Woher willst du wissen, wovon ich geträumt habe?«

»Ich bin zur Stasi gegangen, weil ich was verändern wollte. Ich habe tatsächlich eine Zeit lang geglaubt, man könne die Welt besser machen und den Kapitalisten in die Suppe spucken. Wenn ich heute daran denke, wundere ich mich über meine Naivität.«

Das Selbstmitleid, das in diesen Worten lag, brachte Klaus zur Weißglut. Diese gläubigen sogenannten Kommunisten hatten in ihrer Zeit selbstherrlich über das Schicksal von Menschen entschieden, ohne Wenn und Aber. Er baute sich vor ihm auf und sah in sein einziges Auge.

»Warum sind wir hier?«

»Wegen unserer Kinder«, bekam er zur Antwort.

»Weißt du, Klaus«, fuhr sein Gegenüber nachdenklich fort, »haben sie nicht ein normales Leben verdient, ohne unseren Sack voll schmutziger Vergangenheit?«

»Wie kommst du darauf, dass ich einen solchen Sack trage. Und ich habe auch nicht die Absicht, dir beim Tragen zu helfen.«

Sörenson nickte: »Das verlange ich auch nicht. Aber habe ich nicht das Recht, für meine Kinder ein neues Zuhause am anderen Ende der Welt zu bauen. Vielleicht bei dir in Namibia? Meinen Sack könnte ich dort im roten Sand der Wüste vergraben.«

Klaus schwieg.

»Mit zehn Millionen Startkapital kann sie dort bestimmt gut leben und ihr Kind großziehen.«

»Sie hat zwanzig. Deine Zehn gehören im Moment noch ihr«, entgegnete Marias Vater trocken.

»Wie gut kennst du sie?«

»Du meinst Maria?«

»Ich meine Maria, wen sonst? Was hat sie vor?« Sörenson sah Klaus fragend an.

»Frag sie selbst!«

»Ich will es von dir wissen. Mir scheint, sie will Rache. Es war die Rede davon, dass sie einen zweiten Film vorbereite. *Maria und der Patriot* sollte der erste Teil einer Reihe sein.«

Klaus begriff sehr schnell, worum es ihm ging. Sörenson wollte nicht, dass Maria mit ihrer »Filmerei«, wie er es nannte, noch einmal Staub aufwirbeln und Maier provozieren würde. Er wollte das Geld und verschwinden.

Sörenson sah Klaus sichtlich genervt an und fuhr eindringlich fort. »Wenn Maria beginnt, tiefer zu graben, und das traue ich ihr zu, besteht die Gefahr, dass sie auf Wahrheiten stößt, die sie besser im Verborgenen lassen sollte. Doch bis sie das begriffen hat, wird es mit ziemlich großer Wahrscheinlichkeit ohnehin zu spät für sie sein. In diesem Spiel ist Maier nur eine ganz kleine Nummer, die man aber nicht unterschätzen darf.«

»Wenn du mir nicht sagst, worum es hier geht, kann ich dir nicht helfen«, unterbrach Marias Vater die kryptischen Ausführungen.

»Es geht um Leben und Tod.«

Sörenson sah ihn kurz an und ging dann den Hügel hinunter in Richtung Straße. Es dämmerte. Die Autos hatten schon ihre Scheinwerfer eingeschaltet.

Maria betrat zögernd das Haus, an dessen dorischen Säulen Kameras befestigt waren. Ein Unwohlsein hatte sie beschlichen. Das Interieur wirkte steril, so als wäre das Haus unbewohnt. Alles war da, was zu einem Haus gehört, das Menschen mit Geld bewohnen. Alles hatte seinen perfekten Platz und doch fehlte etwas. Umso überraschter war Maria, als sie Katjas Zimmer betrat. Sie hatte das Gefühl in eine Fotoausstellung geraten zu sein. An einer Wand hingen Porträts von alten Menschen. Ihre Gesichter schienen Geschichten zu erzählen. Ihnen gegenüber waren großformatige Fotos. Düstere verfallene Räume strahlten etwas Mystisches aus. Auf einem Foto mit schwarzem Rahmen, das über einem schmalen Bett hing, stand eine schöne Frau vor einem idyllischen Holzhaus. Im Hintergrund schimmerte silbern ein See in der Mittagssonne. Vor diesem blieb Maria stehen. Jetzt erst fiel ihr auf, dass Katja an der offenen Tür stehen geblieben war und sie beobachtete.

»Das ist in Wisconsin. Die Sonne hat mir zu schaffen gemacht. Ich wollte nicht, dass sie alles überstrahlt.«

»Ist das deine Mutter?«

»Woher willst du das wissen?«

»Du ähnelst ihr.«

»Wir haben dort gewohnt, bis zu ihrem Tod. Das ist unser Zuhause. Vater hat uns nur selten besucht. Als er uns hierherholte, war schon alles perfekt eingerichtet. Er hatte einen Innenarchitekten beauftragt. Bisschen steril, aber da wir nicht wissen, wie lange wir hierbleiben, werde ich mir auch nicht die Mühe machen, etwas zu verändern. Gefallen dir meine Bilder?«

Maria lächelte. »Du bist für mich ein Buch mit sieben Siegeln.«

»Ich musste in Madison zwei Semester Jura studieren. Er hat es verlangt. Als wir nach New York kamen, habe ich ihn solange bearbeitet, bis er einwilligte, dass ich mich an der School of Visual Arts einschreiben konnte. Ich studierte Fotografie.«

»Puh!«, entfuhr es Maria. »Du hast recht«, antwortete Katja. »Es war nicht billig und die theoretischen Fächer haben mich genervt. Es wurden auch nur knapp zwei Semester. Ich bin eben eher praktisch veranlagt. Die hohe Kunst passt einfach nicht zu mir. So etwas, was du machst, würde mich reizen – Filme gegen den Strom.«

Es war dunkel geworden, als die Männer das Haus betraten. Maria und Katja saßen in der Küche. Der Tisch war gedeckt.

»Maria hat eine klasse Idee«, begrüßte Katja die beiden.

»Sie will einen zweiten Film drehen. Es geht um den Mord an einem Bankchef in Deutschland. Da hat Maier offenbar auch seine Hände im Spiel gehabt. Du kannst uns bestimmt helfen, Vater.«

Maria fühlte sich völlig überrumpelt. Sie hatte Katja zwar von ihrem neuen Filmprojekt erzählt. Über eine Mitwirkung von Katja hatten sie aber bislang kein Wort verloren. Das »uns« verblüffte auch ihren Vater. Doch bevor er etwas sagen konnte, fuhr Katja fort: »Wir können diesen Film drehen, dafür die Welt bereisen und uns nebenbei ganz unauffällig um das Geld kümmern.«

»Benimm dich nicht wie ein kleines Mädchen, das seinem Vater etwas unterschieben will.«

»Erwischt. Aber ist der Film nicht die beste Tarnung, um nach dem Geld zu suchen.«

Marias Vater räusperte sich.

»Was du vorhast, kann deinem Vater das zweite Auge kosten und mehr.«

Die Frauen sahen ihn überrascht an.

»Oder irre ich mich?« Er schaute zu Sörenson. Der schwieg und Klaus fuhr fort: »Bayard, der Knecht Maiers, zog an Vaterstelle zwei Kinder auf, als deren Mutter verstorben war. Als auch er bei einem Autounfall ums Leben kam, erschien ein gewisser Sörenson, der seine Stelle einnahm. Wo kam der her? Wer ist das? Jetzt tritt plötzlich dessen Tochter an die Öffentlichkeit und macht mit Maria einen Film über die Machenschaften Maiers. Wie hängt das alles zusammen?«

Sörenson lehnte sich gelassen zurück, verschränkte seine Arme vor der Brust und begann langsam zu sprechen, ohne jemanden anzusehen. »Nehmen wir mal an, Bayard war so blöd und alle wussten von seiner heimlichen Familie, dann kommt man schnell dahinter, dass Sörenson Bayard ist. Und dann bin ich im Arsch.« Er wendete sich an Katja: »Du studierst Jura, schmeißt hin, dann Kunst. Das war dir zu verkopft. Dann machst du einen Abschluss als Hebamme und jetzt willst du auf einmal Filme machen? Ist das dein Ernst?«

Katja lächelte. »Jetzt behandelst du mich, als hätte ich eben die High-School beendet.«

Er sah Maria fragend an. »Hast du dir das gut überlegt?«

»Überlegt nicht, aber es fühlt sich ganz gut an«, antwortete sie nach einem kurzen Zögern. Katja warf ihr einen dankbaren Blick zu.

»Es ist vielleicht gar nicht so dumm, wenn du eine Hebamme an deiner Seite hast«, meldet sich Klaus wieder zu Wort.

»Wenn du meinst«, Sörenson lachte kurz auf und schüttelte den Kopf. Die drei anderen sahen ihn an und warteten, ob er noch etwas sagen würde. Nachdenklich fuhr er fort: »Maier fertigzumachen – wenn ein Film das leisten kann – bin ich dabei. Den Fall Herrhausen kenne ich aus nächster Nähe. Ich habe damals an meine Vorgesetzten Berichte dazu geschrieben. Die müssten in Berlin in der Stasiunterlagenbehörde liegen – Deckname Trainer Peter. Dass beide Morde ein und dasselbe Motiv haben könnten, wurde mir klar, als ich deinen Film sah, Maria.«

»Ich habe Maria erzählt, dass du mir den Film empfohlen hast«, unterbrach ihn seine Tochter.

Er stieß die Luft heftig durch die Nase aus. »Dann bin ich wohl schuld, dass du jetzt Filmemacherin werden willst?«

»Ja, und wenn ich auch das wieder vergeigen sollte, kannst du mich ja weiter wie eine Minderjährige behandeln.«

Sörenson sah seine Tochter an und wendete sich allen zu.

»Der Film ist Tarnung. Wenn es kein Meisterwerk wird, bricht die Welt nicht zusammen. Priorität hat das Geld. Dazu brauchen wir die PINs und andere Informationen. Irgendwo muss Jack sie deponiert haben. In Namibia, Toronto, irgendwo dort, wo ihr bei der Fertigstellung deines Filmes gewesen seid.«

»Das klang ja wie ein Befehl. Aber er war schließlich einmal Oberstleutnant. Nehmt es ihm nicht übel, er kann nicht anders.«

Der Einwurf von Marias Vater schien Sörenson zu ärgern, er setzte zu einer Entgegnung an, winkte aber dann ab und Katja sagte beruhigend: »Wir haben es begriffen. Du hast aber nichts dagegen, wenn es ein Meisterwerk wird?«

Sie sah ihren Vater verschmitzt an. Er kannte den Blick.

Drei Tage später begleitete er Maria und Katja in den »New York Times Film Club«. Der Anwalt der fröhlichen Evelyn hatte eine Lücke in jenem Vertrag entdeckt, der die Aufführung des Filmes »*Maria und der Patriot*« blockieren sollte. Er konnte beweisen, dass der Vertrag sich nur auf Fernsehausstrahlungen bezog und einer Kinoaufführung stand daher nichts mehr im Wege.

Der unscheinbare, wortkarge Anwalt sah nicht wie ein Sieger aus, als er neben der korpulenten Evelyn auf der Bühne des »New York Times Film Clubs« stand. Sie trug zu ihrem geblümten Kleid an diesem Abend einen großen, breitkrempigen Hut. In ihrer kurzen Einführung zum Film lobte sie den Anwalt in den höchsten Tönen. Dem schien das peinlich zu sein, was Evelyn offenbar nicht weiter störte. Sie sprach auch über ihren Freund Jack und dessen Anteil am Film und fand bewegende Worte zu seinem Tod. Marias Vater saß in der letzten Reihe am Ausgang, so als wolle er sich verstecken. Ihn erwähnte sie nicht.

Der Saal war nur zur Hälfte gefüllt, was Katja mit Ärger registrierte. Während Evelyn sprach, flüsterte sie Maria zu: »Statt mit diesem Hut die Blicke auf sich zu ziehen, hätte sie sich mehr Gedanken machen sollen, wie man für den Film Werbung macht.« Maria sah sie drohend an und brachte Katja mit ihrem Blick zum Schweigen. Zumal abgesprochen war, dass sie sich im Hintergrund zu halten habe. Darauf hatte Evelyn bestanden.

Die Zuschauer nahmen den Film mit Wohlwollen auf und wünschten der Filmemacherin, die während des anschließenden Gespräches auch ihr neues Projekt erwähnte, viel Kraft und Durchhaltevermögen. Einmal konnte sich Katja doch noch in Szene setzen. Jemand im Publikum stellte die »Frage aller Fragen« an Filmemacher bei solchen Veranstaltungen, nämlich was sie antreiben würde. Unnötigerweise antwortete Maria: »Wenn Sie mich anschauen, kann ich nicht mehr verheimlichen, dass ich schwanger bin. Wie würden Sie reagieren, wenn Ihr Kind Sie eines Tages fragen würde: Wer hat meinen Vater umgebracht? Kinder wollen Antworten. Auch deshalb muss ich diesen Film drehen.« Auf diese Antwort kam prompt die nächste Frage: »Ist es nicht fahrlässig, während der Schwangerschaft derart brisante Dreharbeiten zu starten?«

Mit dem Einwurf: »Ihre Assistentin ist von Beruf Hebamme!«, brachte Katja die Gesellschaft zum Lachen und das Thema war beendet. Aber es gab noch einen Misston an diesem Abend, als sich gegen Ende ein hochgewachsener Mann im maßgeschneiderten dunkelblauen Anzug zu Wort meldete. Seine hellblauen Augen waren Maria schon zu Beginn der Veranstaltung aufgefallen und auch Katja hatte ihn nicht übersehen. Er erhob sich bedeutungsvoll und fragte Maria: »Sie sind eine Deutsche, wenn ich richtig verstanden habe?«

»Ich bin in Deutschland geboren«, antwortete sie und sah in seine leuchtenden Augen.

»Mein Name ist Richard Pauls. Ich kam in Texas zur Welt. Erklären Sie mir bitte, warum Sie mich beleidigen? Sie geben meinen Landsleuten die Schuld an einem Mord in Deutschland. Hier im Publikum sitzen Amerikaner, die auch noch heftig dazu applaudieren. Klären Sie die Sache mit Ihren Deutschen. Was in Deutschland passiert ist, interessiert hier nur eine kleine Minderheit, wie Sie bemerkt haben.«

»Und es gibt viele Amerikaner, die gar nicht wissen, wo Deutschland liegt«, mischte sich Evelyn, die inzwischen ihren Hut abgenommen hatte, in das Gespräch ein. Bevor der Blauäugige reagieren konnte, redete sie erregt weiter: »Die interessieren sich nicht dafür, was wir unter der Devise ›America first‹ in der Welt anrichten! Deshalb können ja einige von uns die Verbrechen begehen, die unser wunderbares Land mit Schmutz überziehen.« Heftiger Applaus verschluckte die Antwort, zu der der hochgewachsene Mann angesetzt hatte. Er schüttelte böse lachend den Kopf und verließ den Club. Keiner achtete auf ihn. Eine Gruppe von Zuschauern drängte sich um Maria. Sie gratulierten und suchten das Gespräch mit ihr. Evelyn hatte in einem kleinen Restaurant in der Nähe einen Tisch bestellt. Man beschloss, dort das Gespräch fortzusetzen. Als sie aufbrachen, bemerkte Maria ihren Vater, der offensichtlich am Ausgang auf sie gewartet hatte. Sie hakte ihn unter, doch er hatte keine Lust mitzukommen.

»Auf der Kinoleinwand hat er doch eine noch stärkere Wirkung.«

»Ja«, antwortete Klaus. »Das hat er. Ich habe heute begriffen, dass ich nur ein Vehikel war.«

»Kommt, wir essen was zusammen und reden weiter«, unterbrach Evelyn das Gespräch.

»Mein Vater ist müde. Er kommt nicht mit. Geht, ich komme nach.«

Mit den Worten: »War doch toll«, lief Evelyn, ohne eine Reaktion abzuwarten, den anderen hinterher. Maria wendete sich wieder ihrem Vater zu: »Die Suche nach dir war ein dramaturgischer Einfall und es war ein Glück. Wir hätten uns in diesem Leben nicht mehr getroffen. Jack hatte den Einfall. Und außerdem wären wir in Namibia ohne dich und deinem Freund Ben untergegangen.«

»Euch haben viele geholfen, wie ich heute Abend erfahren habe.«

Maria glaubte zu verstehen, was in ihm vorging.

»Evelyn hat dich heute nicht erwähnt. Dafür kann ich nichts. Entschuldige.«

»Das ist nicht mein Problem.«

»Und was ist dein Problem?«

»Ich habe heute begriffen, dass du meine Hilfe nicht brauchst.«

»Das ist doch Quatsch.«

Ihr Vater gab ihr einen Kuss auf die Wange: »Lass die anderen nicht warten. Geh und genieße deinen Erfolg.«

»Schade, dass du nicht mitkommst.« Sie umarmte ihn, lief den anderen nach, drehte sich noch einmal um und winkte ihm, bis er aus ihrem Blickfeld verschwand.

Erst in den frühen Morgenstunden kehrte Maria müde, aber in Hochstimmung, nach Hause zurück. Sie war glücklich und fest entschlossen, tatsächlich den Film zu drehen, den Jack vorbereitet hatte. Und Katja würde sie dabei unterstützen. Auf dem Küchentisch fand sie einen Brief ihres Vaters.

Meine liebe Tochter, Du kennst meine Meinung zu dem, was Du vorhast. Ich bin gekommen, um Dir in Deiner Situation zu helfen und musste begreifen, dass Du meine Hilfe nicht brauchst. Ich will Dir nicht im Weg stehen. Pass auf Dich auf.

Meine Frau braucht mich in Namibia. Unsere Tür steht für Dich und Dein Kind immer offen.
Ich habe Dich lieb! Dein Vater

Ihre Müdigkeit war verflogen. Zorn und Trauer kämpften in ihrem Herzen miteinander.

»Das ist verletzte Eitelkeit. Ich habe geglaubt, ihn zu kennen. Fehlanzeige. Ich bin ohne ihn großgeworden und ich werde ohne ihn meinen Weg gehen, wie ich ihn immer gegangen bin. Ich brauche ihn nicht.« Laut sprach sie die Sätze in ihre leere Wohnung hinein. Sie vergaß die Kameras, sie vergaß die Welt um sich herum und es überkam sie eine Einsamkeit. Sie warf sich auf ihr Bett, schluchzte, weinte und schlief ein.

Als sie erwachte, war es heller Tag. Im Halbschlaf erinnerte sie sich an einen Traum, der sie irritierte, der sie aber auch schmunzeln ließ. Sie hatte von Sex mit Richard Pauls geträumt. Von jenem hochgewachsenen sportlichen Mann, der am Abend zuvor mit seinem Auftritt ihre Freundin Evelyn hatte explodieren lassen. Diese unverschämt hellblauen Augen! Maria bemerkte, dass sie angekleidet im Bett lag, neben ihr der Brief des Vaters. Ein kurzer Schmerz durchfuhr sie. Doch sie wollte diesen Schmerz nicht zulassen, raffte sich auf und setzte sich an ihren Computer. Bei Google gab es nur einen Richard Pauls – einen Künstler aus Brooklyn. Sie las: »Neben seiner Arbeit im Atelier als Porträtmaler bezog er auch die Straßen New Yorks in seine Aktionen ein.« Doch das dazugehörige Foto zeigte nicht den Mann, von dem sie in dieser Nacht geträumt hatte. Ärgerlich klappte sie den Computer zu. »Dieser arrogante Kerl. Und ich träume auch noch von ihm«, murmelte sie vor sich hin.

Maier hatte sich in den letzten Tagen nicht im Büro blicken lassen. Trotz des sonnigen Morgens war seine Stimmung ganz offensichtlich auf dem Nullpunkt. Silvia präsentierte ihm die Neuigkeiten der vergangenen Tage: einen Zusammenschnitt der Ereignisse in Marias Wohnung und einen Bericht von der Aufführung ihres Films in New York. Richard Pauls war ein zuverlässiger Informant, der seine Intelligenz und Beobachtungsgabe schon des Öfteren für Maiers »Problemfälle« unter Beweis gestellt hatte. Während Maier den Bericht von Richard las, ließ Silvia ihn nicht aus den Augen.

»Sie unterschätzen die Frau.«

Vergebens wartete sie auf eine Reaktion. Maier nickte ihr nur zu und sagte lapidar: »Sie können gehen.« Silvia holte tief Luft, wollte noch etwas sagen, doch bevor ein Wort aus ihrem Munde kam, verwies er sie mit einem deutlichen »Danke« seines Büros. Schon ein paar Minuten später erschien sie jedoch wieder, die Whiskyflasche in der Rechten und ein Glas in der Linken. Beides stellte sie vor Maier auf dem Schreibtisch ab. Er sah sie mit müdem Blick an und lehnte sich zurück.

»Es ist schlimmer, Silvia, es ist viel schlimmer. Es ist vorbei.«

Sie schaute den müden, alten Mann hinter dem Schreibtisch ungläubig an.

»Was ist vorbei?«

Ungefragt nahm sie auf einem der Sessel vor dem Schreibtisch Platz und sah ihn fragend an.

»Erinnern Sie sich an Kapitän Lee Martin?«

»Ja, sicher. Er war die rechte Hand vom General. Als dieser endgültig in den Ruhestand ging, quittierte auch Lee seinen Dienst. Er war ein guter Mann, kannte aber kein Erbarmen. Seine Devise: Wer nicht für uns ist, ist gegen uns.« Sie unterstrich ihre Rede mit einer dramatischen Handbewegung. »Einen besseren Henker hätte der General nicht finden können. Ich mochte ihn.«

»Es reicht«, unterbrach Maier sie und steckte sich eine Zigarre an. Silvia bemerkte, wie seine Hände dabei zitterten.

»Heute ist er Priester der Benediktiner.«

»Ich weiß, er ist nach dem Tod vom General ins Kloster gegangen.«

»Vielleicht hätte ich das auch tun sollen.«

»Was ist passiert?«

»Ich war gestern in der Kirche und habe ihn um Rat gefragt.«

Silvia spürte, wie eine Kälte in ihr aufstieg, die sie zu lähmen schien.

»Starren Sie mich nicht so an wie das Huhn die Schlange.«

»Wie das Kaninchen die Schlange«, berichtigte sie ihn.

»Von mir aus Kaninchen.«

Er machte eine Pause, stieß langsam den Rauch aus, hustete und fuhr fort.

»Die oberschlauen Senatoren haben einen Ermittlungsausschuss eingesetzt, der unsere Foltermethoden und Verhörprogramme untersuchen soll. Diejenigen, die Menschenrechtsverletzungen im Namen der nationalen Sicherheit begangen haben, wie sie sagen, sollen zur Verantwortung gezogen werden. Dabei interessiert sie einen feuchten Kehricht, wie viele Amerikaner durch diese Aktionen vor dem Tode bewahrt worden sind.«

Erregt sprang er auf und die Asche seiner Zigarre verteilte sich auf dem Schreibtisch.

»Solche Leute regieren jetzt unser Amerika. Eine Schande ist das!«

Auch Silvia erhob sich und verschwand aus dem Raum, um Augenblicke später mit einem Tischstaubsauger wiederzukommen. Sie saugte die Asche vom Schreibtisch. Maier, der ihr den Rücken zugewandt hatte und aus dem Fenster starrte, sprach weiter, als der Staubsauger verstummt war, ohne sich ihr zuzuwenden.

»Mit meinem Geld wurden in Polen und anderswo Sicherheitsräume gebaut, um dort die Terroristen zu verhören. Das war doch nicht dumm. Oder was sagen Sie?«

Er wendete sich ihr wieder zu. Sie lehnte mit dem Staubsauger in der Hand an seinem Schreibtisch und schwieg. Er machte einen Schritt auf sie zu und zog wieder an der Zigarre.

»Es war für unsere Sicherheit.«

In seiner Stimme klang Verzweiflung.

»Für unsere Sicherheit«, wiederholte Silvia. Er musterte sie, wie sie hilflos mit dem Sauger vor ihm stand und musste lachen.

»Bringen Sie das Ding weg.« Sie brachte den Sauger ins Vorzimmer. Als sie zurückkam, saß Maier wieder hinter seinem Schreibtisch und kommandierte: »Nehmen Sie Platz.«

Sie folgte der Aufforderung.

»Ich soll zusehen, dass ich die zwanzig Millionen beschaffe, die mir Jack geklaut hat, sonst werden sie mich beschuldigen, Gelder veruntreut zu haben. Das ist doch absurd.«

»Wer sagt das?«

»Der Priester«, antwortete er gereizt.

Silvia sah ihn nachdenklich an.

»Denkbar. Sie werden Opfer suchen, um Sie an den Pranger zu stellen. Sie werden Ihnen beweisen, dass Sie kein Patriot, sondern ein kleiner Ganove sind. Und so werden Sie sich reinwaschen. Menschenrechtsverletzungen passen nicht ins Bild und werden von denen begangen, die unser schönes Amerika hintergehen. Aber das werden unsere Senatoren nicht dulden. Es war nicht Ihr Geld, wie sie gerne behaupten. Sie haben es für die Agency verwaltet. Sie wissen doch: ›Es gibt keine Begrenzung, um dein Ziel zu erreichen, wenn du bereit bist, auch andere an deinem Ruhm teilhaben zu lassen.‹«

»Das stand bei Präsident Reagan auf dem Schreibtisch.«

»Es war der Leitspruch von Dick Walters, unserem General. Jetzt drehen Sie das Ganze mal um. Die Schuld, die Sie angeblich auf sich geladen haben, verteilt sich auf viele Schultern, auch auf jene, die jetzt so spektakulär ermitteln. Wovor haben Sie Angst?«

Er schmunzelte.

»Warum schmunzeln Sie?«

»Ich brauche Sie. Sie sind wunderbar.«

»Dann hören Sie mir zu. Diese Maria ist raffinierter als Sie denken.«

Als er ihr darauf etwas entgegnen wollte, fuhr sie ihm über den Mund.

»Sagen Sie jetzt nichts. Das ist so. Mit ihrem Film wird sie beweisen, dass unser Senat recht tut, Sie an den Pranger zu stellen.«

»Was soll ich tun?«

»An der Frau dranbleiben. Sie haben zwei Gründe: das Geld und der Film. Zuerst müssen wir klären, wer ihre neue ständige Begleitung, Katja, ist. Maria ist mit ihr auf dem Weg nach Toronto.«

Maier nickte nachdenklich: »Da gibt es eine HSBC-Bank.«

»Und in Toronto machte Herrhausen als Vorstandssprecher der Deutschen Bank 1987 den absurden Vorschlag, die Entwicklungsländer zu entschulden.«

Maier lachte böse: »Um die Welt zu retten.«

Nur wenige verkümmerte Schneehaufen am Rande des Rollfeldes erinnerten an den Winter, als das Flugzeug in Toronto landete. Adolph erwartete Maria auf dem Flughafen. Zu seinem Erstaunen, erschien sie jedoch nicht allein. Er fühlte sich überrumpelt, als sie ihm Katja vorstellte. Von einer Freundin hatte sie ihm nichts erzählt. Er habe nur ein Zimmer reserviert, sagte er etwas verwirrt.

»Das wird doch wohl zu klären sein«, entgegnete Katja und gab ihm zur Begrüßung einen Kuss auf die Wange. Was ihn noch mehr verwirrte. Dann hängte sie Adolph die Kameratasche über die Schulter und drückte ihm noch eine zweite mit dem Zubehör in die Hand. Auf dem Weg zur U-Bahn berichtete Katja überschwänglich vom großen Erfolg der Premiere des Films in New York. Obwohl Marias neue Freundin Adolph augenscheinlich sympathisch war, reagierte er zurückhaltend, um nicht zu sagen, verärgert.

»Für mich ist diese, *Aktion* nicht so gut gelaufen. Sie hat hier Wellen geschlagen. Ich werde jetzt verdächtigt, den Vertrag, den mein Sender mit der amerikanischen Rechtefirma geschlossen hatte, der New Yorker Anwaltskanzlei geschickt zu haben.«

»Das ist die Wahrheit und eine Heldentat!«, unterbrach ihn Katja und strahlte ihn an. Adolph wurde rot und stotterte leise: »Man konnte es mir zum Glück nicht beweisen.« Er versuchte zu lächeln und rückte seine Nickelbrille gerade.

»Der Ärger hat sich gelohnt!«

Katja wendete sich an Maria, die in sich gekehrt neben ihnen ging: »Diesen Helden hätten wir nach der Aufführung unbedingt erwähnen müssen.«

»Ich habe gerade keinen Nerv für sowas«, sagte Maria kopfschüttelnd und stieg in die U-Bahn.

»Damit hättet ihr mir einen Bärendienst erwiesen«, zischte Adolph in Richtung Katja, bevor die Türen sich schlossen. Während der kurzen Fahrt zur Bathurst Station wechselten die drei kein Wort. Als sie wieder auf der Straße standen, brach Adolph das Schweigen.

»Von hier sind es noch vierhundert Meter bis zur Pension.«

»Hast du es ausgemessen?«

»Du hast ja offenbar immer einen Spruch parat!«, Adolph schmunzelte Katja an.

»Ich bin müde. Wo geht es lang?«, unterbrach Maria die Plänkelei.

Adolph wies die Straße hinunter. Ohne ein weiteres Wort zu verlieren, ging Maria mit ihrem Koffer in die gewiesene Richtung.

Katja sah Adolph fragend an: »Was hat Sie?«

Der zuckte mit den Schultern.

»Jack ist hier in Toronto umgebracht worden. Hier hat sie versucht, den Mörder zu finden. Alles hat sie versucht und man hätte sie fast in die Nervenheilanstalt gesperrt.«

Katjas heitere Stimmung war verflogen. Sie griff nach ihrem Koffer und folgte Maria. Adolph lud sich wieder die Kameraausrüstung auf die Schultern und trottete den beiden Frauen hinterher.

Sie hatten Glück. In der Pension war noch ein Doppelzimmer mit getrennten Betten frei. Ohne weitere Diskussion legte Maria fest, dass sie das Zimmer nehmen. Adolph nahm es schweigend zur Kenntnis und schleppte das Gepäck nach oben, während Katja und Maria an der Rezeption die Formalitäten erledigten. Als er zurückkam, zeigte die Rezeptionistin den beiden auf dem Stadtplan, wo man gut essen könne. Er tippte Maria an.

»Hast du einen Moment?«

Sie trat mit ihm einen Schritt zur Seite.

»Kannst du dich an meinen wundersamen Mennoniten-Onkel erinnern?«

Sie nickte. »Warum fragst du?«

Adolph zog ein Briefkuvert aus seiner Jackentasche. »Jack hatte einen Narren an ihm gefressen.«

»Er war begeistert von der Abgeschiedenheit, in der er lebte.«

»Ich nenne das weltfremd«, entgegnete Adolph und gab ihr den Brief.

»Den hatte Jack bei ihm deponiert. Für den Fall, dass ihm etwas zustoßen würde. Vergangene Woche hat er ihn mir gebracht.«

»So, jetzt kenne ich alle Kneipen im Umkreis.« Katja wandte sich zu ihnen um.

»Die gehören alle der Familie der Dame dort.« Adolph wies auf die Frau an der Rezeption.

»Ich bin nicht von hier«, antwortete Katja.

»Ich schon«, entgegnete er lachend.

Maria ließ sie stehen und stieg die Treppe hinauf. Er rief ihr nach: »Ruf an, jeder Zeit.« Maria hob die rechte Hand, ohne sich umzudrehen.

»Sind wir ihr auf den Zeiger gegangen?«, fragte Katja.

»Ich glaube nicht.«

»Danke, dass du uns abgeholt hast und unser Packesel warst.«

»Gerne doch.«

Adolph umarmte Katja zum Abschied kurz.

Oben angekommen, stürzte Maria ins Badezimmer und schloss sich ein. Ihr war kotzübel. Sie setzte sich auf den Toilettendeckel und zögerte lange, den Brief zu öffnen. Ein leises Klopfen riss sie aus ihren Gedanken.

»Kann ich etwas für dich tun?«, rief Katja.

»Alles gut«, antwortete sie und riss den Brief auf. Ein Schlüssel fiel zu Boden und blieb zwischen ihren Füßen liegen. Sie sah zur Tür, dann hob sie den Schlüssel auf. Offensichtlich ein Tresorschlüssel. Sie zog drei Seiten aus dem Umschlag und begann zu lesen. Auf der ersten Seite standen die Bankdaten, die Adresse einer Filiale der RBC Royal Bank in Toronto und die Nummer eines Bankschließfaches. Die zweite Seite war eine Vollmacht auf ihren Namen, die sie als Besitzerin des genannten Schließfaches auswies. Die dritte Seite war ein handschriftlicher Brief von Jack:

Liebe Maria, es ist leider zu spät für uns!
Ich konnte und wollte Dir nicht alles erzählen. Vielleicht hast Du nun von anderen erfahren, wie weit ich in die Geschäfte von Maier verwickelt war. Ich will mich dafür nicht rechtfertigen. Ich habe versucht, Dir zu zeigen, wie sehr ich Dich liebe. Maier hatte Angst, dass ich Dir Dinge anvertraue, die auch ihn gefährden würden. Lass diese Geheimnisse ruhen, gefährde Dich nicht. Nimm das Geld und bau Dir ein unabhängiges, freies Leben auf, wo auch immer in dieser Welt. Es klebt kein Blut an dem Geld, es stammt lediglich von wohlhabenden Landsleuten, die damit ihre eigenen Ziele verfolgen wollten. Und diese Ziele wären ohne Blut nicht zu verwirklichen gewesen. Vielleicht habe ich Leben gerettet, als ich es dem System entzogen habe. Entschuldige! Es ist alles gesagt. Danke für jede Minute, die ich mit Dir leben durfte.
Dein Jack

Jack hatte also gewusst, dass er sterben wird. Maria konnte die Tränen nicht zurückhalten, die wie ein Sturzbach über ihre Wangen liefen.

Katja hatte die Sachen ausgepackt und auf den beiden Betten verteilt als Maria aus dem Badezimmer kam. Sie sah ihre verweinten Augen, fragte aber nicht nach.

»Hast du keinen Hunger? Ich habe einige Tipps für gute Restaurants in der Nähe.«

»Die der Dame unten gehören.«

Katja lachte. »Sagt Adolph.«

Wortlos reichte Maria ihr die zwei Seiten mit den Bankdaten. Den Brief von Jack behielt sie für sich.

Katja warf einen Blick darauf. »Von Jack?«

Sie nickte.

»Das, das ...« Katja suchte nach Worten. »Der Wahnsinn! Jetzt bin ich wirklich mal geflasht.«

»Ja, wir sind einen ganzen Schritt weiter«, konstatierte Maria trocken.

Gleich am nächsten Morgen fuhr Maria mit dem Taxi zur Filiale der RBC Royal Bank in Toronto. Sie hatte eine unruhige Nacht hinter sich und war nervös. Doch in der Bank behandelte man sie überaus zuvorkommend. Alles lief ohne Zwischenfälle und Komplikationen ab. Die Vollmacht von Jack wurde akzeptiert. Ein Bankangestellter begleitete sie zu den Schließfächern. Ihr Schlüssel drehte sich ohne Widerstand im Schloss und die Tür öffnete sich. Nach einigen Augenblicken des Zögerns gab sie sich einen Ruck, entnahm dem Fach drei Goldbarren und Wertpapiere. Ein Foto lag ganz hinten im Schließfach. Es war ein Selfie aus heiteren Tagen. Sie lachte mit Jack in die Kamera. Hastig packte sie alles in ihre Umhängetasche, die sich von den schweren Goldbarren ausbeulte. Sie schloss das Fach und verließ die Bank, stieg in ein Taxi, das sie zurück in die Pension brachte. Weit und breit war von Katja nichts zu sehen. Nach einer halben Stunde tauchte sie endlich auf.

»Wo warst du?«, fragte Maria.

»Bei dir. Ich kann dich doch nicht allein lassen.«

Maria sah sie ungläubig an.

»Zu den Schließfächern konnte ich dich natürlich nicht begleiten. Und dein Taxifahrer war verdammt schnell. Meiner schlief beim Fahren fast ein. Deshalb hatte ich dich aus den Augen verloren. Mein Vater ist verärgert, er findet, dass deine Aktion verdammt leichtsinnig war. Manchmal ist er übervorsichtig. Gratuliere.«

Unvermittelt umarmte Katja sie.

»Du hast ihn angerufen?«

»Das sind wir ihm schuldig.«

»Wenn du meinst.«

Katja registrierte Marias schnippischen Ton, reagierte darauf aber nicht. Ihr erster gemeinsamer Tag in Toronto neigte sich dem Ende entgegen. In einem kleinen Restaurant in der Nähe aßen sie zu Abend, ohne das Thema »Schließfach« noch einmal zu erwähnen. Maria erzählte Katja von der Zeit mit Jack in Toronto und wie sie Adolph kennengelernt hatten. Zurück in der Pension holte Maria die Wertpapiere, die sie in einem Beutel unter dem Bett verstaut hatte, hervor. Sie addierten anhand der Unterlagen den Wert der Aktien und der Fondbeteiligungen. Es waren rund vier Millionen Dollar – ohne den Wert der Goldbarren zu berücksichtigen.

»Eine hübsche Summe«, sagte Katja heiter und hob die Hand, um sich mit Maria abzuklatschen. Doch Maria ignorierte es und entgegnete nur:

»Ich sollte mich einloggen.«

»Das tust du nicht!«, widersprach Katja in einem herrischen Ton, den Maria von ihr nicht kannte. Sie entgegnete scharf:

»Das kannst du mir nicht verbieten.«

Beide Frauen sahen sich gereizt an und schwiegen.

Katja schüttelte den Kopf.

»Was soll das Theater. Ich will dir nichts verbieten. Kennst du dich in Bankgeschäften aus oder an der Börse? Vielleicht sind die Aktien und die Fonds heute schon gar nichts mehr wert. Das ist das Eine. Das Andere ist: Wie willst du das Geld anlegen, damit uns Maier nicht auf die Schliche kommt? Solche Transaktionen hast du in deinem Leben bestimmt noch nicht gemacht. Mein Vater beherrscht das alles. Deshalb brauchst du ihn, auch wenn du ihm nicht traust.«

Maria wusste, dass Katja recht hatte. Aber ihr Misstrauen gegenüber Sörenson hatte sich noch immer nicht gelegt. Auch damit hatte Katja recht.

»Du musst dich entscheiden«, unterbrach Katja ihre Gedanken.

Maria nickte ihr zaghaft zu und sagte leise: »Ich verstehe dich.«

»Und ich verstehe dich«, antwortete Katja und setzte hinzu: »Der Morgen ist klüger als der Abend. Lass uns schlafen gehen. Es war ein aufregender Tag.«

Die beiden Frauen lagen noch lange wach. Jede schwieg und starrte zur Decke. Mitten in der Nacht wurde Maria von Bauchschmerzen geweckt. Ein Stöhnen entfuhr ihr. Dieses Ziehen war nicht neu. Voller Angst schloss sie die Augen und versuchte sich zu entspannen. Plötzlich spürte sie eine Hand auf ihrem Bauch. Als sie die Augen öffnete, sah sie Katjas besorgtes Gesicht über sich.

»Ich gebe dir ein leichtes homöopathisches Medikament zur Entspannung. Das schadet deinem Kind nicht.«

Das Medikament wirkte. Katja blieb neben Maria auf der Bettkante sitzen und hielt ihre Hand, bis sie wieder eingeschlafen war.

Am nächsten Morgen fühlte sich Maria gut. Die Frauen frühstückten gemeinsam in einem Bistro unweit der Pension. Bei ihrer Rückkehr wartete in der Lobby ein Mann um die Fünfzig auf die beiden Frauen. Braungebrannt und muskulös sah er aus, als käme er gerade aus dem Fitness Studio.

»Jim Weiner«, stellte er sich vor und reichte Maria die Hand.

»Ich bin freier Journalist und möchte Sie um ein Interview bitten.«

Er sprach unglaublich hastig und Maria fühlte sich völlig überrumpelt.

»Gern. Meiner Freundin geht es im Moment aber nicht gut. Sie muss sich hinlegen«, antwortete Katja in sehr freundlichem Ton aber ebenso schnell wie er. »Können wir einen Termin heute Nachmittag vereinbaren. Wie wäre es 15 Uhr?«

Der Mann sah Katja an. Ihre Souveränität verblüffte ihn, aber er ließ nicht locker.

»Ich habe nur eine Frage«, wandte er sich Maria wieder zu. »Sie sind die Frau von Jack Braun. Was wissen Sie über seine Geldwäsche-Geschäfte?«

Wieder antwortete Katja sehr freundlich:

»Wenn es Ihnen um 15 Uhr nicht passt, schlagen Sie eine andere Uhrzeit vor.«

Sie fasste Maria unter und stieg mit ihr die Treppe hinauf. Auf halber Treppe wendete sie sich noch einmal mit fragendem Blick um.

»Es bleibt also bei 15 Uhr, hier in der Lobby.« Ohne eine Antwort abzuwarten, verschwand sie mit Maria im Zimmer.

»Das ist kein Zufall«, Katja hatte die Tür energisch hinter sich geschlossen und trat ans Fenster. Sie sah, wie der Journalist die Pension verließ. Auf der gegenüberliegenden Straßenseite drehte er sich um und blickte zu ihrem Fenster hinauf. Unschlüssig blieb er stehen. Katja war zur Seite getreten und setzte sich auf die Bettkannte. Maria hatte sich rücklings auf ihr Bett fallenlassen.

»Er steht gegenüber und glotzt hier herauf. Hast du den Typen in der Bank bemerkt?«

»Nein«, antwortete Maria müde und fragte einen Augenblick später: »Wie hat der uns gefunden?« Sie richtete sich auf und trat vorsichtig ans Fenster.

»Er ist weg. Keine Ahnung. Auf jeden Fall sitzt er in drei Stunden wieder hier in der Lobby«, entgegnete ihr Katja und ging ins Badezimmer. Nachdenklich blieb Maria am Fenster stehen und beobachtete die gegenüberliegende Straßenseite. Dort bewegte sich nichts. Sie hörte die Toilettenspülung. Ihr Handy klingelte, doch sie ignorierte es. Katja kam aus dem Bad und sah auf das Display.

»Geh ran, es ist Adolph.« Maria nahm ihr das Handy aus der Hand. Adolph teilte ihr mit, dass er für sie am kommenden Tag den wichtigen Termin gemacht habe, um den sie ihn gebeten hatte. Er habe es geschafft, Professor Beyer zu bewegen, sie zu empfangen. Adolph war enttäuscht, als er keinen Jubelschrei am Telefon hörte. Stattdessen fragte Maria ihn, ob er einen Journalisten namens Jim Weiner kenne und erzählte von der Begegnung in der Lobby. Von diesem Schmierfinken sei nichts zu erwarten, erklärte Adolph gereizt. Sie sollen sich unbedingt in Acht nehmen. Seine Artikel würden von der bunten Presse sehr gern gedruckt und hätten in der Vergangenheit manchen Skandal ausgelöst. Damit war das Thema für ihn offensichtlich erledigt und er kam wieder auf den betagten Professor zurück: »Wollt ihr euch nun mit ihm treffen? Er würde morgen um elf Uhr vormittags für ein Interview zur Verfügung stehen. Noch einmal insistierte er, dass es nicht einfach gewesen sei, den Alten zu überzeugen. Maria sah zu Katja, die beide Daumen hob und ihr zustimmend zunickte.

»Was machen wir nun mit diesem Schmierfinken?«, fragte Maria nachdem sie aufgelegt hatte.

»Mit ihm reden«, bekam sie zur Antwort.

»Was ist, wenn er uns die Polizei auf den Hals hetzt?«

Katja zuckte mit den Schultern.

»Ich habe meinen Bruder angerufen, als du in der Bank warst. Er landet heute Abend und wird uns helfen, den Inhalt des Schließfaches verschwinden zu lassen.«

Maria sah überrascht zu Katja und konnte nicht verbergen, dass sie wieder leises Misstrauen beschlich.

»Was bleibt dir übrig?«, fragte Katja, die sofort begriff, was in ihr vorging.

»Ich bin euch ausgeliefert«, entgegnete Maria resigniert.

»Ich würde sagen, wir sitzen alle in einem Boot. Begreife das endlich. Heute werden wir diesem freien Journalisten auf den Zahn fühlen und morgen das erste Interview für unseren Film machen. Das ist doch ein Plan.«

»Und dein Bruder wird mit einem Mietauto und den Wertsachen verschwinden. Richtig?«

»Richtig.« Maria lachte gereizt.

»Wir haben entschieden, das Geld zu sichern und den Film zu machen. Hör auf mit deinem Misstrauen und deinem Zweifel. Ich habe keine Lust, deswegen auf der Strecke zu bleiben. Auch wir haben viel zu verlieren, verdammt nochmal. Geht das nicht in deinen Kopf?«

So erregt hatte Maria Katja noch nie erlebt.

Pünktlich um 15 Uhr erschien der Journalist in der Lobby.
»Ich hoffe, Ihnen geht es besser«, begann er das Gespräch und wendete sich dann an Katja, die Anstalten machte, neben Maria Platz zu nehmen: »Entschuldigen Sie, ich wollte nicht mit Ihnen sprechen oder brauchen Sie einen Aufpasser?«

Süffisant wandte er sich an Maria. Die lehnte sich zurück, legte ihre Linke auf den freien Stuhl neben sich und nickte Katja zu. Die folgte der Aufforderung und setzte sich.

»Sie ist zu Ihrer Sicherheit hier.«

Der Mann schien sie nicht zu verstehen.

»Falls ich ausrasten sollte, soll sie Schlimmeres verhindern.«

Maria lachte und fuhr fort, bevor er etwas sagen konnte. »Beantworten Sie mir eine einzige Frage: Woher haben Sie die Information, mein Freund – wir waren übrigens nicht verheiratet – sei in Geldwäsche-Geschäfte verwickelt gewesen?«

Er grinste sie an. »Das haben die Spatzen von den Dächern gepfiffen.«

»Wie viele Spatzen waren es und wie hießen sie?«

»Ich bin Journalist und kann ihnen meine Quellen nicht preisgeben.«

Das Lächeln war aus seinem Gesicht verschwunden.

»Nur Mut. Die Hälfte weiß ich schon, es waren Spatzen. Ich gehe davon aus, Sie haben eine ornithologische Ausbildung und will Ihnen Glauben schenken.«

»Wollen Sie mich verarschen!«

Maria hatte ihn soweit. Er begann zu schwitzen.

»Das ist Ihr Job, nicht meiner. Sie kriegen ihn bestimmt gut bezahlt. Woher kommt das Geld?«

»Mein Geld verdiene ich jedenfalls nicht mit Geldwäsche!«

Der Mann strich sich mit seiner Rechten über den Kopf und atmete hörbar ein.

»Das glaube ich Ihnen«, begann Maria ruhig und betont freundlich. »Also, Sie haben recherchiert und sind auf einen Informanten gestoßen. Ich akzeptiere, dass Sie als Journalist Ihre Quelle schützen. Was aber war der Anlass für Ihre Recherche? Ist Geldwäsche Ihr Spezialgebiet? Glauben Sie mir, ich habe ein persönliches Interesse an der Wahrheit. Ich war mit diesem Mann zusammen, wir wollten heiraten und Sie behaupten, er hätte mich belogen, betrogen usw. Verstehen Sie nicht, dass mich das emotional erschüttert. Ich will Ihnen helfen, die Wahrheit herauszufinden. Um meinetwillen!«

Hier machte sie eine Pause und sah ihn fragend an.

»Warum machen Sie sich keine Notizen?«

Ihr Gegenüber kam ins Stottern: »Äh, äh ... Wie meinen Sie das?«

»Sie machen doch ein Interview mit mir. Ohne Tonband oder Notizen – merkwürdig. Oder zumindest ungewöhnlich. Und bitte entschuldigen Sie meinen anfänglich etwas aggressiven Ton. Aber ich musste davon ausgehen, dass Sie – aus welchen Gründen auch immer – meinen geliebten Jack verleumden wollen. Jetzt erfahre ich, dass Sie recherchiert haben und es offenbar eine verlässliche Quelle gibt. Ich muss mich bei Ihnen entschuldigen.«

»Das habe ich«, nickte er beflissen.

»Dann sagen Sie mir bitte um Gottes Willen, was Sie wissen«, flehte ihn Maria sehr glaubhaft an.

»Von meiner Quelle weiß ich, dass Jack Brown als Kurier um die Welt fuhr und über Kontakte zur Hongkong & Shanghai Banking Corporation in London und anderswo verfügte. Ihnen hat er offenbar vorgegaukelt, er sei ein Filmemacher. Ich verstehe Ihre Enttäuschung.«

»Oh ja! Aber wo kam das Geld her und für wen hat er es angeblich *gewaschen*?«

»Woher soll ich das wissen?«

»Sie haben doch eine Quelle. Sagen Sie jetzt nicht, Ihre Berichterstattung basiert auf einer Behauptung.«

»Meine Quelle ist hundertprozentig glaubwürdig!«

»Wenn man über Geldwäsche-Geschäfte schreibt, muss man doch wissen, welches Geld gewaschen wird. Oder sind Sie da anderer Meinung?«

»Ich bin nicht die Finanzaufsicht. Ich bin Journalist.«

»Sie wissen also gar nichts.«

»Ich wollte es von Ihnen wissen. Deshalb bin ich hier.«

»Gehen Sie einfach.«

»Sie wollen mir nichts sagen?«

»Ich habe Ihnen nichts zu sagen und bedanke mich bei Ihnen für das Interview.« Sie wandte sich an Katja: »Du kannst die Kamera ausschalten.«

Die Angesprochene erhob sich, nickte ihr zu und verschwand hinter dem Treppenabsatz, dort stand die Kamera.

Auch Maria erhob sich und streckte dem verblüfften Mann ihre Hand hin, dem die Worte offensichtlich im Halse stecken geblieben waren.

»Sollte ich noch einmal in der Presse von Ihnen über vermeintliche Geldwäsche-Aktivitäten lesen, die Sie mit Jack in Verbindung bringen, werde ich unser Interview veröffentlichen.«

Ohne ein weiteres Wort zu verlieren, drehte sie ihm den Rücken zu und stieg die Treppe zu ihrem Zimmer hinauf. Katja folgte ihr mit Kamera und Stativ.

»Von dir kann ich noch viel lernen«, stieß sie hervor, als sie die Tür geschlossen hatte. Maria ging zum Fenster und sah ihren Interviewpartner hastig die Straße hinunter gehen, so als ob er verfolgt würde.

Kaum eine Stunde später erfuhr Maier von seiner Sekretärin, was vorgefallen war. Sie berichtete ihm, wie aufgelöst ihr Mann in Toronto sie angerufen hatte. Maier reagierte genervt.

»Kannst du mir sagen wozu ich solche Idioten bezahle?«

»Ich habe sie gewarnt. Sie unterschätzen diese Frau. Die kann man doch nicht einfach so weitermachen lassen.«

»Die ist mein geringstes Problem. Der Untersuchungsausschuss des Kongresses hat mich vorgeladen.«

»Wegen der Folterungen?«

»Weshalb denn sonst!«, schrie er sie an.

»Was sagen Ihre Freunde dazu?«

»Ich habe keine Freunde!«

Er schlug mit seiner Rechten auf den Schreibtisch, nahm die Akten, die vor ihm lagen und warf sie ihr vor die Füße.

»Ich bin zum Abschuss freigegeben.«

»Das wirst du dir doch nicht gefallen«, verfiel sie plötzlich ins vertrauliche Du.

»Hören Sie auf, mich zu duzen. Die Zeiten sind vorbei. Ich sitze in der Scheiße. Sie sollten aufpassen, dass Sie da nicht mit hineingezogen werden.«

Mit diesen Worten verließ er den Raum. Wie angewurzelt stand Silvia allein mitten im Zimmer ihres Chefs und es vergingen Minuten, ehe sie zu sich kam. Sie bückte sich nach den Unterlagen, die Maier ihr vor die Füße geschmissen hatte und sortierte die Seiten ordentlich auf seinem Schreibtisch. Es waren jene geheimen Papiere aus dem zweiten Tresor, zu dem sie keinen Zugang hatte.

Auf dem Tisch lagen Kopien von Überweisungen in Millionenhöhe auf verschiedenste Konten in aller Welt. Das Geld floss immer von einem Konto ab, dass zur HSBC gehörte. Wie viel auf diesem Konto lag, war nicht ersichtlich. Auf einigen Überweisungen war die Summe mit Haken oder Kringeln versehen. Nur auf einer Kopie waren 15 Millionen Dollar zweimal rot unterstrichen und mit einem großen J versehen. Silvia ahnte, was das J zu bedeuten hat: diese Überweisung hatte offenbar Jack ausgelöst. Ordentlich schob sie die Papiere zusammen und positionierte sie in der Mitte des Schreibtisches und setzte sich auf den Sessel ihres Chefs: »Wie sollte das alles nur ausgehen? Offensichtlich hatte Maier schon aufgegeben. Sie kannte die Regeln. Wenn die Politik ein Opfer brauchte, um sich rein zu waschen, musste eines gefunden werden. Maier war in einem Alter, das ihn entbehrlich machte. Die jungen, dynamischen Drahtzieher pfiffen auf Erfahrung und Verdienste. Den Begriff Ehre kannten sie nicht. Für sie zählte nur der momentane Erfolg. Silvia war sich sicher, dass ihr Chef alles erdulden würde. Immer im Dienste der Agency. Das war seine Ehre, so hatte er es an der Jesuitenuniversität und vom alten Walters gelernt. Silvia hatte Tränen in den Augen. Sie atmete tief durch und schwor sich, was sie in den letzten Wochen schon wie ein Mantra wiederholt hatte: Dieser Maria muss das Handwerk gelegt werden. Danach ging es ihr etwas besser. Sie erhob sich von Maiers Schreibtisch. Dabei stieß sie mit dem Fuß an ein kleines schwarzes Notizbuch, das wahrscheinlich durch den Schwung, mit dem Maier ihr die Papiere vor die Füße geworfen hatte, unter den Tisch gerutscht war. Silvia hob es auf und blätterte darin.

In diesem Buch standen Länder und Städtenamen, denen Zahlen zugeordnet waren. Sie begriff schnell, dass es Kontonummern waren, die sie eben in den Kopien der Überweisungen gelesen hatte. Polen, Stare Kiejkuti – die Kontonummern stimmten überein. Auf dieses Konto wurden zehn Millionen Dollar überwiesen. Zu Stare Kiejkuti fand sie im Buch einen Verweis: *Geld machte polnische Behörde geschmeidig. Nutzung des Hochsicherheitsgefängnisses steht nichts im Wege.*

Rumänien, Air Base-Constanta – Kontonummern stimmten überein und Millionen flossen nach Rumänien. In den Kosovo war Geld für das Camp Bondsteel geflossen, außerdem nach Litauen, in die britischen Überseegebiete, nach Pakistan, Thailand, Dschibuti. Das kleine Büchlein war voll solcher Eintragungen. An ihrem Computer googelte sie ein paar der Orte. Es war eindeutig, dass es sich um Foltergefängnisse der Agency handelte, deren Finanzierung Maier sicherzustellen hatte.

Knapp eine Stunde brauchten sie zum Stadion des FC Toronto, das in der Nähe des Flughafens lag. Katjas Bruder hatte vorgeschlagen, sich während eines Spiels zu treffen. Er würde den Flug so buchen, dass sein Flugzeug eine Stunde vor Anpfiff landet und er genug Zeit habe, einen Mietwagen in Empfang zu nehmen. Maria war von diesem Vorschlag zunächst gar nicht begeistert und hatte auch noch gezögert, nachdem Katja ihr ausführlich die Vorzüge eines gut gefüllten Stadions als Schutz vor möglichen Verfolgern erklärt hatte. Sie fand es absurd und unverantwortlich, die Goldbarren, Aktien und Kontokennungen mit ins Stadion zu nehmen. Ein Überfall würde alle ihre Pläne zunichtemachen. Katjas Argumente überzeugten sie schließlich. Sollte der Journalist von dem Inhalt des Schließfaches wissen, würde er ihnen ziemlich sicher die Polizei auf den Hals hetzen. Fände diese die Sachen im Pensionszimmer, wäre nicht nur ihr Vorhaben gescheitert, man würde sie außerdem wegen Geldwäsche anklagen. Die Kontopapiere würden die Beweise liefern.

»Die müssen hier weg! Sie gehören in die Hände eines Profis und das ist mein Vater«, hatte Katja immer wieder betont. Und so hatte Maria dem Plan der Geschwister zugestimmt.

»Da bist du ja. Ich habe dich gesucht.« Maria wurde von einem attraktiven jungen Mann umarmt, der sich offensichtlich und lautstark freute, sie im Gedränge des Stadions endlich gefunden zu haben. »Das erste Mal läuft heute Justin Morrow mit den Reds auf. Der war mal Kapitän der amerikanischen Nationalmannschaft. Weißt du das?«, fragte er voller Begeisterung. Maria begriff nicht, wovon er sprach. Die Männer um sie herum aber teilten seine scheinbare Euphorie. Er hob den Daumen in Richtung Fans und legte Maria seinen Arm um die Schulter. Wie ein Gentleman nickte er ihr zu, griff nach der Tasche, die sie verkrampft an sich drückte und flüsterte ihr vertraut ins Ohr: »Du bekommst sie gleich zurück. Ich heiße Adrian.« Er wendete sich suchend um, und entdeckte Katja, die im Gedränge nicht weit hinter ihnen stand. Er winkte ihr zu und bat die hinter ihm Stehenden, seine Schwester durchzulassen. Katja begrüßte ihren Bruder mit einer herzlichen Umarmung. »Lass dich ansehen, Bruderherz.«

»Scheiße!«, entfuhr es diesem so laut, dass die Umstehenden es hören konnten, »Ich habe im Auto mein Geld liegen lassen.«

»Na das ist doch mal eine Begrüßung, typisch mein Bruder!« Katja schüttelte den Kopf.

»Bin gleich wieder da, geht schon mal zu euren Plätzen!«

»Adrian, das ist jetzt nicht wahr!« Marias empörte Äußerung ließ den jungen Mann schmunzeln. Er drängelte sich gegen den Strom zurück zum Ausgang. Das alles passierte so schnell, dass Maria sich nun doch etwas überrumpelt fühlte. Sie sah hilflos zu Katja, die auf ihren Blick euphorisch wie ihr Bruder reagierte: »Ich freue mich auf Justin. Ich habe ihn schon einige Male im Fernsehen gesehen! Alles wird gut, du wirst es erleben.«

Einige Minuten nach dem Anpfiff drückte Adrian Maria die Tasche wieder in die Hand, ließ sich auf dem freien Platz neben ihr nieder und sagte: »Wir werden gewinnen!« Leider schoss Justin Morrow bei diesem Spiel kein Tor und so hatten sie auch keinen Grund, begeistert aufzuspringen. Der FC Toronto verlor und die drei verließen, umringt von diskutierenden Zuschauern, scheinbar geknickt das Stadion. Katjas Bruder verabschiedete sich kurz und verschwand in Richtung Parkplatz. Sie sahen ihm nach. »Adrian, das ist jetzt nicht wahr«, wiederholte Katja Marias Worte und lachte. »Das war gut.«

»Hast du diesen Justin jemals im Fernsehen gesehen?« Katja schüttelte den Kopf. »Ich hatte mich vorbereitet. Mein Bruder ist Perfektionist.«

»Und wir waren perfekt, oder?«

»Glaube schon.« Nach dieser Plänkelei verebbte ihr Gespräch. Maria ging durch den Kopf, dass es nun für sie kein Zurück mehr gab. Niemand konnte ihr helfen. Sie war allein. Sie hatte sich Sörenson und seinen Kindern komplett ausgeliefert. Als ob sie

Gedanken lesen könne, sagte Katja unvermittelt: »Wir sind jetzt ein Team und für dich gibt es keine Umkehr mehr. Du musst wieder lernen, zu vertrauen, auch wenn es schwerfällt.«

Als sie zurück in die Pension kamen, schlug Katja vor, ein kleines Abendessen im benachbarten Bistro einzunehmen. Maria lehnte ab. Sie müsse noch einige Schritte allein spazieren gehen, um zu sich zu kommen. Katja wartete lange auf sie. Erst spät am Abend kehrte Maria von ihrem Spaziergang zurück. Wieder hatte sie die starken Unterleibsschmerzen, die Katja schon einmal mit ihrem homöopathischen Mittel erfolgreich behandelt hatte. Dankbar nahm Maria die angebotene Medizin an. Katja blieb an ihrem Bett sitzen und hielt ihre Hand, bis Maria eingeschlafen war. Am nächsten Tag hatte sich ihr Zustand nicht wirklich verbessert und sie beschloss, liegen zu bleiben. Adolph kontaktierte den Professor und sie verschoben den Termin auf den nächsten Vormittag. Katja kümmerte sich fürsorglich um Maria.

Die Ruhe hatte Maria gutgetan. Am nächsten Morgen drangen die ersten Frühlingsstrahlen der Sonne durch die Fensterscheibe und die Schmerzen waren verflogen. Als sie über ihren gewölbten Bauch strich, schien es ihr, als bewege sich etwas. Verwundert nahm sie wahr, wie ein Glücksgefühl sie durchströmte.

»Du kannst uns vertrauen.«

Aus ihren Gedanken gerissen, sah Maria auf. Neben ihr stand Katja. Sie schob einen Stuhl an ihr Bett, auf dem ein Tablett mit Frühstück stand.

»Ich habe dir Tee gemacht. Kaffee ist, glaube ich, noch nichts für dich.«

Maria erhob sich mit solchem Schwung, dass der Stuhl beinahe umstürzte.

»Ich bin nicht krank. Aber trotzdem danke für das Frühstück. Hast du schon gegessen?«

Katja schüttelte den Kopf.

»Dann lass uns gemeinsam frühstücken.«

Adolph holte sie zum Interview mit seinem Auto ab. Ein frischer Wind blies den Frauen ins Gesicht, als sie das Kameraequipment mit Mühe in dem kleinen Kofferraum verstauten. Adolph stand dabei und erzählte, dass Professor Beyer ein kleines bezauberndes Haus am Wasser in Georgina Island bewohnen würde. Sie hätten heute den ersten wirklichen Frühlingstag, für das Interview das idealste Wetter. Was er ihnen nicht erzählte war, dass die Fahrt zwei Stunden dauern würde, inklusive der Fähre, die gegen schäumende Wellen zu kämpfen hatte.

Professor Beyer empfing die kleine Filmcrew an der Gartenpforte in einem weißen Leinenanzug mit passendem breitkrempigem Stroh-Hut auf dem Kopf, der dort allerdings nicht lange bleiben sollte. Er hob seinen eleganten Spazierstock und rief ihnen entgegen: »Herzlich willkommen, sind alle wohlauf?«

»Gesund und munter«, antwortete Adolph und reichte ihm die Hand. Dann trat er zur Seite und stellte Maria und Katja vor.

»Wer von Ihnen kommt aus Deutschland?«

Adolph wies auf Maria: »Das ist Maria Schwimmer. Sie ist in Berlin geboren.« Der alte Mann nickte und machte Anstalten in Richtung des etwas in die Jahre gekommenen Holzhauses zu gehen. In diesem Moment riss ihm eine Windböe seinen imposanten Hut vom Kopf. Ein junger Mann kam aus dem Haus gerannt und jagte dem Hut hinterher. Es gelang ihm, den Hut kurz vor dem Wasser einzufangen. Katja applaudierte. Wortlos kam der Mann zu ihnen, nickte ihnen zu und klemmte den Hut unter den Arm. Dann griff er nach dem Kameraequipment, das Katja trug, und lief damit in Richtung des Hauses. Adolph fühlte sich genötigt, Maria die Kameratasche ebenfalls aus der Hand zu nehmen und folgte ihm.

»Das ist mein Schüler und meine hilfreiche Seele, Henry, er kommt aus Frankreich«, wendete er sich an Maria.

»Ich glaube, hier draußen wird das nichts. Aber ...«, er machte eine kurze Pause, hob bedeutungsvoll den Zeigefinger seiner linken Hand.

»Ich habe ein Filmstudio ähnlich wie Ihre Landsleute es 1913 für die UFA in Berlin auf dem Tempelhofer Feld bauten. Es war ein riesiges Gewächshaus. Sie wissen das bestimmt, kommen Sie.«

Das Gewächshaus des Professors befand sich hinter dem Haus. Im Inneren herrschten frühlingshafte Temperaturen. Überall blühte es. Maria kannte nur einige Blumen mit Namen. In der Mitte stand ein runder Tisch, er war von verschiedenen Orchideen umgeben. Der Professor ließ sich in einen Schaukelstuhl fallen und die drei nahmen in Korbstühlen Platz.

»Aus welcher Ecke von Berlin kommen Sie?«

»Ich glaube, meine Eltern wohnten in Hohenschönhausen in einem Neubaublock.«

»Den gab es bestimmt noch nicht zu meiner Zeit. Warum glauben Sie es und wissen es nicht?«

»Ich war zwei Jahre alt, als meine Mutter mit mir nach New York auswanderte.«

Der Alte lachte: »Ich war sechs, als ich nach England verschickt wurde. Warum mussten Sie Deutschland verlassen?«

»Meine Mutter hatte sich von meinem Vater getrennt. Sie wollte weg aus der DDR.«

»Ich musste weg, um zu überleben. Von unserer Familie ist nur ein Stolperstein vor unserem damaligen Haus in Berlin Mitte geblieben. Auf dem steht, dass meine Familie am 21. Januar 1942 deportiert und in Riga ermordet wurde. In meiner Fantasie sehe ich sie immer nackt in einem tiefen Graben stehen. Ich werde das Bild nicht los. Verstehen Sie, das ist nur Fantasie.«

Henry, die gute Seele des Professors, stellte ein Kanne Tee mit vier Gläsern auf den Tisch. In die Stille hinein fragte der alte Mann: »Ich gehe davon aus, Sie trinken Tee.«

Die drei nickten und er fuhr fort: »Sie sind aber nicht meinetwegen hier. Sie interessieren sich für Herrhausen, sagte mir Adolph. Ja, der wurde zu der Zeit, als ich Deutschland verlassen musste, Schüler an der Reichsschule der NSDAP in Feldafing. Er sollte ein kleiner Führer werden, wurde aber viele Jahre später Chef der Deutschen Bank und ich wurde Professor für Völkerrecht und sein Freund.«

Der alte Mann nickte Henry zu, der bei den Ausführungen seines Lehrers regungslos am Tisch gestanden hatte. Er registrierte das Nicken und goss Tee ein. Adolph lehnte dankend ab. Der Professor hatte sich zurückgelehnt und musterte Maria. Sein Stuhl schaukelte ruhig hin und her. Sie spürte förmlich seinen stechenden Blick auf ihrer Haut und ein Unwohlsein beschlich sie.

»Warum tun Sie das?«, fragte er Maria und berührte sein Teeglas. »Er ist noch zu heiß, zu heiß«, wiederholte er nachdenklich. »Soll das so etwas wie ein Stolperstein für Herrhausen werden? Die Deutschen haben doch gar kein Interesse an ihrer Vergangenheit. Sparen Sie sich die Mühe.« Er beugte sich nach vorn und sah Maria neugierig in die Augen. Sie konnte dem Blick des alten Mannes nicht standhalten und sah hilfesuchend zu Adolph.

»Mein Sender dreht eine Reihe über politische Morde in Europa.«

»Mag sein, mag sein. Das haben Sie mir bereits erzählt, Adolph. Ich darf Sie doch so nennen?«

Er lehnte sich lächelnd wieder zurück. Katja wollte sich in das Gespräch einmischen, doch Maria bedeutete ihr zu schweigen und wandte sich an den Professor.

»Wir sollten nicht unser ganzes Pulver verschießen. Gestatten Sie mir die Kamera aufzubauen?«

»Nur zu«, antwortete er beiläufig und schien weiter seinen Gedanken nachzuhängen. Er schwieg auch, während die Drei Licht und Kamera aufbauten und Henry mit einem Kamm erschien, dem Professor die Haare kämmte und die Krawatte richtete. Als er damit fertig war, nickte er den Gästen freundlich zu und verschwand wieder. Maria setzte sich Professor Beyer gegenüber. Hinter ihr brachte Katja die Kamera in Position. Adolph hatte sich abseits auf einen Hocker gesetzt.

»Na, dann legen wir mal los«, meldete sich der Professor jovial wieder zu Wort. »Stellen Sie Ihre erste Frage.« Seine Augen waren hellwach. Maria musste plötzlich lachen. Auch der alte Mann lächelte: »Sie haben sie vergessen?«

Maria gab Katja ein Zeichen. Die schaltete die Kamera ein.

»Warum haben die Deutschen kein Interesse an der Aufklärung des Mordes an Herrhausen?«

»Weil Sie den Krieg verloren haben.«

Ungläubig schüttelte Maria den Kopf: »Was hat das mit dem Zweiten Weltkrieg zu tun?«

»Sie gehorchen, das liegt ihnen im Blut.«

»Wem gehorchen sie?«

»Den Siegern.«

»Erklären Sie mir das bitte. Ich verstehe es nicht.«

»Sehen Sie und da liegt der Hund begraben. Die einen verstehen es nicht und die anderen gehorchen.«

Maria hatte den Eindruck, der Professor führe sie an der Nase herum.

»Sie meinen die Amerikaner?«

Maria drehte sich gereizt zu Katja, die sich in das Gespräch eingemischt hatte. Die zuckte schuldbewusst mit den Schultern.

»Wen denn sonst?«, antwortete der Professor.

»Ok.« Maria machte eine Pause.

»Aus meinen Recherchen geht hervor, Herrhausen kam im September '87 nach Toronto, um hier die Niederlassung seiner Bank zu besuchen. Er kam aus Washington. Er hatte dort für Wirbel gesorgt. Seinen Vorschlag, die Entwicklungsländer zu entschulden, hielten die Amerikaner für eine Schnapsidee.«

»Stimmt«, fiel der Professor ihr ins Wort. »Ich war als guter Kunde zu dem Empfang geladen worden. Wie sich herausstellte, war er nicht hier, um Wein mit uns zu trinken. Er wollte zum Treffen der Bilderberger, die sich hier versammelt hatten. Sie wollte er von seiner Idee überzeugen. Die hörten sogar zu.«

»Wer sind ...?« Katja hielt sich erschrocken die Hand vor den Mund und Maria drehte sich genervt zu ihr um. Der Professor lächelte und sagte fröhlich: »Ihre Kollegin wollte nur wissen, wer die Bilderberger sind.«

»Sagen Sie es uns.«

Maria wandte sich wieder ihm zu.

»Gegründet hat sie 1954 der Altnazi Prinz Bernhard der Niederlande. Man sagt, es sei eine Verschwörung der Spitzen der Wirtschaft, Politik und Medien.«

»Sind sie das?«

»Wissen Sie Maria, ich bin da nicht Mitglied, dafür bin ich eine Nummer zu klein. Aber ich kann Ihnen erzählen, wie ich Herrhausen auf dem Empfang in der Bank kennenlernte. Sie werden es nicht glauben, es war auf der Toilette. Ich sagte zu ihm, ich könne verstehen, wenn er nach dem Auftritt in Washington die Hosen voll hätte. Er lachte nur. Alfred war ein neugieriger Mensch, wir kamen an diesem Abend ins Gespräch und er fragte mir ein Loch in den

Bauch. Der Abend reichte nicht aus und wir verabredeten uns zum Frühstück. So fing das alles an.«

»Was mich beschäftigt, warum wollte er die Entwicklungsländer entschulden? Und warum war das in den Augen meiner Landsleute eine Schnapsidee?«

»Nun mal langsam mit den jungen Pferden. Das sind zwei Fragen. Auf die Idee, die Entwicklungsländer zu entschulden, brachte ihn der mexikanische Präsident, den er besucht hatte. Er machte ihm klar, dass sein Land pleite wäre, würde er die Schulden zurückzahlen müssen. Allein die Zinsen für seine Kredite seien so hoch, dass es keine Chance gäbe, die Schulden je zurückzuzahlen. Hin wie her, es würde so oder so in der Pleite enden. Das muss in seinen Ohren überzeugend geklungen haben. Ich kleiner Professor fand die Idee klug. Wie sollten die Entwicklungsländer je auf die Füße kommen? Irgendwann würden sie sich auf die Beine machen und als Bettler an unsere Türen klopfen. Das sah Alfred kommen.«

»Das klingt logisch. Wieso dann Schnapsidee?« unterbrach ihn Maria.

»Glauben Sie, dass eine amerikanische Großbank freiwillig auf Kredite verzichtet. Mit Krediten wollen Banken natürlich Profite machen. Darin besteht der Sinn der Banken.«

Maria unterbrach ihn abermals: »Das galt doch aber auch für Herrhausen.«

»Jein«, antwortete der Professor. »Alfred war weitsichtig und dachte über die Zukunft nach. Die Indianer behaupteten, Geld kann man nicht essen. Ich sage Ihnen: Mit Geld kann man Völker vernichten. Sehen Sie sich die Welt an. Die reichen Länder werden immer reicher und in den ärmeren Ländern bringen sich Menschen um, weil sie Hunger haben. Oder sehen Sie das anders?«

Die Augen des Professors funkelten, er sprach schnell und schien vor Energie zu explodieren. Seine Gäste sahen sich überrascht an. »Herrhausen hatte begriffen, in welchen Abgrund die Welt steuert. Was er nicht begriffen hatte, war die Gefahr, in die er sich selbst brachte. Für Profit waren seine Kollegen zu allem bereit. Selbst sein Vorstand versuchte, ihn zu bremsen. Doch er ließ sich nicht bremsen. Zwischen 1986 und 1989 übernahm die Deutsche Bank unter seiner Führung Banken in ganz Europa, Kanada und auch in Australien. Den Vogel schoss er ab, als seine Bank 1989 die englische Investmentbank Morgan Grenfell übernahm. Das war ein Angriff auf die Wallstreet. Ich glaube, zu dieser Zeit begriff er, was er tat. Ich weiß, dass er auf der Weltbankkonferenz '89 eine schusssichere Weste trug. Dazu hatte ich ihm geraten. Was hat es genützt? Am 30. November 1989 war er tot und sein Nachfolger Kopper ließ die Idee eines Schuldenerlasses unter den Tisch fallen, so, als habe es sie nie gegeben. Herrhausen wurde umgebracht, um eine Philosophie aus der Welt zu schaffen. Ein Titan wurde aus dem Weg geräumt und die Mörder setzten einen dienstbaren Zwerg auf seinen Stuhl. So wie sie es schon vor ihm bei Rohwedder, dem Treuhandchef, gemacht haben.« Von einem Augenblick zum anderen fiel der Professor in sich zusammen, griff nach dem Teeglas und trank es fast leer. Dann wendete er sich wieder an seine Gäste: »Jetzt können Sie ihn trinken. Er ist nicht mehr heiß.«

Maria war sprachlos, suchte nach Worten.

»Wenn das kein Motiv ist, dann weiß ich nicht«, konstatierte sie. »Wir müssen es nur beweisen.«

»Das ist Ihr Job«, schmunzelte der Professor müde, erhob sich. »Ich wünsche Ihnen Erfolg.« Er machte Anstalten zu gehen, doch unvermittelt setzte er sich wieder.

»Entschuldigung, aber eine Frage liegt mir noch am Herzen. Sagen Sie mir bitte, warum tun Sie das alles? Maria, Sie meine ich. Warum? Wegen eines Films? Berühmt werden Sie damit nicht.« Wieder traf Maria sein stechender Blick. Diesmal schaute sie nicht weg.

»Weil ich schwanger bin.«

Der Professor schüttelte überrascht den Kopf.

»Was hat das damit zu tun?«

»Der Vater meines Kindes wurde auch umgebracht. Alles, was ich bis jetzt darüber weiß, sagt mir, dass den Auftrag jene gaben, die auch Herrhausen ermorden ließen.«

»Es war hier in Toronto zur Premiere Ihres letzten Filmes. Ich habe darüber gelesen. In der Presse stand, es ginge um Geldwäsche.«

»Um Geld ging es dabei auch. Die Technik, die Logistik beim Mord an Herrhausen waren sehr aufwendig und müssen verdammt viel Geld gekostet haben. Mein Freund war einer von denen, die für solche Aktionen Geld besorgten. Ich wusste davon nichts. Er hat mir vieles erzählt, aber das nicht. Heute glaube ich, er wollte mich schützen.«

Die Lebensgeister des Professors schienen zurückgekehrt zu sein.

»Sie kennen die, für die er gearbeitet hat?«

»Die kenne ich.«

»Sie sind ein tapferes Mädchen, mein Kind. Herrhausen hätte Freude an Ihnen gehabt. Ihr Freund war sehr mutig. Ich habe Ihren Film gesehen. Vieles hat er von sich preisgegeben, vieles. Er muss Sie geliebt haben. Ich glaube schon, dass er Sie schützen wollte.«

Maria hatte einen Kloß im Hals, fand keine Worte, versuchte die Tränen zu unterdrücken und hob ihre rechte Hand.

»Macht die Kamera aus«, sagte sie leise.

»Dafür müssen Sie sich nicht schämen. Außerdem sieht die Kamera nur mich.«

Väterlich lächelte er und erhob sich.

»Henry wird Ihnen beim Zusammenpacken helfen. Entschuldigen Sie mich jetzt. Es ist Zeit für meine Medizin. Sollten Sie meine Hilfe brauchen, melden Sie sich. Meine Tür steht für Sie und Ihr Kind immer offen.«

Der Satz erinnerte Maria an ihren Vater. Es waren die letzten Worte in seinem Brief, den er ihr auf den Küchentisch gelegt hatte, bevor er nach Namibia zurückgeflogen war.

»Der Professor ist eine Klasse für sich!« Adolph machte einen zufriedenen Eindruck, als sie sich auf den Weg zu Fähre machten.

»War eine gute Idee«, lobte ihn Katja, die neben ihm ging.

»Nicht meine, Jack hatte ihn ausgegraben. Stimmt's Maria?«

Maria, die einige Schritte vor ihnen lief, antwortete ohne sich umzudrehen:

»Das ist wahr. Ich ...«

Ihre nächsten Worte verschluckte der heftige Wind, der vom Meer her wehte.

Silvia kam sich vor dem großen Gebäudekomplex aus roten Ziegeln trotz ihrer Größe sehr klein vor. Dem Taxifahrer hatte sie gesagt, er solle sie am Benedictine Abbey of Newark absetzen. Nun stand sie an einer steinernen Treppe, die zu einer zweiflügligen Holztür führte. Ein Mönch verließ gerade das Haus und lief ihr quasi in die Arme.

»Ich suche Lee Martin.«

Sie hatte den jungen Mann offensichtlich aus seinen Gedanken gerissen. Er sah sie verständnislos an. Sie versuchte es noch einmal: »Bruder Martin möchte ich sprechen. Wo kann ich ihn finden?«

Der junge Mönch hatte offensichtlich verstanden, wen sie suchte und nickte.

»Ich habe Bruder Martin heute morgen in der Bibliothek gesehen.«

Obwohl er ihr sehr umständlich erklärte, wo sich jene befand, bedankte sie sich sehr freundlich. Leider war Bruder Martin nicht Lee Martin, doch er führte sie zu dem Gesuchten, der jetzt Pater Lee hieß. Lee freute sich sehr, sie wiederzusehen. Doch er schien auch besorgt, als er fragte: »Haben sie ihn schon zum Gaudi der sogenannten Elite öffentlich an die Laterne gehangen?«

»Nein« antwortete Silvia. Sie wusste sofort, von wem er sprach. »Ich habe Angst, er wird es bald selbst tun, wenn ich ihm nicht helfen kann.« Der Pater fasste sie unter den Arm und führte sie in einen schlichten, kleinen Raum, der im Halbdunkel lag. Das Tageslicht hatte es schwer, durch die grünen Bleiglasscheiben des einzigen Fensters zu dringen, an der gekalkten Wand gegenüber hing ein großes schwarzes Holzkreuz. Unter dem Fenster stand eine Bank, auf der nur zwei Menschen Platz finden konnten. Der Pater bekreuzigte sich und wies auf die Bank. Silvia nahm Platz und er setzte sich neben sie.

»Hier kann uns nur der Herrgott hören«, begann er. Silvia spürte jede Bewegung des hochgewachsenen Mannes neben sich und es war ihr unangenehm.

»Silvia, Sie sind ihrem Chef verfallen. Sie waren das schon damals. Obwohl er Sie oft behandelt hat wie einen Wischlappen. Es gibt Dinge in unserem Leben, die versteht nur der Herr.«

»Major Lee, ich bin nicht meinetwegen hier. Es geht um einen aufrechten Amerikaner, der jetzt der Meute zum Fraß vorgeworfen werden soll.« Sie spürte, wie er ihr beruhigend über das Bein strich und sah, wie er lächelte.

»Major war ich mal. Darüber habe ich viel nachgedacht. Ja, Amerika war für uns das Wichtigste. Darüber vergaßen wir, dass es noch einen Herrgott gibt.«

»Das glaube ich Ihnen nicht«, entgegnete sie.

»Ich habe es damals so gefühlt. Das war der Grund, weshalb ich hierhergekommen bin. Und ich hatte recht. Hier hat man Zeit zum Nachdenken.«

»Wollen Sie einen Selbstmord auf sich laden? Was sagt denn der Herrgott dazu?«

Der Pater schwieg.

»Geben Sie mir wenigstens einen Rat.« Sie sah ihn flehend an. Nachdenklich, jedes Wort betonend, begann der Major: »Er hat sein Leben seinem Land geopfert und geglaubt, dass das seine Pflicht sei, dass es seinem Leben einen Sinn gibt. Weil er überzeugt war, dass Amerika die Grundwerte der westlichen Kultur verteidigt. In diesem Glauben ist Gott ihm verloren gegangen. Jetzt wird ihm von Machtbesessenen, für die das Wort *Gewissen* ein Fremdwort ist, klar gemacht, dass seine Zeit vorbei ist. Einen Rat wollen Sie von mir?« Nach einer kurzen Pause fuhr er fort: »Er möge die Schuld auf sich nehmen, auf einen ehrenvollen Abgang verzichten und denen versprechen, dass er schweigen wird. Dafür werden sie ihn untertauchen lassen. Die Welt ist groß. Er wird einen stillen Platz finden, den er sich vergolden kann, wenn ihm danach ist. Viellicht haben sie Lust, mit ihm alt zu werden. Wäre das nicht auch eine Lösung für Sie? Machen Sie ihm das klar.« Er sah ihr gütig in die Augen und sie wusste, es ist der einzige gangbare Weg. Aber da war noch Maria. Doch sie erwähnte Silvia nicht, als der Pater sie zum Taxi vor dem Kloster begleitete. Sie sah den großen Mann in seiner dunklen Kutte noch lange auf dem Martin Luther King Boulevard stehen und dachte nicht zum ersten Mal: »Von der Größe her könnte er zu mir passen.« Sie sah, wie er die Kapuze über seinen Kopf zog und verschwand. Auf der Fahrt nach Manhattan hörte sie immer wieder seine ruhige Stimme, wie er versucht hatte, ihr klar zu machen, sie möge zur Ruhe kommen. Der Kampf sei vorbei. Es ginge nicht mehr um Sieg oder Niederlage. Als sie ihn daraufhin gefragt hatte, worum es dann ginge, hatte er mehrfach wiederholt, dass es um ihren Frieden ginge.

Auch Maier könne seinen Frieden finden, wenn sie ihm dabei helfen würde.

»Was war nur aus Major Lee geworden? Einem Draufgänger, der niemals gezögert hatte, seine Gegner erbarmungslos in die Knie zu zwingen. Der Beförderungen ausgeschlagen hatte, um nicht in einem Bürosessel zu landen. Der den Kampf Mann gegen Mann gebraucht hatte. Der keine Gnade gekannt hatte. Der viel Blut an den Händen hatte. Von einem Tag zum anderen hatte er seinen Dienst quittiert und war ins Kloster gegangen.«

Silvia konnte sich auf der halbstündigen Fahrt zurück ins Büro die Frage nicht beantworten. Sie wusste aber, dieser stattliche Mann würde für sie unerreichbar bleiben.

Maria und Katja saßen in ihrem Hotelzimmer in Toronto und sahen sich das Interview mit Professor Beyer noch einmal an. Maria stoppte die Aufzeichnung an der Stelle, als er sagte: »Ich weiß, dass er auf der Weltbankkonferenz 1989 eine schusssichere Weste trug. Dazu hatte ich ihm geraten. Was hat es genützt? Am 30. November 1989 war er tot. Erst jetzt bemerkte sie die feuchten Augen des alten Mannes. Sie startete noch einmal die Aufzeichnung. Der Professor fuhr sich mit dem rechten Handrücken über seine Augen, bevor er nach seinem Teeglas fasste und es in einem Zug leerte. Maria wandte sich zu Katja: »Er fühlte, er war zu schwach. Seinem Freund konnte er nicht helfen.«

»Alte Männer haben manchmal feuchte Augen, warum auch immer.« Katja hielt anscheinend nicht viel von sentimentalen Gefühlen.

»Glaubst du, wir haben eine Chance?«

Maria sah Katja fragend an.

»Ihr habt den Rohwedder-Film trotz aller Wirren zu Ende gebracht. Selbst mein Vater konnte euch nicht bremsen.« Mit großen Augen sah sie Maria an. Die holte tief Luft.

»Wir hatten Glück und ich wusste nicht, worauf ich mich eingelassen hatte.«

Sie machte eine Pause und Katja sagte: »Damals hätte keiner geglaubt, dass wir mal gemeinsam einen Film machen. Hast du Angst?«

»Ich bin hin- und hergerissen. Einmal sage ich mir, ich muss es wegen meines Kindes tun und dann wieder habe ich das Gefühl, ich darf es wegen des Kindes nicht tun.«

Maria stand auf und schaltete die Kamera aus, trennte sie vom Laptop und verpackte schweigend die Kabel. Katja verfolgte nachdenklich jeden ihrer Handgriffe.

»Weißt du worauf ich jetzt Lust hätte?«

Maria antwortete nicht und stellte die Taschen mit der Technik neben den Schreibtisch am Fenster.

»Auf Fish & Chips. Die Seeluft beim Professor hat mir Appetit gemacht. Wie geht's dir?«

»Wir werden doch hier irgendwo eine Bude finden, in der wir sowas bekommen«, antwortete ihr Maria.

An diesem Abend stopften die beiden Frauen drei Portionen Fish & Ships in sich hinein.

Am nächsten Morgen, als heftiger Regen an die Fenster trommelte, blieben sie einfach gemütlich in ihren Betten sitzen und berieten das weitere Vorgehen.

»Was wird nun mit dem Gold, den Wertpapieren und Konten?«

Katja überraschte die Frage.

»Ausgeben«, antwortete sie und blinzelte zu Maria, die sich ihre Decke bis zum Kinn hochgezogen hatte.

»Das ist eine heikle Sache«, begann sie. »Ich habe mal einen Krimi über einen perfekten Bankräuber gelesen, smarter Typ, so perfekt wie dein Bruder. Weißt du, wie sie den erwischt haben? Beim Geldausgeben.«

»Du, die immer davon redet, sie will das Geld nicht haben, machst dir darüber Gedanken?«

»Entschuldige, es ist da.«

»Mein Vater wird einen Weg finden.«

»Ich wusste, warum ich es nicht wollte. Nun sitzen wir ...«

»Der Mord an Jack ist der Prolog unseres Filmes, hast du gesagt?«, unterbrach Katja sie, um das Thema zu wechseln.

»Ja und dafür brauchen wir Schnittbilder. So beschissen das auch für mich ist. Wir müssen dahin.«

»Vor das Restaurant, wo sie ihn erschossen haben?«

»Ja«, antwortete Maria und zog sich die Decke über den Kopf.

»Gehe ich richtig in der Annahme, dass du dann auch nach Deutschland fliegen willst, dort wo sie Herrhausen in die Luft gejagt haben?«

Sie sah zu Maria hinüber. Unter der Decke regte sich nichts. Katja sprang aus ihrem Bett, riss ihr die Decke weg.

»Ich war noch nie in Deutschland.« Sie verschwand in der Dusche.

»Hat dein Vater nicht Verwandte dort?«, rief ihr Maria nach und hörte, wie sie das Wasser aufdrehte.

»Was gehen die mich an? Er ist mein Stiefvater. Darüber hat er mit mir nie geredet.«

»Doch hat er«, rief Maria zurück, stieg aus dem Bett und blieb in der Badezimmertür stehen.

»Du hast am Steuer gesessen, als er mir von seinem Geburtsort erzählte, dass er Borm hieß und einen Bruder hatte.«

»Stimmt«, bestätigte Katja prustend. »Immer, wenn ich ihn danach fragte, antwortete er: ›Das ist Schnee von gestern‹ und beendete das Gespräch.«

»Da geht es dir wie mir. Meine Mutter hat meine Verwandtschaft in Deutschland auch totgeschwiegen. Die erste Reise in die alte Welt hat mir eine große Familie beschert, inclusive Vater.«

»Gib mir mal das Handtuch.«

Maria reichte es ihr. »Ich denke, er wäre nicht begeistert, wenn ich seine Verwandtschaft ausgrabe. Das könnte gefährlich für uns werden. Was ...«

Ein Klopfen an der Tür ließ Katja mitten im Satz stocken. Sie zog einen Bademantel über.

»Maria, die Dusche gehört dir.«

Das Klopfen an der Tür wurde lauter.

»Moment!«, rief sie laut und schob Maria ins Bad. Vor der Tür stand Adolph und starrte Katja in ihrem Bademantel perplex an. Er brachte kein Wort heraus.

»Gib uns fünf Minuten. Komm rein, setz dich auf den Stuhl dort, sieh uns beim Anziehen zu oder warte draußen.« Wortlos drehte er sich um und zog die Tür hinter sich zu.

»Ich habe gute Nachrichten«, war das Erste, was Adolph sagte, als die Frauen ihn nach einer Viertelstunde einließen. Am Morgen hatte sein Chef ihn zu sich gerufen. Es hätte ihm nichts Gutes geschwant, beteuerte er. Doch dann sei alles anders gekommen. Sein Chef sei sehr freundlich gewesen und habe sich nach ihnen erkundigt. Zu seiner Überraschung hatte er schon vom Interview mit dem Professor gewusst. Die beiden seien alte Freunde. Davon habe Adolph noch nie etwas gehört, erklärt er und berichtet den Frauen weiter, den Professor habe das Interview beeindruckt. Er sei regelrecht ein Fan von ihnen, hätte sein Chef ihm gesagt.

»Lange Rede kurzer Sinn.« Nach diesen Worten machte Adolph eine bedeutungsvolle Pause. Maria und Katja sahen ihn neugierig an. Das genoss er sichtlich und fuhr dann fort: »Also, mein Sender ist an einer Fortführung der geplanten Reihe über politische Morde in Europa interessiert.«

Mit erwartungsvollem Blick sah er die beiden Frauen an. Sie verzogen keine Miene und ließen ihn zappeln.

»Das ist doch großartig, oder?«

Er schaute die beiden so dumm an, dass sie gemeinsam in ein Lachen ausbrachen und ihn umarmten. Als dieser Gefühlsausbruch vorbei und Adolph glücklich war, fragte ihn Maria: »Und was wird mit unserem ersten Film?«

»Darum kümmert sich unsere juristische Abteilung. Es gibt da irgendeine Klausel. Davon verstehe ich nichts«, entgegnete Adolph.

»Und die Geldwäsche?«, hakte Katja nach.

»Dafür gibt es bisher keine belastbaren Beweise.«

In Siegerpose stand Adolph vor ihnen und lud sie zum Mittagessen ein, was die beiden Frauen dankend annahmen.

Wie jeden Morgen ging Maiers Sekretärin, nachdem sie das Büro betreten hatte, zuerst in das Zimmer ihres Chefs, um nach dem Rechten zu sehen. Es war verwaist, wie am Abend zuvor. Alles sah klinisch sauber aus. Sie trat an den Schreibtisch und richtete die ohnehin schon penibel ordentlich liegende Schreibgarnitur noch einmal. Sie sah die Post durch und jene Briefe, die sie für wichtig hielt, steckte sie in einen großen Umschlag, um diesen an Maiers Privatadresse zu schicken.

Nun saß sie wartend an ihrem Tisch im Vorzimmer. Vor ihr lag das dicke Buch von Tim Weiner, für das er den Pulitzerpreis bekommen hatte. Auf dem Einband stand in großen Lettern nur »CIA«. Auf fast tausend Seiten hatte er über die Geschichte des Geheimdienstes geschrieben, hatte aus Akten zitiert. Das erregte eindeutig Silvias Unmut, denn viele Personen, die im Buch erwähnt wurden, kannte sie, einige davon persönlich. Als das Telefon klingelte, fuhr sie vor Schreck zusammen, hob aber sofort ab und war enttäuscht, dass sich am anderen Ende der Leitung nur ihr Informant aus Toronto meldete. Der berichtete, Maria und ihre Assistentin Katja hätten in der Stadt mit Dreharbeiten begonnen. Er habe sie vor jenem Restaurant beobachtet, vor dem Marias Freund liquidiert worden war. Nach diesem Telefonat verwandelte sich Silvias Warten in eine große Unruhe. Sie konnte sich nicht mehr auf das Lesen konzentrieren und entschloss sich, Maier ungeladen in seinem Haus aufzusuchen. Sie wusste, solche Besuche hatte er sich verbeten. Dennoch griff sie nach dem Umschlag mit den scheinbar wichtigen Briefen und machte sich auf den Weg.

Maier wohnte in Port Jefferson, einer Ortschaft in einer Nebenbucht des Long Island Sound, anderthalb Autostunden von New York City entfernt. Im Taxi fing sie an zu zweifeln, ob sie die richtige Entscheidung getroffen hatte. Silvia hatte ihren Chef schon über eine Woche nicht zu Gesicht bekommen. Nur einmal war sie während ihrer Zeit als seine Sekretärin bei ihm zuhause gewesen. Das war einige Jahre her. Maier hatte mit Grippe im Bett gelegen und sie hatte ihm Unterlagen gebracht. Die Häuser von Port Jefferson zogen sich von dem durch die Gezeiten geprägten Strand bis in die Hügel hinein. Maiers Haus lag etwas abseits vom Zentrum des Ortes am Hang einer der Erhebungen. Es duckte sich hinter einer hohen Mauer. Von der Straße aus war nur das Dach zu sehen. Den Taxifahrer bat sie, einige Meter hinter dem hohen Tor und außerhalb des Blickfeldes der beiden Kameras zu halten. Sie stieg aus, klemmte sich den Umschlag mit den Briefen unter den Arm und ging zurück zum Tor. An der Wechselsprechanlage meldete sich eine Frauenstimme: »Warten sie bitte.« Es vergingen einige Minuten bis sich das große Tor langsam öffnete. Im dahinterliegenden Hof stand ihr Chef und musterte sie von oben bis unten.

»Ich bringe die Post«, sagte Silvia kleinlaut.

»Silvia, lassen Sie das Theater«, bekam sie zur Antwort und der alte Mann kam gebeugt und sehr langsam auf sie zu. Er ist um Jahre gealtert, ging es ihr durch den Kopf.

»Kommen Sie ins Haus«, forderte er sie auf und sie folgte ihm, während das Tor sich hinter ihr lautlos schloss. An der Haustür begrüßte sie die Haushälterin mit einem Kopfnicken. Sie gingen schweigend durch die Diele. In der Tür zum Esszimmer hielt er inne: »Mögen Sie Zitronenhuhn. Erzählen Sie mir jetzt nicht, Sie hätten etwas zu Mittag gegessen.«

Er betrat das Zimmer und wies auf einen der Stühle am großen Tisch, der mitten im Zimmer stand. Sie nahm Platz. »Zwei Portionen«, wies er seine Haushälterin an, und wendete sich an seine Sekretärin, die schon Platz genommen hatte.

»Schießen Sie los. Was ist so wichtig, dass Sie herkommen mussten?«

Warum siezt er mich jetzt wieder?, fragte Silvia sich irritiert und begann ihm zu berichten, dass Maria in Toronto mit den Dreharbeiten begonnen hätte. Ohne Regung hörte er zu und unterbrach sie plötzlich: »Gibt es Neuigkeiten vom Geld, das er mir geklaut hat?«

Sie musste ihm gestehen, dass sie darüber keinerlei Informationen hätte. Maier schüttelte den Kopf und fragte: »Was möchten Sie trinken? Einen leichten Weißwein zum Huhn?«

»Vielleicht ein Wasser?«

»Vielleicht, vielleicht, was denn nun? Ich schenke uns einen australischen Weißwein ein und basta.«

Während er die Weißweingläser aus dem Schrank holte, sprach er vor sich hin, ohne sie anzuschauen.

»Sie haben sich immer noch in den Kopf gesetzt, den Film zu verhindern. Warum eigentlich? Meinen Ruf ruinieren schon andere. Lassen Sie die Schwimmer diesen Film machen.«

Er stellte die Gläser auf den Tisch und sah sie an.

»Ich habe mit Major Lee gesprochen.

»Dem Priester«, sagte er und lachte leise. Sie nickte.

»Und was rät er?«

»Sie sollten die Schuld auf sich nehmen und untertauchen.«

»Was sagst du dazu?«

Sie sah in seine müden Augen und antwortete: »Sie haben viel, sehr viel für unser Land getan und haben einen ehrenvollen Abschied in den Ruhestand verdient.« Wieder lachte er leise, erhob sich und trat an eine Kommode, ergriff einen simplen Schuhkarton und schob ihn auf den Tisch.

Zu ihrem Erstaunen war der Karton gefüllt mit Orden, Verdienstmedaillen, Ehrenkreuzen und Spangen. Auch ein Silver Star war darunter.

»Mein Leben«, konstatierte er sarkastisch, ergriff den Karton und kommandierte: »Folgen Sie mir!« Sie ging mit ihm hinaus, er öffnete den Müllcontainer und schüttete den Inhalt des Kartons hinein.

»Nein!«, schrie sie auf und wollte die Auszeichnungen aus dem Müll holen. Er riss sie zurück: »Dort gehören sie hin. Hören Sie auf, über Ehre und Ruhm zu reden!« schrie er, klappte den Deckel des Containers zu. »Kommen Sie!«, kommandierte er mit einer Stimme, die keinen Widerspruch duldete. Sie ging erschüttert mit ihm zurück ins Zimmer und setzte sich verstört. Er goss ihnen Wein ein und hob sein Glas.

»So, das hätten wir hinter uns. Jetzt können wir uns duzen und über das Geld reden. Prosit.« In einem Zug trank er das Glas leer. Silvia saß wie ein Häufchen Elend vor ihm.

»Trink oder geh. Entscheide dich.«

Wie in Zeitlupe griff sie nach ihrem Glas, erhob sich und trank es wie Maier in einem Zug aus. Er lächelte. Auch sie versuchte zu lächeln.

Adolph hatte es sich nicht nehmen lassen, Maria und Katja zum Flughafen zu bringen. Und wieder hatte er eine Überraschung für die beiden. Im Auto legte er Maria, die auf dem Beifahrersitz saß, ein mehrseitiges Dokument auf den Schoß. Es war ein Vertrag seines Senders, ein Vertrag für den Film über Herrhausen. Sie überflog das Papier.

»Mein Chef hat sich ganz schön aus dem Fenster gelehnt. Ich brauche nur deine Kontonummer und dann fließt nach Unterschrift sofort Geld.«

Adolph strahlte. Maria legte den Vertrag wortlos auf seinen Schoß.

»Das ist sehr freundlich und ich danke für das Vertrauen. Adolph, mach dir keine Sorgen. Ich habe noch Reserven vom Hausverkauf und will mich nicht von Anfang an in Abhängigkeit begeben.«

»So war das nicht gemeint.«

»Das glaube ich dir. Nach meiner Vertrags-Unterschrift wäre das aber so.«

»Wie viel Geld hast du gerade ausgeschlagen?«, meldete sich Katja vom Rücksitz.

Adolph wollte ihr den Vertrag nach hinten reichen, doch Katja wehrte ab: »Maria ist der Boss.«

»Ich dachte, das sei auch die Sicherheit für einen Sendeplatz.« Adolph klang enttäuscht.

»Dein Chef hat meinen letzten Film einfach nach Amerika verscheuert und dort verschwand er.«

»Wir holen ihn zurück. Habe ich dir doch gesagt.«

Keine der beiden Frauen reagierte darauf und er fuhr fast flehend fort:

»Der Vertrag ist auch für mich die Möglichkeit, mit euch zusammenzuarbeiten.«

»Brauchst du dafür einen Vertrag?«, meldete sich Katja wieder.

»Der guten Ordnung halber schon. Ich bin festangestellt in dem Laden.«

»Adolph, ich habe gelesen, in Hamburg ist ein Handschlag so was wie ein Vertrag.«

Sie hielt ihm ihre Rechte hin. »Wir machen den Film gemeinsam und dein Sender hat das Erstzugriffsrecht.« Er löste seine Hand vom Lenkrad und schlug ein. Dabei versteuerte er sich und kam auf die Gegenfahrbahn.

»Bring uns nicht um!«, rief Katja von hinten. Schnell beugte sie sich nach vorn, und griff ins Lenkrad. Dabei berührten ihre Brüste seinen Kopf. Als das Auto wieder ruhig auf der Straße lag, zog sie sich zurück.

Sie bemerkte, dass Adolph rot geworden war. Offensichtlich hatte es ihm die Sprache verschlagen. Auf Katjas Entschuldigung reagierte er nicht. Die beiden Frauen sahen sich an und konnten nur mit Mühe ihr Lachen verkneifen.

Die Verabschiedung am Flughafen war kurz. Sie ließen ihn mit dem nicht unterschriebenen Vertrag zurück. Er winkte ihnen traurig nach.

In Berlin -Tegel wurden sie schon erwartet. Ohne Blumen begrüßte Katjas Bruder sie mit dem kurzen Satz: »Da seid ihr ja.« Die Begrüßung fiel nicht besonders herzlich aus.

»Haben wir was falsch gemacht?«, fragte Katja. Adrian zuckte die Schultern: »Ich habe euch ein Hotel gebucht, wenn's recht ist.«

»Es ist recht, Brüderchen. Warum hast du so eine schlechte Laune?«

»Weil ich drei Tage nichts von euch gehört habe.«

»Es war doch klar, dass wir heute nach Berlin kommen.«

»Stimmt. Es ist heute der dritte Flieger. Schön dass ihr drin wart.«

Sie stiegen in seinen Leihwagen und bevor er losfuhr, reichte er Maria einen dünnen Ordner. »Die Informationen zu deinen Konten.« Dann drückte er ihr einen Presseausweis in die Hand, einen zweiten reichte er Katja mit den Worten: »Deshalb bin ich hier. Entschuldigt, die Blumen habe ich einfach vergessen.«

»Er ist doch kein Perfektionist«, sagte Katja verschmitzt. Adrian drehte sich um und reichte ihr ein Formular. »Antrag für Einsicht bei der Behörde des Bundesbeauftragten für die Stasiunterlagen. Habt ihr einen Auftrag vom Sender in Toronto für euer Projekt?« Er startete den Wagen, wartete einige Augenblicke auf Antwort und stellte dann mit Genugtuung fest: »Habt ihr nicht. Solltet ihr aber.« Dann wendete er sich wieder an Maria: »Mein Vater hat in den Unterlagen aus dem Schließfach alles gefunden, was du brauchst. Die Bank öffnet morgen zehn Uhr.«

Im ›Park Inn‹ am Alexanderplatz hatte er für sie ein Doppelzimmer gebucht. Er fuhr mit ihnen in die dreißigste Etage und bat Maria und Katja ans Fenster. Maria fragte, ob kein Zimmer mit Blick auf den Alexanderplatz und das Rote Rathaus frei gewesen wäre. Ohne auf ihre Frage einzugehen, wies er auf ein Gebäude unter ihnen. »Dort ist die Behörde der Stasiunterlagen. Karl-Liebknecht-Straße 31–33.« Dann wies er rechts davon auf ein Eckgebäude. »In dem Bau ist die Deutsche Bankfiliale, die du brauchst, Maria.« Triumphierend sah er die beiden Frauen an: »Noch Fragen?«

»Wohnst du auch hier?«

»Schwesterlein, nein. Und frag mich jetzt nicht, wo ich wohne. Ihr habt meine Telefonnummer. Ich bin nicht eure Amme.«

»Deine Milch würde mir auch nicht schmecken.«

Maria unterbrach die kleinen Familiensticheleien: »Danke Adrian. Du hast das alles perfekt vorbereitet.«

»Ist mein Job«, entgegnete er und verabschiedete sich dann, nicht ohne ihnen noch Restaurants in der Nähe zu empfehlen, in denen man gut essen könne. Als er verschwunden war, konstatierte Katja: »Verstehst du jetzt, warum er mir manchmal auf die Nerven geht.«

Maria nickte schmunzelnd: »Es macht Spaß, euch zuzuhören. Das nimmt mir das Gefühl, Euch ausgeliefert zu sein.«

Sie nahmen ein schnelles Abendessen ganz in der Nähe des Hotels ein und beschlossen, zurück im Hotel, am nächsten Morgen erst einmal auszuschlafen.

»Wir müssen nicht Punkt 10 Uhr an der Bank sein, nur weil sie um 10 Uhr aufmacht.«

Katja stieg als erste in das französische Bett und kroch unter die Decke.

»Zuerst die Stasibehörde, dann die Bank«, widersprach Maria und blieb vor dem Bett stehen. Erst jetzt bemerkte sie, dass nur eine große Zudecke vorhanden war.

»Sag mal, der Perfektionist zwingt uns, wie ein altes Ehepaar unter einer Decke zu schlafen?«

Sie setzte sich auf die Bettkante und zögerte.

»Keine Bange, ich stehe auf Männer.«

Maria ging darauf nicht ein.

»In Toronto ist es 17 Uhr.«

»Ja und?«

»Katja, jetzt rufen wir Adolph an. Ich glaube, ich war etwas voreilig, den angebotenen Vertrag so rigoros abzulehnen. Wir brauchen diesen Vertrag.«

»Das ging mir auch schon durch den Kopf.«

Maria griff zum Telefon, das auf dem Nachttisch stand und dachte laut nach: »Vielleicht reicht auch eine offizielle Mail seines Senders, die bestätigt, dass wir einen Film über Herrhausen drehen.«

»Zusammen mit unseren Journalistenausweisen müsste das ausreichen«, pflichtete Katja ihr bei.

Adolph freute sich, als er Marias Stimme hörte und war sofort bereit, ihnen die gewünschte Mail zu senden.

»Schlaf gut.« Das waren Katjas letzte Worte an diesem Tag. Maria hörte kurz danach ihren gleichmäßigen Atem und beneidete sie. Als sie eine Weile bewegungslos auf dem Rücken gelegen hatte und an den nächsten Tag dachte, bemerkte sie, dass ihr Bauch die Decke schon leicht anhob. Sanft strich sie darüber, schob ihre Hand unter die Decke und legte sie auf die warme Haut.

»Ich muss beweisen, dass es eine Schnittmenge zwischen den Morden an Rohwedder und Herrhausen gibt. Diese Morde gehören zusammen. Und die Mörder haben auch deinen Vater umgebracht«, sagte sie zu ihrem ungeborenen Kind. Plötzlich traf es sie wie ein Stromstoß. Sie glaubte, eine Bewegung in ihrem Leib zu spüren. All ihre Sinne konzentrierten sich jetzt darauf. Und wieder fühlte ihre Hand, dass sich in ihrem Bauch etwas bewegte. Tränen rannen über ihre Wangen. Lange lag sie so und wusste am nächsten Morgen nicht mehr, wann sie schließlich doch eingeschlafen war.

Nach dem Frühstück ließen sie zunächst die Mail von Adolph an der Rezeption ausdrucken, dann füllten sie den Antrag auf Einsichtnahme in die Stasiunterlagen aus, gingen über die Straße und legten alle Unterlagen zusammen mit ihren Presseausweisen und Pässen am Empfang der Behörde vor. Man sagte ihnen, sie könnten in zwei Tagen wiederkommen, um den Bescheid in Empfang zu nehmen.

»Kann dieser Bescheid auch eine Ablehnung bedeuten?«, fragte Maria.

Der ältere Mann reagierte mit einem Lachen: »Sie sind Staatsbürgerinnen der USA. Warum sollte man Ihren Wunsch ausschlagen?«

Die beiden verstanden nicht, was ihre USA-Staatsbürgerschaft mit der Entscheidung zu tun haben könnte, fragten aber nicht weiter nach, sondern gingen direkt zur Filiale der Deutschen Bank.

Die Leipziger Straße in Berlin war Anfang der siebziger Jahre neu bebaut worden. Vier große Wohntürme an der Südseite dominierten sie. Katjas Bruder war an diesem Morgen zu Fuß hierhergekommen. Die frische Morgenluft hatte Adrian gutgetan. Er sah die Straße hinunter in Richtung Alexander Platz und sein Blick streifte die Hochhäuser auf der rechten Straßenseite. In einem davon musste André wohnen. Am Abend zuvor hatte er ihn in der Husemannstraße, seiner alten Adresse im Prenzlauer Berg, gesucht. Doch in dieser Wohnung wohnte jetzt eine freundliche Frau aus Schwaben mit zwei minderjährigen Kindern. Sie hatte ihn zu einem Tee eingeladen, als er sich nach André erkundigte und ihm redselig berichtet, dass sie alleinstehend sei und Amerikaner mochte. Von ihr erfuhr Adrian, dass André sich in der Leipziger Straße eine Wohnung gekauft hätte. Sie habe ihm bei der Einrichtung geholfen, da sein Geschmack begrenzt sei, wie er als sein Freund bestimmt wisse.

Müde war er an diesem Abend in seine kleine Pension zurückgekehrt, konnte aber lange keinen Schlaf finden. Seine Gedanken kreisten um André. Er hatte zu seinem Team gehört, das in Afrika nach Jack gesucht hatte. Sein Stiefvater war beauftragt gewesen, Jack zu eliminieren. Doch Jack war gewarnt worden und das Vorhaben misslungen. Der Einsatz in Afrika hatte in einem Desaster geendet. Bayard war dafür verantwortlich gemacht worden. In den Unterlagen aus dem Safe in Toronto war Adrian auf ein Schriftstück gestoßen, aus dem hervorging, dass Jack vor seinem Tod vierhunderttausend Euro auf ein Konto von André überwiesen hatte.

An diesem Morgen stand er nun vor dem Hochhaus des Verräters in der Leipziger Straße und las auf dem Klingelschild seinen Namen, André Sommer. Als sein Finger den Klingelknopf berühren wollte, zog er ihn zurück. Er entschloss sich, ihn zu überraschen. Geschickt folgte er einer Frau, die offensichtlich in dem Haus wohnte, bevor die Tür hinter ihr wieder ins Schloss fiel. Er grüßte sie freundlich und stieg mit ihr in den Fahrstuhl. In der siebenten Etage stieg er aus, ohne ein Wort mit ihr gewechselt zu haben.

Er klingelte an Andrés Wohnungstür. Der unterdrückte augenscheinlich sein Bedürfnis, die Tür sofort wieder zuzuschlagen und sagte mit trockener Stimme: »Komm rein.«

André wies wortlos auf einen Schwingsesel dessen Edelstahlgerüst mit schwarzem Leder bespannt war.

»Was darf ich dir anbieten? Whisky, Rum, Gin ...?«

Adrian unterbrach ihn: »Wenn du ein kaltes stilles Wasser hättest, wäre ich dir dankbar.«

Wortlos verschwand André und Adrian hatte Zeit, sich umzuschauen. An den Wänden, die in verschiedenen Rottönen gestrichen waren, hingen Bilder mit erotischen Motiven. An einer Wand stand ein schwarzer Schrank mit einer grau getönten Scheibe. Den Raum dominierte ein langer Marmortisch und unter dem großen Fenster, das zum Balkon führte, stand eine Liege, die mit Kuhfell bezogen war. Durchs Fenster konnte man den Berliner Fernsehturm sehen. Adrian war so in der Betrachtung versunken, dass er erschrak, als André den Raum wieder betrat. Er reichte ihm ein Glas Wasser und fragte: »Vielleicht doch einen Whisky aufs Wiedersehen?« Ohne eine Antwort abzuwarten, ging er zum schwarzen Schrank, dessen rechte Seite offensichtlich die Bar war und goss sich einen Whisky ein. Adrian bemerkte, dass er zitterte.

»Was führt dich zu mir? Unsere liebe Silvia hatte angerufen und mir mittgeteilt, dass Maria in der Stadt sei. Von dir hat sie nichts gesagt.«

»Ich bin hier, damit nichts schiefgeht, wie damals in Afrika.«

»Wie meinst du das?«

»Jacks Auto ging hoch und der hat sich ins Fäustchen gelacht. Die meisten von uns können nicht mehr lachen. Du und ich, wir sind die einzigen Überlebenden.«

»Und der schlaue Fuchs Bayard?«

»Bei unserem Boss lief es anders. Seine Bremsen versagten. Das Auto überschlug sich, brannte aus. Von ihm blieb nur Asche übrig.«

Die beiden Männer sahen sich an. Es verging scheinbar eine Ewigkeit.

»Meine Adresse hast du von meiner schwäbischen Freundin?«

Adria nickte.

»Und? Was hast du ihr erzählt?«

»Das du mein Freund bist. Berichtet die auch an Silvia?«

»Warum musstest du hier auftauchen?«

Adria grinste: »Rein geschäftlich. Eigentlich hätte ich Lust, dir eine Kugel in den Kopf zu jagen. Leider habe ich nichts dabei. Übrigens hat Maier den Libanesen unseren Job gegeben. Ein Schuss und Jack war tot.«

»Das wusste ich nicht.«

»Lassen wir es gut sein. Welchen Auftrag hat sie dir gegeben?«

»Ich soll die Augen offenhalten. Scheiße ist, dass du auftauchst und die alten Kamellen wieder hochholst. Silvia wird sich fragen, was du von mir willst.«

»Du musst es ihr ja nicht erzählen.«

»Nein, muss ich nicht.«

Adrian nickte. André trank den Whisky aus und goss sich nach.

»Unser Chef Maier sitzt in der Scheiße. Der liebe Jack hatte ihn vor seiner Beerdigung noch um zwanzig Millionen erleichtert. Vierhunderttausend davon hat Jack dir damals überwiesen. Aus Dankbarkeit?«

»Ich sollte für Maria eine Wohnung kaufen.«

»In der du jetzt wohnst.«

Adrian lächelte böse, trank das letzte Wasser aus seinem Glas und schob es über die Marmorplatte. Es blieb an der Tischkante stehen.

»Irrtum. Ich habe von dem Geld zwei Wohnungen kaufen können. Eine Wohnung zwei Stockwerke über mir gehört Maria. Sie ist vermietet.«

»Nur weiß Maria nichts davon.«

»Die Miete geht auf ein Sperrkonto, das auf Maria wartet.«

»Wie lautet dein Auftrag, André?«

Nach einer kurzen Pause antwortete dieser: »Maier vermisst nicht nur die Vierhunderttausend. Er vermisst weitaus mehr.«

»Das weiß ich. Wie lautet dein Auftrag?«, wiederholte Adrian.

André ließ sich in den gegenüberliegenden Sessel fallen und wartete, bis das Schwingen seines Sessels aufgehört hatte.

»Ich soll Maria nicht aus den Augen lassen. Die glauben, Jack habe ihr das gesamte verlorengegangene Geld zugeschoben, sie wissen nur nicht wie. Und ich sage dir, mein Freund, wenn er das getan hat, bleibt es für immer verschwunden, wenn Maria keine Fehler macht.«

»Hat Silvia dir was von einem neuen Film erzählt?«

»Hat sie.«

»Muss man dir alles aus der Nase ziehen?«

»Ich soll sie auf dem Laufenden halten. Mehr nicht.«

Katjas Bruder erhob sich. Er ging schweigend zur Tür. Dort drehte er sich noch einmal um. André war sitzen geblieben und hatte seinen Sessel wieder zum Schwingen gebracht.

»Du weißt jetzt, dass ich hier bin und dir auf die Finger schaue. Vergiss das nicht. Übrigens, ich wusste gar nicht, was für einen ausgefallenen Geschmack du hast.«

Ohne eine Antwort abzuwarten, verließ Adrian die Wohnung.

Maria musste in der Filiale der Deutschen Bank am Alexanderplatz warten. Man hatte ihr gesagt, ihr zuständiger Berater sei noch im Termin, es könne aber nicht mehr lange dauern. Obwohl eine junge Angestellte sich sehr um sie bemühte, unaufgefordert Kaffee und Süßigkeiten auf den Tisch stellte, beschlich sie eine Unruhe, die sie zu unterdrücken versuchte. Als ihr Berater Dr. Wendland endlich erschien, machte er auf sie einen nervösen Eindruck. Er bat sie betont freundlich in sein Büro und bot ihr einen Platz an: »Ich hatte mir schon Sorgen gemacht. Warum haben Sie nichts von sich hören lassen? Ich hoffe nur, ich habe die richtigen Entscheidungen für Ihre Anlagen getroffen. Keine Sorge, Ihr Geld ist nicht weniger geworden, aber mit mehr Risiko, wäre noch mehr drin gewesen. Wie gesagt, ich wollte nichts falsch machen.« Nach diesem Entree legte er ihr einen Aktenstapel auf den Tisch und begann, wie ein Wasserfall zu reden. Vor lauter Begriffen wie: BSF-Black Rock, Franklin India F und Class A Euro, DWS Dynamic Opportunities LD, Firmenbeteiligungen in Indien und so weiter und so weiter drehte sich in Marias Kopf alles. Sie horchte auf, als Wendland sie fragte: »Wollen Sie ihre Visa Card belassen. Es liegen neunzigtausend Euro drauf. Auf dem Girokonto sind vierzigtausend. Wir konnten Ihnen die Karten leider nicht aushändigen und aus New York wurden sie wieder zurückgeschickt. Das Einschreiben haben Sie offenbar nicht entgegengenommen.«

»Entschuldigung, ich war zu Dreharbeiten im Ausland.«

»Kein Problem, Sie können die Karten am Schalter abholen. Ich regele das.«

»Über wie viel Geld insgesamt reden wir denn? Entschuldigung, aber ich konnte Ihren Ausführungen nur bedingt folgen.«

»Das kann ich mir vorstellen. Die Abrechnungen bekommen Sie von mir. Schauen Sie sich alles in Ruhe durch und dann reden wir weiter. Rufen Sie einfach an, wenn es Ihnen passt. Zu Ihrer Frage. Wir reden von fünfzehn Millionen zum jetzigen Zeitpunkt. Aber die Börse entwickelt sich sehr dynamisch. Ich bleibe dran, damit Sie nichts verlieren. Aber die Entscheidungen müssen Sie natürlich treffen. Es ist, wie gesagt, mehr drin.« Er erhob sich und streckte ihr seine Hand entgegen. Doch Maria reagierte nicht. Sie sah ihn nur an und sagte: »Vielleicht können Sie mir noch bei einer anderen Sache helfen. Ich bin nicht wegen des Geldes in Berlin. Das hat sich ergeben. Eigentlich bin ich wegen eines Filmprojektes hier. Wir drehen für einen kanadischen Sender eine Dokumentation über den Mord an Herrhausen. Der ist Ihnen doch ein Begriff?«

Neugierig nahm der Banker wieder Platz und antwortete: »Der ist mir ein Begriff.«

»Wie Sie dann sicherlich auch wissen, erblickte seine Idee, die Entwicklungsländer zu entschulden, in Toronto das Licht der Welt.«

»Kluger Gedanke. Er stieß aber zu seiner Zeit auf Ablehnung. Nach seinem Tod hat in meinem Hause niemand mehr davon gesprochen. Wenn Sie meine Meinung wissen wollen, das war ein Fehler.«

»Wären Sie bereit, mir ein Interview zu geben?«

Überrascht sah er sie an und dachte einen Augenblick nach. Maria wartete. Plötzlich lächelte er.

»Wissen Sie, Frau Schwimmer, das kommt mir sehr gelegen.« Wieder machte er eine Pause. Maria blieb geduldig sitzen und sah ihn neugierig an, bis er fortfuhr.

»Unsere Filiale wird wieder einmal umstrukturiert und ich habe heute Morgen meine Abfindung verhandelt, deshalb musste ich Sie warten lassen. Was für ein Zufall.« Er griff in seine Jackentasche und reichte ihr eine Visitenkarte. »Wenn Sie es ernst meinen, besuchen Sie mich.«

Maria nahm die Karte. »Ich meine es ernst.«

»Rufen Sie mich einfach an. Dann machen wir einen gemeinsamen Termin.«

Sie erhoben sich und reichten sich die Hände. Er begleitete sie noch zur Tür. Bevor er sie öffnete, wandte er sich noch einmal an Maria. »Ihr Geld ist hier gut angelegt. Machen Sie sich darum keine Sorgen. Wenn Sie einen Rat brauchen, bin ich immer für Sie da.«

Maria bedankte sich und verließ die Filiale.

Katja war wie vom Erdboden verschluckt, als Maria auf die Straße trat. Sie schaute sich um, ging mehrmals auf und ab. Schließlich wurde ihr die Warterei zu dumm und sie kehrte ins Hotel zurück. In der Lobby saß Katja am Fenster und begrüßte sie mit den Worten: »Ich hatte dich im Blick. Wie war es?«

»Du wolltest vor der Bank warten«, entgegnete sie gereizt. »Das kannst du nicht machen.«

»Jetzt setz dich und erzähle.«

Maria blieb wie angewurzelt vor dem Tisch stehen. »Hier sitzen wir wie auf dem Präsentierteller. Deinem Bruder würde Dein Leichtsinn sehr gefallen. Ich bin auf dem Zimmer.« Sie drehte sich abrupt um und verschwand in Richtung Fahrstühle. Katja sah ihr einen Augenblick verständnislos nach, trank den letzten Schluck Kaffee aus und winkte der Kellnerin.

Maier hatte seine Sekretärin zu einem Spaziergang eingeladen. Schweigend war Silvia ihm durch die Hügel hinunter zum Strand von Port Jefferson gefolgt. Der Himmel war wie blank geputzt und die Sonne schien grell aus dem endlosen Blau. Es war windstill. Das Thermometer zeigte null Grad. Flache Wellen nestelten am steinigen Strand. Als sie die Wasserkante erreicht hatten, blieb Maier stehen und starrte auf die See hinaus.

»Er war mir wie ein Sohn und er war dankbar. Das habe ich geglaubt und ich habe ihm vertraut. Für ihn hätte ich meine Hand ins Feuer gelegt. Aber er hat mich enttäuscht und hintergangen. Zweimal habe ich den Auftrag erteilt, ihn auszuschalten. Das erste Mal, wurde er gewarnt. Wegen dieses Versagens habe ich meine besten Leute verloren. Die Überlebenden, die mir treu ergeben waren, habe ich bestraft. Auch sie sind tot. Und weißt du, warum das alles?«

Er wendete sich Silvia zu, die neben ihm stehen geblieben war. »Es war die Liebe, die alles sinnlos gemacht hat.«

Sie schaute zu Boden und widersprach: »Dummheit war es.«

»Ist das nicht das Gleiche?«

Sie biss sich auf die Lippen und schwieg. Nachdenklich ging er weiter. Sie folgte ihm und sah, wie die sanften Wellen seine Fußabdrücke verwischten.

»Gegen die Liebe ist kein Kraut gewachsen. Er war unschuldig. Er hätte nicht sterben müssen.«

»Er hat dich verraten.«

»Silvia, er musste mich verraten. Er hatte keine Chance.«

Sie bemerkte weit vor ihnen etwas Schwarzes, was sich im Sand bewegte. Als sie näherkamen, sahen sie, dass es ein schwarzer Hund war. Er lag auf der Seite und schlug mit seinen Vorderbeinen um sich. Sein Hinterteil war blutverschmiert. Er winselte und sah sie mit aufgerissenen Augen an. Maier zog aus der Manteltasche eine Pistole und schoss dreimal. Das Winseln verstummte. Leblos lag der Hund vor ihnen. Silvia schaute überrascht zu Maier auf. Der sagte trocken: »Keine Chance. Er hatte sich das Rückgrat gebrochen.«

»Du trägst eine Waffe?«

Er zuckte mit den Schultern und steckte die Pistole wieder in seine Manteltasche.

»Ein Schuss hätte für die Kreatur auch gereicht.«

Auf die Bemerkung reagierte er nicht und ging weiter, als sei nichts geschehen. Sie rief ihm nach: »Lassen wir den einfach hier liegen?«

»Hier gibt es genug Interessenten für den Kadaver.« Er drehte sich ihr zu, wies mit seiner Rechten auf ein Haus in den Hügeln und antwortete: »Da oben am Hügel wohnt Jackie Geary. Vielleicht war es ihr Hund. Die hatte so einen Kläffer, der allen auf die Nerven ging. Kennst du sie?«

Er wartete bis sie ihn eingeholt hatte und setzte dann seinen Weg fort.

»Klingt wie eine Schauspielerin.«

»Hast du den Film ›White House Down‹ gesehen? Sie hatte darin eine kleine Rolle.«

»Du meinst den Thriller?«

»Den meine ich.«

»Der an Krebs erkrankte Sicherheitschef des Präsidenten wollte sich für den Tod seines Sohnes rächen, der bei einer geheimen Operation im Iran ums Leben gekommen war. Vierundzwanzig Atomraketen eines U-Bootes wollte sein Vater auf den Iran abfeuern lassen. Dafür nahm er auch den Tod des Präsidenten in Kauf, der in seinen Augen ein Weichei war. Mehr und mehr verstehe ich den Mann.«

»Was ist aus dir nur geworden. Das bist nicht mehr du!«

Sie stellte sich ihm in den Weg.

»Du zerstörst alles, was wir geleistet haben und machst es denen sehr leicht, die uns in den Schmutz ziehen wollen.«

Sie standen sich ganz nah gegenüber und sahen sich in die Augen. Er begann zu lachen.

»Lebte der General noch, hätte er seine Freude an dir.«

»Dich hätte er nicht mehr ernst genommen.«

»Er hätte mich an die Wand gestellt, Silvia. Und recht hätte er getan. Ich bin einfach nur müde.«

»Das mag sein. Es geht aber nicht nur um dich. Du hast eine Chance. Befolge den Rat des Priesters. Das funktioniert aber nur, wenn du verhinderst, dass diese Frau noch einen Film dreht, um dich mit Schmutz zu bewerfen. Die, die dich jetzt noch untertauchen lassen würden, werden es nicht tun können, wenn du noch einmal in der Öffentlichkeit stehst.«

Er nickte schweigend, wendete sich den Hügeln zu und ging. Sie sah ihm nach. Als er in einer Senke verschwunden war, ging sie weiter den Strand entlang. Tränen rannen über ihre Wangen. Sie ließ es geschehen.

Zwei Stunden später, die Dämmerung hatte schon eingesetzt, kam sie zurück. In einen dicken Fellmantel gehüllt, saß Maier auf einer alten Bank am Tor und rauchte eine Zigarre. Er musste schon eine geraume Zeit hier gesessen haben. Von der Zigarre war nicht mehr viel übrig. Er begrüßte sie mit müder Stimme: »Das Abendbrot steht schon eine Weile auf dem Tisch. Nach so einer langen Wanderung wirst du bestimmt Hunger haben. Oder soll ich dir gleich das Taxi bestellen lassen?«

Hinter ihr hielt ein sandfarbener Jeep. Zwei junge Männer in Camouflage stiegen aus. Der Größere von beiden holte aus dem Kofferraum einen schwarzen Müllsack, ging zu einem Abfallcontainer, der hinter dem Tor stand und warf ihn hinein. Der zweite trat an Silvia heran, reichte ihr ein Art Schminkspiegel mit den Worten: »Den haben Sie am Strand verloren«, ging zum Hintereingang des Hauses.

Der Größere kam zu Maier. »Es war der Köter der Schauspielerin.«

»Dann herrscht jetzt endlich Ruhe am Strand«, antwortete er ihm. Der Mann nickte und folgte dem anderen.

»Ich hatte sie gar nicht bemerkt.«

»Das ist ihr Job, Silvia.« Genüsslich zog er am glimmenden Rest seiner Zigarre.

»Ich habe Hunger«, sagte sie, wendete sich dem Haupteingang zu und ging ins Haus.

Während sie das Abendessen zu sich nahmen, redete nur sie. Maier unterbrach sie nicht, kaute lange und schluckte mühevoll die wenigen Happen hinunter, die er sich genommen hatte. Sie erzählte von ihren erfolgreichen Unternehmungen. Von seinen Heldentaten und von der Verehrung, die sie immer für ihn empfunden hatte.

Als sie gegen Mitternacht in ihr Taxi stieg, hatte sie begriffen, dass sie von nun an auf sich allein gestellt war. Maier hatte ihr die Vollmacht erteilt, den Libanesen, wie er die Einsatztruppe nannte, die Jack und Bayard ausgeschaltet hatte, Weisungen zu erteilen, so als habe er sie gegeben. Sie war sich nicht sicher, ob sie darauf stolz sein sollte. Es beseelte sie nur ein Wunsch, nämlich endlich wieder zu handeln. So wie sie immer gehandelt hatten, bevor er in Depressionen verfallen war.

Nachdem sie ihre Rechnung in der Lobby bezahlt hatte, ging Katja zum Fahrstuhl. Dort legte jemand die Hand auf ihre Schulter und als sie sich erschrocken umdrehte, sah sie in die Augen ihres Bruders.

»Wo ist Maria?«

»Sie zählt ihr Geld in unserem Zimmer.«

Katja lachte. Die Fahrstuhltüren öffneten sich und sie fuhren in die dreißigste Etage. An ihrer Zimmertür hing das Schild »Bitte nicht stören«. Ohne darauf zu achten, traten sie ein. Maria lag auf dem Bett, hob den Kopf und empfing sie mit den Worten: »Hast du ihm gesagt, dass ich im Geld schwimme?«

»Woher soll ich das wissen?«

Katja setzte sich zu ihr auf die Bettkante. Ihr Bruder war an der Tür stehen geblieben.»Wenn Ihr euch ein Bild machen wollt, solltet Ihr euch die Unterlagen anschauen, die dort auf dem Schreibtisch liegen. Der Banker hat behauptet, es seien fünfzehn Millionen.«

Adrian zog seine Jacke aus, warf sie auf das leere Bett und nahm auf dem Stuhl am Schreibtisch Platz. Neugierig stellte sich Katja hinter ihn. Er blätterte in den Unterlagen.

Eine Weile beobachtete Maria, wie die beiden schweigend Konto – und Depotauszüge durchsahen. Dann sagte sie: »Ich musste mich hinlegen. Mir ist immer noch ganz schwindlig von all den Fonds, Anlagen und Beteiligungen. Versteht ihr was davon?« Adrian drehte sich ihr zu: »Dein Banker scheint recht zu haben. Jetzt haben wir ein Problem.«

»Welches?«, fragte Maria und streckte sich auf ihrem Bett aus.

»Die Hälfte gehört uns.«

»Ich weiß«, antwortete sie müde.

»Wir müssen einen Weg finden, die verschiedenen Anlagen zu teilen.«

»Du meinst, ich muss einen Weg finden. Das Geld gehört mir.«

Misstrauisch erhob sich Adrian und trat an das Bett, in dem Maria lag. Sie machte keine Anstalten aufzustehen und sagte regungslos: »Solltest du in Erwägung ziehen, mich auszuschalten, wie ihr das nennt, musst du bedenken, dass du dann auch den ungeborenen Erben umbringst und ihr trotzdem leer ausgeht. Du bist nicht der Vater des Kindes, nicht mein Mann und in keiner Weise mit mir verwandt. Ich gehe davon aus, dass mein Vater alles erbt.«

Katja war am Schreibtisch stehengeblieben und hatte zugehört. »Was soll die Komödie, Adrian? Sie hat recht.«

»Und ich habe das ganze Gespräch jetzt nicht verstanden«, entgegnete dieser.

Mit Schwung erhob sich Maria aus dem Bett und schrie plötzlich auf. Sie strich sich vorsichtig über die Wölbung ihres Bauches.

»Wenn du keine Frühgeburt provozieren willst, die dein Kind zum jetzigen Zeitpunkt nicht überleben würde, solltest du dich wie eine Schwangere benehmen. Daran ändern auch die Millionen nichts.« Katja ging zu ihr, strich ihr über den Rücken.

»Ein- und tief ausatmen.«

Maria ließ es geschehen, sah zu Adrian, der sie nachdenklich anschaute und sagte:

»Wisst ihr was, ich lade euch jetzt ins ›Grill Royal‹ ein. Dort, wo die Schönen und Reichen speisen. Reich sind wir ja jetzt und wie wir das Problem der Teilung lösen, werden wir entscheiden. Gemeinsam.«

»Ich habe heute deinen Freund André besucht.«

Maria überraschte Adrians Reaktion.

»Er ist nicht mein Freund. Was wolltest du von ihm?«

»Wer ist das?« Katja sah Adrian fragend an. »Jack hat ihm vierhunderttausend Euro überwiesen. Aus Dankbarkeit.«

Sie begriff nicht, wovon ihr Bruder sprach.

»Er trägt die Schuld, dass wir in Namibia aufgeflogen sind und unser Vater sein Gesicht verlor.«

Er wendete sich Maria zu und fragte: »Kannst du mir erklären, wie er Jack informieren konnte, dass wir unter seinem Auto eine Bombe platziert hatten?«

Maria antwortete mit ruhiger Stimme und sah dabei Adrian an. »Er hatte einen Zigarettenstummel unter den Scheibenwischer geklemmt. Das war für Jack das Zeichen: Achtung, nicht einsteigen. Als sie zusammen in Afghanistan waren, hatten sie sich das ausgedacht, um zu überleben.«

Adrians Gesicht hellte sich auf. »Ich wusste, er ist der Verräter.«

»Dieser Typ hat unseren Vater verraten?«

Adrian sah seine Schwester an und nickte. »Wie wollen wir das verrechnen?«, fragte er Maria gereizt. Die ging zur Garderobe und zog sich ihren Mantel an.

»Ich weiß darauf keine Antwort.« Sie blieb an der Tür stehen. »Nehmt ihr meine Einladung an? ›Grill Royal‹ ist eine gute Adresse.« Sie wartete.

»Die Vergangenheit können wir nicht rückgängig machen. Kommt, ich habe Hunger!«, forderte Katja ihren Bruder auf und gemeinsam verließen sie das Hotel.

Maria aß kanadischen Hummer. Adrian trank über seinen Durst und ließ sich als Erster ein Taxi kommen. Die Rechnung war hoch und das Trinkgeld »stolz«, stellte Katja fest, als sie mit Maria zurück zum Hotel fuhr. Über die Lösung ihres Problems hatten sie an diesem Abend kein Wort verloren. Sie hatten das Thema gemieden, obwohl es wie eine Last auf allen gelegen hatte.

Tags darauf erschien Adrian am späten Vormittag im Hotel. Maria und Katja waren gerade dabei, sich zurecht zu machen. Er hatte beim Bäcker belegte Brötchen geholt und drei Kännchen Kaffee an der Rezeption bestellt.

»Wir wollten gerade zum Frühstücksbuffet runter gehen.« Katja sah ihren Bruder verständnislos an.

»Das im Übrigen hier hervorragend ist«, ergänzte Maria, die aus dem Bad kam.

»Es ist nicht gut, wenn man uns zusammen sieht.« Adrian schien angespannt zu sein. »Ich habe euch einen Vorschlag zu machen und das würde ich gern ungestört tun.«

Nachdem der Kellner den Kaffee gebracht hatte, nahmen Adrian und Maria in der kleinen Sitzgruppe Platz. Katja stellte sich mit einer Tasse Kaffee in der Hand ans Fenster und wartete, was er zu sagen hatte.

»Wir haben das Gold, die Aktien und Wertpapiere aus Toronto und die Anlagen der Deutschen Bank. In Namibia liegt auch noch Vermögen, das wir momentan nicht bewerten können. Das ganze Thema André streichen wir aus der Rechnung, wenn er bereit ist, mit uns zusammenzuarbeiten.« Hier machte er eine Pause. Maria und seine Schwester sahen ihn verständnislos an.

»André hat von Jack Geld für seinen Verrat bekommen und davon zwei Wohnungen gekauft. Davon wissen die in New York nichts. Sie haben ihm den Auftrag gegeben, Maria zu überwachen. Was er auch tun wird. Welche Informationen er liefert, hängt von uns ab. Begriffen?«

»Was wir hier machen, unterscheidet sich in nichts von dem, was Maier und Co. tun oder getan haben. Ich suche nach Antworten für mein Kind. Ich will alles dafür tun, dass er in einer besseren Welt aufwächst. Begriffen?« Das Wort »begriffen« sprach Maria genauso eindringlich aus, wie Adrian zuvor und sah ihn dabei an. Der nickte, wich ihrem Blick nicht aus und antwortete: »Es gibt keine Welt, die gut ist.«

»Das bringt uns nicht weiter«, mischte sich Katja vom Fenster her ein.

»Also zusammen mit dem Geld auf deinem Visa- und deinem Girokonto haben wir im Moment rund achtzehn Millionen.« Adrian lächelte. »Wir müssen ein technisches Problem lösen. Jeder bekommt acht Millionen.«

Maria unterbrach ihn: »Es stehen keine zweiunddreißig zur Verfügung!«

»Im Moment reden wir von sechzehn. Die Hälfte davon ist acht. Richtig?« Maria stimmte ihm nickend zu. »Der überwiegende Teil des Geldes liegt in Beteiligungen, Fonds und so weiter. Du musst alles auflösen. Vater schickt uns eine Kontonummer und du überweist ihm die acht Millionen. Kläre das bitte mit deinem Banker. Erzähl ihm von mir aus, du schickst das Geld deinem Vater.«

»Wie machen wir das mit dem Gold und den Aktien aus Toronto?«

»Wenn klar ist, wie viel das bringt, verfahren wir genauso«, antwortete ihr Adrian.

»Und Namibia?«

»Das kommt später. Unser Vater geht davon aus, dass du deinen Anteil deinem Vater überweisen wirst oder auf das Konto einer anderen Vertrauensperson. Du musst das Konto auf der Deutschen Bank komplett leer machen.«

»Einverstanden«, willigte Maria nach kurzem Nachdenken ein.

Katja, die scheinbar gelangweilt aus dem Fenster geschaut hatte, drehte sich ihrem Bruder zu: »Wenn man euch so zuhört, glaubt man, ihr seid auf einem Basar!«

»Ich wollte das Geld nicht«, verteidigte sich Maria.

»So klingt das aber nicht«, erwiderte Katja.

»Geld versaut die Leute. Altes Ding«, antwortete Adrian seiner Schwester.

»Das stimmt«, bestätigte Maria.

»*Pecunia non olet*, sagten die alten Lateiner.«

»Hat deine Hebammenausbildung doch was gebracht.«

Katja verkniff sich eine Entgegnung auf die spitze Bemerkung ihres Bruders und wandte sich Maria zu: »Wenn wir schon beim Thema sind, du solltest wiedermal nach deinem Kind schauen lassen.«

Die antwortete zur Überraschung der Anwesenden: »André wird einen guten Gynäkologen kennen.«

Katja stellte ihre Tasse auf den Tisch und begann sich anzuziehen.

»Das ist gewagt«, stellte ihr Bruder fest.

»Was ist daran gewagt? Dass ich schwanger bin, ist allgemein bekannt.«

André ging nicht ans Telefon. Die Nummer, die sie wählten, hatte Adrian von ihm bekommen. Maria kramte in ihren Notizen. Sie fand die Handynummer, die sie genutzt hatte, um ihn anzurufen, als sie im vergangenen Jahr zu Dreharbeiten in Berlin gewesen war. Mit dem Satz: »Kein Anschluss unter dieser Nummer« endete auch dieser Versuch. Die Drei machten sich auf den Weg in die Leipziger Straße. Auf das Klingeln an der Haustür reagierte niemand. Nach längerem Warten schlug Adrian den beiden Frauen vor, zurück ins Hotel zu fahren und ihn die Suche nach André allein fortsetzen zu lassen. Er habe ein ungutes Gefühl.

Zurück im Hotel suchte Katja im Internet eine Gynäkologin. Sie wählte eine Praxis, die sehr gute Bewertungen hatte und bemühte sich um einen kurzfristigen Termin, indem sie die Situation dramatisierte und Fachbegriffe benutzte, die Maria noch nie gehört hatte. Sie musste an Brit denken. Brit, die junge alleinstehende Lehrerin für Mathematik und Physik, mit ihrem hübschen, von Sommersprossen übersäten Gesicht und ihrem Sohn Max. Vergangenes Jahr hatte sie bei ihr in Neukölln übernachtet und an so manchem Abend ihr das Herz ausgeschüttet. Brit hatte sie darin bestärkt, die Suche nach ihrem verschollenen Vater nicht aufzugeben. Ohne sie wäre Maria wahrscheinlich nicht nach Afrika aufgebrochen, wo sie ihn schließlich auch gefunden hatte. In ihren Handykontakten fand Maria die Nummer und fragte sich, warum sie den Kontakt nicht gehalten hatten. Aber es war einfach zu viel geschehen im letzten Jahr.

»Hier ist Max, wen möchtest du sprechen?«, hörte sie eine Kinderstimme am anderen Ende der Leitung. »Hier ist Maria. Kannst du dich an mich erinnern?« »Natürlich. Du hast mir *Hans im Glück* vorgelesen«, antwortete der Junge. Maria war gerührt. »Entschuldigung. Wer ist dort?« Es war Brit, die ihrem Sohn offensichtlich den Hörer aus der Hand genommen hatte. »Ich bin es, Maria.«

»Ich hatte gehofft, du meldest dich mal.« Brit klang verhalten.

»Entschuldige«, mehr brachte Maria nicht heraus.

»Kann ich dir helfen?«

Maria fiel es schwer, auf die Frage zu antworten.

»Brit, was soll ich Dir sagen? Ich bin einfach ...«, Maria fiel kein passendes Wort ein.

»Na klar, zu wenig Zeit – wie es allen so geht. Schwamm drüber. Aber du rufst doch sicher nicht ohne Grund an.«

Maria zögerte.

»Ich bin im vierten Monat schwanger, komme aus New York und habe ein Ziehen im Unterleib.«

»Ich habe eine gute Freundin, die hat eine kleine Praxis. Wo bist du? Ich kann dich abholen.«

Eine halbe Stunde später wartete Brit vor dem Hotel. Sie stellte Maria keine Fragen. Doch Maria verspürte das dringende Bedürfnis, ihr alles zu erzählen. Von ihrem Vater, von Jack und natürlich auch von ihrem neuen Projekt. Die Worte sprudelten nur so aus ihr heraus. Brit hörte ihr geduldig zu und sagte, als Maria ihren Bericht geendet hatte, mit einem gewissen Sarkasmus in der Stimme:

»Maria, eines werde ich nie begreifen. Menschen kommen zu mir, schütten mir ihr Herz aus. Ich lasse mich auf sie ein und sie verschwinden dann wieder spurlos.«

Maria schwieg und Brit fuhr fort: »Vielleicht ist das ein Geschäftsmodell. Was hältst du davon?«

Marias Kehle war wie zugeschnürt. Nur mit Mühe konnte sie die Worte formulieren.

»Wie ist es dir ergangen?« »Beschissen«, bekam sie zur Antwort. Brit stoppte ihren kleinen Fiat in Karlshorst vor einem Einfamilienhaus und stieg aus, ohne ein weiteres Wort zu verlieren. Am Haus wies ein Messingschild darauf hin, dass hier die gynäkologische Praxis von Frau Dr. Mahlbaum sei. Brit klingelte bei privat. In der Sprechanlage ertönte eine Frauenstimme. »Ich komme runter und schließe euch auf.« Augenblicke später öffnete eine sportliche junge Frau die Haustür und umarmte Brit herzlich. »Zwei Minuten später und ich wäre weggewesen.« Sie drückte Maria die Hand und erklärte: »Heute ist eigentlich mein freier Tag für Besorgungen. Kommen Sie rein.« Brit blieb im Warteraum zurück und im Behandlungsraum absolvierte Frau Dr. Mahlbaum mit Maria die gleiche Prozedur, die sie von ihrer Hausärztin in New York kannte. Danach stellte sie fest: »Alles dran. Dass es eine Junge wird, wissen Sie bestimmt. Das Kind ist für den vierten Monat völlig normal entwickelt. Kindsbewegungen spüren Sie?« »Ja«, antwortete Maria. Die junge Ärztin bat Maria, sich ihr gegenüber zu setzen, nahm ihre Hand und sah sie fragend an. Es verging einige Zeit, ohne das etwas passierte. Die Frauen saßen sich gegenüber, die Ärztin hielt ihre Hand und nichts geschah.

»Ihr Kind ist gesund. Ich glaube, Sie haben Probleme.«

Überrascht zog Maria ihre Hand zurück. »Was für Probleme?«

»Die Frage können nur Sie beantworten.«

»Sind Sie die Ärztin oder ich?«

»Ich bin Ärztin. Was ich diagnostizieren kann, ist eine große Unruhe und Anspannung. Wenn ich Brit richtig verstanden habe, drehen Sie einen Film. Sie sind mit ihrer Arbeit sehr emotional verbunden. Das kann der Grund Ihrer Anspannung sein. Oder gibt es noch etwas anderes?«

»Sie haben recht. Die Arbeit beschäftigt mich. Viele werdende Mütter müssen arbeiten und bringen gesunde Kinder zur Welt.«

»Das hoffe ich auch für Sie.«

»Steht dem etwas im Wege?«

»Arbeiten Sie nicht nur. Machen Sie Pausen, gehen Sie spazieren. Kommen Sie ab und an runter, wie man so schön sagt.«

»Ich werde es versuchen.«

Maria erhob sich. »Wie viel bin ich Ihnen schuldig?«

»Sie sind Brits Freundin und ich habe mich gefreut, Sie kennenzulernen.«

Mit diesen Worten erhob sich auch Frau Dr. Mahlbaum und begleitete Maria nach nebenan, wo Brit wartete.

»Sehen wir uns heute Abend?«

Brit zuckte mit den Schultern.

»Ich habe Besuch aus New York, wie du ja weißt.«

»Wir können uns doch zu dritt treffen. Was halten Sie davon?«

Sie reichte Maria die Hand und lächelte sie an.

»Danke für die Einladung, ich ...«

Brit unterbrach sie: »Maria und ich, wir haben uns lange nicht gesehen und ...«

»Verstehe«, fiel ihr die Ärztin ins Wort und öffnete ihnen die Tür nach draußen.

»Was war das denn?«, fragte Maria Brit, als die beiden auf der Straße standen.

»Sie hat sich in mich verliebt«, bekam sie zur Antwort, bevor sie wieder in den kleinen Fiat stiegen und losfuhren.

»Bist du noch mit Max Vater zusammen? Der war doch verheiratet?«

»Er ist verheiratet und findet, die Situation wäre eine interessante neue Erfahrung«, Brit konzentrierte sich scheinbar auf den Verkehr. Doch Maria bemerkte, wie sie feuchte Augen bekam. Brit wischte sich ihre Tränen mit einer heftigen Bewegung weg.

»Ich bin dem lieben Gott dankbar, dass ich meinen Max habe. Er ist ein toller Junge. Allein sein, ist richtig Scheiße. Pass auf dein Kind auf. Nichts ist es wert, es in Gefahr zu bringen. Die Liebe eines Kindes ist das Schönste, was uns das Leben zu bieten hat. Glaub mir.«

Brit starrte auf die Straße. Maria saß neben ihr und schwieg. Brit setzte sie vor ihrem Hotel wieder ab.

»Wo und wann?«, fragte Maria und wartete an der offenen Beifahrertür auf eine Antwort. Sie bemerkte Brits leeren Blick: »Wir wollten uns sehen. Oder habe ich dich missverstanden?«

»Zwanzig Uhr bei mir. Ich habe niemanden für Max«, erklärte sie und versuchte zu lächeln.

»Danke für deine Hilfe. Wir sehen uns heute Abend.«

Brit nickte und Maria schloss die Autotür. Sie sah dem Wagen einige Augenblicke nach, dann betrat sie das Hotel. Im Zimmer war niemand und es lag auch keine Nachricht auf dem kleinen Tisch. Von der Rezeptionistin erfuhr sie, Katja würde ihr ausrichten, sie möge nicht warten. Es könne spät werden. Die Nachricht irritierte sie zunächst. Aber wahrscheinlich hatte Katja sich mit ihrem Bruder verabredet. Die Suche nach André hatte für Adrian eine unerwartete Wendung genommen. Nachdem er ihn telefonisch nicht erreicht hatte, war Adrian in der Hoffnung, er würde bei seiner schwäbischen Geliebten sein, zu Andrés alter Wohnung gefahren. Er fand zwar nicht André, wohl aber die Geliebte in völlig aufgelöstem Zustand vor. Von der zitternden Frau erfuhr er, dass André von seinem Balkon in der siebenten Etage gestürzt sei und sofort tot gewesen war. Mit vor Angst weit aufgerissenen Augen hatte sie ihn angestarrt und gestammelt: »Ich habe der Polizei erzählt, dass Sie bei mir gewesen sind, ihn gesucht haben und ich ihnen seine Adresse gegeben habe.« Dann war sie in einen hysterischen Weinkrampf ausgebrochen und hatte immer wieder geschrien: »Ich bin schuld. Ich bin schuld. Ich hätte Ihnen die Adresse nicht geben dürfen!«

Er begriff sofort, in welch prekärer Situation er sich befand. In diesem Moment klingelte es Sturm an der Wohnungstür. Adrian griff nach seiner Pistole und trat in den Korridor. Einen Augenblick später stand er den halbwüchsigen Kindern gegenüber, die erschrocken verharrten. Er steckte mit den Worten: »Ich dachte, das ist ein Überfall«, lachend seine Pistole weg und rief ins Wohnzimmer: »Alles in Ordnung, keine Gefahr. Ich bin dann mal weg.« Den Kindern klopfte er zum Abschied auf die Schultern und verließ die Wohnung. Er eilte das Treppenhaus hinunter, war froh, dass er niemandem begegnete. Als er die Straße überquert hatte, schaute Adrian nach oben. Hinter der Scheibe war keiner zu sehen. Am Senefelder Platz stieg er in die U-Bahn. Die Gedanken in seinem Kopf spielten verrückt. Hatte der Mord an André etwas mit ihnen zu tun? Das schloss er aus. Wenn dem so wäre, dann wäre ihr ganzer Plan aufgeflogen. Hatte man ihn verfolgt? Hatte André über ihn berichtet? Warum sollte man ihn dann umbringen? Andrés plötzlicher Reichtum musste jemandem aufmerksam gemacht haben. Oder hatte die Schwäbin ihn auffliegen lassen? Irgendetwas erschien ihm unlogisch zu sein. Maier nahm an, Jack habe das Geld Maria vermacht und sie sei der Schlüssel, es zurückzubekommen. Wieso ließe er dann André umbringen? Das ergab keinen Sinn. Gut, er war ein Verräter. Aber Adrian war sich sicher, dass Maier keinen Mordbefehl gegeben hatte. Der war ein Rechner, frei von Emotionen. Ein Gedanke durchfuhr ihn wie ein Blitz. Hatte man diesen Mord begangen, um ihn, Adrian, auszuschalten? Wenn dem so wäre, würde man ihn verfolgen. Er ging die Friedrichstraße entlang und versuchte nicht zu hasten. Unter den Linden setzte er sich an ein Fenster des Café Einstein. Von hier aus konnte er die Straße überblicken. Er musterte die Eintretenden genau. Nachdem er dort eine halbe Stunde gegessen hatte, war er sich sicher, dass niemand ihn verfolgen würde. Doch eines war ihm klar geworden: Er war verbrannt. Und musste untertauchen. In seine kleine Pension wollte er nicht zurückkehren. Wie immer hatte er alles bei sich, was auf seine Person hinweisen könnte. Adrian rief seine Schwester an und wartete im Monbijoupark auf sie. Es hatte angefangen zu regnen. Bei dem Wetter gab es nur vereinzelte Jogger, in diesem Park in der Mitte Berlins. Er sah Katja schon von Weitem, als sie mit ihrem Regenschirm von der Oranienburger Straße in den Park einbog. Auch sie musste ihn schon früh bemerkt haben.

»Du glaubst, dass es kein Selbstmord war?«, war Katjas erste Frage, nachdem sie sich neben ihn auf die Bank am Spreeufer gesetzt hatte. Er schüttelte den Kopf. »André war gut drauf und schlitzohrig wie immer. Die müssen ihn überwacht haben. Ich war verdammt unvorsichtig. Das hätte nicht passieren dürfen.«

»Wer hat ihn vom Balkon gestürzt?«

»Die, die unseren Vater in die Luft gejagt haben.«

»Sind das die Leute, die euren Job für Maier übernommen haben?«

»Die Libanesen. Es sieht so aus. Ich glaube aber nicht, dass Maier sie geschickt hat. Das ist nicht seine Handschrift.«

»Wer denn sonst?«

»Das ist die Frage. Ich muss nach Hause zurück. Wir müssen wissen, wer jetzt das Sagen hat und vor allem, was er vorhat.«

»Und was wird mit uns?«

»Ihr macht weiter bis auf Widerruf. Die Wohnung vergessen wir. Ihr wisst nichts davon. Verstanden?«

»Adrian nicht in dem Ton.«

Darauf reagierte er nicht und fuhr nachdenklich fort: »Ich hoffe, dass man uns nie zusammen gesehen hat. Das wäre eine Katastrophe, Katja.«

Sie versuchte ihren Bruder zu beruhigen. »Ich bin davon überzeugt, dass uns keiner gesehen hat. Aber was erzähle ich Maria?«

»Die Wahrheit.«

Die Frau an der Rezeption winkte Katja lachend zu, als sie das Hotel betrat und rief: »Sie konnten zusammen nicht kommen, das Wasser war viel zu tief« und reichte ihr einen Brief.

»Kind gesund, Mutter muss ruhiger werden. Brit hat mich zum Abendessen eingeladen. Es gibt viel zu bereden. Warte nicht. Grüße Maria.«

Katja konnte nicht einschlafen. Sie schaltete den Fernseher an, zappte sich durch die Programme, um auf andere Gedanken zu kommen und blieb bei den letzten Nachrichten des Tages hängen. Bei dem Bericht über einen neuen Haar- und Barterlass für Soldaten der Bundeswehr musste sie schmunzeln. Den Soldaten wurde erlaubt, ihr Haar länger wachsen zu lassen. Die nächste Nachricht weckte ihr Interesse. Eine Frau, Janet Jellen, war als Präsidentin der Federal Reserve vereidigt worden. Als sie darüber nachdachte, ob sie das gut oder schlecht fände, kam Maria heiter durch die Tür und Katja schaltete den Fernseher aus.

Maria begrüßte sie mit den Worten: »Was gibt's Neues?«

»Das frage ich dich. Schließlich warst du beim Arzt.«

»Entschuldige, dass ich dich nicht mitgenommen habe. Aber ich hätte es blöd gefunden, wenn wir zu dritt dort aufgetaucht wären.«

»Verstehe ich.«

»Ich solle runterkommen, behauptete Frau Doktor. Spazieren gehen, frische Luft täten mir gut. Und wenn es mir gut ginge, ginge es auch dem Kind gut. Das war alles.« Mit diesen Worten verschwand sie im Badezimmer und Katja hörte, wie sie sich die Zähne putzte und rief: »Katzenwäsche muss heute genügen.«

Augenblicke später kam sie zurück, verschwand unter ihrer Bettdecke und nuschelte: »Bin hundemüde. Gute Nacht.« Katja beneidete sie, als sie ihren gleichmäßigen Atem hörte. Maria war von einem Moment zum anderen eingeschlafen.

Am nächsten Morgen zögerte Katja, Maria von den Ereignissen des letzten Tages zu berichten. Sie solle Maria die Wahrheit erzählen, hatte ihr Bruder ihr geraten. Doch wie würde Maria in ihrem Zustand wohl darauf reagieren?

»Was hast du?«, fragte Maria, als sie am Frühstücksbuffet neben ihr in der Reihe stand.

»Schlecht geschlafen«, antwortete Katja wortkarg.

Nach dem sie das Hotel verlassen hatten und sich auf den Weg zur Stasiunterlagenbehörde machten, die nur einige Schritte weit entfernt war, drängte Maria: »Du hast doch irgendetwas. Bist du noch sauer, dass ich gestern allein losgezogen bin?«

»Lass uns ein Stück gehen«, forderte Katja sie auf und machte Anstalten, in Richtung Alexanderplatz zu gehen.

»Die Stasibehörde ist dort«, rief Maria und zeigte in die entgegengesetzte Richtung.

»Ich weiß«, bekam sie zur Antwort und es blieb ihr nichts anderes übrig, Katja zu folgen.

Auf dem weiten Rund des Platzes waren kaum Menschen zu sehen. Nur an der Haltestelle der Straßenbahn drängten sich einige Leute. Die Mitarbeiter der Stadtreinigung leerten die Papierkörbe. Ein leichter Wind trieb vereinzelt Papierfetzten vor sich her. Bauarbeiter waren dabei, ein Karussell aufzubauen. Zu Marias Überraschung hakte Katja sie unter, als sie auf gleicher Höhe angekommen war und ging mit ihr weiter. Die beiden erweckten den Eindruck, als ob zwei alte Freundinnen dabei waren, ihre Sorgen zu teilen. In knappen Worten erzählte Katja von Andrés Tod und dem Verschwinden von Adrian. Mit einem heftigen Ruck befreite sich Maria aus Katjas Arm und schrie: »Und was soll nun mit mir werden?«

»Wir«, das Wort betonte Katja besonders und wiederholte es eindringlich, »wir machen weiter wie geplant.«

Entgeistert sah Maria sie an: »Wie soll das gehen?«

»Wir können davon ausgehen, dass es zwischen uns und Adrian keine Gemeinsamkeiten gibt. Keiner wird darauf kommen, dass wir zusammengehören.«

»Das glaubst du doch selbst nicht«, entgegnete Maria müde.

»Doch«, antwortete ihr Katja und hakte sie wieder unter. Maria ließ es geschehen und sie machten sich auf den Weg zur Stasiunterlagenbehörde.

In der Behörde empfing sie Herr Harland, ein großer, dicklicher Mann mittleren Alters, mit einer schwarzen Hornbrille. Er teilte ihnen freundlich mit, dass ihr Ansinnen positiv beschieden worden sei, zeigte ihnen, wo man einen Kaffee trinken könne und ging dann mit den beiden in sein Büro, wo er ihnen alle weiteren Schritte erklärte. Er schien erfreut, dass er ihnen schon heute eine große Anzahl von Akten präsentieren könne, die ihr Thema betrafen. Grund für diese Schnelligkeit, sei ein Autor, der über ein ähnliches Thema der RAF recherchieren würde.

In einem kleinen Lesesaal, in dem sich neben ihnen noch fünf weitere Personen dem Aktenstudium widmeten, stellte er sie einer Dame vor, die dort die Aufsicht hatte. Strahlend schob Harland ein rollendes Regal zu dem Tisch, der ihnen zugewiesen worden war. Das Regal war bis zum Rand mit Ordnern gefüllt. Katja nahm sich zwei davon und setzte sich. Maria blieb stehen und rührte nichts an.

»Brauchen Sie noch irgend etwas?«, wendete sich ihr Begleiter an sie. Sie schüttelte den Kopf. Katja sah sie fragend an.

»Fang du schon mal an. Ich muss nochmal los. Hab was vergessen«, Maria verließ eilig den Raum.

»Ich bin gleich wieder da«, sagte Katja zu dem überraschten Harland und folgte Maria. An der Rezeption holte sie sie ein, als diese gerade dabei war, den Passierschein gegen ihren Pass einzutauschen.

»Gehst du?«

Ohne zu antworten, ging Maria zum Ausgang. Auch Katja ließ sich ihren Pass geben und wandte sich an den Mitarbeiter hinter dem Tresen: »Bitte richten Sie Herrn Harland aus, dass wir morgen früh wieder da sind.«

Katja holte Maria am Fußgängerübergang ein, als die Ampel auf Grün schaltete und Maria, ohne auf sie zu achten, die Straße überquerte. Auf der anderen Straßenseite blieb sie wie angewurzelt stehen und schien etwas sagen zu wollen. Katja wartete und wich dem Menschenstrom aus, der nach ihnen die Straße passiert hatte. Als die Ampel auf Rot schaltete und die Autos sich wieder dröhnend in Bewegung setzten, sah Maria Katja mit weit aufgerissenen Augen an und fragte: »Warum haben sie André umgebracht?«

»Er hat von Jack Geld bekommen und Wohnungen gekauft. Der war völlig naiv. Der hat sich sein eigenes Grab geschaufelt«, antwortete Katja.

»Dieses Geld, ich wollte es nie haben.«

»Jetzt fang nicht wieder damit an. Wir werden es hinter uns bringen.«

»Wir sind die Nächsten.«

»Du hast Angst?«

»Ja, ich habe Angst«, antwortete Maria.

Die Ampel schaltete auf Grün. Der Strom der Autos war verebbt und es herrschte Ruhe auf der Straße.

»Du hast eine Depression. Sowas kommt bei Schwangeren vor.«

Maria trat von der Straßenkante zurück und ließ die Fußgänger passieren, die die Straßenseite wechselten. Langsam gingen sie an der Häuserzeile entlang, an deren Ende die Filiale der Deutschen Bank lag.

»Als wir vor diesem Berg Akten standen, fragte ich mich: Was habe ich damit zu tun? Herrhausen, ich bin ihm nie begegnet.«

»Stimmt«, bestätigte Katja, »ich auch nicht. Du glaubst aber, dass die, die den Mord angeordnet haben, auch Jack auf dem Gewissen haben. Und ich bin überzeugt, dass die meinen Vater umbringen wollten. Also haben wir sehr wohl etwas mit ihm zu tun!«

Katja kramte in ihrer Jackentasche und hielt Maria den Zettel hin, den ihr Bruder ihr bei ihrem letzten Treffen gegeben hatte.

»Das ist die Kontonummer meines Vaters.«

Maria ging weiter, ohne einen Blick darauf zu werfen.

»Das sollten wir zu Ende bringen«, forderte Katja sie auf und setzte hinzu: »Genauso wie unseren Film. Für mich ist das eine Chance. Ich will von dir was lernen.«

Maria blieb stehen und lächelte: »Da hast du dir ja was vorgenommen.«

»Habe ich.«

Maria streckte ihr die flache Hand entgegen und Katja gab ihr die Kontonummer.

Nach einem langen Spaziergang telefonierte Maria mit ihrem Banker. Er lud sie in sein Haus nach Köpenick am Nachmittag des kommenden Tages ein.

Mit finsterer Miene empfing sie Herr Harland, als sie am nächsten Morgen wieder in der Stasiunterlagenbehörde erschienen.

»Wir sind hier eine durchorganisierte Institution. Die Termine, die ich Ihnen gebe, bedeuten, ich blockiere Plätze, die andere nicht nutzen können. Ich musste also anderen absagen, damit Sie mich wie einen dummen Jungen stehen lassen.«

»Meine Kollegin ist schwanger. Wir konnten nicht ahnen, dass es gestern Komplikationen geben würde«, log Katja. Ihr Gegenüber nahm seine schwarze Hornbrille ab und wischte irritiert mit einem Taschentuch die Gläser blank. Schweigend warteten Katja und Maria, bis die Hornbrille wieder auf seiner Nase saß und er stammelte: »Das konnte ich doch nicht wissen. Entschuldigen Sie. Das tut mir leid. Ich werde sehen, was ich tun kann.« Harland verschwand.

Eine halbe Stunde später bekamen sie einen Tisch im Lesesaal zugewiesen. Harland rollte ihnen wieder das Regal heran und erklärte: »Sie werden in den Akten auch Karteikarten finden, die die Stasi für Zielpersonen angelegt hat. Auf den Karten stehen Nummern, die auf weitere Akten verweisen. Sollten Sie sich dafür interessieren, notieren Sie diese und kommen damit zu mir. Der Tisch ist für Sie bis 14 Uhr reserviert.«

Harland verabschiedete sich mit einem freundlichen Nicken. Sie sahen sich an und begriffen in diesem Moment, dass sie sich noch keine Gedanken darüber gemacht hatten, wie sie zu zweit diesen Aktenberg bewältigen wollten. Wer tut was und wonach suchten sie konkret?

»Fangen wir einfach mal an. Mal sehen wie das Ganze aufbereitet ist«, flüsterte Katja, um die anderen im Raum nicht zu stören.

Maria griff nach dem ersten Ordner. Katja nahm den nächsten. Nach einer Stunde hatten sie die zwei obersten Reihen durchgesehen und Maria stieß Katja an: »Lass uns einen Kaffee trinken.«

Der Fahrstuhl brachte sie ins Erdgeschoss. Sie setzten sich mit ihrem Kaffee in den kleinen Aufenthaltsraum.

»Ich habe mir einige Stellen markiert, die ich kopieren würde.«

»Maria, wir müssen uns gegenseitig vertrauen, sonst lesen wir das alles doppelt.«

»Davon gehe ich aus.«

Katja sah sie fragend an. »Wovon?«

»Vertrauen.«

»Gut, dann kopiert jede ihre Entdeckungen und gibt sie dann der anderen.«

»Reden können wir im Hotel«, schlug Maria vor.

Beide hoben mit einem Augenzwinkern den Daumen ihrer rechten Hand.

Kurz vor vierzehn Uhr erschien Harland wieder im Lesesaal und bat sie, ihre Arbeit zu beenden. Darüber waren Maria und Katja nicht traurig. Das Durchsehen von Aktenstapeln waren sie nicht gewohnt und ihr Hunger meldete sich bei beiden.

»Ich mache Ihnen einen Vorschlag. Unsere erste Begegnung gestern ist etwas unglücklich verlaufen. Normalerweise dauert das Erstellen der Kopien einige Zeit. Ich mache eine Ausnahme. Sie können die Kopien heute siebzehn Uhr bei mir im Büro abholen. Bringen Sie Geld mit.« Harland strahlte sie an. Sie lächelten freundlich zurück und Katja fragte: »Wäre es möglich, für morgen einen Tisch zu reservieren?«

Er nickte: »Das ist möglich.«

Wie verabredet, klopften sie pünktlich um siebzehn Uhr an seine Bürotür und erhielten die Kopien.

Nun saßen sie in ihrem Hotelzimmer und werteten sie aus.

MFS 336
11. JAN. 1990 HA/KD XVIII/1
Am 30.11.1989 haben wir mit dem Kommando Wolfgang Beer den Chef der Deutschen Bank, Alfred Herrhausen hingerichtet. Mit

einer selbstgebauten Hohlladungsmine haben wir seinen gepanzerten Mercedes gesprengt.

Durch die Geschichte der Deutschen Bank zieht sich die Blutspur zweier Weltkriege und millionenfacher Ausbeutung, und in dieser Kontinuität regierte Herrhausen an der Spitze dieses Machtzentrums der deutschen Wirtschaft, er war der wichtigste Wirtschaftsführer Europas.

Das Wort »selbstgebauten« war zweimal von Hand unterstrichen worden und am Ende der Zeile stand ein Fragezeichen.

»Das habe ich anzubieten. Der Text stammt aus dem Bekennerschreiben der RAF und einer der Mitarbeiter der Stasi muss angezweifelt haben, dass die Bombe von denen selbst gebaut worden war. Hier unten auf der Seite stehen die Nummern. *XVIII 000363, 000372, 000381.*«

»Maria, Du hast schon am ersten Tag einen Volltreffer gelandet. Wenn ich mich nicht irre, hat Jack in seinen Recherchen geschrieben: Art der Bombe kann zu Täter führen.«

Man sah Maria die Freude an, als sie sagte: »Hat er.«

Katja schob ihr eine von ihren kopierten Seiten hin.

MFS 336 21. JAN 1986 TgB Nr. 2031/86 HA KD XVIII/1
Unser F10 F525207 vom 17.12.85
Die überprüfte Person Herrhausen, Alfred ist für ihre Diensteinheit erfasst.

Sie ist in einem Objekt, das durch unsere DE bearbeitet wird, tätig. Kann Ihre Erfassung zu Gunsten unseres DE gelöscht und zur Person sowie eventuelle Verbindungen in die DDR vorliegendes Material übergeben werden?
Oberst Erhard.

Katja beugte sich über den Tisch und kreuzte ihre Arme.

»Ich gebe zu, das ist nicht der Knaller, aber es zeigt, dass die Stasi eine Akte zu Herrhausen hatte. Und ich wette, da gibt es noch vieles zu entdecken. Hier stehen Nummern wie bei dir, damit werden wir zu unserem Harland gehen und um Hilfe bitten. Das hat er ja angeboten.«

»Vorschlag, ich mache morgen das Interview mit meinem Banker in Köpenick und du gehst Harland auf die Nerven.«

Katja sah Maria skeptisch an. »Du gehst allein?«

»Habe ich früher schon gemacht. Oder hast du wegen des Geldes Probleme?«

»Wir sollten damit aufhören. Das haben wir nicht nötig. Mir ging es einzig und allein um die Kamera.«

»Entschuldige. Das war dumm von mir.«

Katja schob Maria eine zweite Seite hin und erklärte: »Das hat vielleicht gar nichts mit unserem Film zu tun. Mich wundert nur, dass unser Vorgänger sich auch dafür interessiert hat.«

»Du meinst den, der vor uns zur RAF recherchierte und die Akten zusammengestellt hat?«

»Genau den.«

Quelle: »Die Weltbühne« v. 27.6.1972
Abgelegt unter REF,
zur Person je unter 4.3.
Aus Artikel von Julius Mader
»Washingtoner Olympia-Kämpfer«
Walters, Vernon A., Generalmajor CIA-Vizedirektor.

Das Vorbereiten und Koordinieren der mit erheblichem Dollaraufwand gestarteten Aktion O (O = Abkürzung für Olympiade) wurde in Washington in die Hände eines erfahreneren CIA Top-Men gelegt.

Der neuernannte 55-jährige CIA-Vizedirektor General Walters soll seine Großmeisterprüfung in Subversion absolvieren. Er gilt als bewährter Europaexperte.

Bis Anfang 1972 hatte General V. A. Walters unter dem Tarnmantel des US-Militärattachés in Paris den im Pentagon als unzuverlässig geltenden Nato-Partner Frankreich zu »observieren«.

Walters war in geheimer Mission in Brasilien und Italien und kann den – für CIA-Exekutivchefs seit Jahren obligaten – Südvietnameinsatz nachweisen. Zudem beherrscht Walters außer der Muttersprache virtuos Deutsch, Französisch, Holländisch, Italienisch, Portu-

giesisch, Russisch und Spanisch; er diente den Präsidenten Truman, Eisenhower und Nixon als Dolmetscher. Die New York Times bestätigt Walters zwanzigjährige persönliche Verbindung zu Präsident Nixon.

Die Fäden der subversiven Tätigkeit allerdings dürften in der Münchner McGraw-Kaserne zusammenlaufen, denn ihr Gebiet ist auf Grund des Truppenvertrages für jeden unerwünschten Ausländer tabu.

»Passt schon zusammen. Walters war in Deutschland USA-Botschafter als Herrhausen starb«, konstatierte Maria, als sie Katjas Seite gelesen hatte.

Dass Maier schon die erste Anhörung vor der Untersuchungskommission des Kongresses hinter sich gebracht hatte, erfuhr seine Sekretärin von dessen Leibwächter. Silvia hatte ihn gebeten, sie auf dem Laufenden zu halten. Das Verhalten von Maier verletzte sie einerseits, andererseits war sie stolz, dass die Mitarbeiter ihres Chefs sie nicht nur respektierten, sondern ihren Anweisungen folgten. Die Aktion »André« hatte das libanesische Einsatzteam erledigt, ohne Spuren zu hinterlassen. Und es gelang sogar, den Mann zu belasten, der bei der Liquidierung Bayards untergetaucht war. Silvia war entschlossen, solange Maier im Amt war, sein Werk zu schützen und zu erhalten. Sie ahnte, dass es nicht mehr lange dauern würde. Doch die noch verbleibende Zeit wollte sie nutzen, um das Gesicht ihres Chefs zu wahren.

Vom Leibwächter Maiers erfuhr sie, ihr Chef habe bei der Anhörung versucht, der Kommission darzulegen, dass er genau im Sinne des verstorbenen Generals Walters, der ihn berufen hatte, zu handeln.

»Dieses wunderbare Land werde ich schützen, solange mein Herz schlägt«, soll er gesagt haben.

Man hatte ihn darauf aufmerksam gemacht, dass es in der Anhörung nicht um General Walters ginge, sondern um seine gesetzeswidrigen Handlungen, die gegen die Grundsätze der Verfassung der Vereinigte Staaten verstießen. Sie unterstellten ihm, er habe Folter möglich gemacht und organisiert, die amerikanische Soldaten an

Gefangenen begangen hatten. An dieser Stelle war er ausgerastet und hatte geschrien: »Es handelt sich um verdammte Terroristen, die tausende Amerikaner auf dem Gewissen haben! Wollen wir das verhindern oder sie gewähren lassen?« Darauf hatte er keine Antwort bekommen. Stattdessen hatte man ihn beschuldigt, er habe Spendengelder unterschlagen. Nach Kenntnis der Kommission würde es sich um einen Betrag von zirka zwanzig Millionen handeln.

»Es war ein Desaster«, schloss der Leibwächter seinen Bericht ab und meinte: »Wir sollten uns einen neuen Job suchen.«

»Diese Yuppies wollen sich reinwaschen. In der Kommission sitzt einer aus dem Vorstand der Firma.«

Der Leibwächter tröstete sie: »Das ist das Spiel.«

»Wie geht es ihm?«

»Ich glaube, er trinkt wieder.«

»Glauben Sie es oder wissen Sie es?«

»Er trinkt«, antwortete der Leibwächter.

Beide hatten gut geschlafen. Um sieben Uhr dreißig weckte sie die Sonne, die über Berlin aufgegangen war und durch die großen Fenster schien.

»Danke«, lachte Maria. »Wir hätten glattweg verschlafen.«

»Ich wollte noch gestern Nacht die Vorhänge zuziehen und hab es vergessen«, Katja streckte sich und gähnte laut. Sie frühstückten im Hotel, danach trennten sich ihre Wege. Katja ging zu Fuß zur Stasibehörde. Maria packte die Kamerautensilien zusammen und stieg am Alexanderplatz in die S-Bahn Richtung Erkner. Sie wollte die Stadt erleben, die sie bei ihrem ersten Film liebgewonnen hatte. Als sie in Köpenick ausstieg und ihr Gepäck zum Bus schleppen musste, bereute sie, kein Taxi genommen zu haben und dachte bei sich: »Ich bin bescheuert.« Maria war so in Gedanken, dass sie beinahe die Haltestelle Anemonenstraße verpasst hätte. Sie landete in einer Siedlung von Einfamilienhäusern, die man augenscheinlich mitten in ein Waldstück gesetzt hatte.

Allen Straßen hatte man Blumennamen gegeben. Sie fragte sich nach der Azaleenstraße durch und stand endlich vor einem Einfamilienhaus, in dem ihr Banker bescheiden residierte. Er saß im

Mantel vor dem Haus, hatte die Augen geschlossen und genoss die Sonnenstrahlen.

»Guten Tag, Herr Dr. Wendland.«

Der Mann schreckte auf und war offensichtlich verwundert, dass sie vor seinem Tor stand.

»Komme ich ungelegen?«

»Sind Sie mit den Öffentlichen gekommen?«

»Bin ich.«

Er kam auf sie zu, wollte ihr die Taschen abnehmen.

»Lassen Sie, die paar Meter schaffe ich allein. Drinnen oder draußen?«

»Draußen ist es noch etwas frisch, denke ich«, antwortete er, ging voran, um die Haustür zu öffnen. Maria folgte ihm. Er lief zurück und schloss das Gartentor, das Maria offengelassen hatte.

»Entschuldigung«, rief sie ihm nach.

»Kein Problem«, bekam sie zur Antwort.

Sie gingen ins Haus. Im Wohnzimmer war der Kaffeetisch gedeckt. Quarkkuchen und Kaffee in einer Thermoskanne standen auf dem Tisch. Maria baute zunächst die Kamera auf, schaute prüfend durch den Sucher und stellte fest, dass ein riesiger Blumenstrauß hinter Wendlands Kopf das Bild störte.

»Den habe ich von meiner Sekretärin. Gestern war mein letzter Arbeitstag. Sie interviewen einen Pensionär.« Er zuckte traurig mit den Schultern und stellte die Blumen auf den Boden. Dann setzte er sich wieder.

Marias Frage: »Wie haben sie Herrhausen kennengelernt?«

»Er spielte in der Eishockeymannschaft von Schwarz-Weiß Essen und ich als Student beim BSC Preussen in Berlin.«

Verblüfft sah sie ihn an.

»Wer hat gewonnen?«

»Niemand. Wir haben nie gegeneinander gespielt, aber wir verstanden etwas von Hockey. Im Winter 1977 besuchte ich meine Schwiegereltern in Essen und da spielten die Schwarz-Weißen. Ich ging hin und saß plötzlich neben einem Vorstandsmitglied der Deutschen Bank, also einem hohen Vorgesetzten. Ich muss ihn so dämlich angesehen haben, dass er fragte: ›Ist was?‹ – So kamen wir ins Gespräch.«

Maria lachte auf. »Unglaublich!« Was sie dann jedoch von Dr. Wendland zu hören bekam, übertraf die Geschichte seiner ersten Begegnung mit Herrhausen bei weitem.

Zwischen dem Privat Banking Berater aus Berlin und seinem Vorstandschef aus Frankfurt entwickelte sich so etwas wie eine Freundschaft, von der nur wenige wussten.

»Er nannte mich die Stimme des Volkes und er glaubte mir, den Eindruck hatte ich. Wir redeten Tacheles. Waren nicht immer einer Meinung. Wir stritten uns, doch nichts brachte uns auseinander, bis zu seinem Tode nicht«, erzählte er Maria und sie merkte, dass dieser Tod, der über fünfzehn Jahre zurücklag, ihn noch immer bedrückte. Sie befragte ihn nach der RAF und bekam nur ein zynisches Lachen zur Antwort.

»Ich kann dieser Lüge nichts abgewinnen. Schauen sie mal: Er hatte eines der bestgepanzerten Autos der Republik. Eine kleine Schwachstelle hatte das Ding. Er bestand auf frischer Luft. Man baute ihm in der Hintertür ein Fenster ein, das er öffnen konnte. So war er.«

Dr. Wendland sah sie an und goss Kaffee ein. Maria verstand nicht, warum er ihr das erzählte. Doch bevor sie eine Frage formulieren konnte, sprach er weiter.

»Das Glas war top, nur dort wo man die Mechanik eingebaut hatte, war eine Schwachstelle der Panzerung. Die Attentäter wussten das.«

Wieder machte er eine Pause, trank einen Schluck und beugte sich zu ihr, so, als ob er ihr ein Geheimnis anvertrauen wolle. »Ich habe es ihnen nicht gesteckt. Das ist das eine. Das andere ist: Wenn die Mörder die Schwachstelle kannten, brauchten sie eine Anlage, die genau die Schwachstelle traf, als der Wagen vorbeifuhr. Es ging um den Bruchteil einer Sekunde. Dazu gehört Knowhow.«

Er lehnte sich zurück und faltete seine Hände.

»Sie meinen, die RAF konnte so etwas nicht bauen?«, fragte ihn Maria.

»Wissen Sie, dass acht Tage vor dem Mord mit der baugleichen Waffe in Beirut der libanesische Präsident Moawad umgebracht wurde. Dazu gab es kein Bekennerschreiben der RAF. Das war sehr nachlässig von der Truppe.« Er lächelte hintergründig.

»Herrhausen wollte die Entschuldung der Entwicklungsländer, gegen den Willen der USA und Moawad wollte mit den Syrern Frieden schließen. Das wiederum wollten die Amerikaner nicht, weil die Syrer mit den Russen kungelten. Das war nicht in ihrem Interesse. Da muss man kein Banker sein, um eins und eins zusammen-zuzählen.«

Nach einer kurzen Verschnaufpause, in der sie den Quarkkuchen probierten, erzählte Wendland, wer nach dem Mord der Chef der Bank wurde.

»Dieser Mann hatte nichts Wichtigeres zu tun, als die Entschuldungsdebatte unter den Tisch zu kehren. Nicht nur das hat er getan. Es schien ihm recht zu sein, dass seine Entscheidungen sehr deutlich den Eindruck vermittelten, die Visionen seines Vorgängers seien ihm fremd.«

Es fiel Maria schwer, nach diesem intensiven Interview über ihre Geldanlagen zu sprechen. Doch es blieb ihr nichts anderes übrig. Sie erzählte Dr. Wendland, dass einer ihrer Lieblingsonkel in New York das Familienvermögen verwalten würde. Der hätte sich bereiterklärt, auch ihr Geld in sein Portfolio zu übernehmen.

»Sie haben mir vorgestern gesagt, Sie gingen in Rente. Ich bin mit Ihrer Arbeit sehr zufrieden. Können Sie meine Anlagen auflösen und das Geld meinem Onkel überweisen?« Wendland freute sich sichtlich, ihr behilflich sein zu können.

»Ich kann ich für Sie noch etwas tun, nicht mehr lange. Ich bereite alles vor. Sie müssen dann nur noch unterschreiben.«

Nach einem kurzen Zögern zog Maria einen Zettel aus der Tasche.

»Hier sind alle Daten und meine aktuelle Telefonnummer.«

»Ich ruf Sie an.«

Als sie sich verabschiedeten, bat sie ihn, seine Frau zu grüßen und Dank für den wunderbaren Kuchen auszurichten. »Sie ist leider schon vor zehn Jahren verstorben«, Wendland lächelte traurig und wünschte ihr gutes Gelingen. Für den Rückweg hatte sie ein Taxi geordert. Als Maria in den Wagen einstieg und Wendland dort am Zaun stehen sah, fühlte sie sich elend.

»Warum habe ich diesen ehrlichen Mann belogen? Warum habe ich ihm nicht von Jack erzählt? Sind wir nicht alle gefangen in dieser verlogenen Welt?« Dieser Gedanke und das Gefühl der Scham ließen sie nicht los.

Katja wartete im Hotel auf Maria und bat, sie möge ihren Mantel anbehalten und mit ihr einige Schritte gehen. Ihr Blick signalisierte Maria, dass etwas Wichtiges passiert sein musste. Beim Spaziergang berichtete Katja vom Auftritt Maiers vor der Kommission in Washington. Ihr Vater würde sich ernste Sorgen machen. Er war sich nicht sicher, wer in Maiers Firma im Moment das Sagen habe. Alles deutete darauf hin, dass Maier sich immer mehr zurückziehen würde und ein neuer Chef noch nicht etabliert worden sei. Nach Sörensons Informationen schien Maiers Sekretärin derweil das Zepter zu schwingen. Diese Frau sei unberechenbar. Die noch vorhandenen Einsatzkräfte würden ihr folgen, weil sie gut zahlt. Der Mord in Berlin ginge auf ihr Konto.

»Hast du mit deinem Vater telefoniert?«

Katja schüttelte den Kopf.

»Adrian hat mit ihm gesprochen.«

»Er ist noch hier?«

»Ja. Und er wird auch auf uns aufpassen.«

»Das ist nicht dein Ernst.«

»Doch und vielleicht ist es besser so. Konntest du die Bankangelegenheiten erledigen?«

Maria überging die Frage und erzählte von ihrem Interview. Es sei sehr aufschlussreich gewesen.

»Das Geld?«, insistierte Katja.

»Alles wird zeitnah geschehen, wie besprochen«, antwortete Maria ruhig, um dann zu fragen: »Wie gefährlich leben wir?«

»Wenn mein Vater soviel weiß, heißt das, er hat eine Quelle und wird uns warnen, wenn es zu heiß für uns wird. Ich gehe davon aus, dass mein perfekter Bruder, einen Plan hat, was dann zu tun ist.«

Nachdenklich ging Maria neben ihr her. Der Himmel sah nach Regen aus.

»Dein Interview ist gut gelaufen?«

Katjas Frage riss sie aus ihren Gedanken. »Ich hoffe, du hast recht.«

Maria blieb stehen. Vereinzelte Regentropfen fielen zu Boden. Sie streckte ihre Hand aus und fühlte die Tropfen. »Mein Kind wächst. Ich spüre das. Wissenschaftler behaupten, sie können schon hören.«

Katja legte ihr die Hand auf die Schulter und sie gingen weiter. »Musik können sie hören, sagt man. Aber welche Sprache sprechen sie?«

»Keine Ahnung«, antwortete Maria und fuhr fort: »Das Interview war sehr gut. Er war ehrlich. Du wirst es nicht glauben, er war mit Herrhausen befreundet. Schau es dir heute Abend an. Seine Informationen bringen uns weiter. Und du, was hast du gefunden?«

»Ich habe, wie besprochen, Harland gebeten, die Akten herauszusuchen, die mit Nummern auf den Karteikarten vermerkt waren.«

»Ich bin gespannt.«

Katja verdrehte die Augen.

»Fehlanzeige. Maria, es war ernüchternd. Zum Beispiel das Thema Vernon Walters, du erinnerst dich, CIA General und Botschafter in Bonn. Harland hat mich nur kopfschüttelnd angesehen und behauptet, die Akten seien nicht zurückgekommen.«

»Woher denn *zurückgekommen*?«

»Aus unserer schönen Heimat.« Katja sah sie vieldeutig an und ergänzte: »Aus dem CIA-Archiv.«

»Bitte?« Maria konnte nicht glauben, was Katja ihr erzählte. »Der war nur zu faul, danach zu suchen.«

»Das habe ich auch erst gedacht. Ich glaube, unser Harland hat sich sehr weit aus dem Fenster gelehnt und die Wahrheit gesagt.«

»Das ist ein Ding. Die Leute hier glauben, sie haben Einsicht in die Stasi-Akten bekommen. Dafür hat man hier sogar eine Behörde geschaffen. Sie bekommen aber nur das zu sehen, was wir Amis wollen.«

»So ist es. Da hätten wir auch zu Hause bleiben können«, bestätigte Katja.

»Katja, das ist keine Fehlanzeige. Das ist der Knaller. Das ist großartig.«

Überrascht von Marias euphorischem Ausbruch, war Katja stehen geblieben. Maria nahm sie in die Arme und lachte: »Das bringt uns weiter! Danke.«

Ermutigt von Marias Begeisterung kramte Katja im Hotel verschiedene Kopien aus ihrer Tasche. »Ich habe noch Anderes gefunden. Vielleicht kannst du damit auch was anfangen. Über Herrhausen gibt es eine Menge wertloser Karteikarten, die auf etwas verweisen, was es nicht gibt.«

Maria sah sich die Kopien an.

HA/abt. XVIII/1 Berlin 10.3.86 Mitarbeiter Müller
Hauptabteilung VI Abteilung Recherche.
Auskunftsersuchen zur Person Herrhausen, Alfred
PKZ 300130
Staatsangehörigkeit BRD
Wohnort 4600 Dortmund

»Davon gibt es eine ganze Menge. Nur keine Auskunft. Kein Hinweis, wer was wissen wollte. Das kannst du wahrscheinlich alles in die Tonne werfen. Etwas Interessantes habe ich aber doch noch.«

Katja strahlte Maria an. »Am 1.12.1989 haben offensichtlich die hessischen Ermittler, Kontakt zur Volkspolizei in Thüringen aufgenommen und um Hilfe gebeten.«

Ungläubig nahm Maria ihr das Blatt aus der Hand und las die Information, die ein Agent der Stasi nach Berlin an die Zentrale geschickt hatte, um den Verrat der Thüringer zu melden. Dann wendete sie sich an Katja.

»Die Mauer war schon über drei Wochen offen. Das war ein Versuch der Hessen, mit der Zeit zu gehen. Der Stasimann hatte noch nicht bemerkt, was die Stunde, geschlagen hatte. Hast du was von deinem Vater gefunden?«

Katja zuckte bedauernd mit den Schultern. »Leider nein. Seine Informationen sind wahrscheinlich geschreddert worden.«

»Schade«, sagte Maria und konstatierte: »Die hessische Polizei steht auf unserer Liste. Die waren zuerst am Tatort. Und wie wir jetzt wissen, haben die schon gesamtdeutsch gedacht. Bad Homburg soll eine Kurstadt sein. Das hätten wir uns doch verdient.« Es war für beide ein erfolgreicher Tag gewesen, sie machten Pläne und Maria war froh, dass Katja sich nicht noch einmal nach dem Geld erkundigte, sondern ihr zu vertrauen schien.

Die Informationen über die Befragung ihres Chefs vor dem Ausschuss beunruhigten Silvia. Der Hinweis, Maier würde wieder trinken, ließen sie nicht mehr schlafen und sie machte sich auf den Weg nach Port Jefferson. Das Taxi hielt direkt vor dem Haus. Jener Leibwächter, der Silvia über Maiers Zustand in Kenntnis gesetzt hatte, empfing sie mit professioneller Distanz am Eingang. Maier saß in der Veranda und rauchte eine Zigarre. Auf dem kleinen Tisch neben ihm stand ein gefülltes Whiskyglas und unter dem Tisch war eine Flasche zu erahnen. Sie legte ab, der Leibwächter nahm ihren Mantel und verschwand. Ohne sich umzudrehen sagte ihr Chef: »Jeder ist sich selbst der Nächste. Oder?«

Silvia nahm auf dem Sessel neben ihm Platz, griff nach dem Glas und trank es leer.

Maier konnte nicht glauben, was er sah. »Sie haben nie getrunken. Zumindest habe ich es nie bemerkt.«

»Sie sind bei der gleichen Sorte geblieben«, entgegnete Silvia.

Er schüttelte schmunzelnd den Kopf und fragte: »Sie sind im Bilde?«

Sie schwieg. Genüsslich stieß er den Rauch aus und wies zur Tür.

»Hält er Sie auf dem Laufenden?«

»Ist das wichtig?«, fragte sie und lächelte ihn an.

»Hätte mich auch gewundert, wenn nicht. Warum haben Sie diesen André eliminieren lassen? Ich habe ihn gemocht. War ein Fehler. Die beiden Wohnungen sind Peanuts. Man hätte mit ihm reden müssen. Er hätte uns zum Geld geführt.«

»Er war ein Verräter«, verteidigte sich Silvia.

Wütend warf Maier die Zigarre zu Boden, sprang auf und schrie: »Ist doch scheißegal, was er war. Er hatte Informationen. Das haben Sie nicht bei mir gelernt, Sie dumme Pute. Verräter«, er lachte hysterisch. »Verräter können sehr hilfreich sein. Man muss nur wissen, wozu sie zu gebrauchen sind.« Er trat die noch glimmende Zigarre aus, blieb am Fenster stehen und starrte aufs Meer.

»Informationen hat der, der ihn besucht hat. Dieser Adrian gehörte zur Truppe von Bayard. Nach dessen Tod war er verschwunden.« Ohne Erregung reagierte Silvia auf den Ausbruch ihres Chefs.

»Und wo ist er jetzt?«, fragte dieser scharf, drehte sich mit einem Ruck um, kam zu ihr und beugte sich über sie: »Anstatt diesen Typen ausfindig zu machen, geben Sie Geld für meinen Bodyguard aus, damit er Ihnen berichtet, dass ich zu viel Whisky trinke. Lassen Sie diesen Typen ausfindig machen, koste es, was es wolle. Haben Sie mich verstanden?«

Wie ein Häuflein Unglück sah sie zu ihm auf. Er griff zur Flasche, goss Whisky in sein Glas und ließ sich wieder in seinen Sessel fallen. Nachdem er einen Schluck getrunken hatte, unterbrach er das betretene Schweigen. Er sprach ruhig, fast sanft, ohne sie anzusehen und wechselte zum Du.

»Silvia, ich brauche Dich, verdammt noch mal. Die wollen mich tatsächlich fertig machen. Ihr Hauptargument ist, dass ich korrupt sei. Die interessiert überhaupt nicht, was ich geleistet habe. Sie wollen mich hängen sehen und dann alles abhaken. Schluss, aus, es gab keine Folter, es gab keine Morde, die sie in Auftrag gegeben haben. Das alles ist nur einem korrupten Übereifrigen geschuldet.«

Seine Hand zitterte, als er das Glas austrank. Silvia bückte sich nach der ausgetretenen Zigarre und legte sie in den Aschenbecher. Ihre Blicke trafen sich. In diesem Moment waren sie sich so nahe, wie in guten Zeiten. Die *dumme Pute* war längst vergessen und sie duzte ihn auch.

»Du brauchst deine ganze Kraft, um denen zu zeigen, wer du bist. Versaufe nicht deinen Verstand. Bitte, bitte, bitte«, flehte sie. Er griff nach ihrer Hand.

»Silvia, ich vertraue dir. Finde diesen Mann, der bei André war. Er weiß, wo das Geld liegt. Ich werde es der Kommission vor die Füße werfen. Die sollen sich schämen, mit dieser Nummer dürfen die nicht durchkommen. Und wir brauchen ihn lebend!« Er sah sie durchdringend an. »Ich habe verstanden«, antwortete sie und fuhr fort: »Es gibt noch eine andere Baustelle. Maria und diese andere Frau sind in Berlin, machen Interviews, recherchieren in der Stasiunterlagenbehörde.« Maier fiel ihr ins Wort: »Lass sie von mir aus in Honolulu recherchieren. Die wissen genauso wenig wie wir. Die können uns nicht weiterhelfen. Der Film ist nicht von Interesse.« Silvia holte tief Luft und wollte widersprechen, doch ihr Chef fuhr ihr über den Mund: »Nicht von Interesse. Ist das klar?«

Da war er wieder der Befehlston, der keinen Widerspruch duldete. Sie nickte devot.

Für den im Neorenaissance-Stil erbauten Bahnhof in Bad-Homburg hatten Maria und Katja keinen Blick, nur für das Restaurant im Wartesaal. Das Angebot des Bordbistros im ICE hatten sie abgewählt. Als ihr Heißhunger gestillt war, nahmen sie ein Taxi, das sie zum Hotel am Schlosspark brachte. Dort hatte Katja eine Suite gebucht. Für jeden ein Zimmer und genug Platz für die Kamera-utensilien. Als erstes riefen sie in der örtlichen Polizeistation an und erklärten ihr Anliegen. Der Mann am Telefon war nicht besonders redselig, als er begriff, dass sie einen Dokumentarfilm über den Mord an Herrhausen drehen würden. Er behauptete, davon gebe es doch mittlerweile genug. Mit dem Satz: »Lassen Sie doch die Toten ruhen«, schien er sie abwimmeln zu wollen. Schließlich lenkte er aber ein. »Kommen Sie vorbei und tragen Sie Ihr Anliegen meinem Chef vor. Der ist Filmfan.«

Sie vereinbarten einen Termin noch am gleichen Tag. Der Leiter der Polizeistation bat sie in sein Büro und hörte sich neugierig an, warum sie einen Augenzeugen aus jener Zeit sprechen wollten.

Schließlich sagte er: »Ich kann Ihnen nicht helfen. Aber vielleicht unser alter Kollege Heiner Kunzmann, der war damals als Erster am Tatort.«

»Der würde mit uns reden?«, fragte Maria.

»Der ist Rentner und freut sich über jeden Besuch.«

»Wo finden wir ihn?«

Er sah Maria nachdenklich an. »Eigentlich müssten Sie mit Gerhard Böden sprechen, nur ist der leider schon verstorben. Er war damals Vize des Bundeskriminalamtes und hat uns die Ermittlungen aus der Hand genommen. Das war ein großes Ding und nichts für die Provinzdeppen. Die da oben wussten und wissen alles besser. Aber das ist Ihnen bestimmt nicht neu.«

Hier hielt er wieder inne und schmunzelte. »Nichts für ungut, ich rufe Heiner an, der ist sehr unterhaltsam und wie gesagt, er freut sich über jeden Besuch. Die Adresse gibt Ihnen der Kollege am Tresen.«

Es war später Nachmittag, die Sonne färbte den Himmel über dem Taunus rot. Die grauen Wolken, die sich oberhalb der untergehenden Sonne zur Stadt hinzogen, bekamen auf der Sonnenseite weiße Flecken. Der kalte Wind aus dem Norden hatte sich gelegt. Maria und Katja sahen begeistert auf das Naturschauspiel. Sie standen mitten auf einem Spielplatz, der von Mehrfamilienhäusern umgeben war. In einer dieser Wohnungen wohnte Heiner Kunzmann, der sie schon erwartete. Der untersetzte Mann mit kurzgeschnittenen weißen Haaren sah nicht so aus, als hätte er schon vor einiger Zeit seinen achtzigsten Geburtstag gefeiert, so dynamisch ging er den beiden Frauen voraus in sein gemütlich eingerichtetes Wohnzimmer. Er wies Maria, die er für die Chefin hielt, einen Stuhl gegenüber vom Fenster zu. »Von da sehen Sie noch den Sonnenuntergang«, meinte er und wollte Katja helfen, die Kamera aufzubauen, was sie dankend ablehnte. Bevor Maria ihre Fragen an ihn richten konnten, fragte Kunzmann sie freundlich, aber mit Nachdruck, aus. Sie erzählte von Rohwedder, ihrem Vater, der sein Bodyguard war und von New York, wo Heiner Kunzmann noch nie gewesen war. Marias Vater schien ihn am meisten zu interessieren. Schließlich war der ja auch Polizist gewesen wie er, nur auf der anderen Seite. Woran es denn aus Ihrer Sicht gelegen hätte, dass der Mord an Rohwedder nicht verhindert werden konnte, wollte er von Maria wissen. »Die RAF wird's wohl nicht gewesen sein.« Dieser Satz überraschte Maria. Sie sehe das genauso, entgegnete sie. Danach war das Eis zwischen ihnen gebrochen. Kunzmann servierte Kaffee. Im Hintergrund hatte Katja schweigend die Kamera aufgebaut und forderte ihn nun auf, auf dem Stuhl vor der Kamera Platz zu nehmen. »Sekunde noch.« Er verschwand noch einmal in einem Nebenzimmer, um einige Augenblicke später wieder zu erscheinen. Über seinem hellblauen Hemd trug er nun ein braunes Jackett und strahlte Maria an.

»Ist es so in Ordnung?«

»Sie sehen gut aus«, antwortete Katja lächelnd, noch bevor Maria etwas sagen konnte. Er sah zu ihr und nickte: »Dann wollen wir mal.«

Maria begann das Interview mit der Feststellung: »Sie waren nach dem Attentat der erste Polizist vor Ort.«

»Das war ich. An dem Tag hatten wir uns auf ein Fußballspiel vorbereitet, das am Abend stattfinden sollte. Mittenrein kam vom Dienststellenleiter die Meldung, es hätte eine Gasexplosion in der Therme gegeben. Alle Einsatzkräfte sollten sich dort einfinden. Das wurde dann korrigiert. Es war in der Nähe der Therme. Dort hatte das Attentat stattgefunden. Als ich dort ankam, sah ich eine Menschentraube. Es herrschte Totenstille, man trat zur Seite und ließ mich durch. Auf dem Seedammweg stand das Autowrack quer zur Tiefgarageneinfahrt der Therme. Ich ging hin. Herr Dr. Herrhausen war zu diesem Zeitpunkt schon tot. Ich bemerkte seinen Fahrer, der blutverschmiert in der Nähe stand und den Kopf schüttelte. Später erfuhr ich, dass er noch versucht hatte, Herrhausen aus dem Auto zu ziehen. Etwas kopflos liefen zwei Männer mit Pistolen herum. Das waren die Sicherheitsbeamten aus dem Fahrzeug, das hinter dem Bankchef fuhr. Sie waren nervös, weil sie annahmen, dass noch ein zweiter Sprengsatz irgendwo dort versteckt sein könnte. Das sind Bilder, an die ich mich erinnere, als sei es gestern gewesen. Die Kollegen sicherten den Tatort. Dann ging die Mühle los.«

Kunzmann zuckte mit den Schultern und schien zu warten, welche Frage Maria ihm nun stellen würde.

»Der Dienststellenleiter der Polizei hier in Bad Homburg war nicht gut auf das Bundeskriminalamt zu sprechen. Habe ich das richtig empfunden?«

»Er meinte wahrscheinlich Böden. Aber der ist schon tot.«

»Den hat er erwähnt. Untergebene haben oft eine Abneigung gegen die da oben. Oder gibt es dafür andere Gründe?«

Heiner Kunzmann holte tief Luft und strich sich mit seiner Rechten über die weißen Haarstoppeln. »Da gibt es einige. Von den Tätern gibt es bis heute keine Spur. Der einzige Hinweis war ihr Fluchtfahrzeug. Es wurde am Nachmittag nach dem Attentat am Ben-Gurion-Ring im Frankfurter Stadtteil Bonames gefunden. Dieser weiße Lancia hatte den Verkehr aus der Gegenrichtung aufgehalten. Großer Fahndungserfolg. Da kann man sich nur auf die Schulter klopfen.«

Er schmunzelte und klopfte sich demonstrativ auf die rechte Schulter. »April, April!«

»Das verstehe ich jetzt nicht.« Maria schaute ihn fragend an.

»Ein entgegenkommendes Fahrzeug hätte die Bombe auslösen können.«

»Ich meine Ihr April, April.«

Der pensionierte Polizist wurde ernst und antwortete: »Man hat den Lancia gefunden. Es war eine Pressemeldung wert. Mehr nicht. Aber es muss Zeugen gegeben haben. Warum hat man die nicht befragt? Wie viele Personen im Auto gesessen haben, weiß man nicht. Eine Beschreibung der Insassen gab es natürlich auch nicht. Seit wann stand der Wagen dort? Fehlanzeige. Nur mal am Rande, das Auto hatte eine Durchgangsstraße blockiert, keine Nebenstraße. Dieser Lancia war ein Mietwagen. Wer hatte ihn gemietet? Wer hatte die Rechnung beglichen? Wer hatte die Kaution bezahlt? Wurden Fingerabdrücke gefunden? Hatte man DNA-Spuren sichergestellt? Wann und wo wurde das Fahrzeug betankt? Phantombilder wurden offensichtlich nicht angefertigt. Warum nicht? Warum wurden sie nicht veröffentlicht?«

Nach dieser Fülle von unbeantworteten Fragen machte er eine Pause und wartete auf eine Reaktion von Maria. »Haben Sie Ihre Kollegen dazu befragt?«

Er zuckte mit den Schultern und lächelte traurig.

»Meine Kollegen konnten dazu nichts sagen. Denen hatte man die Ermittlungen aus der Hand genommen und das Bundeskriminalamt gab uns natürlich auch keine Auskunft. Ihr Recht. Der Fall war von nationaler Bedeutung.«

»Meinen Sie, ich sollte die befragen?«

»Die Antwort können Sie sich doch selber geben.«

»Die Bombe interessiert mich. Was wissen Sie darüber.«

»Dazu habe ich auch einen Sack voller Fragen. Haben Sie noch die Nerven dafür?«

»Bitte.« Maria hob beide Hände, als Aufforderung, dass er weitersprechen solle.

»Die Bombe.« Er machte eine Pause und schien nachzudenken. Maria wartete.

»Der Sprengsatz war auf einem Kinderfahrrad befestigt. War es neu oder gebraucht? Wo wurde es gekauft? Wer hatte es gekauft? Ausgelöst wurde das Ganze mit einer Lichtschranke. Die Sache ist sehr sensibel. Gegenüber war eine Bushaltestelle, die wurde von vielen Kindern benutzt. Verstehen Sie, was ich meine? Kinder sind neugierig. Was wäre gewesen, wenn sie am Reflektor gespielt hätten?«

»Dann wäre das Ganze nicht passiert und wir könnten keinen Film machen.« Kaum war Katja der Satz rausgerutscht, begriff sie, was sie gesagt hatte und duckte sich hinter die Kamera.

»Dann könnten Sie keinen Film machen«, bestätigte ihr der alte Mann und wendete sich wieder Maria zu. »Die Täter müssen sehr fahrlässig gewesen sein. Übrigens Täter. Die hatten am Tatort eine richtige öffentliche Baustelle eingerichtet und sogar die Fahrbahn aufgestemmt. Bauarbeiter einer benachbarten Baustelle sollen sie noch angesprochen haben, als sie mit Hammer und Meißel den Belag aufbrachen.«

»Wie viele waren es?«, fragte ihn Maria.

»Das weiß ich nicht. Es gab auch keine Aussagen, wie alt sie waren und ob sie eine Sprachbesonderheit hatten. Auch hier gab es keine Phantombilder. Ich habe den Verdacht, das BKA hatte keine Spezialisten für so etwas. Was glauben Sie?«

»Ich habe den Eindruck, dass der Öffentlichkeit aus Gründen der Staatsraison nicht alle Details genannt wurden«, antwortete Maria.

»Das mag sein. Aber trotz aller Pannen, der Verfassungsschutz arbeitete gründlich, die präsentierten einen V-Mann, der die Täter kannte. Das war ein Paukenschlag. Die Presse hat das Ereignis damals gefeiert.«

Die beiden Frauen waren perplex und sahen ihn neugierig an.

»Und?«, fragte Maria zögernd.

»Und die Polizei veröffentlichte einen Fahndungsaufruf nach Christoph Eduard Seidler, geboren 1958. Für Fahndungshinweise wurden vier Millionen Mark ausgelobt. Neben Seidler waren auch zehn weitere RAF- Mitglieder auf der Fahndungsliste.«

»Hat man sie jemals festgenommen?«

Kunzmann schmunzelte. »Der Seidler hat sich selbst gestellt und musste bald wieder freigelassen werden. Der hochgelobte V-Mann, genannt Nonne, war psychisch gestört. Die Bundesregierung hat noch lange behauptet, seine Aussagen seien richtig, bis sie auf Grund von Nachforschungen fallen gelassen werden mussten.«

»Was hat dieser Nonne denn ausgesagt?«

»Seidler hätte seine Wohnung zur Vorbereitung des Attentats benutzt. In der Wohnung fand man aber nichts. Später widerrief Nonne alles. Das war ein Riesentheater und endete wie das Hornberger Schießen. Bei den Leuten blieb aber hängen, das Ganze hätte etwas mit der RAF zu tun.«

Wieder schmunzelte er und ergänzte: »Es muss wohl höhere politische Verwicklungen gegeben haben und die Kollegen hatten augenscheinlich halbherzig ermittelt.«

»Warum sollten sie das?«

»Maria, so darf ich Sie doch nennen, es gibt Interessenlagen, an denen der beste Polizist nicht vorbeikommt.«

»Nennen Sie Ross und Reiter.«

»Das Ross habe ich ihnen genannt, den Reiter, den Reiter ...« er machte wieder eine Pause. »Ich bin ein kleiner Polizist, ich verstehe etwas von dieser Arbeit. In der großen Politik bin ich nicht zu Hause.«

Maria bedankte sich bei ihrem Gegenüber und wollte das Interview beenden. Da mischte sich Katja noch einmal ein.

»Entschuldige Maria, etwas sollten wir noch klären.«

Maria sah sie überrascht an, sagte trocken: »Bitte«, und hob etwas genervt zum Einverständnis ihre rechte Hand.

»Aus Unterlagen der Staatssicherheit der DDR geht hervor, dass sich Ihre Dienststelle an die Volkspolizei in Thüringen gewandt hatte. Sie baten um Amtshilfe.«

Kunzmann nickte heftig und lachte gleichzeitig. »Das haben wir und dafür haben wir dann auch eins auf den Deckel bekommen. Die Vopo, wie sie auch genannt wurde, war der kommunistische Feind.«

»Die Mauer war doch zu diesem Zeitpunkt schon offen«, warf Maria ein.

»Das war sie und deshalb haben wir auch in Thüringen nachgefragt. Die Fahndung nach dem weißen Lancia lief zu diesem Zeitpunkt noch. Die Täter hätten sich doch auch in die DDR absetzen können, ist keine doofe Idee, dachten wir so bei uns. Als wir das Auto in Frankfurt fanden, hatte sich die Sache erledigt.«

»Sie haben so viele Fragen, die sie bewegen. Wie lebt es sich damit?«

»Ja, wie lebt es sich damit? Ich glaube, meine Frau hat mehr darunter gelitten als ich. Die musste sich meinen Ärger immer wieder anhören.« Nachdenklich schwieg er und holte tief Luft. »Sie ist vor fünf Jahren gestorben. Jetzt bin ich allein mit meinen Fragen. Nun ja.«

Was sollte man diesem alten Mann zum Trost sagen? Weder Maria noch Katja wussten darauf eine Antwort. Sie schwiegen und es war plötzlich sehr still im Raum. Als er wieder aufblickte und lächelte, hatte er feuchte Augen.

»Sie sind noch jung und es tut mir gut, wenn Sie sich der Fragen annehmen. Habe ich Ihnen weiterhelfen können?«

»Das haben Sie. Katja, was sagst Du?«

»Ich bin dankbar, dass wir Sie kennenlernen durften.«

»Jetzt übertreiben Sie mal nicht. Ich bin Ihnen dankbar.«

Bevor sie sich erhoben, bat er sie, noch einen Moment zuzuhören.

»Wir müssen das, was wir denken, auch sagen. Wir müssen das, was wir sagen, auch tun. Und wir müssen das, was wir tun, dann auch sein.«

Die beiden sahen ihn überrascht an. Er winkte ab. »Ist nicht von mir. Das ist von Dr. Herrhausen. So, jetzt könnt ihr die Kamera ausschalten.«

Er goss Kaffee nach und machte ihnen klar, dass er sie noch nicht gehen lassen wollte, ohne dass sie ihm vom Leben in New York berichtet hatten. So eine Gelegenheit bot sich schließlich nicht alle Tage. Seine Neugierde war kaum zu stillen. Die Sonne war längst untergegangen.

Als sie sich an der Tür verabschiedeten, gab ihm Maria als Letzte die Hand.

»Bleiben Sie gesund und genießen Sie die Jahre, die noch vor Ihnen liegen.«

Der alte Mann ließ ihre Hand nicht los. »Es ist lieb, dass Sie mir das wünschen. Es würde mich sehr freuen, wenn Sie den Reiter vom Pferd stoßen. Das würde meine verbliebenen Jahre verschönen.«

»Wir versuchen es. Drücken Sie uns die Daumen.«

Immer noch hielt er ihre Hand fest. Katja stand schon mit den Taschen unten auf dem Treppenabsatz und wartete.

»In Ihrer Branche spuckt man über welche Schulter?«

»Ich glaube über die linke.«

Er zog sie an sich heran, streckte sich zu ihrer linken Schulter hoch, flüsterte toi, toi, toi und gab ihre Hand frei.

Müde und erschöpft kamen Maria und Katja in ihrem Hotel an und legten sich nach einem kleinen Abendessen schlafen. Die Tür zwischen den Zimmern ließen sie offen. Katja wollte sich noch etwas unterhalten. Als sie aus dem Nachbarzimmer statt einer Antwort nur noch ein leises Schnarchen vernahm, versuchte auch sie einzuschlafen.

Mitten in der Nacht weckte sie ein Schrei. Erschrocken sprang sie auf und lief ins Nachbarzimmer, in dem noch Licht brannte. Maria saß im Bett, hielt ihren nackten gewölbten Bauch und starrte sie mit aufgerissenen Augen an. »Er bewegt sich und gibt keine Ruhe.«

Katja setzte sich neben sie. Maria nahm ihre Hand und legte sie auf ihren Bauch. Auch Katja spürte die Kindsbewegungen.

»Es ist alles in Ordnung. Er ist sehr lebendig.«

Maria zog ihr Nachthemd über den nackten Bauch und sah Katja Hilfe suchend an.

»Ich bin im fünften Monat. Er kann doch nicht schon kommen.«

»Wird er nicht«, beruhigte sie Katja. »Alles ist im grünen Bereich. Hast du schon einen Namen?«

Sie schüttelte den Kopf und Katja streichelte ihre Wange.

»Etwas Zeit haben wir noch.«

»Wir müssen den Film zu Ende bringen, bevor er kommt.«

Katja stand auf und schüttelte Marias Decke auf.

»Wir müssen gar nichts. Mach dir keinen Druck.«

»Drei Monate haben wir noch, wenn alles gut läuft.«

»Warum sollte es nicht gut laufen?«

»Morgen setzen wir uns hin und machen einen Plan.«

Katja verdrehte die Augen und sah auf die Uhr. Es war kurz nach zwei.

»Morgen drehen wir noch einige Einstellungen vom Tatort und von den anderen Örtlichkeiten. Darüber kannst du dir Gedanken machen, falls du nicht mehr schlafen kannst.«

Sie wollte in ihr Zimmer gehen, hielt aber in der Tür noch einmal inne.

»Entschuldige bitte. Ich bin nicht der Regisseur. War nur ein Vorschlag.«

Maria lächelte sie an.

»Ich bin die Regisseurin und ich liebe teamworking!«

»Schlaf gut«, antwortete Katja, verschwand in ihrem Zimmer und löschte das Licht. Die Tür ließ sie offenstehen.

Am nächsten Morgen wurde Maria vom Läuten des Telefons geweckt. Sie schaute auf die Uhr. Es war kurz vor zehn. Verschlafen griff sie zum Hörer und war hellwach, als sie die Stimme ihres Vaters hörte.

»Wie geht es dir?«, fragte er.

»Gut«, antwortete sie und erzählte ihm von der letzten Nacht. »Er hat sich bewegt. Ist das gut? Ich habe keine Ahnung.«

»Katja sagt, das ist Anfang des fünften Monats normal.«

»Wo seid ihr?«

Sie erzählte von den Dreharbeiten. Ihr Vater fragte besorgt: »Brauchst du nicht Ruhe?«

Maria überging seine Frage: »Ich freu mich über deinen Anruf. Gibt es einen Grund?«

»Wir machen uns Sorgen. Wolltest du nicht noch einmal nach Namibia kommen? Wir würden dich verwöhnen.«

»Das weiß ich und ich bin euch sehr dankbar. Es gibt in Windhoek bestimmt Filmfirmen. Vielleicht können wir unseren Film dort in Ruhe endfertigen. Eine Hebamme bringe ich mit.«

»Das ist eine wunderbare Idee. Ich werde Himmel und Hölle in Bewegung setzen. Wir haben eine schöne Stadtwohnung mit Blick auf die Festung. «

»Darauf komme ich zurück. Grüße deine liebe Frau. Ich hoffe, ihr geht es gut.«

»Noch besser geht es ihr, wenn du kommst.«

»Vater, wir haben einen Plan. Ich melde mich.«

Maria legte auf und ging ins Bad. Auf dem Waschtisch fand sie eine Notiz von Katja.

»Frühstück bis 10 Uhr. Bin spazieren und vor dem Mittagessen zurück.«

Nach ihrer Morgentoilette checkte Maria ihre Mails. Ihr Banker teilte mit, dass er alles klären konnte und sie jetzt nur noch kommen müsse, um zu unterschreiben.

Eine zweite Mail kam von einer Immobilienverwaltung aus Berlin. Eine Frau Schröter fragte an, wie nach dem Tod des Treuhänders ihrer Wohnung, André Sommer, mit der Wohnung zu verfahren sei. Sie wären bereit, die Verwaltung nach den gleichen Konditionen fortzuführen und die Miete auf das angegebene Konto zu überweisen. Außerdem teilte sie mit, es läge eine testamentarische Verfügung von Herrn Sommer vor, dass die Wohnung im Falle seines Ablebens an sie, Maria Schwimmer, übergehen würde. Sie empfehle ihr, sich diesbezüglich an das Nachlassgericht Berlin Mitte in der Littenstraße 11–17 zu wenden, da das Schriftstück von Herrn Sommer für sie nicht rechtskräftig sei.

Nachdenklich schloss Maria ihren Laptop. Nie hatte sie begriffen, was André für ein Mensch gewesen war. Eines schien ihr jetzt jedoch klar zu sein, er war einfach nur sehr einsam gewesen. Es war nicht Mitleid, was sie für ihn empfand. Einsamkeit entschuldigte nicht, was er getan hatte.

Katja tauchte auf, als sie sich gerade ein Sandwich aufs Zimmer bestellt hatte. Maria berichtete von dem Schreiben der Immobilienverwaltung. »Sollte man sich unter diesen Umständen nicht doch um die Wohnung kümmern?«

Doch Katja riet vehement ab.

»Die wissen doch auch davon. Sonst hätten sie André nicht aus dem Weg geräumt. Wenn wir aktiv werden, ziehen die ihre Schlussfolgerungen.«

»Wir werden nicht aktiv. Wir leisten Folge.«

Maria strahlte nun Katja an. Die verstand aber überhaupt nicht, was sie meinte.

»Die Mail der Verwaltung schicken wir als Fax an meine Adresse in New York. Der aufmerksame Pförtner wird sie an das Büro Maier weiterleiten.«

Jetzt begriff Katja. »Dann werden die annehmen, wir wussten nichts von den Wohnungen.«

»Das ist die Wahrheit«, stellte Maria im Brustton der Überzeugung fest.

Katja schien von diesem Plan nicht hundertprozentig überzeugt zu sein.

»Faxen müssen wir auf jeden Fall von Berlin aus. Es bleibt ein Risiko.«

»Gibt es eine Alternative?«

»Du pfeifst auf die Wohnungen.«

»Und wenn mein Kind gern in Berlin leben würde?« provozierte Maria.

»Ich habe auch keine Lust auf die Wohnungen zu verzichten. Es wird schon schief gehen.« In diesem Moment brachte der Zimmerkellner das Sandwich. Skeptisch betrachtete Katja den großen Teller, auf dem das kleine Sandwich etwas verloren wirkte.

»Was wird mit dem Mittagessen?«, fragte sie.

»Du glaubst doch nicht, dass dieses kleine Teilchen mich satt macht?«, antwortete Maria und biss beherzt hinein. »Lass uns nach dem Dreh was vernünftiges Essen gehen.« Sie schulterten ihr Kameraequipment und machten sich an die Arbeit. Am Ellerhöhweg, wo Herrhausen gewohnt hatte, und am Tatort Seedammweg drehten sie einige Schnittbilder, die sie mit dem Bericht vom pensionierten Polizisten Heiner Kunzmann unterlegen wollten. Diesen Weg hatte Katja am Morgen schon erkundet. Er endete bei zwei Basaltstelen, die zur Erinnerung an den Mord an Herrhausen errichtet worden waren. Beeindruckt las Maria das Zitat der Dichterin Ingeborg Bachmann, das auf einer Stele stand: »Die Wahrheit ist dem Menschen zumutbar.«

»Das wäre doch ein guter Titel für den Film«, schlug Katja vor.

»Vielleicht«, antwortete sie.

Auf dem Rückweg zum Hotel meinte Katja, ob es nicht Sinn ergebe, die Frau und die Tochter von Herrhausen auch noch zu befragen.

»Ich weiß nicht, wie oft sie schon interviewt worden sind. Wie oft sie Reden gehalten haben. Ich glaube, ihnen hat der Tod sehr wehgetan. Und sie hatten einen langen Weg, um damit zurechtzukommen. Was sollen wir sie fragen? Ihnen wurden alle Fragen schon gestellt und alle Antworten haben sie gegeben.« Marias Antwort erschien ihr plausibel.

Das Flugzeug flog eine Schleife. Unter sich sah Adrian die Großstadt Monterrey zwischen den Bergen liegen. Katjas Bruder war mehr als einen Tag von Berlin nach Mexiko unterwegs gewesen. Nach der Landung der Air France bestieg er ein Taxi und fuhr zur Kathedrale der Stadt, wo sein Stiefvater auf ihn wartete und mit den Worten begrüßte: »Ich hoffe, der Umweg hat sich gelohnt.«

Adrian nickte nur. Es war ihm klar, welchen unverzeihlichen Fehler er begangen hatte, als er André kontaktierte. Sörenson begriff, was ihm durch den Kopf ging.

»Dass André mit Jacks Geld etwas zu tun haben könnte, hatten sie nicht auf dem Schirm. Aber sie haben ihn überwacht.«

Erst jetzt bemerkte Adrian einen älteren Priester, der in einer Seitentür stand und zu ihnen herüberschaute. Sörenson fasste ihn an der Schulter.

»Darf ich Dir Antonio vorstellen? Er ist unser Gastgeber.«

Sie folgten dem Priester in ein Nebengelass. Mitten im Raum stand ein kleiner Tisch mit zwei Holzstühlen. Ein bescheidener Imbiss war eingedeckt. Der Priester ließ sie allein und verschloss die Tür. Sörenson nahm Platz, griff sich eine Wasserflasche und trank. Dann wies er auf den freien Stuhl.

»Ich denke, das Problem ist, dass du wieder auferstanden und zur Zielperson geworden bist. Du allein bist der Schlüssel zum verschwundenen Geld. Und bis jetzt bist du der Einzige von uns, der überlebt hat und untertauchen konnte.«

»Geb's Gott, dass mich niemand mit den beiden Frauen in Verbindung bringt.«

»Das ist auch meine Sorge«, entgegnete Sörenson und wies wieder auf den freien Stuhl. »Lass dich nieder. Die Kleinigkeit hier ist eine dankbare Geste der Brüder.«

»Wofür?« Adrian nahm Platz.

»Kannst du dich an den Drogenkrieg vor drei Jahren erinnern? Hier brannte das Casino Royal ab. Zweiundfünfzig Menschen starben.«

Adria lachte gequält. »Ich dachte dran, als ich im Taxi saß. Damals haben wir Maier das erste Mal hintergangen.«

»Wir haben den Bruder unseres Gastgebers ausgeflogen.«

»Du hast mir nur erzählt, er hätte für dich gearbeitet und wir müssten ihm den Arsch retten.«

»Weil Maier ihn abgeschrieben hatte. Aus Dankbarkeit«, ergänzte Sörenson zynisch.

»Dass er einen Bruder hatte, wusste ich nicht.«

Adrian beugte sich zur Wasserflasche und goss sich ein.

»Warum bin ich hier?«

»Maier steht unter schwerem Beschuss. Du kannst jetzt warten, bis sie dir die Ohren abschneiden oder du schneidest ihre ab. Du hast die Wahl.«

Mit dieser Aufforderung seines Stiefvaters hatte er nicht gerechnet. »Du meinst, wir schalten sie aus?«

»Du schaltest sie aus.«

Die Männer sahen sich in die Augen. Adrian schüttelte überrascht den Kopf, dann nickte er. »Ist das die Truppe, die Maier angeheuert hat, um uns umzubringen?«

»Er hat nur noch die und sucht das Geld, von dem er weiß, dass du weißt, wo es ist.«

Adrian griff sich eine Scheibe Brot mit Käse und kaute nachdenklich. Sein Stiefvater beobachtete ihn und schwieg. »Was tun wir jetzt?«, fragte Adrian, als er aufgegessen hatte.

»Du solltest auf die Maus warten.«

»Das musst du mir erklären.«

»Du legst eine Fährte und wenn sie auftauchen, holst du die Polizei.«

»Wie soll das gehen?«

»Tot bist du für die nichts wert. Sie wollen Informationen. Du wirst vorbereitet sein. Am besten in Notwehr einen von denen ins Jenseits befördern und dann die Polizei benachrichtigen.«

»Was soll ich aussagen?«, fragte Adrian verwundert.

»Du hast eine eigene Detektei.«

Adrian schüttelte verständnislos den Kopf.

»Die Bude haben wir doch geschlossen. Das war doch nur ein Ausweichquartier.«

»Das weißt du, das weiß ich. Endlich hattest du jetzt einen Klienten, ein großes Ding. Du hattest so viel Hoffnung in diesen Fall gesetzt. Du wolltest dein Geschäft auf internationale Füße stellen. Hast investiert, warst in Deutschland. Die Nummer war aber zu groß für dich. Es ging um Schwarzgeld. Dein Mandant ist tot und dir will man jetzt an den Kragen, weil man annimmt, dass André Sommer dich eingeweiht hatte. Mein lieber Adrian, da hast du dich auf etwas eingelassen. Mein lieber Mann.«

Sörenson lächelte ihn mit seiner verbliebenen Gesichtshälfte an. Sein Auge strahlte.

Adrian war sprachlos.

»Es ist verrückt, ja, aber unsere einzige Chance ist, alles öffentlich zu machen und dem FBI einen Köder zu präsentieren, der bei ihnen Interesse weckt. Sie werden ermitteln, Maiers Truppe muss untertauchen und du bist raus.«

»Maier ist nicht blöd.«

»Aber in der Bredouille.«

Er schwieg einen Augenblick. Hob dann hilflos die Hände.

»Mir fällt nichts Besseres ein. Gefährlich ist der erste Teil der Nummer. Wir werden gemeinsam auf sie warten.«

Adrian schüttelte heftig den Kopf und erhob sich.

»Keine gute Idee. Das musst du mir überlassen.«

»Ich würde mich besser fühlen«, antwortete ihm sein Stiefvater.

»Maria wird dir das Geld überweisen. Das ist dein Job«, entgegnete er abweisend, nahm sich einen Apfel vom Tisch und biss hinein. Sörenson erhob sich. Er blieb vor ihm stehen und umarmte ihn plötzlich so heftig, dass ihm der Apfel aus der Hand fiel. In diesem Moment öffnete sich die Tür, Pater Antonio erschien und hielt eine Flasche Wein in der Hand.

»Entschuldigung die Herren. Ich habe den Wein vergessen.«

Adrian hob den Apfel auf, pustete vermeintlichen Staub ab und sagte:

»Dafür ist es nie zu spät.«

Er legte den Apfel auf den Tisch und griff nach der Weinflasche. Antonio lächelte, reichte ihm zwei Gläser und verschwand so plötzlich, wie er gekommen war. Adrian schenkte ein und reichte seinem Stiefvater ein gefülltes Glas.

»Mein Junge, das Ganze ist verdammt gefährlich. Ich würde ...«, nahm der wieder das Gespräch auf.

Adrian fiel ihm ins Wort: »Ich bin dir was schuldig«, hob das Glas, trank und setzte sich wieder. »Du kannst dich erinnern, wie du mir meine Karriere in der Gansevoort Street versaut hast. Ich war mit zwölf Jahren der King unter den Dealern und Zuhältern. Bis du aufgetaucht bist und mich nach Wisconsin entführt hast. Meine Schwester musste studieren, meine Mutter ihren Job als Prostituierte an den Nagel hängen und ich ein ordentlicher Mensch werden. Das habe ich versucht und bin in deine Fußstapfen getreten. Du hast dein Versprechen wahr gemacht und mir zu meinem achtzehnten Geburtstag eine Wohnung in der Gansevoort Street geschenkt, dort wo die Güterhochbahn endete. Danke.«

»Die Detektei«, konstatierte Sörenson. »Warum erzählst du mir das?«

Adrian ging auf die Frage nicht ein. »Dass du selber in der Zwickmühle gesteckt hast, darüber hast du nie ein Wort verloren.«

Adrian schenkte nach.

»Du und ich, wir sind keine Guten, aber wir können vielleicht etwas Gutes tun. Wenn wir es schaffen, dass Maria und Katja ihren Film zu Ende bringen. Das wäre doch was.«

»Und soviel Geld haben, um sich ihre Wünsche zu erfüllen«, ergänzte sein Stiefvater.

»Wäre doch nicht schlecht«, stellte Adrian fest und fuhr fort: »Eines bist du mir noch schuldig. Was weißt du über die Libanesen?«

»Es sind nur noch wenige, ein kümmerlicher Rest. Ich schätze fünf Mann. Aber sie verstehen ihr Handwerk. Du musst vorsichtig sein.«

Adrian setzte sich. »Ist das alles?«

Sörenson begriff, dass sein Stiefsohn mehr wissen wollte. Auch er setzte sich und sah ihn an.

»Maiers Chef, der Dreisternegeneral der CIA Walter, hatte nach dem Zweiten Weltkrieg in vielen Ländern eine Truppe aufgebaut, die hieß Gladio oder andere nannten sie ›stay behind‹. Das war eine Untergrundarmee gegen die Kommunisten. Von der Truppe gibt's nur noch Reste.«

»Du hast mir davon erzählt«, unterbrach ihn Adrian.
»Entschuldige, ich werde alt.«
»Du bist alt.«
Adrian schmunzelte, auch sein Stiefvater musste lächeln.
»Unterbrich mich, wenn ich mich wiederhole.«
Adrian nickte und schenkte nach. Die Flasche leerte sich.
»Also, Walter brauchte für die Truppe Strukturen in den jeweiligen Ländern. Einheimische, die für ihn die Drecksarbeit machten. In Italien war es die Mafia, in Deutschland altgediente Nazis, im Nahen Osten fand er Partner in einer Gruppierung in der Syrisch-Maronitischen Kirche. Das war für ihn ein Kinderspiel. Er wuchs unter Jesuiten auf und die Maroniten gehören auch zur Herde des Heiligen Vaters in Rom. Und ihr Ziel, die Kommunisten zu vernichten, war auch ihres. Ich glaube, die haben für ihn auch Herrhausen erledigt, nachdem sie eine Woche vorher ihren eigenen moderaten Präsidenten mit dem gleichen Waffensystem neutralisiert hatten. Den mochte Walter auch nicht, weil er mit den russenfreundlichen Syrern kungelte.«
»Hast du das Maria erzählt?«
»Was soll ich ihr erzählen? Ich kann nichts beweisen.«
Er hatte sich in Rage geredet. Seine verbliebene Gesichtshälfte glühte.
»Der Rest der Truppe macht jetzt noch die Drecksarbeit für Maier?«, fragte Adrian nach.
»Genauso wie ich es gemacht habe. Und jeder hat seine Gründe. Du musst vorsichtig sein. Die verstehen ...«
Adrian unterbrach ihn wieder: »Du wiederholst dich. Ich weiß, was zu tun ist. Mache du deinen Job.«
Die beiden tranken ihre Gläser aus und Sörenson reichte Adrian kraftlos eine Visitenkarte.
»Wer ist das?«
»Antonios Bruder. Du kennst ihn. Wenn dir das Wasser bis zum Halse steht und ich nicht greifbar bin, ruf ihn an.«

Zurück in Berlin erledigte Maria als Erstes ihre Bankgeschäfte. Sie traf sich mit Dr. Wendland im Metzer Eck. Diese alte Traditionskneipe kannten sie beide. Bei ihrem ersten Besuch in Berlin war sie durch Zufall auf sie gestoßen und hatte hier mit Vergnügen Eisbein mit Sauerkraut gegessen. Die vergilbten Fotos an den Wänden erzählten von längst vergangenen Zeiten. Sie mochte diese Atmosphäre. Das Gefühl teilte sie mit ihrem Banker, der hier oft zu Mittag gegessen hatte. Er legte ihr die Unterlagen vor, die sie nur unterschreiben musste. Sie fragte nicht nach, sie vertraute diesem Mann einfach, der ihr im Interview sein Vertrauen entgegengebracht hatte.

»Unser Nachmittag geht mir immer wieder durch den Kopf«, sagte er zu ihr, nachdem sie das Geschäftliche erledigt hatten.

»Bereuen sie, was sie mir anvertraut haben?«

»Nichts bereue ich. Ich habe ihnen aber noch einige Papiere mitgebracht, die sie vielleicht verwenden können.«

Er zog einen Aktenordner aus der Tasche, in die er die unterschriebenen Bankunterlagen gesteckt hatte, und gab ihn Maria.

»Das sind die Richtlinien für die Neuaufstellung der Bank nach Herrhausens Tod. Mit dieser Politik machte sein Nachfolger eine steile Karriere. Wissen Sie, was mir immer wieder durch den Kopf geht? An seinem Tod hatten nicht nur fremde Mächte ein Interesse oder politische Gruppen. Die eigenen Leute waren froh, als er verschwunden war. Ist man nicht mitschuldig, wenn man so denkt? Die Frage sollten Sie nicht aus Ihrem Blick verlieren.«

Sie sahen sich an und Maria antwortete: »Danke. Darüber habe ich bisher noch nicht nachgedacht.«

»Als man ihn zu Grabe trug, hat sich die ganze Elite des Landes vor ihm verneigt. Pathetische Reden wurden gehalten. Wenn ich mir die Fotos ansehe, könnte ich kotzen. Warum haben sie nicht mit allen Mitteln, die ihnen zur Verfügung standen, den Mord aufgeklärt. Sie haben ihn geehrt, indem sie ihn vergaßen. Ich bedaure, dass ich es ihnen so nicht in die Kamera gesagt habe. Aber es ist vielleicht gut so.«

Er stand abrupt auf und reichte ihr die Hand.

»Was sie auch immer mit dem Geld vorhaben, ich wünsche Ihnen Glück.«

Maria war so überrascht über seinen plötzlichen Aufbruch, dass ihr kein Wort des Abschieds über die Lippen kam. Dr. Wendland ging, hielt an der Tür inne und nickte ihr noch einmal zu.

Auf der Post hatte Katja kein Glück. Einen Faxservice gab es dort nicht mehr. Sie bekam den Rat, sich an einen Copyshop zu wenden. Nicht weit von ihrem Hotel am Alex, wo sie sich wieder einquartiert hatten, fand sie einen. Sie gab das Fax nach New York auf, um das Maria sie gebeten hatte. In der Hoffnung, ihr Plan ginge auf, spazierte sie danach über den Alexanderplatz und fand eine Apotheke. Das Angebot an Stethoskopen war groß. Mit einem solchen Gerät in der Tasche, ging sie zurück in ihr Hotel. Maria ließ nicht lange auf sich warten und berichtete ihr vom Treffen mit Dr. Wendland und seinem merkwürdigen Abgang.

»Muss man sich Sorgen machen?«

Maria schüttelte den Kopf.

»Die Geldgeschäfte wird er ordentlich abwickeln. Davon bin ich überzeugt. Ich glaube aber, unser Interview hat Erinnerungen geweckt und Themen aufgemacht, die er bereits ad acta gelegt zu haben glaubte.«

»Welche Erinnerungen?«

»Erinnerungen ist vielleicht der falsche Ausdruck. Er hat alles einfach hingenommen und weiter funktioniert. Das beschäftigt ihn immer noch. Vielleicht ist es das Gewissen und nicht die Erinnerung.«

»Haben Banker ein Gewissen?«

»Gegenfrage. Glaubst du, dass dein Stiefvater ein Gewissen hat? Kann er sich eins leisten?«

»Ich weiß nur eines«, antwortete Katja, »er war und ist für mich da, wenn ich ihn brauche. Obwohl er es nicht muss. Warum tut er das für mich und meinen Bruder?«

»Er liebte eure Mutter. Ohne euch wäre er bestimmt sehr einsam.«

»Liebe plus Egoismus ergibt kein Gewissen, oder?« Katja sah Maria fragend an. Die zuckte mit den Schultern.

»Ich bin keine Philosophin.«

Aus ihrer Tasche kramte Katja das neue Stethoskop.

»Dann fragen wir doch mal deinen Nachwuchs.«

Maria machte wortlos ihren Bauch frei und Katja hört in sie hinein. Nach einer Weile gab sie Maria wortlos das Stethoskop und diese hörte das erste Mal den Herzschlag ihres Kindes.

»Ist das eine Antwort?«

Maria gab es ihr zurück und nickte.

»Er ist noch ohne Schuld und doch hat er schon eine Geschichte.«

»Die hat er. Und er wird Fragen haben.«

»Und du tust alles dafür, sie ihm zu beantworten.«

»Hilfe. Was ist heute mit uns los? Kommen wir auf den Boden zurück«, entgegnete Maria. »Wir haben noch einiges zu erledigen. Wir sollten mit dieser Hausverwaltung reden.«

»Ich kann dich begleiten. Reden musst du aber mit denen. Dir gehören die beiden Wohnungen«, entgegnete Katja.

Sie hatten Glück. Telefonisch vereinbarten sie einen Termin mit einer Frau Schröter aus der Verwaltung, die für die Wohnungen verantwortlich war.

Nachdem sich Maria mit ihrem Pass ausgewiesen hatte, legte ihr die Frau die Unterlagen der Wohnung vor, die André für sie gekauft hatte und gewährte Einsicht in das Konto.

»Warum ist die Miete so niedrig?«, mischte sich Katja in das Gespräch.

»Der Mieter hat einen Mietvertrag aus alter Zeit. Der ist von der letzten Regierung der DDR festgeschrieben worden und gilt für die Lebenszeit des Mieters, der schon seit 1977 im Haus wohnt« und setzte hinzu: »Erstbezug.«

Katja lachte ungläubig.

»Ein Mietvertrag auf Lebenszeit? Das ist ein Ding. Gehe ich richtig in der Annahme, dass der Mieter der Wohnung, die André für sich kaufte, verstorben war?«

Maria verdreht die Augen und unterbrach Katja.

»Ist das jetzt wichtig?«

»Interessiert mich«, antwortete Katja schnippisch.

Schmunzelnd erklärte Frau Schröter die Lage: »Herr Sommer hat Geld in die Hand genommen, offensichtlich nicht wenig, und hat den Mieter seiner Wohnung dazu gebracht, auszuziehen. Ist eine Möglichkeit, falls Sie vorhaben nach Berlin zu ziehen.« Sie sah Maria fragend an und fuhr lächelnd fort: »Nur ein Hinweis, das geht billiger. Die Wohnung von Herrn Sommer steht leer. Sie müssen bloß das Erbe antreten. Das kostete sie nur einen Weg zum Nachlassgericht. Dort liegt das Testament.«

Als sie das Büro verließen, wartete ein gutaussehender Mann um die fünfzig im Vorzimmer auf sie. Er stellte sich als Mitarbeiter des Verfassungsschutzes der Bundesrepublik Deutschland vor und bat Maria um ein Gespräch.

»Was wollen Sie von uns?«, fragte Katja ihn, als er sich als Thomas Weihrauch vorgestellt hatte.

»Von ihnen will ich nichts und an Frau Schwimmer habe ich nur Fragen, um einen Sachverhalt zu klären. Darf ich wissen, wer Sie sind?«

»Katja Sörenson, Staatsbürgerin der Vereinigten Staaten von Amerika, die Assistentin von Frau Schwimmer«, imitierte sie seinen Tonfall.

»Fein«, bekam sie freundlich zur Antwort. »Haben Sie etwas Geduld, dann bekommen sie ihre Chefin gleich wieder.«

Die Hausverwaltung hatte für Thomas Weihrauch ein Zimmer freigemacht. Er stand wartend in der Tür. Maria muss nach dem Erscheinen dieses Mannes ein so verblüfftes Gesicht gemacht haben, dass er fragte: »Geht es Ihnen nicht gut?« Ohne ihm zu antworten, nickte sie Katja zu und folgte ihm. Das Zimmer, das sie betraten, war offensichtlich das Beratungszimmer der Hausverwaltung. An den Wänden hingen große Fotos von Gebäuden und verschiedene Straßenansichten von Berlin. Weihrauch und Maria saßen sich gegenüber. Irgendjemand hatte zwei Tassen und eine Kanne Kaffee auf den Tisch gestellt.

»Möchten Sie?«, fragte Weihrauch. Maria antwortete mit einem abweisenden »Danke.«

Der Verfassungsschützer goss sich selbst ein und machte es sich auf seinem Stuhl bequem.

»Sie sind Filmemacherin und drehen nicht das erste Mal in Berlin«, stellte er fest und nippte am Kaffee.

»Der schmeckt gar nicht so schlecht.«

Er sah sie an und wartete auf eine Reaktion. Als Maria nicht reagierte, sagte er:

»Mir geht es nur um ein Gespräch. Sie sitzen nicht auf der Anklagebank. Sollten Sie aber trotzdem einen Anwalt wünschen, können wir uns morgen in meiner Behörde treffen. Ich dachte nur, die Kleinigkeit regeln wir vor Ort.«

»Welche Kleinigkeit?«

Er nickte zufrieden. »Woher wissen Sie, dass Herr Sommer zu Tode kam?«

»Die Hausverwaltung hat mir eine Mail geschickt.«

»Die Hausverwaltung?«

»Fragen Sie Frau Schröter, die wird es Ihnen bestätigen.«

Als sie das sagte, durchzuckte sie der Gedanke, dass ihr Fax nach New York ein Fehler gewesen sein könnte. Sollte er Frau Schröter danach fragen, würde ihr Plan auffliegen. »Aber warum sollte er danach fragen?«, beruhigte sie sich.

»Danke, das werde ich«, antwortete Weihrauch und fuhr fort: »Im vergangenen Jahr hat Herr Sommer Sie bei den Dreharbeiten unterstützt. In Ihrem Film behaupten Sie, die RAF habe mit dem Mord an Rohwedder, dem Treuhandchef, nichts zu tun.«

»Das habe ich nicht behauptet, das haben wir anhand von Beweisen dargelegt.«

Ihr Gegenüber lächelte zynisch. »Ich kenne Ihren Film nicht, klingt spannend. Wir können also zu Protokoll geben: Sie kannten Herrn Sommer, Sie wohnten in seiner Wohnung im Prenzlauer Berg und haben ihn auch in Namibia bei Ihren dortigen Dreharbeiten wiedergesehen. Hatten sie mit ihm ein Verhältnis?«

»Warum sollte ich?« Maria spürte plötzlich eine große Ruhe in sich und eine große Abneigung gegen diesen Herrn Weihrauch. Der seinerseits musste Marias Verhaltensänderung bemerkt haben.

»Normalerweise erledigt die hiesige Polizei solche Befragungen. Aufgrund ihrer Staatsbürgerschaft ist die Mordsache Sommer aber auf unserem Tisch gelandet.«

Er sah sie durchdringend an und fragte: »Haben Sie etwas gegen mich?« Nach einer kurzen Pause sprach er weiter.

»Ich bin hier, um Ihnen zu helfen. Sie tauchen in Deutschland auf und ein Freund von ihnen wird umgebracht. Ich bin hier, um zu klären, ob sein gewaltsamer Tod etwas mit ihnen zu tun hat.«

»Die Bezeichnung ›guter Freund‹ ist falsch. Wir kannten uns und er war mit Jack Brown befreundet, dem Mann, mit dem ich zusammenlebte. Jack arbeitete für einen amerikanischen Dienst, mit dem Sie bestimmt auch Kontakt haben. Oder sehe ich das falsch?«

Über ihre Direktheit war Maria selbst überrascht. Die beiden sahen sich an und keiner von ihnen wollte wegschauen. Weihrauch lächelte kalt.

»Wann haben Sie André das letzte Mal gesehen? Überlegen Sie genau.«

»Das war vergangenen Sommer in Namibia.«

»Ich meine, in den letzten Tagen.«

»Herr Weihrauch, bitte nehmen Sie zur Kenntnis, dass ich André Sommer in diesem Jahr nicht gesehen habe. Sollten Sie nach seinem Mörder suchen, fragen Sie bei Ihren amerikanischen Kollegen nach. Die können Ihnen sicher auch sagen, wer den Vater meines Kindes auf dem Gewissen hat. Ich wäre Ihnen dankbar, wenn Sie mich informieren würden.«

Weihrauch erhob sich, griff nach seinem Mantel.

»Ich danke Ihnen für die Offenheit und wünsche Ihren Film Erfolg.«

Er nickte ihr freundlich zu und verließ den Raum.

Im unteren Teil der Gansevoort Street, dort, wo sie auf den Hudson River trifft und die alte Güterhochbahn endet, kannte Adrian jeden Winkel. Hier war er zwischen Rauschgiftdealern und Prostituierten aufgewachsen.

Der Meatpacking District hatte sich völlig verändert. Auf dem Gerippe der Güterhochbahn hatte man einen Park errichtetet. In den Industriegebäuden aus Backstein waren moderne Wohnungen entstanden, in den Schlachthäusern feierte man Partys und konnte in Gourmet-Restaurants sehr gut essen. In einem der Backsteinbauten war die Wohnung, die Sörenson Adrian geschenkt hatte. Das Besondere an ihr war eine Terrasse. Von ihr aus konnte man in den Park gelangen, der auf der ehemaligen Güterhochbahn gewachsen war.

Dort saß Adrian auf einer kleinen Bank, die von Büschen umgeben war. Er hatte von hier aus einen freien Blick zu seiner Terrasse und zum Weg, auf dem er vor einigen Minuten gekommen war. Die Fußgänger aber konnten ihn erst sehr spät entdecken.

In den verstrichenen Minuten hatte er nichts Verdächtiges bemerkt. Er erhob sich, als niemand zu sehen war, kletterte auf seine Terrasse, öffnete einen kleinen Stahlschrank, der in eine Mauer eingelassen worden war und checkte die Alarmanlage. Alles schien in Ordnung zu sein. Der Staub in den Innenräumen lag unberührt auf den alten Möbeln. Die Tür des Aufzuges war ordentlich verriegelt und der elektronische Verschluss zeigte an, dass sie nicht geöffnet worden war. Es war ihm ein großes Vergnügen gewesen, dieses komplexe Überwachungssystem zu installieren. Sein Stiefvater hatte ihm dafür eine beachtliche Summe auf das Konto überwiesen. Und er hatte das Beste gekauft, was auf dem Markt verfügbar gewesen war. Die Kameras im Park, auf der Terrasse und im Eingangsbereich des Hauses funktionierten perfekt. Adrian war zufrieden und bereit. Seine Einreise war ohne Komplikationen verlaufen. Er hatte den alten Pass genutzt, dessen Daten auf der Karteikarte in Maiers Büro gespeichert waren. Das Spiel konnte beginnen.

Katja wartete vor dem Gebäude der Hausverwaltung auf Maria. Als der Verfassungsschützer das Haus verließ und in seinem schwarzen Volvo davonfuhr, lief sie Maria fast in die Arme, die in diesem Moment auf die Straße trat.

»Deine Hausverwaltung arbeitet mit dem Verfassungsschutz zusammen. Was ist das denn für eine Truppe?«

»Die Polizei hatte darum gebeten anzurufen, falls ich auftauchen würde.«

»Gebeten?« Katja lachte und hakte sich bei Maria unter.

»Frau Schröter hat versucht, es mir zu erklären.«

»Was gibt's da zu erklären?«

»Ich finde sie nett. Sie hat mir eben einen Termin im Nachlassgericht gemacht. Es ist nur ein paar Schritte von hier. Kommst du mit?«

»Wenn ich bei der Testamentseröffnung dabei sein darf. Warum nicht.«

»Du hast Jura studiert und bist meine Anwältin.«

»Es waren nur zwei Semester.«

»Das musst du denen doch nicht auf die Nase binden.«

Die kleine Lüge war gar nicht nötig. Die Beamte des Nachlassgerichtes entsprach in keiner Weise Marias Vorstellung von einer Beamtin. Die Frau erinnerte sie an ihre Freundin in New York, die die Premiere von *Maria und der Patriot* möglich gemacht hatte. Sie war nur nicht so heiter, dafür aber sehr mütterlich.

»Sie sind nur kurz in Berlin?«

»Wir haben unsere Arbeit erledigt und packen unsere Sachen zusammen.«

»Sie drehen einen Film?«

»Das hat ihnen Frau Schröter erzählt?«

»Hat sie. Einen Dokumentarfilm«, sagte sie.

Die Beamtin wendete sich den Papieren zu.

»Sie haben Glück. Heute Morgen war der Bescheid vom Tod Ihres Freundes in der Post. Ich war gerade dabei, das Testament zu öffnen, als Frau Schröter anrief.«

Sie blättere in Marias Pass und sah sie an. »Das Testament und ihre Personalien stimmen überein. Dann wollen wir mal. Der Verstorbene hat das Testament handschriftlich verfasst. Es ist rechtskräftig. Er schreibt: *Ich, André Sommer, vererbe meine Wohnung in Berlin, Leipziger Straße 49 an Maria Schwimmer, geboren 11.08.1987 in Berlin mit allem beweglichen Gut und Wertgegenständen. Meinen weiteren Besitz vererbe ich an Siglinde Berger, geboren am 09.10.1984 in Donauwörth, wohnhaft Husemannstraße 24.*«

Der Blick der Frau wanderte bedeutungsvoll von Katja zu Maria.

»Frau Schwimmer, der Sachverhalt, die Wohnung in der Leipziger Straße betreffend ist klar. Bei Frau Berger wird es komplizierter. Aber das muss nicht Ihre Sorge sein.«

»Entschuldigung«, mischte sich Katja ein, »ist das Testament anzufechten. Gibt es Verwandte, Kinder und so weiter, die einen Pflichtanteil einfordern können?«

Die Beamtin schmunzelte. »Was sieht das Recht dazu in den USA vor?«

Maria sprang Katja zur Seite, die mit dieser Frage nicht gerechnet hatte.

»Das ist doch jetzt nicht unser Thema.«

»Da haben sie recht, Frau Schwimmer. Herr Sommer hat einen persönlichen Brief beigelegt, den ich zur Kenntnis genommen habe.

Also, eine Anfechtung halte ich bei dem Sachstand für ausgeschlossen. Ich habe mir gestattet eine Kopie für die Unterlagen zu machen. Der Brief ist sehr persönlich. Ich möchte ihnen nur die ersten zwei Sätze vorlesen: *Liebe Maria, ich schreibe diese Zeilen, um eine eventuelle Anfechtung meines Testamentes auszuschließen. Bitte gib diese Zeilen dem Nachlassgericht zur Kenntnis.*«

Sie steckte den Brief in ein Couvert und schob es über den Tisch zu Maria. Alles Weitere verlief problemlos. Maria unterschrieb die nötigen Papiere, Katja mischte sich nicht mehr ein und Minuten später standen sie wieder vor dem beeindruckenden Bau in der Littenstraße. Schweigend querten sie die Fahrbahn. Maria setzte sich auf eine Bank im kleinen Park gegenüber und zog den Briefumschlag, den ihr die Beamtin gegeben hatte, aus ihrer Tasche.

»Bitte lass mich einen Moment allein.«

Überrascht sah Katja sie an.

»Wir sehen uns im Hotel.« Ohne Widerspruch machte sich Katja auf den Weg. Maria faltete die Seiten auseinander und las:

Schade Maria, dass alles so enden muss. Aber wer sich mit dem Teufel einlässt, der muss bezahlen. Jetzt war ich dran. Ich folge meinem Freund Jack, wohin auch immer. Ich habe ihn beneidet. Er hat die Liebe gefunden und sie war für ihn wichtiger, als alles andere auf der Welt. Er hatte recht.

Du weißt von mir sehr wenig. Die Wahrheit ist, Jack war mein einziger Freund und wir haben demselben Herrn gedient.

Geboren wurde ich am 5. Mai 1970 in Ost-Berlin. So steht es in den Papieren. Meine Eltern kenne ich nicht. Sie begingen 1972 Republikflucht und ich wurde zur Adoption freigegeben. Ich war fünfundzwanzig, als meine Adoptivmutter mir die Wahrheit erzählte. Sie hatte sich im selben Jahr von ihrem Mann getrennt. Er war als Mitarbeiter der Staatssicherheit enttarnt worden. Sie verschwand nach Rumänien, wo sie geboren worden war. Die beiden gaben mir ihren Namen. Deshalb heiße ich Sommer. Ich hatte es gut bei ihnen, genoss die Vorteile einer privilegierten Familie, machte Abitur und studierte Journalistik in Leipzig. Nach der Wende fuhr ich mit einem rostigen Lada durch Deutschland und genoss die Freiheit. Mein Adoptivvater schickte mir Geld, solange er es konnte. Wie ich hörte, starb er kurz nach der Jahrtausendwende.

1997 meldete sich eine Frau aus Erlangen und behauptete, meine Mutter zu sein. Ich hatte kein Interesse, mich mit ihr zu treffen. Auch das war ein Grund, warum ich Deutschland verließ und in die USA ging. Anfangs schlug ich mich mit Gelegenheitsarbeiten durch. Der Zufall wollte es, dass ich Jack über den Weg lief und wir uns anfreundeten. Er besorgte mir den Job bei Maier. Das war wie ein Fünfer im Lotto. Wir zogen durch die Welt und verdienten viel Geld.

Maier schickte mich nach Deutschland, hier war ich sein Mann. So haben wir uns im vergangenen Jahr kennengelernt. Als mir Jack das Geld schickte, kaufte ich die Wohnungen, die Dir gehören.

Maria, ich hoffe, diese Zeilen können als Beweis dienen, dass es niemanden gibt, der das Testament anfechten kann. Es war schön, dass ich Dich kennenlernen durfte. Genieße die Zeit, die vor Dir liegt. Pass auf Dich auf.
André

Katja saß in der Lobby und hatte ihren Kaffee noch nicht ausgetrunken, als Maria das Hotel betrat. Sie blieb neben ihr stehen und legte den Briefumschlag mit Andrés Zeilen auf den Tisch.

»Trink in Ruhe aus. Ich brauch eine Dusche.«

Maria verschwand, ohne eine Antwort abzuwarten. Eine halbe Stunde später erschien sie wieder. Katja gab ihr das Couvert zurück.

»Das ist kein Beweis.«

»Was für ein Beweis?«

»Dass Maier ihn auf dem Gewissen hat.«

»Lass uns heute Abend darüber reden. Das alles ist für mich auch neu.«

»Er war in dich verknallt.«

Maria schüttelte den Kopf und ging. Katja folgte ihr.

»Wo willst du hin?«

»Irgendwo da vorn habe ich ein Fischrestaurant gesehen.«

»Fisch?«

»Du isst doch Fisch.«

»Von mir aus.«

Katja zuckte mit den Schultern.

»In der Nähe gibt es auch ein Steakhaus«, sagte Maria und verließ das Hotel.

Katja folgte ihr durch einen kleinen Park am Fernsehturm. Auf den Blumenbeeten entfalteten rote Tulpen ihre Pracht. Rechter Hand erhob sich die Marienkirche. Das verwitterte Rot der alten Backsteinmauern wirkte traurig gegen die frische Pracht der Blumen. Maria betrachtete den gotischen Bau.

»Und?«, fragte Katja und blieb neben ihr stehen.

»Was tun wir eigentlich?«

Verwundert sah Katja sie an.

»Wir machen einen Film. Du hast behauptet, um deinem Kind die Frage zu beantworten, warum sein Vater starb.«

»Und du machst als meine Aufpasserin mit, weil du hinter dem Geld her bist«,

»Wieder deine Schwangerschaftsdepression? Dagegen müssen wir was tun. Es gibt Antidepressiva aus den Gruppen der SSRI und der Trizyklika, die du nehmen solltest. Aber die muss dir deine Ärztin verschreiben.«

»Ich nehme keine Medikamente.«

»Berate dich mit ihr.«

»Du bist Hebamme. Deshalb habe ich dich mitgenommen.«

»Danke«, lachte Katja gequält. »Mein Rat ist, wie ich dir schon sagte, frische Luft, guter Schlaf und gute Gespräche.«

Brit besorgte Maria wieder kurzfristig einen Termin bei ihrer Frauenärztin, bei der sie am nächsten Vormittag erschien.

»Willst du dich nicht verändern? Max wird größer und deine Wohnung wird irgendwann zu klein.«, fragte Katja Brit, als sie mit ihr allein war. Brit lächelte.

»Du kennst die Mieten in Berlin nicht.«

»Ich hätte ein Angebot. Ich denke, eine Dreiraumwohnung in der Leipziger Straße würde zu euch passen.«

»Bestimmt. Nur das Kleingeld habe ich nicht.«

»Das ist Verhandlungssache. Ich gehe davon aus, dass du nicht mehr zahlen musst als jetzt.«

»Souterrain?«, frage Brit lachend nach.

»Siebenter Stock.«

»Welcher Haken?«

»Keiner. Du würdest Maria eine Freude machen.«

Als Silvia am Morgen in New York das Büro betrat, brachte sie vor Überraschung keinen Ton heraus. Ihr Chef war nach Tagen endlich wieder einmal erschienen, saß an seinem Schreibtisch und trank einen Kaffee, den er sich offensichtlich selbst gekocht hatte.

Er begrüßte sie mit den Worten: »Heute Nacht hatte ich einen Anruf von meinem Freund aus Deutschland. Er teilte mir mit, der verstorbene André hätte seine Wohnung Maria vererbt. Das Testament sei wasserdicht.« Er machte eine Pause und sah sie fragend an. »Hatten wir nicht vereinbart, Maria rauszulassen? Setzen Sie sich.«

An seinem Ton merkte Silvia, dass er auf hundertachtzig war. Sie setzte sich. Maier blieb hinter seinem Schreibtisch sitzen und nippte an seinem Kaffee.

»Sie haben eigenständig den BND kontaktiert. Das ist nicht ihr Beritt.«

»Ich wollte ...«

»Es geht nicht darum, was Sie wollen, sondern was Sie sollen. Unsere Kollegen in Deutschland müssen sich doch die Frage stellen, warum wir uns für André interessieren. Mein Freund fragte mich natürlich prompt, welche Rolle wir bei diesem Mord spielen würden? ›Auch in unseren Reihen gibt es Idioten‹ habe ich geantwortet und hoffe, ich konnte ihn beruhigen.«

Silvia suchte nach einer Entschuldigung

»Wenn Maria von diesem Geld profitiert, wonach sie suchen, muss man sie im Blick behalten.«

Diesmal ließ er sie aussprechen und setzte erzürnt seine Kaffeetasse ab. Das tat er mit solch einem Schwung, dass sich auf dem Schreibtisch eine Kaffeelache ausbreitete. Silvia wollte aufspringen, doch er schrie sie so an, dass sie vor Schreck sitzen blieb.

»Wenn ich jemanden im Blick behalten will, dann sage ich es ihnen!«

Mit der flachen Hand wischte er den verschütteten Kaffee vom Tisch. Kleinlaut versuchte sie sich zu entschuldigen, um ihn zu beruhigen.

»Du hast ja recht.«

Silvia wechselte unvermittelt zum Du.

»Ich habe einen Fehler gemacht. Wahrscheinlich hat sie von dieser Wohnung nichts gewusst. Die Wohnungsverwaltung in Berlin hat sie gesucht. Die haben ihr sogar ein Fax nach New York geschickt. Das habe ich leider zu spät erfahren.«

Er nickte und sie bemerkte an seinem Blick, dass er sich beruhigt hatte.

»Es gibt etwas Neues von Adrian Goldmann. Der ist in New York aufgetaucht.«

»Adrian Goldmann? Ist der nicht tot?«, fragte Maier.

»Wir haben ihn noch in der Fahndungsdatei. Er kam mit dem Flieger aus Mexiko und fuhr mit einem Taxi in den Meatpacking Distrikt. Der Taxifahrer konnte nicht sagen, wohin genau. Sein Fahrgast hätte ihm nur gesagt, er wolle in die Gansevoort Street, wo die ehemalige Hochbahn endete. Ich habe einen unserer Männer beauftragt, dort spazieren zu gehen. Er hat sich noch nicht gemeldet.«

»Sterbliche Überreste von diesem Goldmann wurden nach der Liquidierung von Bayard nicht gefunden.« Er stand auf und ging zur Toilette.

Als er zurückkam, saß Silvia im Vorzimmer auf ihrem Platz. Ohne ein Wort zu verlieren, ging er in sein Büro. Der Schreibtisch war trocken, Adrians Akte lag vor ihm und daneben stand ein frisch gebrühter Kaffee. Er blätterte in der Akte, trat dann nachdenklich ans Fenster und starrte in den wolkenverhangenen Himmel, aus dem schwere Regentropfen auf die Fensterscheibe fielen. Nach einigen Augenblicken rief er nach Silvia. Sie blieb zögernd in der Tür stehen.

»Er gehörte zur Bayard Truppe, das hast du bestimmt auch gelesen. Die Idioten hatten damals viel zu viel Sprengstoff verwendet. Es war ein Wunder, dass noch DNA von Bayard gefunden werden konnte. Fehlt nur noch, dass der auch eines Tages hier auftaucht.«

»Das ist eher unwahrscheinlich.«

»Silvia, dein Wort in Gottes Ohr.«

Er sah sie an und sie wusste in diesem Moment, dass er ihr verziehen hatte. Langsam ließ er sich auf seinen Schreibtischsessel nieder und griff vorsichtig nach der Kaffeetasse.

»Gut. Dieser Goldmann, weiß der Teufel, wie er sich heute nennt, ist also hier.«

Er schlürfte einen Schluck und behielt die Tasse in der Hand.

»Silvia, Fingerspitzengefühl. Die sollen ihn wie ein rohes Ei behandeln. Er hat Informationen, die Gold wert sind. Vielleicht kann man sich mit ihm verständigen.«

»Ich kann mich an ihn erinnern. Auf mich hat er immer einen gebildeten und umgänglichen Eindruck gemacht«, antwortete sie.

»Das liegt in deiner Hand. Beweise mir, dass ich mich in dir nicht getäuscht habe.«

»Ich konnte dich noch gar nicht fragen, wie es dir geht.«

»Gut.« Erst jetzt stellte er die Kaffeetasse vorsichtig ab und lehnte sich zurück.

»Die Herren Abgeordneten scheinen zur Vernunft zu kommen. Ich glaube, sie haben begriffen, wenn sie mich weiter quälen, verletzen sie die Sicherheitsinteressen unseres Landes. Was sie nicht ruhen lassen wollen, ist das Thema Geld. Der Vorwurf der Korruption steht noch im Raum.«

»Ein neuer Film, der dich mit Schmutz bewirft, ist nicht hilfreich.«

Maier nickte väterlich. »Du bist doch nicht etwa eifersüchtig. Lass sie machen. Ein Film wird mich nicht vom Sockel stoßen.«

»Ich bin nicht eifersüchtig. Ich hasse sie.«

»Ich sehe keinen Unterschied.«

Maier bemerkte, wie es in Silvia gärte. Er ging auf sie zu und strich ihr über die Schulter.

»Silvia, schone deine Kraft. Hass frisst Energie und was viel schlimmer ist, er macht blind. Ich brauche deinen klaren Blick und den richte auf diesen Adrian.«

Spät in der Nacht kehrten Maria und Katja in ihr Hotel zurück.

»Du hättest im Zweitberuf Maklerin werden sollen. Was für eine geniale Idee, Brit die Wohnung zu vermieten.« Maria strahlte.

Am nächsten Tag wollte sie die Hausverwaltung informieren, dass sie eine Mieterin für die leerstehende Wohnung habe. Als Katja im Bad verschwunden war, klingelte Marias Handy. Ihr Vater war dran, der sichtlich erfreut war, endlich wieder ihre Stimme zu hören.

»Wie geht es dir und deinem Kind?«

»Gut. Es strampelt schon verdammt in meinem Bauch.«

»Ich habe eine gute Neuigkeit für dich. Ihr könnt den Film hier zu Ende bringen. Ich habe einen Produzenten gefunden, der euch seinen Schneideraum mit dem modernsten Equipment vermieten würde.«

»Das klingt gut.«

»Ihr könnt bei Verwandten wohnen. Ihr Haus mit Swimmingpool steht leer. Der Schneideraum ist um die Ecke.«

»Ich rede mit Katja.«

»Wir würden uns sehr freuen.«

»Wir müssen sehen, wie Flüge gehen.«

»Ich will dir nichts einreden.«

»Danke. Das ist eine gute Idee.«

»Liebe Grüße von meiner Frau.«

»Grüße zurück und gute Nacht. Wir melden uns.

Maria legte auf und bemerkte Katja, die an der Badezimmertür lehnte.

»Warum warst du so kurz angebunden?«

»Wie lange stehst du schon da?«

»Solange, dass ich mitbekommen habe, wir fliegen nach Namibia?«

»Er hat einen Schneideraum für uns und ein Haus mit Swimmingpool.«

»Ist doch ein Fünfer im Lotto. In Windhoek liegt der Rest unseres Geldes.«

»Das ist ein langer Flug.«

»Wir fliegen Business. Da kannst du dich lang machen.«

»Geizhals. Warum nicht First?«

»Das kann uns verraten«, sagte Katja.

Maria sah sie fragend an.

»Wenn die uns auf der Spur sind und wir soviel Geld für einen Flug ausgeben, müssen wir viel Geld haben.«

Katja lächelte hintergründig und Maria verstand sie.

Am nächsten Morgen hatte Maria eine Verabredung mit Brit in der Leipziger Straße. Brit war begeistert von der Wohnung – auch wenn es noch viel zu tun gäbe. Der Schnitt war einfach perfekt für sie und ihren Sohn. Als sie gehen wollten, stand eine stattliche Frau vor der Tür, die sich als Andrés Lebensgefährtin vorstellte.

»Ich wollte mir unbedingt die Erbschleicherin mal aus der Nähe ansehen.«

Sie schaute von einer Frau zur anderen. Offensichtlich war ihr nicht klar, wer von beiden ihre Ansprechpartnerin war.

»Was wollen sie von mir?«, klärte Maria die Situation.

»Ich habe diese Wohnung ausgestattet.«

Brit brach in schallendes Gelächter aus. »Oh, die Interieur-Designerin.«

Die Frau schaute sie wütend an.

»Sie kommen wie gerufen. Ich gehe davon aus, dass sie alle Möbel und sonstiges haben wollen.«

»Das gehört alles mir.«

»Gott sei Dank«, stieß Brit hervor. »Können wir kurzfristig einen Termin machen? Sie kommen mit einem Möbelwagen und räumen alles aus!«

Brit drückte ihr eine Visitenkarte in die Hand und sagte der sprachlosen Frau: »Ich warte auf Ihren Anruf drei Tage. Melden Sie sich nicht, kommt alles auf den Müll.«

Dann wandte sie sich an Maria. »Frau Schwimmer, ich nehme die Wohnung.«

Maria unterdrückte ein Schmunzeln und wandte sich an die Frau.

»Ich gehe davon aus, dass Sie unberechtigter Weise einen Schlüssel für die Wohnung haben. Sie geben ihn mir jetzt. Ansonsten muss ich die Polizei verständigen. Die Frau war so geplättet, dass sie mechanisch in ihre Manteltasche griff und Maria den Schlüssel übergab, um dann schnellen Schrittes im Fahrstuhl zu verschwinden.

Frau Schröter konnte nicht glauben, welch geringe Miete Maria von Brit verlangen wollte. So etwas hatte sie noch nicht erlebt. Selbst vermögende Eltern würden die übliche Miete von ihren leiblichen Kindern nehmen, erklärte sie.

»Bin ich dazu verpflichtet?«, fragte Maria.

»Sie sind die Besitzerin.«

»Und meine Freundin ist eine alleinstehende Mutter.«

Sie unterschrieb den Mietvertrag. Was Brit mit den Worten kommentierte: »Mehr ist leider nicht drin.«

Adrian war an diesem Tag in sein Lieblingsoutfit geschlüpft, *weißhaariger, gebückter alter Mann mit Stock und Hut*. So spazierte er in der Frühlingssonne durch den Park auf der ehemaligen Hochbahn. In der Gansevoort Street kehrte er bei Macelleria ein. In diesem italienischen Restaurant hatte er das erste Mal gegessen, als er in seine Wohnung eingezogen war. Es machte ihm Spaß, umständlich, wie es seinem Outfit entsprach, an einem der abgeschabten Zweiertische Platz zu nehmen. Er saß noch nicht richtig, als ihn eine Kellnerin kräftig in den Rücken stieß. Es war eine Frau mit dichtem schwarzem Haar, in dem sich schon das erste Grau des Alters breitmachte. Ihre sportliche Figur war die einer Zwanzigjährigen.

»Wieder im Dienst? Lange nicht gesehen. Wie immer diesen abscheulichen finnischen Whisky?«

»Gern«, antwortete der überrumpelte Adrian und fragte sie, ob sie immer noch hinter der Küche zwischen den Mülltonnen rauchen würde, was sie bestätigte. »In zehn Minuten?«, fragte er.

Sie verstand und antworte: »Einmal Whisky mit wilden Aromen und mutigen Ideen.«

»Der hieß doch Kyro?«

»Den Untertitel hast du wohl nie wirklich zur Kenntnis genommen?«

»Auf Eis«, erwiderte er, ohne darauf einzugehen.

»Besser in deinem Alter«, sagte sie und verschwand hinter der Theke.

Zwischen den Mülltonnen ließ sie ihn einige Minuten warten. Es blieb ihm nichts anderes übrig, als eine der gehassten Zigarren anzuzünden, um den Grund seines Wartens zu verschleiern. Nach dem ersten Zug erschien sie, als ob sie darauf gewartet hätte und steckte sich auch eine Zigarette an.

»Adrian, oder wie du dich heute nennst, gibt's Probleme?«

»Richtig erkannt. Sie wollen mir die Eier abschneiden.«

»Das wäre schade drum. Du kannst bei mir schlafen.«

Adrian stieß langsam Rauch aus und sagte: »Diesmal Auge um Auge, Zahn um Zahn.«

»Wie damals, als unsere Mütter noch auf den Strich gingen?«

»Es ist ernster, Claudia.«

Sie musterte ihn von oben bis unten und lächelte.

»Ich dachte, du hast mich vergessen.«

Er holte tief Luft und suchte nach einer Antwort. Doch Claudia kam ihm zuvor: »Ich brauch keine Antwort. Dass du zu mir kommst, wenn es um Leben und Tod geht, ist mir Antwort genug.«

Sie sahen sich in die Augen und es fühlte sich an, als hätten sie sich gestern, das letzte Mal gesehen.

»Was ist passiert?«

»Verdammt komplizierte Geschichte. Dafür reicht keine Zigarettenlänge.«

»Erstmal muss eine Zigarette reichen.«

Adrian deutete an, einen Freund hätte man umgebracht und er würde nun dessen Nachlass verwalten. Jetzt aber seien die Killer hinter ihm her. Es bliebe ihm nichts anderes übrig, als sie auszuschalten. Schwierig sei, dass sie Zugang zur Logistik der Regierung hätten.

»Klingt nicht gut.« Claudia zog nervös an ihrer Zigarette.

»Und was willst du von mir?«

»Hast du noch den Mac, den ich dir geschenkt habe?«

Sie sah ihn verblüfft an und klopfte die Asche von der Zigarette.

»Brauchst du ihn?«

»Funktioniert er noch?«

»Ich mache meine Abrechnungen damit.«

»Gut so. Du hast hier WLAN.«

»Du hast es mir eingerichtet. Komm zur Sache.«

Genervt zog sie abermals an ihrer Zigarette.

»Schalte den Mac nicht mehr aus und lass ihn am WLAN. Darauf muss ich mich verlassen können.«

»Ich begreife zwar nur Bahnhof, aber ich werde es tun.«

»Wenn mir etwas zustößt, wirst du auf deinem Mac ein Video finden. Kopiere es zweimal und übergib eine Kopie der Polizei. Die zweite ist für Katja. Das ist ihre Mailadresse.«

Er hielt Claudia einen kleinen Zettel hin, den sie zögernd einsteckte.

»Und wenn dir nichts zustößt?«

»Dann komme ich höchstpersönlich und erledige das Kopieren eigenhändig.«

»Wenn du nicht kommst, bist du tot.«

Adrian nickte. Claudia nahm einen letzten Zug.

»Versprich mir, dass du die Dinge selber erledigst. Und vergiss deinen finnischen Whisky nicht. Das Eis taut.«

Sie warf den Zigarettenstummel in eine Mülltonne und wollte gehen. Er hielt ihr einen kleinen Zettel mit einer Telefonnummer hin.

»Nur im Notfall.«

»Dein Vater?«

Er nickte wieder und sie verschwand im Lokal. Nachdem er seinen Whisky ausgetrunken hatte, um den beißenden Geschmack der Zigarre loszuwerden, ging er zurück in seine Wohnung und prüfte die Aufzeichnungen seiner Überwachungskameras. Als er nichts Auffälliges registrierte, öffnete er eine unscheinbare Klappe im Fußboden und holte drei Walther P88 ans Tageslicht. Auf diese Sorte von Pistolen schwor sein Stiefvater. Nie hätte er eine andere benutzt, hatte er immer behauptet. Adrian platzierte die Waffen an verschiedenen Plätzen in seiner Wohnung.

Katja hatte Business gebucht. Das Team von Ethiopian Airlines versorgte sie gut. Der Nachtflug sollte sie nach Johannesburg bringen. Von dort waren es nur noch reichlich zwei Flugstunden bis Windhoek.

Sanft landete die Maschine auf dem Rollfeld. Zur Begrüßung in Windhoek warteten nicht nur Marias Vater und seine Frau Anna auf die beiden. Auch Elsbeth und Hosea waren erschienen. Mit Elsbeth, die wie Maria in Deutschland geboren war, hatte sie sich vor einem Jahr angefreundet. Ohne sie hätte Maria ihren Vater nie gefunden. Elsbeth betrieb eine kleine Pension und einen Autoverleih am Rande der Stadt. Hosea war das Faktotum ihrer Firma. Der Namibier vergötterte Maria. Er stürzte als erster auf sie zu und fiel ihr zur Begrüßung um den Hals, fuhr aber erschrocken zurück, als er ihren Bauch spürte.

»Oh«, sagte er. Maria gab ihm einen Kuss auf die Wange.

»Hosea, das muss er aushalten.«

»Es wird ein Junge!«, rief er begeistert. Maria machte einen Schritt auf ihren Vater zu und umarmte ihn nach einem kurzen Zögern.

»Ich bin froh, dass ich hier bin.«

Dann gab sie Anna die Hand.

»Danke, dass ihr uns hier aufnehmt.«

Ihr Vater wies auf Katja, die etwas abseits stehen geblieben war. »Das ist Katja. Marias Assistentin, Freundin und Hebamme.«

Anna nickte freundlich und nahm ihr einen der Koffer aus der Hand. Den anderen griff sich Marias Vater.

Hosea fuhr mit einem Kleinbus vor, verstaute das Gepäck und brachte alle zu dem Haus, in dem Maria und Katja untergebracht werden sollten. Der Swimmingpool im Garten funkelte einladend in der Mittagssonne, der Kühlschrank war gut gefüllt und alle, außer Maria, tranken ein kühles Bier zur Begrüßung. Hosea war glücklich. Drei Tage hat er das kleine Anwesen auf Vordermann gebracht, um Maria eine Freude zu machen. Als Maria und Katja allein waren, stiegen sie in den Pool. Das kühle Wasser tat ihnen gut.

Nach einer kurzen Mittagsruhe machten sie sich auf den Weg zur Bank. Es war am Ende der Regenzeit und die Temperaturen erträglich. Sie gingen zu Fuß. Bis zur Fidel-Castro-Straße, in der sich die Bank befand, war es nicht weit. Maria erinnerte sich, wie sie vor einem Jahr durch diese Gegend gestreift war.

»Ganz allein bin ich damals losgezogen, um meinen Vater zu finden. Ich kannte hier niemanden.«

»Würdest du es noch einmal tun?«

»Ich wusste damals nicht, worauf ich mich einließ.«

»Eben«, antwortete ihr Katja. »Heute weißt du es.«

»Und ich bin nicht mehr allein.«

Das Wetter trübte sich ein. Eine Wolke schob sich vor die Sonne. Die beiden Frauen waren froh, als sie endlich die Bank erreicht hatten und draußen ein heftiger Regenguss niederging. Die Freude währte jedoch nicht lange. Nachdem Maria ihr Anliegen vorgetragen und sich ausgewiesen hatte, versuchte eine junge Frau am

Tresen ihnen freundlich zu erklären, das Konto würde nicht existieren und der Ansprechpartner für solche Dinge sei nicht mehr im Hause.

Der Himmel war wieder blau, als sie die Bank unverrichteter Dinge verließen.

»Das kann doch nicht sein«, stellte Katja erregt fest.

Maria schwieg.

»Sag doch auch mal was. Die Kontonummer stimmt doch. Oder hast du einen Zahlendreher drin?«

»Vielleicht war Maier schneller. Er kann doch eins und eins zusammenzählen. Jack war hier und wir mussten fluchtartig das Land verlassen, weil die ihm auf den Fersen waren.«

»Die kommen doch nicht einfach so an ein Konto ran. Das ist eine Nationalbank.«

»Woher willst du das wissen?«

»Und wie weiter?«

»Katja, wir sind hier, um den Film fertig zu machen.«

»Und was wird mit dem Geld?«

»Ich weiß es nicht.«

Adrian hatte alle Vorkehrungen in seinem Appartement getroffen, um Maiers Leute gebührend zu empfangen. Die Kameras waren installiert, Waffen lagen an den strategisch wichtigen Stellen. Nun fühlte er sich sicher, sich in der Öffentlichkeit wieder ohne Kostümierung zu zeigen. Als er an diesem Morgen in der *Macelleria* auftauchte, gab Claudia ihm einen fröhlichen Klapps auf den Hintern, der sich knackig auf seiner zerschlissenen Jeans abzeichnete. Er setzte sich an einen Tisch am Fenster. Im Vorbeigehen flüsterte sie ihm ins Ohr: »So gefällst du mir. Das regt meine Fantasie an.«

»Ich denke, du bist in festen Händen.«

Sie verschwand in der Küche und rief: »In festen Händen schon, aber er hat keinen so schönen Hintern.«

Claudia brachte ihm das Frühstück, hantierte weiter in der Küche und er aß genüsslich, was sie ihm vorgesetzt hatte.

Bei Adrians nächstem Besuch war die Heiterkeit verflogen. Claudia sagte an diesem Morgen nur trocken: »Ihr habt Legionellen.«

Adrian setzte sich und fragte verwundert: »Wer sagt sowas?«

»Das hat mir *clean water* erzählt. Ich habe da angerufen.«

Er zuckte mit den Schultern.

»Ich verstehe gar nichts.«

Sie setzte sich ihm gegenüber und beugte sich zu ihm.

»Vor zwei Tagen stand ein Lieferwagen vor deinem Haus mit der Aufschrift *clean water.* Drei Männer machten sich im Keller zu schaffen. Ist dir das nicht aufgefallen? Wozu hast du dein Fernsehstudio?«, schloss sie vorwurfsvoll und ging in die Küche, um sein Frühstück zu holen. Adrian musste sich eingestehen, dass er diese Vorgänge nicht auf dem Schirm hatte. Schweigend stellte sie ihm das Essen auf den Tisch und widmete sich den anderen Gästen. Aus den Augenwinkeln beobachtete Claudia, wie er alles hinunterschlang. Sie blieb an seinem Tisch stehen.

»Iss in Ruhe, in den Keller kommst du noch früh genug.«

Er sah auf. »Wenn ich dich nicht hätte.«

»Was dann?«

Einen Moment sahen sie sich wie zwei verliebte Teenager an.

»Schade, dass du in festen Händen bist.«

Darauf reagierte sie mit einem Schulterzucken und ging.

Im Keller standen Werkzeugkisten und neue Rohre lagen herum. In einer Kiste fand er Absperrhähne. Alte rostige Rohre hatte man in eine Ecke geworfen. Alles sah so aus, als würde man hier irgendetwas erneuern.

Adrian rief bei der Hausverwaltung an, die ihm mitteilte, dass die Firma *clean water* eine Dokumentation des Wasserleitungssystems erstellen würde.

Tags darauf befestigte jemand Aushänge im Treppenhaus. Adrians Kameras nahmen eine junge Frau auf, die Zettel im Haus verteilte. Die Firma *clean water* informierte die Bewohner über die drohende Gefahr von Legionellen im Trinkwasser. Adrian googelte die Firma, die in der Bronx ihre Niederlassung hatte. Am späten Freitagnachmittag fuhr er zu der Adresse, die er im Netz gefunden hatte und wurde von der jungen Frau, die er aus seinen Kameraaufzeichnungen kannte, freundlich empfangen. Sie war die letzte an diesem Tag in der Firma und sagte ihm:

»Kommen sie am Montag wieder, wenn sie den Chef sprechen wollen. Oder vielleicht können ihnen unsere Mitarbeiter ihre Fragen beantworten.«

Adrian bedankte sich und wünschte ihr ein schönes Wochenende.

Wie abgesprochen stand Hosea mit einem Jeep vor der Tür. Das gemeinsame Abendessen mit Marias Verwandtschaft entpuppte sich als großes Familienfest. Auf dem Anwesen im Norden von Windhoek, das Annas Familie gehörte, hatten sich über zwanzig Personen versammelt. Fleisch lag auf dem Grill, Salate und andere Köstlichkeiten standen auf dem langen Tisch unter den Bäumen. Zur Straße hin wurde der Garten von zwei langgestreckten Häusern begrenzt. In einem davon wohnten Marias Vater und seine Frau Anna. Auf der anderen Seite standen Einfamilienhäuser, in denen die restlichen Familienmitglieder lebten. Das Händeschütteln wollte kein Ende nehmen. Maria und Katja kannten von den vielen Familienangehörigen nur Anna. Sie erfuhren von Klaus, dass nur ein kleiner Teil der Familie zur Begrüßung erschienen sei.

Der wichtigste Mann, der Maria an diesem Abend vorgestellt wurde, hieß Wilhelm. Der sportlich aussehende Namibier strahlte sie an, als er ihr vorgestellt wurde.

»Schuld an meinem Namen ist mein Großvater.« Er zwinkerte ihr zu. »Sie sind wegen ihrer Bankgeschäfte hier?«, fragte er unvermittelt. Maria verblüffte diese Frage. Wilhelm umfasste Marias Schulter, ging mit ihr einige Schritte und forderte sie auf, mit ihm auf einer Bank Platz zu nehmen, die abseits im hinteren Teil des Gartens stand.

»Entschuldigung, dass ich mit der Tür ins Haus falle. Dein Vater hat es mir erzählt«, begann er das Gespräch.

»Was hat er Ihnen erzählt?«

»Dein Freund hat auf unserer Bank Anlagen getätigt, die auf deinen Namen laufen. Es sind zirka vier Millionen US Dollar.«

»Es existiert kein Konto auf meinen Namen.«

Wilhelm schmunzelte.

»Wer sind Sie?« Maria sah ihn misstrauisch an.

»Ich bin verantwortlich für Transaktionen der Bank, in der du heute warst.«

»Wo sind die Millionen?«

»Gut aufgehoben«, bekam sie als Antwort.

»Warum machen Sie sich über mich lustig?«

»Das mache ich nicht. Wir sind verwandt. Dein Vater hat meine Tante geheiratet. Wir alle gehören zum Stamm der Ovambo, dem auch der Präsident angehört. Mit dem bist du jetzt auch verwandt.«

Wilhelm machte eine Pause und lächelte sie an.

»Ich kenne deine Geschichte. Mein väterlicher Freund Ben hat sein Leben vergangenes Jahr verloren, als er euch half zu fliehen. Deine Feinde sind unsere Feinde. Sag, was mit dem Geld geschehen soll und es wird erledigt.«

Mit diesem Satz erhob er sich und reichte Maria die Hand.

»Komm, auf dem Grill liegt zartes Springbockfleisch. Im Kühlschrank stehen für dich verschiedene Säfte.«

Maria stand auf und er hielt ihre Hand fest.

»Vertraust du mir?«

»Habe ich eine Alternative?«

»Maria, du musst dir keine Sorgen machen, verwandt ist verwandt.«

Adrian hatte kein gutes Gefühl. Er schlief unruhig und stand vor Sonnenaufgang auf. Seine Kameras hatten nichts Verdächtiges aufgezeichnet. Die Straße vor dem Haus war leer. Nur ab und an fuhr ein Auto vorbei. Es war ein Samstag wie immer. Die Büros in den Etagen unter ihm blieben leer. Er ging hinaus auf die Terrasse. Die wenigen dunklen Wolken über dem Hudson River verfärbten sich in ein schmutziges Weiß. Langsam begann der Himmel zu strahlen. Die Worte seines Vaters gingen ihm durch den Kopf: ›Du kannst warten, bis sie dir die Ohren abschneiden oder du schneidest sie ihnen ab. Du hast die Wahl. Du legst eine Fährte und wenn sie auftauchen, beförderst du einen von ihnen ins Jenseits und holst die Polizei. Es war Notwehr, wirst du sagen. Sie hätten deinen Mandanten in Berlin im Auftrag von Maier erschossen und wollten dich jetzt zum Schweigen bringen.‹ Die Sonne hatte mittlerweile seine Terrasse erreicht und schien ihm direkt ins Gesicht.

Sie riss ihn aus seinen Gedanken.

Früher als sonst klopfte er an die Tür der *Macelleria*. Ihm öffnete Peer, der junge, attraktive Kellner aus Guadeloupe, den Claudia vor geraumer Zeit eingestellt hatte. Er erklärte ihm, seine Chefin habe einen Termin bei ihrem Steuerberater. Peer wusste von Adrians Privilegien und beeilte sich, ihm das Frühstück zu servieren. Ob es an Peer lag oder den Umständen, an diesem Tag schmeckte es ihm nicht. Enttäuscht machte er sich auf den Heimweg. Kurz nach zehn klingelte sein Telefon. Claudia bedauerte, dass ihm offensichtlich das Frühstück nicht geschmeckt habe. Lachend antwortete Adrian: »Da gibt es nichts zu bedauern. Du warst nicht da. Dein Frühstück ist eben einzigartig. Peer hat getan, was er konnte.«

»Lass uns heute Abend zusammen einen Wein trinken«, antwortete Claudia.

Hätte sie in diesem Moment neben ihm gestanden, wäre ihr aufgefallen, wie sein Gesicht sich rötete. Adrian hätte widersprechen können, aber die Freude über Claudias Initiative war viel stärker als seine Schüchternheit.

»Komm vorbei, wenn du dein Restaurant abgeschlossen hast.«

Er war überrascht über seine Einladung. Seine Schwester hatte schon einige Male versucht, ihn mit einer Frau zu verkuppeln, doch seine schüchterne Zurückhaltung hatte alle ihre Bemühungen scheitern lassen. Kaum hatte er aufgelegt, begriff er, worauf er sich eingelassen hatte. Seine Küche hatte er vor Jahren mit der neuesten Technik ausgerüstet. Für ein romantisches Treffen war sie allerdings nicht geeignet. Zudem war sie lange nicht mehr richtig sauber gemacht worden. In dieser Küche konnte er Claudia nicht empfangen. Auf der Suche nach brauchbaren Reinigungsmitteln wurde er nicht fündig und so machte er sich auf den Weg, das Nötige zu besorgen. Nach einer Stunde kehrte er heim und man konnte ihn hinter dem riesigen Strauß Blumen kaum erkennen, den er in seinen Armen hielt. Er fand den Gedanken genial, die Küche einfach mit Blumen zu verschönern. Nach etwa einer Stunde legte er sich erschöpft hin. Doch kaum genoss er die Ruhe, klingelte wieder sein Telefon. Am anderen Ende der Leitung meldete sich eine Männerstimme: »Spreche ich mit Adrian Sörenson?«

»Ja«, antwortete er müde.

»Entschuldigung. Habe ich sie geweckt?«

»Worum geht's?«, fragte er unwirsch.

»Ich bin Angestellter der Firma *clean water*. Wir haben ein Problem. Ich bin sehr froh, dass ich sie erreiche. Meine Chefs haben beschlossen, am Montag mit den Sanierungsarbeiten zu beginnen. Das ist ja gut und schön. Wir haben die Leitungen in allen Wohnungen kartiert. Nur bei ihnen waren wir noch nicht. Meine Bitte, dürften wir noch heute vorbeikommen? Wenn nicht, bin ich gefeuert.«

Der Mann hatte einen Akzent, den Adrian nicht zuordnen konnte.

»Wir sind in einer Stunde wieder verschwunden. Bitte, haben sie ein Herz.«

»Eine Stunde meines Sonnabends schenke ich ihnen«, entgegnete Adrian.

»Danke. Da fällt mir ein Stein vom Herzen. In einer halben Stunde sind wir bei ihnen.«

Kurz nach 15 Uhr schaltete er die Monitore ein. Ein weißer Lieferwagen mit der Aufschrift *clean water* war nicht zu entdecken. Niemand in einem entsprechenden weißen Overall war zu sehen. Die Kamera auf der Terrassenseite zeigte ihm nichts Auffälliges. An diesem sonnigen Samstag schlenderten viele Spaziergänger den Weg auf der alten Hochbahn entlang. Dann prüfte er die Kameras in den Innenräumen. Alle waren intakt und mit dem WLAN verbunden. Adrian ging zurück in die Küche, um sich zu vergewissern, dass er nichts übersehen hatte. Er korrigierte seine Blumenarrangements noch einmal und stellte dabei fest, dass in einer Vase das Wasser fehlte. Nach einem letzten prüfenden Blick ging er zurück an die Monitore. Auf die Bank gegenüber seiner Terrasse hatte sich ein alter Mann mit langen weißen Haaren gesetzt. Adrian beschlichen Zweifel. Wahrscheinlich war es eine absurde Idee, dass die ganze Legionellen-Aktion ihm gelte. Der Hunger lockte ihn in die Küche. Er konnte sich nicht beherrschen und naschte von seinen vorbereiteten Snacks. Als er sich wieder vor die Monitore setzte, war der alte Mann auf der Bank gegenüber verschwunden. Müdigkeit beschlich ihn, die er mit einem doppelten Espresso zu vertreiben versuchte. Lange kaute er auf einem Stück schwarzer Schokolade herum. Kurz vor 16 Uhr hielt ein Fahrzeug mit der

Aufschrift *clean water* vor dem Haus. Drei Männer in Overalls mit der gleichen Kennung verließen den Wagen. Adrians Stimmung änderte sich schlagartig. Er war hellwach, zog eine Pistole aus der Schublade und lud sie durch. Die Ankömmlinge schienen Südamerikaner zu sein. Ein reiferer Mann mit Glatze, der offensichtlich das Sagen hatte, ging voran. Die beiden jüngeren – ein drahtiger Mann mit Vollbart, der einen Werkzeugkoffer trug und ein langhaariger Pferdeschwanzträger, folgten ihm ins Haus. Vor dem Fahrstuhl blieben sie stehen und sprachen miteinander. Er hörte nur Wortfetzen. Offensichtlich sprachen sie französisch. Der Ältere griff zum Handy und Adrian hörte ihn sagen: »Nous sommes la. Tout va bien.« Adrian verstand: »Wir sind da. Alles gut.« Nach diesem Telefonat riefen sie den Fahrstuhl und stiegen ein. Ihr Ziel war seine Etage. Er schob die Pistole hinten in den Hosenbund. Sekunden später schellte die Glocke an der Tür des Fahrstuhls. Er zog seinen Pullover über die Pistole, ging zum Fahrstuhl und drückte die Entriegelung.

»Guten Tag. Entschuldigen sie die Verspätung. Es wird nicht lange dauern«, begrüßte ihn der Ältere. Er streckte ihm seine Hand, an der zwei Finger fehlten, entgegen. Adrian hob zur Begrüßung nur seine Rechte und trat einen Schritt zurück, so hatte er genug Raum, um seine Pistole zu ziehen. Er fragte reserviert: »Was wollen sie dokumentieren?«

»Das stand alles im Aushang«, rief der junge Mann mit gepflegtem Vollbart genervt. Er trug den Werkzeugkoffer, der ihm scheinbar zu schwer wurde. Der Ältere hob beschwichtigend die Hände.

»Wir sind etwas gereizt, das müssen sie verstehen. Uns hat man aus dem verdienten Wochenende geholt. Wir müssen ihre Zapfstellen in Küche, Bad, Gästetoilette, also das gesamte Leitungssystem, dokumentieren.«

»Wozu?«

»Können wir nicht erst einmal reinkommen?«

»Wozu?«, wiederholte Adrian.

Die Nervosität der beiden Jüngeren schien zuzunehmen. Der Glatzkopf nickte und blieb ruhig.

»Es könnte sein, dass das gesamte Rohrsystem ausgetauscht werden muss.«

»Das stand aber nicht im Aushang.«

Adrian lächelte sein Gegenüber an und bekam zur Antwort: »Wenn dem so wäre, würde Ihnen ihr Lächeln vergehen.«

Adrian gab den Weg frei und wies in Richtung Küche.

»Die Küche ist dort.«

Der Mann vor ihm hob die drei Finger seiner Rechten an die Stirn und bedankte sich nickend. Adrian trat zur Seite und ließ sie vorangehen. Es schien ihm nichts auszumachen, dass er einige Schritte hinter ihnen ging. Der Glatzkopf schob die Blumenvase beiseite und entfaltete ein Blatt Papier auf dem Küchentisch. Seine zwei Begleiter machten sich am Spülbecken zu schaffen und riefen ihm Maße zu, die er notierte. Adrian war an der Tür so stehen geblieben, dass er sofort in Deckung gehen konnte. Er fasste nach der P88 hinter seinem Rücken.

»Haben sie schon mal von der Legionärskrankheit gehört?«, fragte ihn der Chef.

»Nein«, er zuckte mit den Schultern. Der Glatzkopf nahm es zur Kenntnis, faltete das Blatt zusammen, schob die Blumenvase vorsichtig wieder an ihren Platz und wandte sich an seine Begleiter: »Wir machen im Bad weiter!«

Er sah Adrian fragend an. Der zeigte in Richtung Korridor.

»Zweite Tür rechts.«

Wieder begann der gleiche Tanz. Adrian ließ die drei vorangehen. Als die beiden Jüngeren das Bad betraten, positionierte Adrian sich so, dass er sie im Blick behalten konnte. Der Glatzkopf wandte sich ihm zu.

»Gästetoilette mit Waschbecken haben sie auch?«

»Am Ende des Korridors.«

»Die Gästetoilette machen wir zum Schluss.«

Wortlos folgte er seinen jungen Kollegen und Adrian fiel ein Stein vom Herzen. Hätte er ihm vorausgehen müssen, hätte der die Pistole in seiner Hose wahrscheinlich bemerkt. Im Bad wiederholte sich das gleiche Prozedere wie in der Küche und Adrian fragte sich: Warum behandele ich sie wie Verbrecher? Sie hatten um Hilfe gebeten und ich habe sie eingelassen.

»Bringen wir es zu Ende«, sagte der Chef ernst, als sie im Bad fertig waren. Er schickte den Mann mit Pferdeschwanz zurück zum

Auto, um das Dokumentationsformular zu holen, das er vergessen hatte und das Adrian unterschreiben sollte.

Im engen Korridor ließ Adrian den Glatzkopf mit seinem verbliebenen Mitarbeiter wieder vorangehen. Der Vollbärtige stellte seinen Werkzeugkoffer vor die Gästetoilette und öffnete die Tür. Sein Chef drehte sich Adrian zu.

»Geben sie mir die Pistole. Es passiert ihnen nichts. Unser Geldgeber hat nur einige Fragen an Sie. Kooperieren wir?«

Im gleichen Moment spürte Adrian den Lauf einer Pistole in seinem Rücken. Er fühlte, wie der Mann hinter ihm, die Pistole aus seinem Hosenbund zog und begriff sofort, welchen Fehler er gemacht hatte. Er hatte nicht überprüft, ob der Langhaarige die Wohnung verlassen hatte. Lächelnd trat der Glatzkopf an ihn heran und machte Anstalten, ihm einen Kabelbinder um die Handgelenke zu legen. In diesem Moment drehte sich Adrian blitzschnell um, griff nach der Pistole, mit der der Langhaarige ihn bedrohte und schlug ihm die zweite aus der Hand. Ein Schuss löste sich und traf den Chef in die Brust. Der sackte mit einem Fluch in sich zusammen. Der Vollbart schrie aus der Gästetoilette seinem Kumpan in einer Sprache etwas zu, die Adrian nicht verstand und holte eine Maschinenpistole aus dem Werkzeugkoffer. Adrian schob den Langhaarigen als Schutzschild vor sich und dachte im gleichen Moment: Sollte der Vollbart durchdrehen, werden wir beide sterben. Doch bevor der abdrücken konnte, zielte Adrian auf dessen Stirn und traf. Mit einer Hand griff er nach den Kabelbindern, die auf dem Boden lagen und fesselte den Mann, der ihm als Schutzschild gedient hatte. Nachdem er sich vergewissert hatte, dass der Glatzkopf noch lebte, die Kugel offensichtlich seine Lunge getroffen hatte und außer einem Stöhnen nichts mehr von ihm zu erwarten war, brachte er den gefesselten Langhaarigen in den Raum, wo die Monitore standen. Dort band er ihn an eine der eisernen Säulen, die das Dach stützten. Dann ging er zurück in den Korridor. Inzwischen war der Glatzkopf wieder ansprechbar. Es blieb Adrian nichts anderes übrig, als auch den schwerverwundeten mit Kabelbindern zu fixieren. Er setzte sich neben ihn.

»Es gibt jetzt zwei Möglichkeiten. Du bist schwer verwundet. Ich kann gehen und dich in Ruhe sterben lassen oder du nennst mir deinen Auftraggeber. Dann bringe ich dich in ein Krankenhaus. Was hältst du davon?« Der Mann stöhnte und hauchte:

»Es sollte kein Blut fließen. Deshalb haben wir das ganze Theater veranstaltet.«

»Was hältst du davon?«, wiederholte Adrian. »Krankenhaus oder sterben?«

Der Mann bäumte sich auf. Blut floss aus seinen Mundwinkeln. Er flüsterte: »Kein gutes Geschäft. Lass mich sterben. Meine Familie bekommt nichts, wenn ich ihn verrate.«

»Hieß der Mann Maier oder hat seine Sekretärin dir den Auftrag gegeben?«

Der Mann lächelte müde: »Eine taffe Frau.« Er versuchte Luft zu holen und flüsterte: »Sterbegeld ist gutes Geld. Meine Familie braucht es. Wir sind sehr arm geworden. Einmal war der Libanon unendlich reich.«

Das Lächeln erstarb auf seinen Lippen. Er schloss die Augen. Sanft legte Adrian den Kopf des sterbenden Libanesen zurück. Aus dem Raum, in dem seine Computer standen, drang ein lautes Poltern an sein Ohr. Er wusste sofort, was passiert war. Das Netz, das er über dem Ausgang zur Terrasse installiert hatte, war herabgestürzt. Die Terrassentür stand weit offen. Unter dem Netz lag ein regungsloser Körper. Er ging zur Tür und verriegelte sie. In diesen Moment fiel ein Schuss und traf Adrian in die rechte Schulter. Er drehte sich um, hob seine Pistole, sah noch, wie das Netz sich bewegte und hörte den zweiten Schuss. Die Kugel durchbohrte seine Brust. Nach wenigen Atemzügen hörte Adrians Herz auf zu schlagen.

Er sah nicht mehr, wie der im Netz gefangene Mann sich befreite. Es war der Alte mit den weißen langen Haaren, der sich gegenüber von Adrians Terrasse auf der Bank gesonnt hatte.

Claudia schloss gegen 23.00 Uhr ihr Restaurant und rief Adrians Nummer an. Nichts tat sich am anderen Ende der Leitung. Sie nahm zwei Flaschen des besten Weines aus dem Regal und machte sich auf den Weg. Vorsorglich steckte sie den Schlüssel ein, den ihr Adrian erst vor ein paar Tagen gegeben hatte. Der Fahrstuhl brachte sie in den fünften Stock. Das fahle Licht aus dem Fahrstuhl beleuchtete den Raum, in dem Chaos herrschte. Der Lichtschalter neben der Tür funktionierte nicht. Sie machte einige Schritte. Unter ihren Füßen knisterten und knackten Scherben. Auch der zweite Schalter, den sie fand, reagierte nicht. Sie warf einen Blick in die Räume. Monitore lagen auf den Boden. Im dämmrigen Licht, das durch die Terrassentür fiel, sah sie ein Netz, das vor der Tür lag, machte einen Schritt in den Raum und wäre fast über einen leblosen Körper gestolpert. Sie hielt sich an der Wand fest und drückte einen Schalter. Das grelle Licht blendete sie. Adrian lag tot vor ihren Füßen. Sie ließ die Weinflaschen, die sie in der Hand gehalten hatte, fallen. Claudia fasste nach einem Sessel und setzte sich wie in Zeitlupe. Wie lange sie regungslos dagesessen hatte, konnte sie später nicht mehr sagen. Irgendwann griff sie nach ihrem Handy und wählte die Nummer der Polizei. In den frühen Morgenstunden kam sie zurück in ihre Wohnung und checkte den Computer. Wie Adrian es angekündigt hatte, fand sie die Aufzeichnung der Ereignisse des vergangenen Abends. Sie tat, worum er sie gebeten hatte und zog zwei Kopien. Danach rief sie die Telefonnummer an, die er ihr anvertraut hatte.

Schon am Morgen nahmen Katja und Maria ein Bad im Pool vor dem Haus.

»Weißt du, was ich mit meinem Geld machen werde?«, schrie Katja vergnügt.

»Einen Pool bauen«, antwortete ihr prustend Maria.

»Oder wir finden in der Karibik etwas Passendes. Was hältst du davon?« Ohne eine Antwort abzuwarten, fuhr sie fort: »Dein Kind wird es dir danken.«

»Lass uns frühstücken, dann sehen wir weiter.«

Maria stieg aus dem Wasser und trocknete sich ab. Katja folgte ihr.

»Der Banker ist dein Cousin. Der wird uns nicht übers Ohr hauen.«

»Auch in Familien gibt's Ganoven.«

Katja trat an sie heran und sah sie ernst an.

»Wie meinst du das?«

»Vor einem Jahr gehörte dein Bruder zu jenen, die uns verfolgten und nicht davor zurückgeschreckt waren, eine Bombe unter unserem Auto zu platzieren. Heute vertraue ich ihm und vertraue dir.«

Maria ließ sie stehen, ging ins Haus und erschien einen Augenblick später wieder in der Tür und rief: »Hör endlich mit diesem scheiß Geld auf. Ich kann es nicht mehr hören!«

Kleinlaut entgegnete Katja: »Entschuldige, aber man darf doch mal träumen.«

»Darf man«, sagte Maria und verschwand wieder im Haus.

Während des Frühstücks erschien Wilhelm in der Gartentür und setzte sich zu ihnen auf die Veranda.

»Kaffee?«, fragte Maria.

»Danke, nein. Ich bin auf dem Weg zur Bank und brauche deine Anweisungen.«

»Ich begleite sie.«

»Man muss uns nicht gemeinsam in der Bank sehen.«

»Gib ihm die Nummer des Bankkontos meines Vaters. Überweisen sie ihm alles, er kümmert sich«, mischte sich Katja ein.

Wilhelm sah Maria überrascht an.

»Gut Wilhelm, wir duzen uns, schließlich gehöre ich zur Familie und meiner Freundin Katja kannst du vertrauen.«

»Ja, aber ...?«

»Tu das, was Katja dir gesagt hat.«

»Ist das deine freie Entscheidung?«

»Ja. Ich bin dir sehr dankbar, dass du uns hilfst.«

Wilhelm nickte beiden zu und ging.

Nach dem Frühstück besichtigten Maria und Katja das Studio mit Schneideraum, das nur einen Katzensprung entfernt war. Es war klein aber fein. Alles, was sie für die Endfertigung ihres Filmes brauchten, war vorhanden. Der Besitzer war ein freundlicher Engländer, der schon über zwanzig Jahre in Namibia lebte und mit Werbespots seinen Lebensunterhalt verdiente. Sie wurden sich schnell einig. Am nächsten Morgen konnten sie mit der Arbeit beginnen.

Elsbeth wartete schon ungeduldig vor dem Haus, als sie das Studio verließen und brachte sie zur Zentralklinik. Dort trafen sie Dr. Junker. Der kleine Mann aus der Schweiz, mit schütterem braunem Haar und sehr lebendigen Augen, kam regelmäßig nach Windhoek. Von Elsbeth wusste Maria, dass er Studenten bei ihren Praktika begleitete und Vorlesungen über Frauen- und Kinderheilkunde hielt.

»Es ehrt mich, dass sie in unsere bescheidene Klinik kommen. Warum gehen sie nicht in die katholische Privatklinik? Die sind viel besser ausgestattet«, begrüßte er die drei Frauen.

»Sie sind der Arzt unseres Vertrauens«, antwortete Elsbeth trocken und stellte ihm Katja vor. Er streckte ihr lachend seine Hand hin.

»Herzlich willkommen Kollegin. Hier werden Fachkräfte gebraucht. Wo haben sie ihren Abschluss gemacht?«

Katja fühlte sich unwohl und Maria sprang ihr zur Seite.

»Herr Doktor, ich will ja nicht drängeln, aber das Kind bekomme ich.«

Wieder lachte er herzlich und forderte sie auf, mit ihm in den Untersuchungsraum zu kommen. Er bemerkte, dass Katja zurückblieb.

»Kommen Sie, kommen Sie. Vielleicht kann ich noch etwas lernen.«

Er wartete in der Tür und Katja blieb nichts anderes übrig, als ihm zu folgen.

Vor dem Ultraschallgerät lud er Katja ein, sich neben ihn zu setzen.

»Was sehen Sie?«

»Ich glaube, das Kind entwickelt sich gut«, antwortete Katja.

»Sie meinen, es ist alles dran. Von glauben, kann hier keine Rede sein. Was sehen Sie noch?«

»Beckenendlage«, antwortete Katja leise.

Er nickte bestätigend.

»Gönnen wir dem Jungen noch ein paar Tage. Er wird sich drehen.«

»Hallo! Ich bin auch noch da«, rief Maria.

»Sagen Sie es ihr«, forderte er Katja auf.

»Beckenlage erfordert Kaiserschnitt.«

Dr. Junker stand auf, ergriff Marias Hand und tätschelte sie.

»Liebe Frau Schwimmer, ich bin mir sicher, er dreht sich noch. Sie sollten mit Atemübungen beginnen. Hat Ihre Hebamme darüber mit Ihnen gesprochen? Haben Sie schon einen Namen für den Jungen?«

Auf diese Frage war sie nicht vorbereitet und zögerte.

»Na ja, dann machen Sie sich mal Gedanken. Vielleicht fällt Ihrer Hebamme dazu etwas ein.«

Er drückte Katja eine Spritze in die Hand und suchte in einem Schrank nach Röhrchen.

»Die Blutwerte«, forderte er Katja auf, die immer noch mit der Spritze in der Hand vor dem Monitor des Ultraschallgerätes saß.

»Jetzt sagen Sie nicht, Sie haben das während Ihrer Ausbildung im gelobten Land nie gemacht?«

»Doch.«

»Fislä, fislä!«

»Was heißt das?«, fragte Katja.

»Ist kein Fachbegriff. Ist schweizerisch und heißt schnell, schnell.«

Maria hielt Katja ihren rechten Arm hin und ohne Schwierigkeiten nahm sie Blut ab und füllte es professionell in die Röhrchen, die der Doktor mit Zetteln beklebte.

»Perfekt. Morgen Mittag rufen Sie mich an, Kollegin.«

»Wie war's?«, begrüßte Elsbeth sie im Warteraum.

»Ihr habt den richtigen Doktor ausgesucht«, antwortete Katja und Maria ergänzte:

»Das Problem ist nur, wir haben noch keinen Namen für meinen Sohn.«

Silvia stand am Bürofenster und starrte ins Nichts. Sie wusste, dass sie Maier anrufen musste. Doch alles in ihr sträubte sich dagegen. Langsam ging sie zu ihrem Schreibtisch, setzte sich und wählte seine Nummer.

»Konntest du dich überwinden? Respekt.«

Seine Stimme klang völlig entspannt. Blitzartig begriff sie, er wusste alles.

»Hat es dir die Stimme verschlagen? Mir hat es gestern Nacht die Stimmung verhagelt. Selbst der Whisky hat nicht mehr geschmeckt. Sag etwas, sonst lege ich auf.«

»Es ist meine Schuld«, sagte sie leise.

»Die Idee mit den Legionellen war gar nicht so schlecht. Der Junge war nur besser, viel besser, als die Truppe. Er hat sie erwartet. Er wollte, dass sie kommen.«

»Was ...«

Maier unterbrach Silvia: »Ich komme jetzt ins Büro. Es gibt viel zu tun.«

Das Knacken in der Leitung verriet ihr, dass er aufgelegt hatte. Wie von Geisterhand gesteuert, stand sie auf und richtete noch einmal seine akkurat liegenden Schreibutensilien. Alles was sie tat, war sinnlos. Doch sie musste es tun. Eine Stunde später kam er, blieb vor ihr stehen und sagte zur Begrüßung: »Dieser Lippenstift passt nicht zu dir.«

Er ging in sein Büro und schloss die Tür hinter sich. Sie nahm sich ein Taschentuch, rubbelte sich den Lippenstift von den Lippen und setzte sich. Nach einigen Minuten spürte sie, wie der Schweiß ihr am ganzen Körper ausbrach. Sie ging in den Waschraum, um ihr Make-up aufzufrischen. Dort hörte sie ihr Telefon klingeln. Sie stürzte in ihr Büro und nahm ab.

»Ich brauch dich zum Diktat«, sagte Maier, mehr nicht. Silvia griff sich ihren Schreibblock, holte tief Luft und betrat sein Büro. Schweigend nahm sie vor seinem Schreibtisch Platz. Er fixierte sie.

»Silvia, jetzt konzentriere dich. Was geschehen ist, ist geschehen. Wir müssen handeln. Punkt eins, du überweist den Familien der toten Libanesen die übliche Summe. Nur am Rande, es waren alles treue Christen. So, jetzt zum Diktat. Brief an die Untersuchungskommission des Kongresses. Die Damen und Herren sind dir bekannt. Üblicher Briefkopf. Jetzt zum Text.«

Maier steckte sich eine Zigarre an. Sie sah auf seinen Rücken und dachte: »Er ist irgendwie wieder der Alte, voller Energie.« Diese Erkenntnis gab auch ihr Kraft.

»Bist du bereit?«, fragte er, ohne sich umzudrehen.

»Bereit«, antwortete sie. Ihre Stimme klang hell und klar. Er drehte sich zu ihr um und lächelte.

»So gefällst du mir.« Er zog an seiner Zigarre und begann.

»Sehr geehrte Damen und Herren, die vergangenen Wochen waren nicht die schönsten in meinem Leben. Sie haben es mir nicht leicht gemacht. Das ist kein Vorwurf. Ich möchte heute nicht darauf eingehen, ob die verdeckten Operationen, die wir in aller Welt durchgeführt haben, um unsere Sicherheit zu verteidigen, richtig oder falsch waren. Das zu beurteilen liegt bei Ihnen. Mich haben die Fehler beschäftigt, die ich begangen habe.«

Silvia hatte sofort mit stenografiert. Beim letzten Satz hob sie ihren Blick und sah ihn an. Maier zog an seiner Zigarre und setzte sich auf die Schreibtischkante. Er hatte das immer getan, wenn er gute Laune hatte.

»Silvia, glaub mir, wenn ich aufhöre ihnen etwas zu erklären, was sie sowieso nicht verstehen, werden sie Ruhe geben. Ich werde ihnen erzählen, warum ich versagt habe und Asche auf mein Haupt streuen. Dann gebe ich ihnen die Chance, Gnade vor Recht ergehen zu lassen.«

Sie zuckte mit den Schultern: »Wenn du meinst.« Er nickte und nahm wieder den Faden auf.

»Ich habe Menschen vertraut, denen ich nicht hätte vertrauen dürfen. Ich habe geglaubt, ich stehe über den Dingen. Mein Lehrer, General Walter, wird sich im Grabe umdrehen. Das schmerzt mich am meisten. Zur Sachlage: Wir sind als Sieger aus dem kalten Krieg hervorgegangen. Russland ist zerfallen. Vasallen verloren ihre Arbeitgeber. Darunter gab es sehr fähige Leute. Einen von ihnen habe ich an mich gezogen, ihm vertraut. Sein Deckname war Bayard. Ehemaliger Offizier der Staatssicherheit der DDR. Ein begabter Mann. Der undankbare Geselle hat hinter meinem Rücken Geld zur Seite gebracht. Eine Schlüsselfigur in diesem Geschäft war der Amerikaner Jack Brown. Ich habe sein Studium finanziert, ihn aufgebaut. Dann verriet er mich. Er hatte sich in die falsche Frau verliebt. Caesar muss sich so gefühlt haben, als er Brutus mit dem Messer vor sich sah.«

Maier hielt inne und sagte nach einer kurzen Pause. »Die Sache mit Caesar streichen.«

»Ich finde es nicht schlecht.« Silvia sah ihn an, ihre Blicke trafen sich.

»Streichen«, wiederholte er und fuhr fort: »Bayard und Brown wurden liquidiert. Leider haben sie das Geld so geschickt in Kreisläufen versteckt, dass es unauffindbar zu sein scheint. Es stellte sich heraus, dass andere Mitglieder der Gruppe Bayard ebenfalls involviert waren. Offensichtlich hatten sie Kontakt zur Ndrangheta. Als wir sie endlich enttarnt hatten und befragen wollten, wo das Geld geblieben sei, wurde einer von ihnen in Berlin und der andere in New York liquidiert. Die Ermittlungen dazu werden in

Berlin vom Bundeskriminalamt und in New York vom FBI geführt. Erste Ermittlungsergebnisse lege ich bei. Für das Verhalten meiner Leute übernehme ich die volle Verantwortung. Abschließend muss ich konstatieren, dass das verschwundene Geld verloren ist. Auch dafür muss ich die Verantwortung tragen. Für weitere Vernehmungen stehe ich Ihnen zur Verfügung. Hochachtungsvoll und so weiter.«

Er legte den kaltgewordenen Zigarrenstummel in den Aschenbecher und wartete bis sie fertig war.

»Jetzt könnten wir einen vertragen.«

»Whisky?«, fragte sie und er nickte. Sie ging in ihr Büro und kam mit der Flasche und zwei Gläsern zurück. Er nahm ihr die Flasche aus der Hand und schenkte ein. Dann tranken sie und sahen sich an.

»Was wird jetzt werden?«

»Was soll werden?«, fragte er zurück. Darauf hatte sie keine Antwort.

»Sie werden alles tun, damit die Ermittlungen im Sande verlaufen. Denn ...«, hier machte Maier eine Pause, goss nach und trank. »Die Ermittlungen werden Dinge aufdecken, die auch zu ihnen führen. Glaubst du, dass sie daran ein Interesse haben?«

»Das glaube ich nicht. Nur, was werden wir tun?« Silvia war sichtlich irritiert.

»Du wirst das Büro räumen. Sachen, die uns belasten oder noch von Wert sind, bringen wir in meinem Haus unter.«

»Und was wird mit mir?«

Silvia hatte Tränen in den Augen.

»Das entscheidest du. Wir sollten unsere gemeinsame Arbeit fortsetzen.«

Sie verstand nicht.

»Ich meine, wir sollten uns nicht trennen. Aber das ist deine Entscheidung. In meinem Haus ist Platz für zwei.« Er sah sie genervt an.

»Ich bin für Liebeserklärungen nicht geeignet. Ich würde mich freuen, wenn du zu mir ziehst. Wir kennen uns beide gut. Wir verstehen uns wortlos. Es wäre doch ein Jammer, wenn jeder für sich allein ...«, wieder machte er eine Pause.

»... vor Einsamkeit stirbt«, vollendete sie seinen Satz. Er nickte. Sie ging zu ihm und nahm ihn in ihre Arme. So standen sie regungslos einige Augenblicke. Er strich ihr sanft über den Rücken.

»Also abgemacht?«

Sie gab ihn frei und wischte sich mit ihrem Handrücken die Tränen aus den Augen. Die Schminke verschmierte ihr Gesicht. Er lächelte.

»Sieh dich mal im Spiegel an. So kann ich nicht mit dir unter Leute gehen.«

Drei Tage sichteten Maria und Katja ihr Material. Immer wieder schauten sie sich die Interviews an. Nach welchem Prinzip sollten sie das Ganze ordnen? Die Antwort fiel beiden schwer. Am vierten Tag kamen sie auf dem Weg zum Studio in einen Regenguss. Völlig durchnässt kehrten sie um.

»Du machst den Film, um deinem Kind Antworten zu geben.«

Katja hielt sich eine Zeitung zum Schutz vor dem Regen über den Kopf.

»Das habe ich behauptet. Aber es dreht sich doch alles nur um Herrhausen«, antwortete Maria und rannte los.

»Du stellst die Frage, warum er sterben musste!«, rief Katja ihr nach.

Maria erreichte das kleine Anwesen und verschwand hinter der Hecke, die den Garten begrenzte.

Katja zog sich aus und sprang mit einem lauten Schrei in den Pool. Nach einigen Minuten hörte der Regen so plötzlich auf, wie er begonnen hatte. Maria trat in einem trockenen Kleid vor die Tür und brachte Katja, die im Pool ihre Bahnen zog, ein Handtuch.

»Machst du heute frei?«

Katja reagierte nicht auf die Frage.

»Wie du willst.«

Sie hängte das Handtuch an den Handlauf der Pooltreppe und machte Anstalten zu gehen.

»Der Film beginnt mit Jacks Tod und deiner Entscheidung, das Kind auszutragen.«

Katja stieg aus dem Wasser und begann, sich abzutrocknen.

»Ja, und weiter?«, fragte Maria.

»Du musst hinter der Kamera hervortreten, dich vor sie stellen und so alles zusammenhalten. So wie das Jack in eurem Film getan hat.«

»Was soll das werden? Soll ich alles noch einmal erklären, was die Zuschauer gesehen haben. Das ist Unfug.«

»Stell einfach Fragen. Erzähle von deinen Zweifeln.«

»Dazu hätten wir die Interviews anders auflösen müssen.«

»Ich meine, du musst nicht immer physisch hervortreten, sondern im übertragenen Sinne. Deine Stimme kann doch so etwas wie ein innerer Monolog sein.«

»Und der Schluss ist dann die Geburt meines Sohnes«, sagte Maria scherzhaft.

»Warum denn nicht. Das ist doch nicht zum Lachen, das liegt auf der Hand.«

Maria fühlte sich überrumpelt und bat um eine Denkpause.

Am nächsten Morgen erschien Katja nicht zum Frühstück. Ihre Zimmertür war abgeschlossen und der Schlüssel steckte von innen. Maria klopfte. Im Zimmer regte sich niemand. Sie lief ums Haus und sah durch das Fenster. Katja hatte sich die große Leinendecke über den Kopf gezogen, nur ihre Füße waren zu sehen. Eine halbe Stunde später, schaute sie noch einmal durchs Fenster. Es hatte sich nichts verändert. Was sollte sie tun? Katja war eigentlich eine Frühaufsteherin. Sie ging zurück zur Tür und rief verhalten: »Katja!« Ihr Rufen wurde lauter und als sie keine Antwort bekam, klopfte sie heftig. Nichts. Sollte sie das Fenster einschlagen? Angst stieg in ihr auf.

»Lass mich in Ruhe«, hörte sie Katja plötzlich schreien. Dem Schreien folgte ein heftiges Schluchzen. Mit beiden Fäusten hämmerte Maria an die verschlossene Tür und rief verzweifelt: »Katja, mach auf! Mach auf!« Die Tür ging auf und erschrocken starrte sie Katja an, als stünde ein Geist vor ihr. Ihre Haare waren zerzaust. Ihre Augen waren rot und geschwollen. Ihr Blick war leer. Einen Augenblick standen sie sich gegenüber, dann ging Katja wortlos wieder ins Bett und zog sich die Decke über den Kopf. Maria setzte sich zu ihr auf die Bettkante.

»Was ist los?«

Sie hörte, wie Katja unter der Decke leise sagte: »Sie haben ihn umgebracht.«

Maria riss die Decke beiseite. Katja hielt sich die Hände vor ihr Gesicht und ein Weinkrampf schüttelte sie.

»Wen haben sie umgebracht?«

»Meinen Bruder.«

Maria legte sich zu ihr ins Bett und nahm Katja in den Arm. So lagen sie eine Zeit lang still nebeneinander. Dann erzählte Katja, dass Claudia sie angerufen und ihr erzählt habe, was geschehen war.

»Wer ist Claudia?«, fragte Maria.

»Eine alte Freundin meines Bruders.«

»Die Polizei, was sagt die?«

»Es hätte einen Kampf gegeben. Es müssen mehrere gewesen sein. Claudia sagt, sie hätte ein Video von all dem.«

Maria sah sie ungläubig an.

»Was für ein Video?«

»Adrian hatte überall in seinem Appartement Kameras eingebaut. Die hätten das aufgezeichnet. Mehr weiß ich nicht. Sie sagt, mein Bruder hätte sie gebeten, mir die Aufzeichnung zu schicken.«

»Ich denke, er ist tot. Wenn das eine Falle ist? Vielleicht lebt er noch.«

»Claudia würde so etwas nie tun. Sie sagte, Adrian hätte auf die gewartet.«

»Auf wen?«

»Ich verstehe das alles nicht.«

»Warum meldet sich dein Vater nicht?«

»Er wird sich melden, wenn es soweit ist.«

»Wie weit?«

Katja blieb ihr die Antwort schuldig.

»Ich mache neuen Kaffee.« Maria stellte Wasser auf den Herd. Katjas Telefon klingelte, als sie zu ihr in die Küche kam. Erschrocken zuckte sie zusammen und sah auf das Display. Sie gab Maria das Telefon.

»Es ist nur Adolph.«

Der war überrascht, als er Marias Stimme hörte und stotterte.

»Du? Äh, ich hatte Katjas Nummer gewählt.«

»Sie ist im Moment nicht ansprechbar.«

»Ich, ich wollte nur wissen, wie weit ihr seid. Mein Direktor nervt mich jeden Tag, wann er das Material sehen könne.«

»Wenn der Film fertig ist. Wir sind in Windhoek mitten in der Endfertigung.«

»Windhoek? Das ist in Afrika.«

»Stimmt, meine Familie lebt hier.«

»Wie lange bleibt ihr?«

»Bis mein Sohn zur Welt gekommen ist. Ich brauche ihn für den Anfang.«

»Verstehe ich nicht. Du hast einen Vertrag.«

»Adolph, droh mir nicht. Ihr bekommt den Rohschnitt zu sehen.«

»Wann?«

»Nach der Geburt. Keine Ahnung, wann das ist.«

»Katja ist noch im Boot?«

»Warum denn nicht?«

»War nur eine Frage. Richte Grüße von mir aus. Ich warte mit Ungeduld.«

»Habe ich begriffen. Bis bald.«

Sie gab Katja das Telefon zurück. Die Mittagszeit war längst vorüber, als die beiden Frauen zu frühstücken begannen.

Die nächsten Tage verbrachten sie im kleinen Studio. Sie sichteten und montierten. Katja versuchte ihren Schmerz zu verdrängen und Maria überhäufte sie mit Arbeit. Eines Tages fragte sie Katja: »Diese Claudia will uns die Aufzeichnung des Mordes schicken. Per Post oder wie?«

»Keine Ahnung.«

»Ruf sie an und sag ihr, sie soll alles per Internet schicken. Dieser Mord gehört in unseren Film.«

Zwei Tage später hatte Maria die Datei auf ihrem Computer. Katja verließ den Raum, als Maria sie öffnete.

Die Nachricht von Adrians Tod erreichte Sörenson in Monterrey in Mexiko. In den vergangenen Jahren hatte er verschiedene schlechte Nachrichten verarbeiten müssen. Immer wieder war er aufgestanden, hatte sich nicht unterkriegen lassen. Diesmal war es anders. Natürlich konnte er sich immer wieder sagen, Adrian habe ihn bei dieser Aktion nicht dabeihaben wollen. Er hatte es ihm angeboten. Adrian hatte es rigoros abgelehnt. Aber das machte ihn nicht frei von Schuldgefühlen. Er war es, der die Idee hatte, Maier aus der Reserve zu locken, ihn zum Handeln zu zwingen. Die Idee war zwar gut gewesen, davon war er noch immer überzeugt. Doch er hätte Adrian nicht allein lassen dürfen. Gemeinsam hätten sie es durchgestanden. Immer wieder redete er sich das ein. Doch es nützte nichts. Adrian war tot. Maier würde sein Geld nicht zurückbekommen. Aber was war das gegen den Tod von Adrian. Diese Rechnung ging nicht auf. Es blieb nur Hass in seinem Herzen zurück. Hass gegen Maier, dem er über zwei Jahrzehnte gedient hatte, weil er ihm mit der Giftspritze gedroht hatte. Sörenson wusste, dass Hass ein schlechter Ratgeber war. Und er wusste auch, dass er ihm aus Feigheit gedient hatte. Weil er das Leben liebte und bereit war, alles dafür zu tun. Das Einzige, was er in seinem Leben geleistet hatte, waren seine Kinder Katja und Adrian. Die nicht seine Kinder waren. Tief in Gedanken lief er ziellos durch die Stadt und blieb vor der Kathedrale von Monterrey stehen. Die Sonne war am Untergehen. Er betrat das Gotteshaus und setzte sich auf die erste Bank vor dem Altar.

»Mein Freund, wie kann ich dir helfen?«

Sörenson schreckte auf. Pater Antonio hatte sich unbemerkt neben ihn gesetzt.

»Ich sitze schon eine geraume Zeit hier. Du bist so in deinen Sorgen gefangen, dass du nichts um dich herum wahrnimmst. Was ist geschehen?«

Sörenson atmete schwer. Er fand keine Worte, fuhr erschrocken zusammen, als eine Tür schwer ins Schloss fiel und das Geräusch den ganzen Raum erfüllte.

»Sie schließen die Pforten. Lass uns hier verweilen, bis du wieder die Kraft findest, über das zu reden, was dir widerfahren ist.«

Die Dämmerung begann das Kirchenschiff mit Dunkelheit zu füllen. Regungslos saßen die beiden Männer auf der Bank vor dem Altar.

»Ich habe meinen Sohn verloren.«

Nach einigen tiefen Atemzügen fuhr Sörenson fort und erzählte, was geschehen war. Er sprach von der Schuld, die er sich gab. Er sprach von seinen Zweifeln und der Liebe zu Katja und Adrian. Pater Antonio hörte schweigend zu. Als Sörenson ihm sein Herz ausgeschüttet hatte, legte der Pater seine Rechte auf Sörensons Hände, die verkrampft in dessen Schoß lagen.

»Ich kann dir keine Absolution erteilen. Ich kann dir nur sagen, dass ich dich verstehe.«

Die Worte klangen in Sörensons Ohren wie ein Trost und er war dem Pater dankbar dafür. Der brachte ihn in ein Gästezimmer, aß mit ihm zu Abend und wich nicht von seiner Seite - bis er eingeschlafen war.

Am nächsten Morgen frühstückten die beiden alten Männer noch zusammen. Dann segnete Pater Antonio Sörenson. Der umarmte ihn dankbar und verabschiedete sich mit den Worten: »Du hast mir sehr geholfen. Nun habe ich die Kraft, mich auf den Weg nach New York zu machen.«

Die Einreise auf dem John F. Kennedy Airport verlief ohne Probleme. Sörensons Papiere wurden akzeptiert. Sein erstes Ziel war der Youngs Memorial Friedhof. Unter dem alten Baum am Grab seiner Frau ließ er sich nieder. Er legte seine Hand auf die Erde, die ihre Urne bedeckte.

»Verzeih mir, ich konnte deinen Sohn nicht schützen, wie ich es dir versprochen hatte.«

Tränen flossen über die Narben seines Gesichtes und ein tröstender Satz, den er irgendwo einmal gelesen hatte, kam ihm in den Sinn: »Leben und Tod sind Teile desselben großen Abenteuers.«

Als die Sonne sich neigte, stieg er in seinen Leihwagen und fuhr weiter zu seinem Haus. Die Türen waren unversehrt. Die Sicherheitsanlage war intakt. Müdigkeit kam über ihn und er legte sich früh schlafen. Am nächsten Morgen duschte er sich eiskalt, trat dann in den Garten. Ein milchiges Licht lag wie ein Gilb über der Landschaft. Nach dem Frühstück stieg er in den Keller und öffnete den großen eisernen Schrank, in dem seine Waffen lagerten. Er griff nach einem kurzen Schnellfeuergewehr. Vorsichtig klappte er die Schulterstütze aus, als ob sie zerbrechen könnte. Sanft strich er über den kurzen Lauf, lud durch und lauschte auf das Klicken, als er den Abzug drückte. Ein zufriedenes Lächeln huschte über sein geschundenes Gesicht. Dann entnahm er dem Schrank zwei Magazine und einen kleinen Granatwerfer, montierte ihn auf die Waffe. Wieder lächelte er. Sörenson vertraute dieser tschechischen Waffe. Nicht das erste Mal sollte sie zum Einsatz kommen. Alles verpackte er in einer abgeschabten Ledertasche. Bevor er das Haus verließ, schrieb er einen Brief.

»Liebe Tochter,
wenn Du diesen Brief liest, bin ich schon im Nirgendwo.
Verzeih mir, dass ich Deinen Bruder nicht schützen konnte. Jedes Wort einer Entschuldigung ist sinnlos. Bitte achte auf Dich. Achtet auf Euch. Maria kannst Du vertrauen. Hilf ihr, ihr Kind zur Welt zu bringen. Die Überweisungen habe ich geordnet. Die nötigen Informationen bekommt Ihr. Wenn ich unversehrt bleibe, melde ich mich. Liebe Katja, ich umarme Dich. Ich habe Dich lieb.«

Er legte den Brief in Katjas Zimmer und ging.

Die Nächte wurden für Katja immer kürzer. Sie hatten ihr Bett in Marias Zimmer geschoben. Die düsteren Gedanken um den Tod ihres Bruders ließen sie keine Ruhe finden. Es half ihr beim Einschlafen, wenn sie Marias gleichmäßigen Atem hörte. Doch sie schreckte auf, wenn sie leise stöhnte oder sich bewegte.

»Wie wird es werden, wenn das Kind ihren Tagesablauf bestimmt?«, ging es ihr dann durch den Kopf. Eines Nachts spürte Maria plötzlich starke Schmerzen im Unterleib. Katja rief Elsbeth an, die wenig später vorfuhr. Beide brachten Maria in die Klinik.

»Es war der Schleimpfropfen, der den Muttermund verschlossen hatte«, stellte Dr. Junker nach der Untersuchung fest.

»Und?«, fragte Maria. Mit einem Nicken forderte Dr. Junker Katja auf zu antworten.

»Als nächstes kommt es zum Blasensprung.«

»Muss aber nicht sein«, verbesserte er sie. »Es kommt vor, dass die Fruchtblase erst während der Geburt platzt. Und wie nennt man sowas unter Fachleuten?«

»Man nennt es *Glückshaube.*«

Die Antwort hatte Dr. Junker nicht erwartet.

»Willkommen im Club«, sagte er anerkennend.

Es dauerte noch über eine Stunde, bis starke Wehen einsetzten. Dr. Junker schickte Elsbeth in den Korridor. Sie setzte sich auf eine Bank am Fenster. Dort hielt sie es nicht lange aus. Unruhig ging sie auf und ab, hielt inne und lauschte gespannt.

Eine Ewigkeit schien vergangen zu sein, als sie endlich den ersten Schrei des Neugeborenen hörte. Minuten später trat Dr. Junker auf den Korridor.

»Warte noch ein paar Minuten, dann kannst du dir den kleinen Jack anschauen.

»Jack«, wiederholte Elsbeth voller Freude.

»Die Hebamme hat ihren Job gut gemacht.«

»Es war ihr erstes Mal.«

»Respekt.«

Er schüttelte Elsbeth die Hand.

»Ich muss, da wartet noch eine andere Patientin.«

In Port Jefferson mietete Sörenson sich ein kleines Motorboot, warf seine abgeschabte Ledertasche hinein und stach in See. Seine Reise war nur kurz. Mit seinem Fernglas suchte er die Küste ab. Im milchigen Licht fand er nach geraumer Zeit, was er suchte. Ein kleines Stück Dach, das hinter den Hügeln hervorlugte, verriet ihm das Anwesen seines ehemaligen Chefs. Mit Vollgas rammte er den Bug des Bootes in den Sandstrand und zog es mit großer Anstrengung vollends ans Ufer. Kein Mensch war zu sehen. Sörenson war zufrieden. Er wusste, dass die Sonne es in den nächsten Stunden nicht schaffen würde, den Nebel zu durchdringen. In den Nachrichten hatte man von einer stabilen Wetterlage gesprochen.

Er stieg die Düne hinauf. Unter sich sah er das Anwesen von Maier liegen. Zu seiner Überraschung standen vor dem Haus zwei schwarze Limousinen und drei Polizeifahrzeuge. Er legte sich in den Sand und nahm das Fernglas zur Hand. An der Eingangstür des Hauses entdeckte er zwei Polizisten, die rauchten. Minuten später verließen Uniformierte das Haus mit Kisten und verluden sie. Das wiederholte sich mehrmals. Maiers Sekretärin trat vor die

Tür und sprach einen der Polizisten an. Worüber sie sprachen, konnte er nicht hören. Offensichtlich gab es Meinungsverschiedenheiten. Sie ließ die beiden stehen und ging im Garten auf und ab. Plötzlich wendete sie sich um und sah zu ihm herüber. Sörenson blieb bewegungslos in seiner Deckung liegen. Sein Herz klopfte heftig. Silvia zündete sich langsam eine Zigarette an und sog den Rauch gierig ein. Dann drehte sie ihm wieder den Rücken zu und setzte sich auf eine Bank. Sie hatte ihn nicht bemerkt. Er war erleichtert.

Nach einigen Minuten kamen vier Herren in Zivil aus dem Haus, stiegen in die beiden Limousinen und fuhren davon. Als Silvia sich eine zweite Zigarette anstecken wollte, verließ ein Polizeioffizier das Haus, kam zu ihr. Sie warf die Zigarette weg und stieg mit ihm in einen der Polizeiwagen. Minuten später hatten alle Fahrzeuge Maiers Anwesen verlassen. Das Tor stand weit offen. Maier trat aus dem Haus, ging langsam zum Tor und verschloss es. Ohne seinen Blick zu heben, verschwand er wieder. Sörenson suchte mit dem Fernglas das Anwesen ab, dann den Strand und die Umgebung. Niemand war zu sehen. Alles lag still im weißen Licht. Er griff zu seiner alten Ledertasche, holte das Schnellfeuergewehr heraus und lud es. Dann erhob er sich mit einem Seufzer. Seine Gelenke waren vom langen Liegen steif geworden. Er überwand die Einfriedung von Maiers Anwesen, lief schnell zur Eingangstür. Zu seiner Verwunderung war sie nicht verschlossen. Maier saß in einem Ledersessel in seinem Kaminzimmer. Sörenson sah nur seinen Rücken und die Rauchwolke der Zigarre.

»Wer sind Sie?«, fragte Maier, ohne sich umzuwenden.

Sörenson brachte sein Gewehr in Anschlag und legte den Finger an den Abzug.

»Sie kennen mich.«

Maier rührte sich nicht. Eine Rauchwolke stieg wieder zur Decke.

»Die Stimme kenne ich. Der Mann, dem sie gehört, ist aber in seinem Auto verbrannt. Er war ein guter Mann. Leider hat er mich verraten.«

»Er hat Ihnen den Rat gegeben, sich zur Ruhe zu setzen, bevor man Sie abserviert. War das eben eine Hausdurchsuchung?«

»Das war eine Hausdurchsuchung«, bestätigte Maier.

»Sie sind jetzt auf den Weg in mein Büro. Silvia wird ihnen alles aufschließen.«

»Da werden sie wohl nicht viel finden.«

»Ich habe ihnen soviel gelassen, dass es reicht, um mich schuldig zu sprechen.«

»Hut ab. Es lebe Amerika.«

»Bayard, Sie werden es nie verstehen.«

»Warum haben Sie Adrian umbringen lassen?«

»Das war ein Unfall und nicht vorgesehen.«

»Nicht vorgesehen«, wiederholte Sörenson und schwieg.

»Treten Sie doch einfach vor mich und bringen Sie ihre Sache zu Ende. Ich kenne Sie. In den Rücken werden Sie mir nicht schießen.«

Sörenson blieb mit der Waffe im Anschlag hinter ihm stehen und rührte sich nicht. Er war sich sicher, dass sein ehemaliger Chef eine Pistole in seiner Hand hielt und sofort schießen würde, wenn er vor ihn trat.

»Ja, ich habe eine Pistole in der Hand und werde schießen, wenn Sie mir unter die Augen treten«, sagte Maier gelassen, als ob er Gedanken lesen könne.

In diesem Moment war Sörenson plötzlich klar, dass er Maier keinen einzigen Gefallen mehr tun würde. Weder würde er ihn erschießen, noch sich erschießen lassen. Lautlos verließ er den Raum. Ein Schuss fiel. Sörenson lief zurück ins Kaminzimmer und sah Maiers rechte Hand über der Sessellehne baumeln. Die Pistole lag auf dem Boden. Im Hinterkopf des alten Mannes klaffte ein Loch, aus dem Blut rann. Sörenson machte kehrt und ging zurück zu seinem Boot. Tage später wurde es im Hudson River ans Ufer geschwemmt.

Im Blockhaus am Nordufer des Mississagagon Lake klingelte mitten in der Nacht das Telefon. Jacks Mutter drehte sich im Bett zur Seite und legte das Kissen auf ihr Ohr.

»Das ist eine Unverschämtheit«, hörte Logan seine Frau murmeln und stand auf. Er streckte sich noch einmal, bevor er die Treppe hinunterstieg und den Hörer abhob.

»Logan, bist du es?«, hörte er am anderen Ende Marias Stimme.
Von einem Augenblick zum anderen war er hellwach.

»Maria?«

»Wie geht es euch?«

Logan räusperte sich und begann mit trockener Stimme: »Veronika macht sich große Sorgen. Wir haben lange nichts mehr von dir gehört.«

»Ihr seid Großeltern geworden. Es ist ein Junge und er heißt Jack. Kann ich Veronika sprechen?«

Jacks Vater bekam keinen Ton heraus. Er hustete heftig.

»Logan, geht es dir nicht gut? Ist was mit Veronika?«

»Maria, wie schön! Es ist bei uns kurz nach Mitternacht und Veronika schläft. Ich gehe sie wecken. Warte.«

»Lass sie. Ich rufe später an«, stieß Maria heraus. Doch offensichtlich, war er schon gegangen und sie wartete. Von Ferne hörte sie einige Zeit später Veronikas Stimme.

»Das ist eine Unverschämtheit. Erst meldet sie sich Wochen lang nicht und dann bimmelte sie uns mitten in der Nacht aus dem Schlaf. Sie denkt eben immer nur an sich.«

Maria hörte, wie sie nach dem Hörer griff.

»Ja, was gibt's? Logan sagt, es sei wichtig.« Ihre Stimme klang abweisend.

»Gestern Abend hat dein Enkel Jack das Licht der Welt erblickt. Er ist gesund und munter.«

Maria hörte, wie sie den Hörer wieder hinlegte.

»Veronika!«, rief sie.

»Sie kann jetzt nicht reden«, antwortete ihr Logan nach einigen Augenblicken.

»Wann können wir unseren Enkel sehen?«

»Ich schneide meinen Film. Es wird noch einige Zeit dauern. Ich verspreche dir aber, dass ich mich sofort melde, wenn ich zurück in New York bin.«

»Wie letztes Mal?«

»Entschuldigt bitte, dass ich mich so lange nicht gemeldet habe.«

Vom Nebenzimmer hörte man das Schreien vom kleinen Jack.

»Er hat eine kräftige Stimme.«

»Ja, er hat Hunger.«

»Geh zu ihm und hab Dank für die gute Nachricht. Alles Gute euch beiden.«

Maria nahm den kleinen Jack aus der Wiege und legte ihn an ihre Brust. Einen Moment lang glaubte sie, in den Gesichtszügen seinen Vater zu erkennen.

Am Nachmittag des gleichen Tages bekam Maria eine Mail mit einer Kontonummer. Nur ein Satz stand darin: »Nutze das Geld vernünftig.« Eine gleichlautende Mail mit einer anderen Kontonummer erhielt Katja.

»Er lebt. Maria, mein Vater lebt«, rief sie und fiel Maria um den Hals.

»Und Wilhelm hat Wort gehalten.«

Drei Wochen nach der Geburt schickten sie den Rohschnitt ihres Filmes nach Toronto.

Wenige Stunden später rief Adolph an. Katja sprach mit ihm. Er bestätigte, dass der Rohschnitt im Sender angekommen sei. Sein Chef würde ihn sich im Lauf des Tages ansehen.

»Wie findest du ihn?«, fragte Katja.

»Warten wir ab, was er sagt.«

»Ich habe dich nach deiner Meinung gefragt.«

»Ich habe das Kind vermisst. Ich dachte, ihr wolltet damit beginnen.«

»Wir haben uns anders entschieden.«

»Die Geburt eines Babys als Prolog ist ein guter Aufmacher.«

»Der Film ist keine Pampers Werbung.«

»Mal sehen, was mein Chef dazu sagt.«

»Sag ihm bitte, dass wir vorhaben, die Premiere des Films in New York zu machen. Diesmal solltest du dabei sein.«

»Ob er davon begeistert ist?«

»Wir werden sie machen, mit oder ohne Begeisterung deines Chefs.«

Am anderen Ende der Leitung herrschte Stille.

»Bist du noch dran?«, fragte Katja.

»Ich habe euch damals nach Berlin eine Bestätigung für euren Vertrag gemailt.«

»Hast du. Wir wollen dich nicht hängen lassen, aber die Premiere muss stattfinden.«

»Warten wir doch erstmal ab, wie mein Chef den Film findet.«

»Adolph, nur mal am Rande, von euch ist noch kein Geld geflossen und damit haben wir auch keine Verpflichtungen euch gegenüber.«

»Ich melde mich«, antwortete Adolph und legte auf.

Am nächsten Tag wusste er Katja zu berichten, dass der Film seinem Chef sehr gut gefiele, auch ohne Baby. Er würde aber den Sendetermin gern mit der Premiere koordinieren. Plötzlich drückte sie Maria das Handy in die Hand und verließ den Raum. Maria sah ihr verständnislos nach und hörte wie Adolph am anderen Ende der Leitung nach ihr rief.

»Adolph, ich bin dran. Was war denn los?«

»Was soll los gewesen sein?«

»Katja hat mir das Handy in die Hand gedrückt und ist rausgerannt.«

»Ich habe sie nur gefragt, ob ihr den Mord an ihrem Bruder nachgestellt habt. Das ist ein irres Ding.«

»Die Aufnahmen sind die Dokumentation des Mordes.«

Offensichtlich hatte es Adolph die Sprache verschlagen.

»Bist du noch dran?«

»Wie habt ihr das denn gemacht?«

»Erzähle ich dir später.«

Sie verabredeten, so schnell als möglich ein Treffen in New York zu arrangieren, um alles Weitere abzustimmen.

Seit jener Nacht hatte Claudia sich verändert. Die Polizei hatte sie in einer Weise befragt, die sie verunsicherte. Es schien, als vermuteten die Beamten, sie gehöre zum Kreis der Täter. Immer wieder hatte man gefragt, warum sie gerade an diesem Abend zu Adrian gekommen sei. Sie wollten wissen, ob sie ein Verhältnis gehabt hätten? Als Claudia während des Verhörs in Tränen ausbrach und einer Ohnmacht nahegewesen war, hatte schließlich ein mitfühlender Beamter einen Arzt gerufen, der ihr ein Beruhigungsmittel spritzte. Seitdem hatte man sie in Ruhe gelassen.

Tage später machte Claudia sich auf den Weg, um das Video, so wie sie es Adrian versprochen hatte, der Polizei zu übergeben. Sie beschlich ein ungutes Gefühl. Zögernd stand sie vor dem

Revier. Einem Polizisten, dem ihre Unschlüssigkeit offensichtlich aufgefallen war, fragte sie höflich: »Was haben Sie auf dem Herzen?« Erschrocken sah sie ihn an.

»Ich wollte nur etwas abgeben.«

»Eine Fundsache? Da sind Sie hier falsch.«

Sie nickte und er erklärte ihr ausführlich, wo sie den Fund abgeben könne.«

Der Zufall wollte es, dass ein Kollege von ihm, der in der Mordnacht unter jenen war, die Claudia gerufen hatte, Zeuge des Gesprächs wurde. Der rief im Fundbüro an. Die von ihm beschriebene Frau war dort nicht erschienen. Am Abend tauchte er in der *Macelleria* auf und fragte nach der Fundsache.

»Ich habe mich anders entschieden. Ich behalte es.«

»Darf ich fragen, was es ist, das Ihnen so ans Herz gewachsen ist?«

»Ist das hier ein Verhör?«, fragte Claudia so laut, dass die Gäste aufmerksam wurden.

»Findet die Mörder meines Freundes! Macht Eure Arbeit verdammt noch mal und belästigt nicht rechtschaffene Leute!«

Claudias Auftritt hatte Wirkung. Einige Wenige applaudierten, andere starrten den Polizisten neugierig an. Der erhob sich und verließ das Restaurant.

Es waren nur wenige Menschen auf dem Friedhof von Port Jefferson unterwegs. Der blaue Himmel schien den Sommer anzukündigen. Silvia stand an einem Sarg, neben dem man ein Grab ausgehoben hatte. Drei Angestellte des Friedhofs standen abseits und warteten auf ihren Einsatz. Pater Lee legte seine Hand auf das Sternenbanner, mit dem der Sarg bedeckt war. Einer der Angestellten hob eine Trompete und blies die Tabs, so wie es bei einer feierlichen Beerdigung für amerikanische Soldaten üblich war. Als der letzte Ton verhallt war, sah Pater Lee Silvia an und begann zu sprechen.

»Als Gott sah, dass der Weg zu lang, der Hügel zu steil und das Atmen zu schwer wurde, legte er den Arm um ihn und sprach: Komm heim. Weil nun ihr Vater tot war, gerieten die Brüder Josefs in Sorge. Wenn Josef uns nur nichts nachträgt. Sonst wird er uns jetzt heimzahlen, was wir ihm einst angetan haben. Als Josef das hörte, musste er weinen. Habt keine Angst! Ich werde doch nicht umstoßen, was Gott entschieden hat. Ihr hattet Böses mit mir vor, aber Gott hat es zum Guten gewendet; denn er wollte auf diese Weise vielen Menschen das Leben retten. So steht es im 1. Buch Moses geschrieben.«

Silvia stand betroffen vor dem Sarg ihres Chefs. Die Worte Pater Lees hatten sie tief berührt. Aber alles in ihr schrie nach Vergeltung. Der Pater legte seinen Arm um ihre Schulter. Sie schob ihn weg.

»Was hat er nicht alles für dieses Land getan. Jetzt wird er wie ein Hund verscharrt. Keiner von den Herren, denen er alle Wünsche erfüllt hat, ist erschienen. Was ist aus uns geworden, Major?«

Der Pater antwortete nicht, sah zu den Angestellten des Friedhofs, die den Sarg in die Grube ließen. Einer von ihnen kam zu Silvia, verneigte sich und reichte ihr das zusammengefaltete Sternenbanner. Sie schob abwehrend ihre Hände auf den Rücken: »Behalten Sie es.« Der Mann sah hilfesuchend zu Pater Lee, der ihm das kleine Packet abnahm und ihm entschuldigend zunickte. Dann griff er Silvia unter den Arm und ging mit ihr zum Grab. Daneben hatten die Männer einen Stab in die Erde gesteckt, auf dem eine kleine Schale mit Sand befestigt war. Er warf eine Hand voll Sand ins Grab und sagte: »Erde zu Erde, Asche zu Asche, Staub zu Staub.« In diesem Moment wurde Silvia von einem Weinkrampf geschüttelt. Bevor sie ins Grab zu stürzen drohte, griff der Pater nach ihr und zog sie an sich. Dabei entglitt ihm das zusammengefaltete Sternenbanner und fiel ins Grab. Die drei Männer wandten sich pietätvoll ab. Wiederholt sah einer von ihnen herüber. Es dauerte eine geraume Zeit, bis Silvia sich beruhigt hatte. Pater Lee fiel es schwer, die erschöpfte Frau festzuhalten. Sie gingen einige Schritte. An einem Baum hielten sie inne und Silvia ließ sich langsam nieder. Einer der Angestellten hob eine Schaufel und der Pater hob zustimmend die Hand. Sie begannen das Grab zuzuschaufeln. Silvia zuckte heftig zusammen, als sie hörte, wie ein Stein auf den Sarg schlug.

»Er hat mir sein Haus vermacht. Ich kann aber nicht, ich kann nicht.«

»Nimm dir Zeit.«

»Maria Schwimmer hat einen neuen Film gedreht. Sie will ihn hier in New York präsentieren. Das kann man doch nicht zu lassen.«

»Lass es geschehen.«

»Und das Geld? Das lassen wir ihr einfach?«

»Das ist abgeschrieben. Niemand will daran erinnert werden.«

Sie schüttelte schweigend den Kopf. »Sie hat ihre Schwachstellen. Sie ist verwundbar. Ihr Baby ist keine zwei Monate alt.«

»Denk nicht mal daran«, erhob Lee drohend seine Stimme.

»Was habe ich denn noch vom Leben?«, fauchte sie mit gequältem Lächeln. Sie sahen, wie die Friedhofsangestellten einen Grabhügel formten und auf der Erhöhung eine Vase platzierten, in die sie den Blumenstrauß von Silvia steckten. Einsam flatterte die Trauerschleife im Wind.

Nach dem Flug, den der kleine Jack überwiegend verschlafen hatte, nahmen Maria und Katja sich einen großen Mietwagen. Sie fuhren direkt vom John F. Kennedy Airport in die Sandy Hill Road. Dort machte alles den Eindruck, als sei das Haus erst vor Kurzem verlassen worden. Sie fanden Sörensons Brief in Katjas Zimmer. Der Kühlschrank und die Kühltruhe waren gefüllt. Sogar an Babynahrung war gedacht worden.

Am nächsten Tag fuhr Katja zurück zum Flughafen und wartete dort auf Adolph. Der kam strahlend auf sie zu. Sie empfing ihn mit den Worten:

»Welche Neuigkeiten gib es? Was sagt dein Boss?«

Enttäuscht von dieser Begrüßung antwortete er: »Ich habe keine Lust, alles zweimal zu erzählen.« Bedauernd zuckte sie mit den Schultern und half ihm, seine Sachen im Auto zu verstauen.

Es war dunkel geworden, als sie den Wagen vor dem Haus parkte. Adolph zögerte beim Aussteigen.

»Wo sind wir hier?«

»Hier wohnen wir.«

Katja genoss Adolphs Verblüffung. Er hatte geglaubt, sie wären in Marias Wohnung am Central Park untergekommen.

»Hier hat das Kind einen Garten und es gibt Gästezimmer. In Marias Wohnung hättest du im Wohnzimmer auf dem Sofa schlafen müssen. Bei jedem Gang auf die Toilette hätten wir dich geweckt.«

Entschlossen griff Adolph nach seinem Koffer. In diesem Moment öffnete sich die Eingangstür. Maria erschien mit Jack auf dem Arm.

»Herzlich Willkommen. Ich hoffe, du bringst gute Neuigkeiten.«

»Ich werde ihm erstmal sein Zimmer zeigen. Er ...«

Adolph fiel Katja ins Wort: »Zu allererst möchte ich Jack begrüßen.«

Er blieb vor Maria stehen und betrachtete gerührt das Baby.

»Du bist der geborene Filmstar. Deine Mutter hat das aber verhindert.«

Er öffnete seinen Koffer und zog eine kleine Kiste heraus, die mit einer hellblauen Schleife umbunden war.

»Die Erstausstattung für einen richtigen Jungen. Werkzeug, Trommel und eine Trompete.«

»Danke! Komm rein.«

Nachdem das Baby in seiner Wiege eingeschlafen war, setzten sie sich in der Küche an den großen Tisch und Adolph lüftete endlich das Geheimnis.

»Sie haben sich euren Film angesehen und waren begeistert. Gratuliere.«

»Was heißt sie?«, fragte Maria nach.

»Mein Chef hat ihn sich mit seinem Freund, Professor Beyer, angesehen.«

Maria winkte ab. »Was haben sie gesagt?«

»Beide meinten, es sei eine kluge und beeindruckende Arbeit.« Er machte eine Pause und ergänzte dann: »Vielleicht rührte ihre Begeisterung auch vom guten Rotwein her, den der Professor zur Ansicht mitgebracht hatte.«

»Das musstest du jetzt unbedingt noch loswerden«, sagte Katja. »Das habe ich von dir gelernt.«

»Sind das alle Neuigkeiten?«, fragte Maria.

»Den Vertrag habe ich mitgebracht. Wenn du möchtest, dass der Film gesendet wird, musst du ihn unterschreiben. Beim Sendehonorar hat er sich nicht lumpen lassen. Und dann noch etwas. Der Professor möchte gern zur Aufführung nach New York kommen. Solltest du den Vertrag unterschreiben und der Professor kommt, schickt mein Chef zur Premiere ein Kamerateam.«

»Ich wäre mit allem einverstanden.«

»Ohne dass du den Vertrag gelesen hast?«

Katja sah sie ungläubig an.

»Natürlich lese ich das Kleingedruckte.«

Adolph verdrehte die Augen. Katja schmunzelte ihn an.

»Vertrauen ist gut. Kontrolle ist besser.«

Alles schien geklärt, als sie gegen Mitternacht endlich zu Bett gingen. Nur einer schien anderer Meinung zu sein. Mitten in der Nacht fing Jack an zu schreien. Alle Versuche, das Kind zu beruhigen, führten zu nichts. Jack schrie das ganze Haus zusammen. Zu guter Letzt erschien Adolph. Bevor er etwas sagen konnte, schob ihn Katja zur Seite und befahl: »Leg dich wieder hin.« Es dauerte eine geraume Zeit, bis das Schreien verstummte.

Völlig übermüdet traf man sich am nächsten Morgen am Frühstückstisch, den Adolph schon gedeckt hatte.

»Was war denn los?«, fragte er, als Maria und Katja erschienen.

»Er schläft jetzt tief und fest«, bekam er von Maria zur Antwort.

»Er hatte offensichtlich das Kleingedruckte gelesen«, versuchte Katja zu scherzen, doch keiner konnte darüber lachen.

Als Claudia das Restaurant gerade abschließen wollte, stand plötzlich eine Schwarze in der Tür. Die hochgewachsene, sportliche Frau wies sich als Beamtin der New Yorker Polizei aus. Claudia schloss hinter ihr ab.

»Ich gehe davon aus, dass Sie keine Zuhörer wünschen.«

Die Schwarze nickte zustimmend.

»Einen Kaffee oder ein Wasser? Was darf ich Ihnen bringen?«

»Einen grünen Tee schlage ich nicht ab.«

»Nehmen Sie Platz, wo Sie mögen.«

Die Unbekannte suchte sich einen Platz im leeren Restaurant. Claudia erschien mit einem Teegedeck und stellte es vor ihr ab.

»Wie lange er ziehen soll, entscheiden Sie.«

Die Polizistin erhob sich, streckte ihr die Hand entgegen.

»Ich bin Commissioner Jenny Miller.«

Zögernd griff Claudia nach der Hand.

»Claudia, ich wollte Sie nicht vorladen. Ich glaube, hier können wir freier reden.«

»Wenn Sie meinen.«

»Ich bin zuständig für die Abteilung Terrorismusabwehr. Man hat mir die Ermittlungsakte vom Mord an Adrian Sörenson vorgelegt, die einige Fragen aufwirft. Sie haben meine Kollegen an diesem Abend gerufen. Sie haben ausgesagt, Adrian Sörenson habe sie eingeladen. Aus unseren Akten geht hervor, dass sie sich aus Kindertagen kennen.«

Claudia sah sie überrascht an.

»Keine Sorge. Was Sie damals so getrieben haben, ist verjährt.«

»Was haben wir denn getrieben?«

»Ihre Gang hat mit Rauschgift gedealt. Aber das ist Schnee von gestern. Der Mord an Ihrem Freund war offensichtlich geplant. Wir haben Blutspuren von drei Personen gefunden. Einige Leute haben die Toten abtransportiert und versucht, die Spuren zu beseitigen. Eine der Leichen konnten wir anhand des Blutes identifizieren. Die Vorgehensweise der Täter war professionell. Der Mann, den wir identifizieren konnten, stand nach unseren Erkenntnissen Geheimdiensten nahe. Was wissen Sie über die Kontakte ihres Freundes zu diesen Kreisen? Und noch eine Frage. Sie standen vor unserem Revier. Was wollten Sie?«

»Ich glaube, Ihr Tee wird bitter. Sie sollten den Beutel aus dem Wasser nehmen.«

Dankbar nickte die Polizistin und zog den Teebeutel aus der Tasse.

»Ich habe keine Ahnung, was Adrian mit dem Geheimdienst am Hut hatte. Er war Privatdetektiv und erzählte mir, dass einer seiner Klienten in Berlin umgebracht worden sei und er in diesem Zusammenhang von Leuten verfolgt würde, die der Regierung nahestehen.«

»Warum in Berlin sein Klient ermordet wurde, wissen Sie nicht?«

»Nein.«

Claudia erhob sich und verschwand in der Küche. Bevor die Polizistin ihr folgen konnte, stand sie wieder in der Tür.

»Adrian hatte mich gebeten, sollte ihm etwas zustoßen, dies hier zur Polizei zu bringen.«

Sie gab ihr die Diskette.

»Ich stand vor dem Revier, hatte aber Angst in etwas hineingezogen zu werden.«

Für Evelyn wurde der Tag zum Fest, als sie Marias Stimme am anderen Ende der Leitung vernahm. Immer wieder brach sie in ihr gewohntes Lachen aus und unterbrach Marias Redefluss. Die ließ sich dadurch nicht aus der Ruhe bringen. Doch als sie begann, nach dem Kind zu fragen, wie groß es sei, wie lange sie noch stillen wolle und welche Laute Jack von sich gäbe, forderte Maria sie auf, einfach vorbeizukommen.

Schon am Nachmittag des gleichen Tages weckte Katja Maria, die sich nach dem Stillen gerade hingelegt hatte, und flüsterte: »Sie steht mit einem Hut vor der Tür, ein Sonnenschirm ist nichts dagegen.«

Maria wusste sofort, wen sie meint und schlich sich aus dem Zimmer. Jack schlief ruhig weiter.

Mit Begeisterung unterbreitete Evelyn ihre Pläne. Einen Premierentermin hatte sie schon festgemacht. Der Entwurf für die Einladung lag auf dem Tisch. Maria und Katja waren wortlos ihren Ausführungen gefolgt. Nur Adolph war immer unruhiger geworden und auf seinem Stuhl hin und her gerutscht. Bei der Einladung hielt er es nicht mehr aus und unterbrach Evelyn.

»Sie wissen schon, dass mein Sender eine wichtige Rolle bei dieser Produktion spielt.«

Evelyn nahm vorsichtig ihren Hut ab. »Danke, das hätte ich fast vergessen.« Unvermittelt brach sie in ihr Lachen aus. Maria und Katja sahen erschrocken zum offenen Fenster, hinter dem Jack schlief. Nicht ohne Grund hatten sie sich unter den alten Kastanienbaum im Garten zurückgezogen, der in voller Blüte stand.

»Nicht ganz so laut, Evelyn. Wir sind froh, dass er schläft.«

Leise nahm Katja als erste das Gespräch wieder auf.

»Adolph, wir sind Evelyn sehr dankbar. Ich hätte nicht gedacht, dass wir so schnell einen Termin bekommen.«

Evelyn lehnte sich zurück und fächerte sich mit ihrem großen Hut Luft zu.

»Lieber junger Freund, ich habe nicht die Absicht, Ihnen die Show zu stehlen. Es ist großartig, wenn Professor Beyer die Premiere mit seiner Anwesenheit bereichert und Ihr Sender ein Kamerateam schickt. Natürlich werden wir das in der Einladung erwähnen. Das müssen wir auch. Schließlich sollten die Anwesenden wissen, dass ein Kamerateam vor Ort ist, schon wegen der Persönlichkeitsrechte.«

Das Lachen, zu dem sie schon Luft geholt hatte, unterdrückte sie und lief rot an, als sie zum offenen Fenster hinaufsah.

Die folgenden Nächte verliefen ruhig. So als hätte der kleine Jack verstanden, dass die Bewohner des Hauses Ruhe brauchten. Seine Mutter rührte er zu Tränen, als er sie das erste Mal anlachte. In diesem Moment erinnerte Maria sich an Jacks Eltern. Sie hatte Logan versprochen, die beiden zur Premiere des Films nach New York einzuladen.

»Das ist Gedankenübertragung«, begrüßte sie Jacks Vater am Telefon und fragte: »Wie geht es unserem Enkel?«

»Gut geht es ihm. Was meintest du mit Gedankenübertragung?«

»Veronika hat mir seit Tagen in den Ohren gelegen. Sie macht sich große Vorwürfe, weil sie bei unserem letzten Telefonat so kurz angebunden war. Sie glaubt, du würdest dich nie mehr melden.«

»Logan, hast du das auch geglaubt?«

»Ich hatte eben den Hörer in die Hand genommen, um mich zu erkundigen. Was hast du auf dem Herzen?«

»Ich wollte euch zur Premiere einladen.«

»Du hast uns nicht vergessen.«

»Euer Enkel hat mich daran erinnert.«

»Der kommt nach dem Opa«, hörte sie Veronika rufen, die offensichtlich ihrem Mann das Telefon aus der Hand genommen hatte.

»Entschuldige Maria, ich habe mich manchmal nicht im Griff.«

»Ich weiß. Ich nehme es dir nicht übel. Ich habe auch solche Momente.«

»Wann steigt die Party?«

»In drei Tagen.«

Am anderen Ende der Leitung herrschte Schweigen.

»Veronika, bist du noch dran?«

»Da habe ich mein Frauentreffen in Toronto. Na fein.«

»Ich habe ...«

Veronika unterbrach sie: »Natürlich kommen wir. Gibt es in der Nähe ein preiswertes Hotel?«

»So weit kommt es noch. Ihr wohnt in meiner Wohnung.«

»Wir kümmern uns jetzt erst mal um einen Flug und melden uns.«

Nach dem Telefonat fuhr Maria mit dem Baby und Katja in ihre Wohnung, in der sie nach ihrer Ankunft noch nicht gewesen waren. Evelyn besorgte einen jungen Mann, der etwas von Elektronik verstand. Für ihn war es kein Problem, die Überwachungskameras abzubauen. Als er damit begann, kam Maria auf eine Idee und bat ihn, die Kameras dort zu lassen, wo sie waren.

»Katja, was hältst du davon, wenn wir das Interview mit mir hier machen und während des Interviews die Kameras abbauen?«

»Großartig«, bekam sie zur Antwort.

Evelyn ließ sich die Vorbereitungen der Premiere nicht aus den Händen nehmen. Für jeden Tag schrieb sie einen Ablaufplan. Alle erhielten ihre Aufgaben. Adolph war für die redaktionelle Betreuung und für das Kamerateam aus Toronto zuständig. Katja und Maria kümmerten sich um die Aufführungstechnik und die Ausgestaltung des Raumes. Alles lief reibungslos ab. Nur ein einziges Mal kam es zum Streit. Evelyn bestand darauf, den Professor persönlich vom Flughafen abzuholen. Adolph sah das aber als seine Aufgabe an, doch Evelyn setzte sich wie immer durch.

Der weiße Hut mit der breiten Krempe, den Professor Beyer trug, passte zum New Yorker Wetter. Kaum ein Wölkchen war am Himmel zu sehen. Die Mittagssonne ließ die Luft über der Rollbahn flimmern, auf der die Maschine aus Toronto gelandet war. Sie hatten verabredet, dass Evelyn einen großen hellblauen Sommerhut tragen sollte und er einen Panamahut, denn sie hatte keine Lust, mit einem Pappschild in der Ankunftshalle auf ihn zu warten. Als Beyer ihren Hut sah, fuchtelte er mit seinem Krückstock in der Luft herum und rollte mit seinem Lederkoffer auf sie zu. Er stellte den Koffer ab und küsste ihr die Hand.

»Sie hätten sich den Panamahut sparen können. Ich habe Ihr Interview gesehen und hätte Sie auch ohne Hut erkannt. Sie sind der Erste, den ich kennenlernen darf, der Herrhausen persönlich erlebt hat.«

»Ich gehe nie ohne Hut aus dem Haus«, antwortete der Professor.

»Das geht mir genauso«, lachte Evelyn. »Herr Professor Beyer, ich habe Ihnen im *Walker Hotel Greenwich Village* eine Suite reserviert. Es wird Ihnen gefallen, passt zu Ihrem Hut.«

Beyer griff nach seinem Koffer und folgte ihr.

»Wieso?«

»Ich meine den Stil. Dort steigen Gäste ab, die Geschmack haben.«

»Danke«, antwortete er.

Als sie das Haus im Stil der Zwanziger Jahre betraten, gab er ihr recht. Evelyn hatte im Restaurant des Hauses einen Tisch bestellt. Gemeinsam aßen sie zu Mittag. Dabei bombardierte sie ihn mit Fragen.

»Der Film gefällt Ihnen also?«

»Das kann man so sagen.«

»Was Sie in Ihrem Interview über Herrhausen erzählen, ist großartig. Aber ein Problem habe ich, Herr Professor. Der Tod von Adrian Sörenson, lenkt der nicht von Herrhausen ab? Ich verstehe, er war Katjas Bruder, er hat Maria geholfen und es ist eine ganz traurige Geschichte.«

»Sein Tod gehört in den Film«, unterbrach sie der Professor. »Was ich bedaure, man hat die Libanesen nicht befragen können. Mich hätte schon interessiert, ob ihr Chef mit dem Mord an René Moawad etwas zu tun gehabt hat. Der libanesische Präsident wurde mit einer ähnlichen Sprengfalle getötet wie Herrhausen.«

»Was sagt uns das?«, fragte Evelyn neugierig.

»Es würde beweisen«, er machte eine Pause und sah sie vieldeutig an.

»Dieses Organisation ist heute noch aktiv.«

Für den nächsten Tag hatte Evelyn eine Stadtrundfahrt mit Professor Beyer ins Programm geschrieben. Sie verschwanden schon am frühen Morgen. Adolph brachte das Kamerateam aus Toronto in Marias Wohnung. Katja war mit dem Kinderwagen im Central Park unterwegs. In Marias Wohnung ging es turbulent zu. Der Kameramann bemühte sich, Maria zu folgen, die mit einer Leiter durch die Zimmer zog, Überwachungskameras abbaute und ihm diese hinhielt. Der junge Kameraassistent folgte beflissen seinem Meister, zog die Schärfe und gab Maria Zeichen, wo sie sich positionieren sollte. Adolph duckte sich immer geschickt ab, wenn die Kamera in seine Richtung schwenkte. Einmal gelang es ihm nicht und der Kameramann, der schon außer Puste war, schrie: »Welcher Trottel steht da mitten im Bild?«

Er hielt inne. Die Situation kam ihm aufgrund seiner sichtlichen Erschöpfung augenscheinlich ganz gelegen. Sein Assistent nahm ihm die Kamera von der Schulter und meinte: »Kein Problem, ich mache einige Schnittbilder.« Sein Meister brummelte etwas. Nach einer kurzen Verschnaufpause ließ er sich die Kamera wieder reichen. Als die Leiteraktion zu Ende war, baute der Assistent sie auf ein Stativ. Sein Chef ging in die Küche und trank genüsslich einen Kaffee. Adolph setzte sich Maria gegenüber, der junge Mann hinter der Kamera gab ein Zeichen. Maria begann zu sprechen.

»Es war nicht so einfach, mit dieser Überwachung zu leben. Man musste sich permanent selbst kontrollieren.«

»Deinen ersten Film hast du zusammen mit Jack Brown gedreht. Er wurde nach der Premiere des Films erschossen. Wie konnte das passieren?«

»Er hatte für die Auftraggeber des Mordes an Rohwedder gearbeitet und sich entschlossen, vor der Kamera über die Hintermänner zu reden.«

»Warum tat er das?«

Maria schwieg. Adolph begriff, dass sie darüber nicht reden wollte und sagte:

»Der Alltag ist ein täglicher Kampf um die Wahrheit, wenn man ...«

»Er konnte mit der Lüge nicht mehr leben«, unterbrach ihn Maria.

»Du hast ein Kind vom ihm?«

»Das habe ich.«

Es entstand eine kurze Pause und Adolph wechselte das Thema.

»Steht der jetzige Film in einem Zusammenhang zu deinem ersten?«

»Es sind die gleichen Leute, die beide Morde in Auftrag gaben.«

»Und wer sind die?«

»Die Antwort darauf geben die Filme.«

»Glaubst du, dass du mit deinen Filmen etwas ändern kannst?«

»Nein, das glaube ich nicht«, antwortete sie und schwieg.

In der Stille war ein leises Schnarchen zu hören. Der Kameramann war am Küchentisch eingeschlafen. Offensichtlich von der plötzlich eingetretenen Ruhe aufgeschreckt, sah er sich um. Sein Assistent konstatierte: »Wir sind durch.«

»Dann einpacken.«

Maria begleitete die beiden Herren zur Wohnungstür.

»Danke für den vorzüglichen Kaffee«, verabschiedete sich der Kameramann.

»Wir sehen uns morgen Abend. Ich bin auf den Film gespannt. Toi, toi, toi«, sagte sein Assistent und folgte ihm mit dem Equipment.

»Ein anderes Kamerateam war nicht frei. Die machen sonst Tier-Reportagen«, entschuldigte sich Adolph, als Maria zurück ins Zimmer kam.

»Ich habe die beiden nicht mal nach ihren Namen gefragt.«

Maria schob die Überwachungskameras zusammen, die auf dem Tisch lagen und wollte sie in den Müll werfen.

»Moment!«, rief Adolph.

»Ich würde sie gern behalten. Deine Antworten fand ich gut. Das kann man senden. Und dein Statement am Schluss, warum nicht.«

»Es war offensichtlich zum Einschlafen.«

»Der Kameramann geht bald in Rente. Mit einem Bericht über die Mafia in Brasilien hat er sich mal einen Namen gemacht. Er heißt Benn Turner, sein Assistent Rob Winter.«

Es läutete an der Tür. Katja kam mit dem kleinen Jack zurück, der fröhlich in seinem Wagen strampelte und lachte, als er seine Mutter sah.

Das Klingeln ihres Telefons unterbrach die Wiedersehensfreude. Jacks Vater informierte Maria, dass ihr Flugzeug am frühen Abend in New York landen würde.

»Ich werde euch mit eurem Enkel vom Flughafen abholen.«

Jack mischte sich mit kräftigem Schreien in das Telefonat ein.

»Logan, da hat jemand Hunger. Wir sehen uns am Flughafen.«

Maria legte auf und Katja umarmte sie unvermittelt: »Wir kriegen das hin.« Dann wandte sie sich an Adolph: »Starke Männer werden gebraucht. Der Staubsauger steht im Bad hinterm Vorhang. Die Eltern kommen, die Wohnung muss glänzen.«

Die Diskette, die Claudia Commissioner Miller übergeben hatte, beschäftigte die gesamte Abteilung Terrorismus der New Yorker Polizei. Bei der Gesichtserkennung zeigte das Programm zwei Treffer an. Der augenscheinliche Chef der Gruppe hieß Haroun Basar und ein jüngerer Mann Hassan Habib. Beide wurden als Mittäter bei verschiedenen Gewalttaten in der Kartei geführt. Die Ermittlungen gegen sie waren eingestellt worden. Gründe waren nicht angegeben.

Jenny Miller ahnte, was das zu bedeuten hatte. Sie gab keine Ruhe, bis ihre Techniker die Diskette solange bearbeitet hatten, dass auch die Tonspur verwertbar war.

»Unser Geldgeber hat nur einige Fragen an Sie. Kooperieren wir?«

Das waren die Worte des Chefs der Gruppe, bevor die Schüsse fielen. Adrian bot ihm an, ihn in ein Krankenhaus zu bringen, wenn er seine Auftraggeber nennt.

»Kein gutes Geschäft. Lass mich sterben. Meine Familie bekommt nichts, wenn ich ihn verrate«, hörte man deutlich. »Hieß der Mann Maier oder hat seine Sekretärin dir den Auftrag gegeben?«, fragte Adrian. »Eine taffe Frau«, hörte man ihn flüstern, bevor er starb. Die Ergebnisse der Durchsuchung in Maiers Haus lagen Commissioner Miller vor. Sie war in die Auswertung der sichergestellten Unterlagen involviert gewesen. Wenn Maier tatsächlich in die Sache verwickelt gewesen war, stand für sie fest, wen der Sterbende mit *»eine taffe Frau«* gemeint hatte.

Vor einem der Stadthäuser in Sugar Hill in Harlem stand eine alte Linde. In einer Zweizimmerwohnung in der dritten Etage wohnte Silvia Winter, die ehemalige Sekretärin Maiers. Als sie einzog, hatte der Lindenbaum noch nicht ihre Etage erreicht. Inzwischen verdunkelte sein dichtes Blätterdach im Sommer ihr Schlafzimmerfenster und ab und an schauten Waschbären neugierig herein. Es war ihr nichts anderes übriggeblieben, als sich mit einem Fliegengitter aus Stahl vor den ungebetenen Gästen zu schützen. Sie mochte es, bei offenem Fenster zu schlafen. In den letzten Wochen hatte sie kaum Schlaf gefunden. Auch in der vergangenen Nacht war sie erst in den Morgenstunden eingeschlafen. Unwirsch reagierte sie auf die Türglocke, die sie unbarmherzig in die Welt zurückholte. Sie sah im Monitor der Schließanlage eine Schwarze, die um Einlass bat. Sie erkannte die Frau sofort. Auf der Straße stand Commissioner Jenny Miller. Silvia zögerte. Doch die Glocke verstummte nicht. Genervt griff sie zum Telefon und rief einen Vertrauten der Agency an. Dieser empfahl ihr dringend, der Chefin der Abteilung Terrorismus der New Yorker Polizei, die Tür zu öffnen.

»Haben Sie etwas Geduld. Sie haben mich geweckt.«

»Wie lange?«

»In zwanzig Minuten bin ich gesellschaftsfähig.«

Ohne große Eile ging Silvia unter die Dusche. Sie begrüßte den ungebetenen Gast an der Tür mit den Worten: »Was verschafft mir das Vergnügen?«

»Vorstellen brauche ich mich ja wohl nicht?«

»Das können wir weglassen, Commissioner Miller.«

»Silvia, ich brauche Ihre Hilfe.«

»Dann kommen Sie rein.«

Jenny Miller betrat das erste Mal die Wohnung und war überrascht, wie spartanisch sie eingerichtet war. Nur ein Regal neben dem Fenster mit unzähligen Elefanten aus Porzellan, Kupfer und anderen Materialien verriet etwas von ihrer Bewohnerin.

»Die sammle ich seit vielen Jahren. Den ersten schenkte mir General Walter.«

»Der General Walter, der im Auftrag unseres Präsidenten unter anderem in Chile den Staatsstreich organisiert hat?«

»Er war mein Mentor.«

»Das wusste ich nicht.«

»Setzen Sie sich. Ich habe nur Pulverkaffee. Möchten Sie?«

»Danke. Ich will Sie nicht lange aufhalten.«

»Dann lassen Sie mal die Katze aus dem Sack.«

Silvia setzte sich ihrer Besucherin gegenüber. Die Polizistin öffnete ihren Laptop.

»Vor kurzem kamen in der Gansevoort Street einige Männer ums Leben. Die Morde landeten auf meinem Schreibtisch.«

Sie schaltete den Laptop ein.

»Sehen Sie sich bitte die Aufnahmen an. Dazu habe ich einige Fragen.«

Je länger die Aufzeichnung lief, um so mehr versteinerten sich Silvias Gesichtszüge.

»Woher haben Sie das?«

»Ich stelle die Fragen«, entgegnete Miller.

Silvia schwieg, bis das letzte Bild in ein Rauschen überging.

»Die taffe Frau sind Sie. Ist das richtig?«

»Ja«, antwortete Silvia ohne Regung und Commissioner Miller stellte überrascht ihre zweite Frage.

»Adrian Sörenson sollte kooperieren? Worum ging es?«

»Um das Geld, das meinem Chef von jenen Leuten entwendet wurde, denen er vertraute.«

»Aus welchen Quellen floss es?«

»Es gibt in diesem Land Patrioten, die alles tun, um unsere Freiheit zu verteidigen – gegen die Kommunisten, Islamisten, Terroristen, gegen alle unsere Feinde. Es ist eine Schande, dass wir uns hier gegenübersitzen. Sie sind eine Polizistin, die an derselben Front steht wie ich«, antwortete Silvia gereizt.

»Ihr Mentor, General Walter, arbeitete mit der Mafia zusammen, mit gesuchten Terroristen. Ist das der Quell, aus dem es sprudelte?«

»Ist das von Bedeutung, wenn es um die Sicherheit unseres Vaterlandes geht?«

»Ihr Vaterland ist offensichtlich nicht meines.«

Silvia musste lachen.

»Das können Sie nicht verleugnen. Das sieht man.«

Jenny Miller atmete tief ein, um ruhig zu bleiben.

»Ich möchte Namen und Adressen von jenen, die Sie Patrioten nennen.«

»Ich habe einen Eid geschworen«, antwortete Silvia eiskalt.

Commissioner Miller lehnte sich zurück. Hielt den stechenden Blick von Silvia stand.

»So wahr mir Gott helfe – ist doch für christliche Nationalisten ein Freifahrtschein. Sie müssen sich nicht an Anti-Diskriminierungs-

Gesetze halten. Sie können Verbrechen begehen und behaupten, es sei notwendig. All das in Gottes Namen.«

Jenny Miller stand auf, packte ihren Laptop zusammen und verließ grußlos die Wohnung. Durchs Fenster sah Silvia sie in ihr Auto stieg und davonfuhr.

Commissioner Miller war voller Zorn. Doch es sollte noch schlimmer kommen. Die Staatsanwaltschaft lehnte eine weitere Vernehmung der ehemaligen Sekretärin von Maier ab. Die Ermittlungen der Morde in der Gansevoort Street übernahm, ohne weitere Erklärungen, der FBI.

Maria erwartete die Großeltern mit Jack auf dem Arm am Gate. Im Hintergrund stand Katja mit dem Kinderwagen. Veronika ließ ihren Koffer fallen, als sie die beiden entdeckte und lief auf Maria zu, sah den kleinen Jack an und brach in Tränen aus. Logan hob den Koffer auf und blieb etwas hilflos neben seiner Frau stehen, zuckte mit den Schultern und nickte Maria lächelnd zu. Die lächelte zurück. Der kleine Jack tat es seiner Oma gleich und schrie los. Katja schob den Kinderwagen heran und Maria legte den kleinen Jack, nachdem sie ihn wieder beruhigt hatte, vorsichtig hinein.

»Ich freue mich, Sie kennenzulernen«, sagte Katja und reichte Veronika ein Päckchen Papiertaschentücher, das sie dankbar annahm. Endlich brach die kleine Gruppe auf. Am Central Park setzte Katja die Familie ab und fuhr weiter zu Evelyn, um mit ihr die letzten Vorbereitungen für die Premiere abzusprechen.

Veronika war begeistert vom Haus, in dem Maria wohnte. Ihre Begeisterung steigerte sich noch, nachdem Maria die Eingangstür geöffnet hatte und sie ihr in die Wohnung gefolgt war.

»Dieser Blick auf den Park ist atemberaubend«, rief sie. Adolph hatte sich selbst übertroffen. Alles war blitzsauber und aufgeräumt. Auf dem Tisch in der Wohnküche stand ein großer Strauß Blumen. Ein kleiner Zettel lag unauffällig unter der Vase.

»Ich wünsche Dir eine erfolgreiche Premiere. Danke, dass ich dabei sein darf. Dein Adolph.«

Maria schob den Wagen, in dem Jack fest schlief, ins Schlafzimmer und führte Logan und Veronika durch die Wohnung. Vor einem der Kleiderschränke erschrak Veronika. Sie hatte ihn neugierig geöffnet und die Sachen ihres Sohnes entdeckt.

»Einen einzigen Tag haben wir gemeinsam hier gewohnt. Dann tauchte er unter und wir sahen uns erst in Afrika wieder. Nur einen Tag«, wiederholte Maria.

»Ich könnte Jacks Sachen zusammenräumen. Es gibt hier bestimmt eine Hilfsorganisation, der wir eine Freude machen können.«

Logan sah seine Frau an und verdrehte die Augen. Doch Maria schien die Idee zu gefallen.

»Veronika, in der Abstellkammer hinter dem Bad stehen noch leere Umzugskisten. Bediene dich.«

»Werde ich machen«, bekam sie zur Antwort.

»Wenn du mir noch zeigen würdest, wo der Kaffee steht?«, sagte Logan und folgte ihr in die Küche.

Maria bemerkte, wie Veronika zur Schlafzimmertür ging und lauschte.

»Wenn du willst, kannst du dich neben ihn setzen.«

Veronika nickte dankbar. Kaum war sie verschwunden fragte Logan: »Hast du die Absicht, die Wohnung zu verkaufen?«

»Wenn ich das wüsste.«

»Was wäre die Alternative?« fragte er und goss Kaffee auf.

»Logan, ich will in New York bleiben. Die Familie meines Vaters hat mir ein ganzes Anwesen angeboten.«

»Und?«

»Was und? Ja, ich hätte dort die Unterstützung der ganzen Sippe. Die sind lieb und ich habe meinen Sohn dort zur Welt gebracht. Irgendwie passt das aber nicht zu mir.«

»Was passt zu dir?«

»In New York bin ich zu Hause.«

»Allein in dieser Wohnung?«

»Ich wohne jetzt mit Katja in einem Haus im Grünen. Das ist sehr schön.«

»Sie ist deine Assistentin und dein Film ist abgedreht. Sie wird auch ihre Pläne haben.«

Wie aufs Stichwort rief Katja an und teilte Maria mit, sie würde in einer Viertelstunde unten vor dem Haus warten.

Früh am Morgen des nächsten Tages stand Evelyn vor der Tür. Sie trug einen großen grünen Hut, obwohl die Sonne gerade erst aufgegangen war. Katja öffnete ihr verschlafen.

»Hast du mit ihr gesprochen?«, fragte sie. Katja antwortete mit »Guten Morgen«, ließ sie ins Haus und erklärte, dass es noch keine Gelegenheit dafür gegeben habe. Sie hätte auch nicht alles verstanden, was sie ihr gestern erzählt habe.

»Was ist denn daran so schwierig?«

Evelyn nahm am Küchentisch Platz.

»Ich habe so etwas noch nie gemacht und ...«

»Wo ist sie?«, unterbrach Evelyn sie.

»Maria stillt gerade«, antwortete Katja und bat sie, ihren Hut abzunehmen, denn er würde sie irritieren. Evelyn kam ihrer Bitte nach. In diesem Moment erschien Maria in der Küchentür. Evelyn begann sofort zu reden wie ein Wasserfall.

»Zwei Tage bin ich Professor Beyer nicht von der Seite gewichen und habe ihm alles erklärt. Er ist bereit. Also, es geht darum: Jacks Geld liegt euch auf der Seele. So habe ich das zumindest verstanden. Wäre es nicht sinnvoll, zumindest einen Teil produktiv anzulegen? Die Idee ist, dass ihr eine Stiftung gründet. Natürlich sollten eure Namen nicht auftauchen, sonst weckt ihr vielleicht schlafende Hunde. Ihr versteht mich. Der Professor ist bereit, seinen Namen dafür herzugeben. Also er gründet eine Stiftung. Ist doch perfekt. Oder?«

Maria sah sie verständnislos an und fragte: »Was für eine Stiftung?«

»Ich finde es gar nicht so doof«, warf Katja ein.

»Vielleicht sagt mir mal jemand, worum es hier geht.«

»Es geht um die Unterstützung von Whistleblowern«, erklärte Katja. Evelyn nickte und versuchte es noch einmal: »Nehmen wir euren Film. Sollte irgendwer verhindern, dass der Film ausgestrahlt wird, finanziert die Stiftung einen Anwalt, der eure Interessen vertritt. In schlimmeren Fällen werden Leute dafür eingesperrt, dass sie die Wahrheit sagen. An dieser Stelle würde die Stiftung einspringen. Verstehst du?«

Die beiden Frauen sahen Maria an, die ein nachdenkliches Gesicht machte und warteten auf eine Reaktion.

»Damit setzen wir Jacks Geld sinnvoll ein«, unterstrich Evelyn ihre Ausführungen und Katja ergänzte: »Einen Teil zumindest.«

»Du bist nicht einverstanden?«, fragte Evelyn und sah Katja auffordernd an. Doch bevor die etwas sagen konnte, schnitt ihr Maria das Wort ab.

»Darüber hätten wir reden müssen. Ihr könnt doch nicht einfach solche Entscheidungen treffen. Das geht mir zu schnell.«

Gereizt griff Evelyn nach ihrem Hut und erhob sich.

»Entschuldigt, ich bin mit dem Professor verabredet. Was soll ich ihm nun sagen? Mein Fahrer wartet draußen.«

»Setz dich«, forderte Maria sie auf.

»Ich ziehe mit dem Professor durch New York, lese ihm jeden Wunsch von den Lippen ab ...«

»Das ist mir aufgefallen. Ich dachte schon, du hättest dich in ihn verliebt«, unterbrach Maria sie.

»Und wenn?«

Katja konnte sich ein Schmunzeln nicht verkneifen.

»Setz dich«, wiederholte Maria. Evelyn tat nichts dergleichen.

»Ich wollte euch helfen und du lässt mich im Regen stehen.«

»Entschuldige. Ich bin dir dankbar. Aber begreifst du nicht, eine Stiftung schüttelt man nicht einfach so aus dem Ärmel. Wer entscheidet, wem wir mit unserem Geld helfen?«

»Du, der Professor und natürlich auch Katja.«

»Und du schaust zu?«

Evelyn stand wie ein begossener Pudel vor ihr.

»Du kennst einen vertrauenswürdigen Anwalt. Hast du mit ihm darüber gesprochen?«

»Habe ich«, antwortete Evelyn kleinlaut.

Maria schüttelte den Kopf, sie tat ihr leid. Nach einer kurzen Pause sagte sie: »Wenn ihr meint, dann lasst es uns tun.«

Erleichtert stieß Katja Luft aus und sagte: »Finde ich auch.«

Evelyn setzte mit Schwung ihren Hut auf.

»Also, bis heute Abend. Der Saal ist ausverkauft.«

Sie lächelte zufrieden und verließ das Haus.

Ein Problem war noch zu klären, doch es löste sich von selbst.

»Du willst doch nicht etwa deinen Sohn mit auf die Bühne schleppen?«, fragte Veronika, als Maria sie abholen kam.

»Es gibt in dem Klub einen kleinen Konferenzraum und ...«

»Ich werde auf ihn aufpassen«, sagte Veronika in einem Ton, der keinen Widerspruch duldete.

»Oder ist von deiner Sippe aus Afrika jemand da?«

»Wir haben telefoniert und Vater wünscht uns alles Gute.«

Der Saal war tatsächlich bis zum letzten Platz gefüllt, was Katja zu der Bemerkung veranlasste: »Evelyn hat sich ja dieses Mal selbst übertroffen.« In diesem Augenblick entdeckte sie Claudia, die am Eingang stand und mit einer Frau in ein Gespräch verwickelt war. Katja machte Maria auf die beiden aufmerksam.

»Die dunkelhaarige an der Tür ist Claudia.«

»*Die* Claudia?«, fragte Maria.

»Ich habe sie eingeladen«, antwortete Katja, drängelte sich zu ihr durch und umarmte sie.

»Wie geht's dir?«, fragte Claudia.

Katja schüttelte den Kopf.

»Er fehlt mir. Verdammt, er fehlt mir.«

»Mir auch«, entgegnete Claudia leise und drehte sich Commissioner Miller zu, die einen Schritt zur Seite getreten war.

»Das ist die Polizistin, die nach den Hintermännern sucht.«

Katja reichte ihr die Hand, während Maria Claudia begrüßte.

»Haben Sie die Aufnahmen in Ihrem Film?«, fragte Jenny Miller.

»Ja«, antwortet ihr Maria. »Katja wollte es so.«

»Das ist eine kluge Entscheidung, so weh es auch tut. Ich ...«

»Meine Damen und Herren, bitte nehmen Sie Platz, wir wollen beginnen«, unterbrach Evelyns Stimme aus dem Lautsprecher den Satz der Polizistin.

Nach neunzig Minuten setzte heftiger Applaus ein. Katja und Maria lagen sich in den Armen. Auf dem Weg zur Bühne gratulierte ihnen Jacks Vater als erster. Bevor Maria in der Talkrunde Platz nahm, brachte man ihr einen Strauß roter Nelken und reichte ihr ein gefaltetes weißes Blatt Papier. Ohne es zu lesen, gab sie es Katja. Die überflog es. Mit flüchtiger Hand stand geschrieben:

Ich gratuliere von Herzen zu diesem beeindruckenden Film. Absender:

Franz Borm, 04442 Eythra, Am Mühlgraben 6.

Katja steckte es in ihre Jackentasche und schaute sich suchend im Saal um. Dann drängelte sie sich durch die Zuschauer zum Ausgang. Sie bemerkte nicht, wie ein Unbekannter ihr das Blatt aus der Tasche zog. Evelyn bat Maria, auf der Bühne Platz zu nehmen. Zögernd folgte sie der Bitte, sah aber, während Evelyn Adolph interviewte, immer wieder zur Ausgangstür, hinter der Katja verschwunden war.

»Sie haben schon den ersten Film von Maria für Ihren Fernsehsender in Toronto produziert. Wie ist es dazu gekommen?«

Adolph war dankbar und begann ausschweifend davon zu erzählen, wie er als Schiffsjunge auf einem Lastkahn angeheuert hatte. Der Kapitän des Schiffes sei Jacks Vater gewesen. Der auch im Saal sitzen würde. So hätte er Jack kennengelernt, der zusammen mit Maria den ersten Film drehte. Evelyn bereute, ihm die Frage gestellt zu haben. Maria jedoch war froh darüber. Sie wartete auf Katja. Als Adolph über den Mord an Jack sprach, stand sie plötzlich in der Tür. Maria winkte sie erleichtert zu sich. Katja setzte sich neben sie und flüsterte:

»Vater war hier.«

Dann durchsuchte sie vergeblich ihre Jackentaschen. Der Zettel blieb verschwunden.

Zusammen mit Artikeln verschiedener New Yorker Zeitungen zu dem Filmereignis, landete auch der Zettel auf dem Schreibtisch von Silvia, die inzwischen ein neues Büro in der Agency bezogen hatte. Sie beachtete ihn nicht, sondern erregte sich über die Berichterstattung. Immer wieder wurde die neue Stiftung des Kanadiers Professor Beyer erwähnt. Als sie auf ein Interview in der Times stieß, verlor sie die Beherrschung: »Das kann nicht sein!« In dem Artikel wurde Commissioner Miller gefragt, ob die im Film gezeigten Dokumentaraufnahmen der Morde in der Gansevoort Street, für ihre Ermittlungen eine Bedeutung hätten. Unumwunden erklärte Miller, dass sie ihre Arbeit einstellen musste. Das gesamte Material läge jetzt beim FBI. Der Artikel setzte sich mit diesem Tatbestand auseinander und stellte unbequeme Fragen an die Staatsanwaltschaft von New York. Wie Silvia die Sache auch drehte, Commissioner Miller konnte man keinen Geheimnisverrat vorwerfen.

Im Laufe des Tages brachte man Silvia die Recherche zu Franz Borm.

»Adresse: Eythra, am Mühlgraben 6: Position bei 51 Grad 14,0 Nord 12 Grad 18,0 Ost. Der Ort befindet sich in Deutschland am Grund des Zwenkauer Sees im Süden Leipzigs. Im ersten Jahrhundert vor Christus siedelten dort Germanen. Der Ort wurde 1982 an seinem tausendsten Geburtstag geschliffen, weil er auf Braunkohle stand, die Ostdeutschland dringend zur Energiegewinnung brauchte. Das Tagebaurestloch wurde 2007 geflutet.«

ENDE

ENDE

Clemens Meyer
Stäube
Erzählungen
Mit Fotos von Bertram Kober
Hardcover mit Schutzumschlag
und Lesebändchen
ISBN 978-3-86730-158-9

»Wenn Meyer mit unbestechlicher Lakonie über Abraumhalden, Wüstungen und Bergwerke schreibt, sind das immer auch innere Landschaften. Das gilt auch für Bertram Kobers Fotografien von Höhlen, Gestein und Verfall, die dem Band beigegeben sind.«
Jörg Magenau in der Süddeutschen Zeitung

»Das liest sich eindrucksvoll und verstörend, aber auch mitreißend, denn Meyer versucht nichts weniger, als ein Zeitbild zu entwerfen, von den Neunzigerjahren bis heute.«
Nicole Henneberg in der Frankfurter Allgemeinen Zeitung

Bernd Wagner

Verlassene Werke

Hardcover mit Schutzumschlag
und Lesebändchen

ISBN 978-3-86730-223-4

Ein fulminantes Erinnerungswerk mit zahllosen begonnenen und wieder abgebrochenen Erzählungen. Ein Blick in den damals legendären Berliner Künstlerkreis im Prenzlauer Berg. Verlassene Werke, die zu schön und anregend sind, um vergessen zu sein. Sie werden hier endlich aufgelassen.

»Hier nun ist frische Literatur von großer Notwendigkeit für das Heute. Man wünscht sich vielen jungen Menschen dieses Buch in die Hand, aus dem ihnen so viel Vertrauen in ihr eigenes Empfinden und Denken zuwachsen kann.«
Eberhard Geisler in der Frankfurter Rundschau

Roswitha Quadflieg
Ihr wart doch meine Feinde
Roman
Hardcover mit Schutzumschlag
und Lesebändchen
ISBN 978-3-86730-224-1

»Mit atemraubender Spannung und feinen Nuancierungen, die fernab von Klischees liegen, baut die Autorin das grausame Interieur einer durch Lügen, Verrat, Unterdrückung und Gewalt gezeichneten Gruppe von Menschen auf.«
Lerke von Saalfeld in der Frankfurter Allgemeinen Zeitung

Hélène Jousse

Die Hände des Louis Braille

Roman

Aus dem Französischen von Chritine Cavalli
und Michael Hohmann
Hardcover mit Schutzumschlag
und Lesebändchen
ISBN 978-3-86730-138-1

Constance, eine erfolgreiche Dramaturgin, erhält den Auftrag, ein Drehbuch über den Erfinder der Blindenschrift zu schreiben. Voller Faszination für Louis Braille stürzt sie sich in die Recherchen über dieses Genie.
Die Autorin erkundet die Kraft der Großzügigkeit und feiert die Bescheidenheit eines einfachen Helden, der aus seinem Leben ein Schicksal gemacht hat.

»Die Würde des Menschen ist tastbar. Auch darum geht es im Romandebüt der Bildhauerin Hélène Jousse.«
Janina Fleischer in der Leipziger Volkszeitung

Gestaltung
Thomas Walther, BBK, Dresden

Satz
Ö GRAFIK, Dresden

Schrift: Minion Variable Concept, Balboa
Papier: Munken Premium Cream

Druck und Bindung
CPI, Ulm
Printed in Germany

Aus Gründen des Umweltschutzes
schweißen wir unsere Bücher nicht
mehr ein.

ISBN 978-3-86730-237-1

Dieses und weitere Bücher
finden Sie auch im Internet unter
www.verlagfaberundfaber.de